Franck Thilliez

Né en 1973 à Annecy, Franck Thilliez, ingénieur en nouvelles technologies, vit actuellement dans le Pas-de-Calais. Il est l'auteur de *Train d'enfer pour Ange rouge* (La Vie du Rail, 2003), *La Chambre des morts* (Le Passage, 2005), *Deuils de miel* (La Vie du Rail, 2006), *La Forêt des ombres* (Le Passage, 2006), *La Mémoire fantôme* (Le Passage, 2007) et *L'Anneau de Moebius* (Le Passage, 2008). *La Chambre des morts*, adaptée au cinéma en 2007, a reçu le prix des lecteurs Quais du Polar 2006 et le Prix SNCF du polar français 2007. L'ensemble de ses titres, salués par la critique, se sont classés à leur sortie dans la liste des meilleures ventes.
Son dernier roman, *Fractures*, a paru aux éditions Le Passage en 2009.

Retrouvez l'actualité de Franck Thilliez sur :
www.auteursdunord.com

LA MÉMOIRE FANTÔME

DU MÊME AUTEUR
CHEZ POCKET

TRAIN D'ENFER POUR ANGE ROUGE
DEUILS DE MIEL
LA CHAMBRE DES MORTS
LA FORÊT DES OMBRES
LA MÉMOIRE FANTÔME
L'ANNEAU DE MOEBIUS

FRANCK THILLIEZ

LA MÉMOIRE FANTÔME

LE PASSAGE

ISBN : 978-2-266-17849-5

À Tristan

C'est une bien triste mémoire que celle
qui ne fonctionne qu'à rebours.

Lewis Carroll

Prologue

La rumeur rapportait qu'elle les avait tous tués. Une femme, un enfant de quatre ans, des hommes, retrouvés pendus, au fil des années. De génération en génération, la parole s'était répandue, déformée, amplifiée. Jamais il n'y eut de preuve, ni la moindre certitude. On soupçonnait, voilà tout. On prétendait même que, la nuit, les esprits du passé venaient à nouveau l'habiter, que d'étranges lumières dansaient à l'étage. Des bulldozers avaient essayé de la détruire, disait-on, mais ils avaient à chaque fois subi de mystérieuses pannes. Toute tentative de l'arracher à ses terres, et ce depuis longtemps déjà, avait été vaine.

La semaine précédente, Salima plaisantait devant un tel déferlement d'idioties. La veille encore, elle n'y croyait pas. Mais là, face à cette maison de maître abandonnée, entre Hem et Roubaix…

— Tu prends juste tes photos et on fiche le camp, OK ?

Contre la clôture de la propriété, Alexandre l'attrapa pour l'embrasser façon cour d'école.

— Tu commencerais pas à flipper, toi ?

— C'est pas ça. Mais moins on traîne, mieux ce sera. Tu connais ma mère…

Ils escaladèrent un mur par le nord, en prenant appui sur de la ferraille et du bois déjà entassés par d'autres chasseurs de fantômes, et atterrirent parmi les orties et les buissons d'épines.

Salima se redressa. Les cyprès agités par le vent se détachaient sur l'écran noir des ténèbres. Puis, juste derrière, la demeure figée, à la pierre froide, si froide… Les doigts de la jeune fille se crispèrent sur le blouson de son copain.

Ils s'avancèrent et grimpèrent péniblement jusqu'à l'une des rares fenêtres non murées de l'étage.

L'intérieur. Des crissements de verre pilé, sous leurs pas. L'adolescent alluma sa lampe torche.

— Des canettes, chuchota Salima.

— Et des seringues. Je savais pas que les fantômes se shootaient. Ça casse un peu le mythe.

Alexandre éclaira l'espace alentour. Un cube écœurant de tapisserie décollée, de cloisons vergetées d'humidité. Pas de meubles, pas de lit, juste un matelas mal en point, piqueté de taches d'urine.

— C'était la chambre du môme. C'est là que sa mère l'aurait retrouvé raide mort. Sous tes pompes, exactement.

— Ferme-la, merde ! Pas besoin de savoir ça !

En un clin d'œil, Alexandre coinça sa petite lampe entre ses dents et sortit son appareil photo numérique.

— Demain, je balance tout sur mon blog. Ils vont être verts au bahut. Suis-moi, on se fait d'abord le bas.

Salima, beurette aux longues tresses travaillées, se raidit.

— Pourquoi ? Y a pas besoin ! Tout est muré, y a pas d'issue ! Si on doit…

— Si on doit quoi ?

— Je… Je sais pas… Se tirer, par exemple ! Merde ! Il s'est quand même passé des choses zarbi ici !

Le front relevé, Alexandre haussa les épaules.

— Reste ici si tu veux, trouillarde. Moi, je descends…

Elle se cramponna à lui.

— Faut toujours que t'aies le dernier mot. Sale con.

Ils s'engagèrent dans l'escalier. Partout s'étalaient les teintes glacées de l'obscurité. L'imagination de la jeune fille se mit à galoper. Elle voyait des doigts osseux effleurer les siens, des profils évanescents se creuser d'ombre et de feu. Oui, la demeure respirait, son cœur palpitait, quelque part. Pour la première fois, Alexandre répondit à l'étreinte de sa petite amie avec la même intensité.

À présent, il n'en menait pas large non plus, du haut de ses dix-sept ans. Le sang allait-il suinter des murs et dégouliner aussi noir que le raisin, comme on le prétendait ?

Non, non, impossible. Juste une légende urbaine.

Ils débarquèrent dans un hall circulaire aux fenêtres condamnées, aux perspectives fuyantes. L'antre sentait le renfermé, le salpêtre, l'humidité d'une mauvaise cave. Sur le carrelage défoncé s'entassaient des sacs de plâtre, de l'enduit, des outils de chantier. Truelles, pelles, burins, scies, pioches. Salima pressa son écharpe contre son nez. Soudain, dans sa tête, la brutale vision d'un crâne fracassé à coups de marteau.

Devant elle, le crépitement d'une charge électrique, puis la violence blanche d'un flash. Alexandre tournait sur lui-même, le doigt sur le déclencheur numérique. Dans la succession des éclairs surgirent les morceaux d'un miroir brisé, des assiettes ébréchées, des bougies consumées disposées en pentacle.

Alexandre se figea. Son assurance de jeune coq vola en éclats.

Face à lui, sur le sol, un récipient débordant d'un liquide rouge.

— Fuck !

Il se pencha.

— On dirait du…

Un craquement, dans une autre pièce. Suivi de l'explosion d'un objet qui chute.

Quelqu'un. Ou quelque chose.

Alexandre recula de trois pas, ses pieds s'emmêlèrent avec ceux de sa copine. Scène de panique. Soudain, une caresse poisseuse refroidit sa nuque.

La terreur le bâillonna. Il posa sa main sur son oreille. Ses doigts se teintèrent d'un film pourpre.

Ça coulait du plafond.

Du sang.

Salima étouffa un cri, puis tomba à la renverse contre la première marche de l'escalier. Alexandre lâcha sa lampe qui roula contre la cloison. Sa respiration s'accéléra. Il aida la jeune fille à se relever.

Et, tandis qu'ils fuyaient, les jambes à leur cou, une ombre se déplia lentement et s'avança vers le centre du hall. Sous sa capuche noire, la silhouette ramassa la lampe abandonnée, puis orienta le faisceau vers le haut.

L'Œuvre touchait à sa fin. Le chaos mathématique, contenu dans la perfection du cercle.

L'œil de lumière épousa un serpent d'inscriptions, nourri de centaines de chiffres. L'ensemble dévorait le moindre centimètre carré de plâtre.

Une main gantée plongea son pinceau dans la bassine. Il fallait des chiffres, encore, et encore. Jusqu'au sol.

Sceller le destin d'une prochaine victime.

Brusquement, alors que la matière visqueuse se répandait sur les murs, le visage sous la capuche se teinta d'un étrange reflet blanchâtre.

La masse sombre paniqua et ajouta alors d'un geste précipité, avant de disparaître : « Si tu aimes l'air, tu redouteras ma rage. »

1.

Un mois plus tard

Les essuie-glaces peinaient à évacuer les trombes d'eau qui se déversaient sur le pare-brise de la Mercedes. Au-dessus de l'habitacle, les arbres, secoués par une force monstrueuse, semblaient sur le point de se rompre.

Alain se pencha sur le volant, le nez collé au tableau de bord. Il n'y voyait absolument rien.

Se faire plumer au casino de Saint-Amand-les-Eaux pour, à présent, affronter la tempête du siècle ! Malchanceux jusqu'au bout des ongles. Les derniers kilomètres avant Valenciennes risquaient d'être pénibles.

Il décéléra encore. Fichue météo. On prévoyait des pluies torrentielles accompagnées d'orages d'une rare intensité pour le reste de la semaine.

En une fraction de seconde, son visage se creusa d'une affreuse grimace. Son pied écrasa la pédale de frein, les roues arrière se bloquèrent dans une éruption de gerbes liquides. L'avant de la voiture s'immobilisa à quelques centimètres à peine d'une énorme branche arrachée. D'autres débris propulsés à une vitesse effroyable déchirèrent le faisceau lumineux des phares.

— C'est pas vrai !

Alain braqua et opéra rapidement une marche arrière. Il suffisait qu'un véhicule débarque, et boom !

Un bruit sourd fit alors trembler la vitre passager. Alain sursauta.

Il crut d'abord à un nouveau projectile venu percuter la voiture. Mais il ne s'agissait pas de cela. Non, c'était… des mains… plaquées contre le carreau.

Alain crispa ses doigts sur le caoutchouc du volant. Il perçut un visage dans l'obscurité. En proie à une folle panique, il enclencha la première.

Déguerpir, le plus vite possible.

Dehors, un cri se mêla aux lamentations de la nature.

Là, droit devant, dans la lumière de ses phares, les mains sur les genoux, noire de boue, une femme. Elle agitait la tête, le vent et la pluie lui fouettaient le visage. À deviner l'épouvante dans son regard, à percevoir les soubresauts de sa poitrine, Alain comprit qu'elle le suppliait de l'arracher aux ténèbres.

Elle surgissait du sous-bois. En baskets et en survêtement.

Alain hésita à quitter sa protection de tôle. Et si on lui tendait un piège ? La branche d'arbre en travers de l'asphalte, le lieu isolé, l'absence de témoins… Pourtant il finit par déverrouiller sa portière et sortit, son blouson par-dessus la tête. Il se courba pour affronter les rafales. En trois secondes à peine, il se retrouva complètement trempé.

— Madame ? Vous…

— Où sommes-nous ? Dites-moi où nous sommes ! hurla-t-elle, haletante.

L'eau s'engouffrait dans sa bouche. Elle frôlait la rupture physique.

— Pas loin de Valenciennes, mais…
— Valenciennes ? Qu'est-ce que ça veut dire ?
Elle lui montra la paume de sa main, marquée de profondes entailles pleines de sang et de terre, avant de crier :
— C'est à Lille que… que vous devez… me conduire ! Je vous en prie ! Conduisez-moi à Lille !

2.

Des coups, sur la porte.

Lucie Henebelle considéra sa montre. Presque 22 h 30. Qui pouvait bien frapper à une heure pareille ? Elle se leva, attentive au sommeil des jumelles calées l'une contre l'autre dans la chaleur du canapé, ôta le verrou et ouvrit.

En face d'elle, deux jeunes, trempés. Les étudiants des appartements du dessus. Jérôme et Anthony.

— Madame ! Faut que vous veniez voir ! fit Jérôme, complètement décoiffé. On revenait du Sombrero ! À cinquante mètres d'ici ! Une femme, qui a l'air dans un sale état ! Elle a voulu se relever, mais elle est morte de fatigue ! Venez !

Lucie soupira. Les voisins la dérangeaient toujours à la moindre broutille.

— Il faut appeler les pompiers. Ou la police.

— Mais c'est vous la police !

La flic tira l'onde blonde de sa chevelure vers l'arrière et, tout en la nouant avec un élastique rouge, expliqua :

— Sauf que là, tu vois, je ne suis pas en service, il y a un orage de folie, et je ne vais pas me pointer à chaque fois qu'il y a une scène de ménage ou un problème de voirie. Moi aussi, j'ai une vie après le boulot. C'est pas marqué Restos du cœur sur ma porte, OK ?

Lucie voulut refermer, mais Jérôme bloqua le battant avec son pied.

— Un problème de voirie ? Cette malheureuse, elle a des traces de corde sur les poignets ! De la boue partout sur elle ! Et elle ne sait même pas quel jour on est ! On dirait… On dirait qu'elle n'a pas vu la lumière depuis des mois !

Le lieutenant de police hésita. Flic H24. Obligation d'assister les personnes en danger.

Elle se retourna, en proie au dilemme permanent de chaque mère. Que faire de ses chéries ? Les laisser, encore ? Et sa promesse : « les nuits, plus jamais » ?

Trop tard pour contacter la nourrice.

— À cinquante mètres d'ici, tu dis ?

— Même pas… Là… À côté !

Constater, réclamer une équipe si nécessaire, et revenir. Juste quelques minutes, avant de retrouver ses petites. Elle détestait les abandonner de la sorte. Les absences interminables, les planques destructrices… Fini tout ça.

— Bon, OK. L'un de vous veut bien rester ici et veiller sur mes filles ? Anthony ?

Le jeune homme, d'une timidité de nonne, acquiesça sans ouvrir la bouche. C'était une gueule d'acné, nourrie aux hamburgers et aux circuits électroniques, étudiant dernière génération. Elle le savait en école d'ingénieur, le genre de type sérieux. Pas trop père, mais pas trop débile non plus pour surveiller deux gamines de quatre ans.

Lucie se précipita vers son ordinateur, connecté à un site de rencontre, et éteignit l'écran. Puis elle enfila son vieux caban, laça ses rangers au cuir usé et entassa des livres et des papiers dans un meuble d'angle. D'un rapide coup d'œil, elle vérifia l'état de la pièce. Tiroirs, portes de meubles, placards : fermés. Hormis les poupées et les jouets éparpillés sur le sol, tout était propre et rangé.

— S'il te plaît, ne touche à rien. N'oublie pas que je suis flic, et que les flics ont du nez. Je peux avoir confiance ?

Anthony hocha la tête et s'étala dans un fauteuil face aux jumelles.

— Et merci quand même, ajouta-t-elle.

— Si un jour j'ai un PV à faire sauter…

Sans plus attendre, Lucie se laissa emporter par le souffle de l'orage. Et la grandeur décadente d'une nuit de printemps.

3.

La jeune femme était recroquevillée dans le hall de la résidence Saint-Michel, au cœur d'un quartier abritant un ensemble de grandes écoles lilloises. ISEN, ICAM, HEI… Des étudiants venaient de lui apporter une couverture et une tasse de chocolat chaud, à laquelle elle n'avait pas touché. Mine défaite et apeurée, cheveux noirs ébouriffés, survêtement trempé… Tout, dans ce hérissement fauve, ce repli sur soi, faisait penser à une bête traquée et terrorisée.

En s'approchant, Lucie remarqua sur-le-champ les entailles de cordes au niveau de ses poignets, qu'elle tenait groupés contre sa poitrine. La flic secoua son parapluie et s'accroupit devant elle.

— Vous ne craignez rien. Je suis de la police.

L'inconnue tenta de se relever, mais Lucie l'en empêcha en posant la main sur son épaule.

— Vous semblez très éprouvée. Mieux vaut rester assise, en attendant qu'on s'occupe de vous.

Elle souleva délicatement le bas du jogging. La femme grimaça.

— Vous me faites mal !

— Pardonnez-moi…

Marques de cordes également sur les chevilles, presque jusqu'au sang. Lucie se retourna :

— Quelqu'un a appelé le 17 ?

Des hochements de tête négatifs pour toute réponse.

— Je m'en charge, se proposa Jérôme, avant que la flic ait le temps de dégainer son portable.

— Tu dis qu'on a un individu de sexe féminin, trente, trente-cinq ans, à amener aux UMJ.

— Aux quoi ?

— Urgences médico-judiciaires. Éveillée et réactive, mais sans doute victime de sévices. Précise que le lieutenant Henebelle, DIPJ[1], est sur place. Dis-leur de se magner, OK ?

— Très bien, répliqua Jérôme, téléphone à l'oreille.

La jeune femme s'agitait de plus en plus, ses doigts crispés sur la couverture.

— Ma mère ! Il faut prévenir ma mère ! Marie Moinet, elle s'appelle Marie Moinet. 282, boulevard du Maréchal-Leclerc, à Caen. Oui, à Caen. Et puis... Et puis mon frère aussi ! Frédéric Moinet ! Impasse du Vacher, Vieux-Lille ! S'il vous plaît !

— Nous allons les prévenir, mais le plus important, pour le moment, c'est vous. Comment vous appelez-vous ?

— Manon. Manon Moinet. Nous sommes à Lille ?

— Oui. Je...

— Vous... Vous devez m'emmener chez moi. Même adresse que mon frère. Tout de suite ! Je vous en supplie ! J'ai besoin de mon appareil ! Mon appareil !

— Quel appareil ?

1. Direction interrégionale de police judiciaire

Sans répondre, elle chercha à agripper Lucie, qui lui attrapa calmement les mains et sentit comme une plaie dans la paume gauche.

— Écoutez Manon, je m'appelle Lucie Henebelle, je suis lieutenant de police. Vous ne craignez plus rien et vous allez bientôt rentrer chez vous. Mais il va falloir vous rendre à l'hôpital, pour qu'un médecin vous ausculte. C'est la procédure quand nous recueillons des personnes un peu désorientées. Vous comprenez ?

— Oui, oui. Je comprends parfaitement, mais…

— Ils arrivent dans moins de dix minutes, intervint Jérôme.

— OK, répondit Lucie. Maintenant Manon, racontez-moi ce qu'il vous est arrivé.

Lucie retourna la main de la jeune femme. Du sang séché. Elle regarda de plus près. La paume, charcutée. Une inscription : « Pr de retour ».

Elle releva brusquement la tête et demanda :

— Qui vous a fait ça ?

Manon détourna les yeux avant de s'exclamer :

— Ma montre. Ma montre a disparu. Quel jour sommes-nous ? Quel jour ? Dites-moi !

— Elle nous l'a déjà demandé il y a cinq minutes, dit l'un des étudiants.

Lucie fit signe à l'attroupement de s'écarter et de la boucler.

— Nous sommes mardi. Mais parlez plus calmement, d'accord ?

— Mardi… Mardi… D'accord… février… 2007, c'est cela ? Dites, c'est cela ?

Des chuchotements derrière elles. Lucie garda un air serein. Réflexe professionnel. Ne pas terroriser cette femme davantage.

— Nous sommes en avril. Fin avril…

— Ô mon Dieu ! Avril. Déjà avril.

Manon resta prostrée quelques instants, puis, d'un geste éclair, saisit son interlocutrice par le col de son caban.

— Racontez-moi ce qui s'est passé ! Qu'est-ce que je fiche ici ? Qui sont ces gens ? Pourquoi me regardent-ils ? Dites-le-moi ! S'il vous plaît !

Elle avait hurlé. Lucie se défit de l'étreinte et s'écarta légèrement. Cette femme sentait l'hôpital psychiatrique à plein nez.

La flic reprit posément :

— Des personnes vous ont vue errer le long du boulevard Vauban. Vous avez de la boue partout, jusque dans vos cheveux. Vous étiez très affaiblie et ils vous ont recueillie, voilà quelques minutes. Vous ne vous souvenez pas ?

Manon jeta un œil inquiet sur le groupe des étudiants.

— Tous ces visages… Il y a trop de monde. Des inconnus. Madame, faites-les partir.

Lucie se retourna vers les badauds.

— OK, merci à tous pour votre soutien, c'était très gentil. Mais… les secours vont arriver et il faut rentrer chez vous maintenant. Vous pouvez reprendre la tasse de chocolat… Et on laissera la couverture dans le coin là-bas. Jérôme, tu passes prévenir Anthony que je risque d'en avoir pour un moment. Qu'il veille bien sur mes filles.

Ça râla, ça murmura, sans bouger. Quand la carte tricolore surgit de la poche du caban, ça obéit.

Une fois seule avec Lucie, Manon réclama :

— Il me faut un médecin. Un médecin s'il vous plaît. Je veux savoir. Je dois savoir s'il ne m'a pas touchée. Madame, un médecin. Vite.

— Ne vous inquiétez pas, nous allons nous rendre aux urgences. On va vous soigner, vous protéger, d'accord ?

— Vous devez me prendre pour une débile. C'est sûr. Mais… Comment vous expliquer ? Cela défie toute logique.

Lucie s'approcha de nouveau très près de Manon et la caressa doucement dans le dos.

— Si nous commencions par le commencement ? Une personne vous a retenue contre votre gré ?

— C'est lui. C'est bien lui. J'en suis certaine.

— Qui est-ce, « lui » ?

— Vous ne savez pas ? Je ne vous l'ai pas encore dit ? Si, si, forcément vous savez. J'ai dû vous le dire…

— Non, pas encore… Je vous assure.

— Pas encore. Pas encore, comment ça, pas encore ? C'est le Professeur ! *Le Professeur* !

— Quel professeur ?

Manon parut ne pas comprendre, devant l'évidence de l'allusion. Elle dévisagea Lucie avec mépris.

— Vous êtes de la police, et vous me posez la question ? Comment pouvez-vous ignorer cela ? C'est impensable. Vous le connaissez forcément. Le Professeur !

Elle s'essuya le nez du bout de sa manche, avant de regrouper ses jambes contre son torse.

— Il n'a jamais accordé la moindre chance à ses victimes. Jamais. Pourquoi m'aurait-il épargnée ? Ça ne correspond pas à son mode opératoire ! Ça n'a aucun sens ! Vous saisissez ?

Lucie inclina la tête. L'autre parlait de « mode opératoire », un terme assez technique. Une flic ?

— Le Professeur… Vous voulez dire le tueur ? demanda Lucie.

Manon considéra les incisions sur la paume de sa main.

— Ou alors… Peut-être que je l'ai tué… Oui… J'ai réussi, je l'ai enfin retrouvé et je l'ai tué. De mes propres mains. C'est une possibilité. Oui, oui, ce serait logique. Toutes ces années…

Elle bouillonnait, ses tourments semblaient ruisseler juste sous sa peau, prêts à en crever la surface tendue. Lucie observa ses mimiques obsessionnelles, ses raideurs musculaires, ses contractions nerveuses.

Quelles sombres horreurs avait subies cette femme ? Le Professeur, de retour… Lucie ne put s'empêcher de réprimer un frisson.

Soudain, une porte claqua violemment derrière elles. Manon sursauta. Puis ses bras retombèrent mollement le long de son corps et elle se mit à regarder en détail le hall, les boîtes aux lettres, la couverture. Elle se redressa alors, fouilla dans ses poches et, prise de panique, demanda :

— Madame ?

Lucie, qui guettait l'arrivée des secours, répondit avec un temps de retard :

— Oui ?

— Qu'est-ce que je fiche ici ? Et qui êtes-vous ?

4.

Lucie installa Manon à l'arrière du véhicule de police secours. Elle avait réussi à joindre Anthony au téléphone. Déjà prévenu par Jérôme, il avait accepté sans problème de veiller sur ses amours jusqu'à son retour.

Lucie tournait régulièrement avec police secours, mais de plus en plus rarement avec les équipes de nuit. Elle rencontrait Tibert, le brigadier-chef au volant, et son collègue Malfeuille pour la première fois. Deux gaillards aux épaules de demi de mêlée, des arpenteurs de bitume, vampirisés par le métier.

Avant de repartir, Tibert fit marcher les essuie-glaces à pleine vitesse.

— Pas possible, une météo pareille. J'ai jamais vu ça.

Il jeta un coup d'œil dans le rétroviseur et démarra.

— Alors, c'est quoi le menu ?

Manon grelottait. Le visage dans l'ombre, les paupières fermées, elle venait de s'endormir, écrasée de fatigue.

— Je n'en sais rien, répliqua Lucie à voix basse en épongeant ses cheveux dans une serviette. Ça ressemble à un enlèvement : marques de liens super profondes aux poignets et aux chevilles.

— Wouah !

— Comme tu dis. Elle a de sacrés problèmes de mémoire. Incapable de se souvenir quand, ni où.

— Amnésie ?

— Choc traumatique, plutôt. Elle connaît son nom et son adresse. Mais tout se bouscule dans son crâne, elle parle très vite et ce qu'elle dit est carrément confus. Par exemple, elle affirme avoir trente-deux ans et, juste après, elle explique qu'il faut absolument nourrir Myrthe, son chien.

— Un sens vachement aigu des priorités.

Tibert avala une pastille Valda et en proposa une à Lucie, qui refusa.

— Pas de trauma crânien, d'ecchymoses ? questionna-t-il.

— Rien d'apparent, en tout cas. Mais j'ai peur des résultats des exams. Ne pas se souvenir de son kidnappeur, des conditions de son enlèvement, ça s'annonce franchement pas terrible.

— GHB[1] ?

— Je n'en sais rien.

Lucie posa doucement la main sur le front de Manon. Pas de fièvre.

— Elle est morte de fatigue, on dirait qu'elle n'a pas dormi depuis des lustres. Quelle espèce de salaud a pu la mettre dans un état pareil ?

— Le même genre de salaud qui bat sa femme à mort ou qui viole sa gamine. Exemple encore hier soir à Wazemmes. Hein, Malfeuille ?

— Ouais, rétorqua le brigadier. La fille en prend pour un mois d'hospitalisation. Mâchoire explosée à coups de cul de bouteille.

1. Gamma-hydroxybutyrate, plus communément appelé drogue du violeur.

Lucie resta songeuse un instant.

— J'ai appelé le central, ils vont vérifier son identité, reprit-elle. Et essayer de prévenir la mère qui habite Caen. Enfin, d'après ce qu'elle m'a dit.

Tibert tourna la ventilation à fond. Avec la buée, il ne distinguait plus grand-chose à l'extérieur.

— C'est quoi cette croûte de sang, sur sa main ? demanda Malfeuille en se retournant.

— Un truc horrible. On l'a tailladée. Une phrase incisée avec un objet tranchant : « Pr de retour ».

— C'est pas vrai… Elle est sacrément mutilée. Ce « Pr », qui est-ce ?

— Je n'en sais rien. Elle m'a parlé du Professeur… Le tueur en série d'il y a quatre ou cinq ans…

Plus un mot. Juste ce mélange écrasant de silence et de pluie.

Malfeuille finit par dire :

— Et vous la croyez ?

— Je crois surtout que cette femme est sous le choc… Même si ces inscriptions dans sa chair, elle ne les a pas inventées.

À ses côtés, Manon respirait de plus en plus fort.

— En tout cas, elle est obnubilée par ça, continua Lucie. Elle ne se rappelle pas d'où elle vient, ne sait pas qui l'a enlevée, ni quel mois nous sommes. Par contre, elle n'a pas cessé de me parler du Professeur. C'était comme s'il occupait toute sa mémoire. C'est vraiment curieux.

— Sacrément bizarre, ouais. Avec notre « Chasseur de rousses », ça nous ferait deux tarés qui tournent en France au même moment. Cette femme, c'est peut-être un mauvais présage…

Lucie remonta le col de son caban. Puis, sans répondre, elle posa son front sur la vitre et se laissa aspirer par le déluge. À droite, le Port de Lille et ses longs entrepôts. Un pont, l'autoroute A25, et les feux stop des camions qui explosaient sous la pluie en pétales de sang.

Quatre ou cinq ans plus tôt, elle aurait ressenti une excitation sans bornes pour une telle enquête, accueillant l'arrivée de cette femme comme un cadeau du ciel. Un enlèvement, le spectre d'un psychopathe qui rôde… L'occasion enfin d'extérioriser ce pour quoi elle se torturait depuis l'adolescence, au travers de ses lectures et des films sanglants qu'elle dévorait par dizaines. Mais à caresser le Mal dans son intimité[1]… Elle s'était juré une chose : « Plus jamais ça. »

Lucie releva la tête. Devant elle, le vaisseau hospitalier, illuminé, battu par la pluie. L'antre de la connaissance du corps. Des kilomètres carrés réservés à la maladie, aux études, à la médecine. Cardiologie, neurologie, psychiatrie… Dans cet ensemble de bâtiments, les policiers connaissaient une destination mieux que les autres : les UMJ, niveau –I de l'hôpital Roger Salengro. Viols, violences physiques, drogues, mutilations… Point de rencontre des victimes et des agresseurs en garde à vue.

La voiture se gara à côté des ambulances, dans un espace à l'abri. Les brigadiers allongèrent Manon sur un brancard.

— Elle ne se réveille même pas ! Carrément dans les vapes !

— Magnez-vous !

Ils la transportèrent vers l'accueil en courant.

Une infirmière se précipita vers eux, talonnée par un interne. Profil en lame de rasoir, lunettes rondes à monture verte. Le docteur Flavien.

1. Voir *La chambre des morts.*

— Messieurs… Lieutenant Henebelle ! De retour ? Les ambiances nocturnes vous manquaient ?

— L'ambiance, non. Mais vous, oui.

Sans ciller, Flavien ôta ses lunettes et se mit à les nettoyer minutieusement. Les deux marques qu'elles laissèrent sur son nez témoignaient d'une journée interminable, faite de viscères et de sang.

— Où est la réquisition ?

— Je vous prépare le papier tout de suite, répondit Lucie. J'ai été un peu prise de court. L'essentiel, pour le moment, c'est cette femme.

— Prise de court ?

Le médecin haussa les épaules, tandis que l'infirmière disparaissait avec le brancard derrière une porte battante.

— C'est toujours le même cinéma avec vous, soupira l'urgentiste. Dans médico-judiciaire, il y a judiciaire. Vous en connaissez la signification ?

Lucie se contrôla, même si Flavien l'exaspérait déjà.

— Je vous attends, docteur… Et je vous offre un bon café dès que vous aurez terminé. Prenez bien soin d'elle.

— Un bon café, ouais…

Il s'éloigna sans se retourner, en ajoutant :

— N'oubliez pas mon papelard, sinon, pas de certif.

— C'est rare de réussir à l'amadouer, celui-là, déclara Tibert. On devrait engager plus de femmes dans la police. Ça faciliterait le boulot…

— Si peu.

Il agita ses clés de voiture.

— C'est OK pour nous ?

— Oui, allez-y. Je vais rester auprès d'elle. Elle aura besoin de quelqu'un en se réveillant.

— Et pour rentrer, ça va aller ?

— Je m'arrangerai avec une ambulance des urgences. Merci les gars.

Avant d'aller régler la paperasse, Lucie sortit sous le porche pour téléphoner. Elle qui aspirait à une soirée paisible… C'était plutôt raté. Mais à dire vrai, elle y prenait dangereusement goût. Elle se mit à penser à ses filles qu'elle avait laissées seules avec Anthony. Flic, mère, l'équilibre était si fragile, la bascule si sensible.

Non, non, songea-t-elle. Seulement lancer l'enquête, refiler le bébé et disparaître. Faire le boulot, sans plus. Ils étaient informés à la DIPJ pour les jumelles, et assez conciliants, si tant est qu'un commandant de police puisse être conciliant.

Éviter la nuit, tant que possible. Sa promesse…

Lucie s'empara de son portable et ouvrit le répertoire, à la recherche du nouveau numéro de l'astreinte. Devenir incapable de retenir un pauvre numéro à dix chiffres… Fichue mémoire, fichue trentaine, fichu vieillissement.

Les noms défilèrent. Amélie, Corinne, Eva, Maman… Pierre… Pierre Norman… Collègue, ami, amant… Son flic à la chevelure de feu, accro à sa ville natale, Dunkerque… Et pourtant envolé si rapidement pour Marseille, voilà trois ans, alors qu'elle préparait son concours de lieutenant… Lucie n'avait jamais pris le temps d'effacer son numéro. Ou peut-être ne l'avait-elle jamais souhaité ?

Elle ferma les yeux. Le commissariat de Dunkerque, sur le quai… Son petit bureau à l'étage, en face de La Duchesse Anne. L'odeur salée du port de plaisance… Lille était si différente, si sophistiquée. Un diamant, effleurant un croissant de charbon.

Elle inspira profondément et appuya sur « Supprimer ».

— Salut commandant Pierre Norman, murmura-t-elle dans un grondement de tonnerre. Bon vent dans les calanques, si loin de chez nous…

Elle composa le numéro de la permanence, au bureau de la DIPJ. À peine son interlocuteur avait-il décroché qu'elle demanda :

— Du neuf pour Manon Moinet ?

— Bah, j'allais vous rappeler, justement ! rétorqua Greux, l'OPJ[1] d'astreinte. Individu non fiché, mais deux faits vraiment bizarres. *Primo*, une info de la sûreté urbaine : un type a débarqué là-bas, complètement affolé. Il prétend avoir recueilli un individu féminin qui errait au bord de la route, à une quarantaine de bornes d'ici, à proximité de Raismes !

— Manon Moinet ?

— C'est l'identité qu'elle lui a filée, oui ! Elle lui aurait demandé de la conduire dans le Vieux-Lille, puis elle l'aurait agressé avant de sauter du véhicule, comme ça, à un feu rouge, à l'entrée de la ville, au niveau de la porte de Béthune.

— Ça fait un sacré bout de chemin à pied jusqu'à Vauban, quand même.

— Surtout avec une tempête pareille. Et le gars l'a regardée s'éloigner, tout con. Il lui vient en aide, et elle lui colle une droite ! Il n'a pas dû piger ce qui lui arrivait.

— Il est toujours au 88 ?

— Les collègues l'asticotent un peu.

Lucie fit quelques pas en arrière sous le porche pour échapper à la pluie qui commençait à l'atteindre.

1. Officier de police judiciaire.

— Rappelle-les, demande-leur de le garder ! Préviens aussi le commissariat ou la gendarmerie de Raismes, qu'ils se tiennent prêts ! Tu as quelqu'un pour te remplacer à la perm ?

— Malouda.

— OK. Embarque un binôme, on doit se rendre là-bas. Moinet était à pied, donc proche du lieu de séquestration présumé. L'individu du 88 saura t'y reconduire. Il faut agir très vite ! Je vais essayer de choper une ambulance pour me ramener. Normalement j'arrive dans dix minutes. Si je ne suis pas là, vous filez, reçu ?

— Reçu. Mais attendez avant de raccrocher ! J'ai encore un truc louche concernant Moinet.

Greux marqua une pause.

— Alors ? T'attends quoi, là ? s'impatienta Lucie.

— Il s'agit de sa mère, Marie Moinet. L'adresse que vous m'avez transmise, à Caen… J'ai appelé. C'est un type qui a répondu.

— Le père ?

— Pas vraiment. Le nouveau proprio de la maison.

— Quoi ?

— Marie Moinet ne crèche plus à cette adresse depuis trois ans.

— Mince ! Comme si cette histoire n'était pas assez compliquée. C'est pourtant l'info qu'elle m'a donnée ! Et tu as pu dénicher son adresse actuelle ?

— Bah, ouais. Le boulevard des trépassés…

— Quoi ?

— Le boulevard des trépassés, le cimetière quoi ! Cette femme est morte il y a presque trois ans.

— Trois ans ? Tu déconnes ? Sa fille vient de la réclamer !

— Elle s'est foutue en l'air dans un HP. Le 8 juillet 2004.

Lucie raccrocha. Elle n'y comprenait absolument rien. La nuit risquait d'être longue.

Et tout à coup, de nouveau, la culpabilité. Ses filles, éviter la nuit. Sa promesse…

Il lui suffisait d'appeler un officier de remplacement et de rentrer. Le commandant n'apprécierait pas, mais il comprendrait. Il l'aimait bien, elle, la petite Dunkerquoise.

Ses filles, Manon. Manon, ses filles. Une décision, vite.

Elle se précipita dans le hall des urgences. Flavien se dirigeait à sa rencontre d'un pas alerte.

— Vous avez un instant ? l'interpella-t-il.

— Écoutez, je…

Elle réfléchit une seconde.

— Je viens de recevoir un appel. Je dois partir au plus vite pour Raismes, on y a vu votre patiente en train d'errer au bord de la route. Je vais envoyer un collègue pour veiller sur elle.

Flavien leva sa main en l'air.

— Je crois que vous devriez remettre votre voyage à plus tard.

— Qu'est-ce qu'il se passe ? C'est Manon ? Vous l'avez auscultée ? Elle n'a pas…

— Elle se repose encore en salle de soins. Mais c'est quand elle a ouvert les yeux, j'ai…

Il fronça les sourcils, l'air grave.

— Suivez-moi… C'est au-dessus, dans l'unité de neurologie, que ça se passe. Manon vous y attend…

— Mais… Vous venez de me dire qu'elle était en bas !

— Je le sais bien, cher lieutenant. Mais attendez-vous à un choc. Parce que je vous garantis qu'elle se trouve aussi en haut.

5.

À la station Châtelet, Romain Ardère se laissa bercer par le long tapis roulant qui le menait vers la ligne 4 du métro parisien, direction la gare Montparnasse. La sensation de l'air sur son visage lui fit du bien. Il inspira profondément. Le directeur de Mille et une étoiles appréciait le calme des couloirs en cette heure avancée de la soirée.

Depuis 5 heures du matin, il ne s'était pas arrêté. Il revenait d'une réunion importante avec les différents fournisseurs d'équipements pyrotechniques, ses assureurs, son maître artificier, et surtout, l'adjointe au maire de Saint-Denis.

Bilan de la journée ? Sa petite société faisait partie de la *short list* pour le feu d'artifice du 14 Juillet à Saint-Denis. Pas encore la tour Eiffel, certes, mais on s'en approchait doucement, avec cette ville de presque cent mille habitants. Nom du projet : « L'Empire céleste ».

Avec une chance sur cinq d'être retenu, Ardère possédait néanmoins un avantage de taille sur ses concurrents : le « calisson d'étoiles », une bombe de sa composition, mélange secret de nitrate de baryum, d'oxyde de strontium, de chlorure cuivreux et d'un réactif complexe, qui libérait des grains de lumière en forme de losanges multicolores. La précision géométrique appliquée au charme de l'imaginaire. Du jamais vu.

L'homme au costume impeccable, au style jeune et engagé, se réjouissait d'avance. Un tel contrat permettrait à son entreprise de percer hors de son département, le Maine-et-Loire, et d'aborder de nouveaux horizons. Lui qui n'était parti de rien pourrait bientôt embraser la France entière de ses shows féeriques.

Il emprunta un escalator. Une fois sur le quai du métro, il plaça sa mallette entre ses jambes et observa les jeunes, de l'autre côté des voies, qui jouaient au football avec une canette de Coca.

L'intellect, face à la racaille. À leur âge, lui bâtissait déjà le monde ; eux s'y repaissaient. Il les méprisa.

Les wagons jaillirent de leur bouche d'ombre. Ardère s'installa sur un strapontin, défit le nœud de sa cravate et sortit des boules anti-stress de sa poche, tatouées du logo de sa société. Il les fit rouler entre ses doigts. Elles émirent un léger bruit métallique qui le détendit. Boule rouge, boule bleue. Le Yin et le Yang.

Lentement, il regarda sur la droite. La vue d'un cercle graffité sur la porte coulissante lui rappela sa pièce secrète, décorée d'instruments de cirque, de ballons, de massues et, surtout, d'une large cible jadis utilisée par un célèbre lanceur de poignards. C'était dans ce petit local discret qu'il élaborait ses amalgames éclatants. Son jardin secret. Sa raison de vivre.

Ardère fixa son reflet dans la vitre latérale. À la station suivante, ses yeux se perdirent le long des murs carrelés, attrapèrent la course aveugle des passants et s'arrêtèrent sur les panneaux publicitaires, dont la plupart vantaient les mérites du dernier roman de Stephen King.

Soudain, un bond dans sa poitrine.

Il se leva subitement et se faufila de justesse entre les portes.

Face à lui, déployée sur trois mètres de haut, une affiche.

Une femme sublime, aux iris d'un bleu éclatant.

C'était bien elle. Aucun doute possible.

Ardère posa sa mallette et se tamponna le visage avec un mouchoir. Ça bourdonnait sous son crâne. La fatigue. Et le choc de ce portrait.

Il se ressaisit rapidement. Tout était loin, et enterré. Il en vint même à sourire devant ce curieux clin d'œil du hasard.

Mais il n'y avait pas de hasard.

Il attrapa la rame suivante, incapable de se débarrasser de ce slogan, lu au bas de l'affiche : « Faites comme moi, avec N-Tech, n'oubliez jamais votre mémoire. »

Il serra les dents.

Cette garce de Manon Moinet était de retour.

6.

Le lieutenant de police et le médecin urgentiste sortirent de l'ascenseur et se dirigèrent vers le Centre de la mémoire, dans l'unité de neurologie. Sur un panneau en liège, près de l'accueil, étaient punaisées des affichettes sur Alzheimer, l'épilepsie, la maladie à corps de Lewy. Rien de bien réjouissant.

— Le visage de cette patiente me disait vaguement quelque chose, expliqua Flavien. Puis ça a fait tilt, tout à l'heure, quand elle a ouvert les yeux. Le bleu si particulier de ses iris. On ne peut pas oublier un tel regard… En tout cas, pas moi ! Je me suis souvenu que je l'avais déjà vue, ici même, voilà tout juste deux heures, avant d'attaquer ma garde.

— Deux heures ? Ça me paraît vraiment difficile. Elle devait errer dans les rues de Lille, du côté de la porte de Béthune. Je pense que vous vous trompez.

— À vous de me le dire…

Il ouvrit la porte d'une salle de consultation.

Au fond, un poster, accroché au mur. Lucie s'appuya contre le chambranle. Elle n'en croyait pas ses yeux.

— Bon sang ! Qu'est-ce que c'est que ce cirque ?

En face d'elle, sur le papier glacé : Manon.

Elle tenait un organiseur électronique à la main. Au bas de l'affiche, un slogan publicitaire disait : « Faites comme moi, avec N-Tech, n'oubliez jamais votre mémoire. »

— Docteur ! À quoi ça rime ?

Il haussa les épaules, perplexe.

— Restez ici, je vais chercher le professeur Ruffaux ou l'un de ses collègues de garde… Je dois retourner à mes urgences, m'occuper de notre vedette. Tenez-moi au courant, cette histoire m'intrigue.

Lucie, à la fois subjuguée et désorientée, acquiesça sans réussir à décrocher son regard de l'affiche. Manon, tailleur beige, sourire éclatant, maquillage léger, resplendissait de beauté.

Le lieutenant s'approcha de la photographie. Qui était donc la victime en survêtement, trempée et traumatisée, allongée en unité de soins ?

Elle sentit une présence dans son dos et se retourna.

— Je suis le docteur Khardif, dit un homme de type méditerranéen, à la stature imposante. Mon confrère m'a demandé de venir vous voir, mais je n'ai pas beaucoup de temps à vous accorder. Alors essayez de faire vite s'il vous plaît. De quoi s'agit-il ?

Lucie se présenta et exposa rapidement la situation. D'un geste un peu précieux, le neurologue, coresponsable du service de neurologie et pathologie neurovasculaire, fit crisser les poils de son bouc, taillé avec la plus grande précision.

— Manon Moinet aurait été victime d'un enlèvement ?

— Vous la connaissez ?

— Pas vraiment, non. Mais depuis quelque temps, elle est devenue la figure emblématique de l'hôpital Swynghedauw.

— Pardonnez-moi si j'ai l'air de venir d'une autre planète, mais… c'est quoi, cet hôpital Swyn…

— Swynghedauw, le bâtiment à l'architecture colorée, une centaine de mètres plus haut… Ici, à Roger Salengro, nous diagnostiquons et traitons, entre autres, les pathologies du cerveau. Nos services se concentrent sur la neuroradiologie, l'exploration fonctionnelle de la vision, les troubles mnésiques. L'hôpital Swynghedauw, lui, est spécialisé dans la rééducation et la réadaptation des troubles cognitifs et mnésiques importants. Traumas crâniens et, dernièrement, amnésies rétrogrades et antérogrades.

— Tout cela ne me dit pas grand-chose.

Khardif s'installa sur un fauteuil en cuir, derrière un bureau, puis regroupa ses mains devant lui.

— Disons, pour faire simple, que l'hôpital Swynghedauw a pour mission d'éviter qu'en quittant nos lits, les patients cérébro-lésés se retrouvent errants dans la nature, sans savoir qui ils sont, ni où ils vont.

— Et Manon est l'une de leurs patientes ?

— Elle est plus que cela. Grâce à elle, un partenariat a été développé entre l'hôpital et les organiseurs électroniques N-Tech. Neuronal Technology, vous connaissez ?

— Je vois ce que c'est, oui.

— Ils ont monté ensemble un programme appelé MemoryNode. Un gros coup pour N-Tech, mais plus encore pour Swynghedauw. Une importante campagne de publicité vient d'être lancée par le fabricant d'organiseurs, qui met en valeur l'aspect universel de son outil en prouvant que même les amnésiques, les sourds-muets ou les aveugles peuvent l'utiliser et mener une vie moins… difficile. Vous risquez d'apercevoir la photo de Moinet placardée un peu partout en France.

Lucie s'empara du petit carnet fourre-tout qu'elle emportait toujours avec elle.

Elle surprit le regard curieux que le neurologue portait sur ses rangers et son jean moulant.

— J'avoue que j'ai du mal à saisir, reprit-elle, gênée de son accoutrement. Si Manon Moinet est une de leurs patientes, de quoi souffre-t-elle, exactement ?

Le médecin lui tendit délicatement le stylo qui dépassait de la poche de sa blouse.

— Je ne l'ai jamais soignée personnellement, je n'ai pas eu accès à son dossier. Vous devriez vous entretenir avec son neurologue. Moi, je ne puis vous donner qu'une vision assez… théorique de son affection. Une conception globale, qui ne s'applique pas forcément au cas Moinet.

— Je vous écoute.

Il inspira longuement.

— D'un point de vue pathologique, Manon Moinet souffre d'une amnésie hippocampique, appelée, de manière plus schématique, antérograde…

— Génial. Vous pourriez traduire ?

Il continua sans sourire :

— Cette amnésie se caractérise par une incapacité à fixer les nouveaux souvenirs. Sans entrer dans des explications compliquées, les patients qui en souffrent peuvent promener leur chien vingt fois par jour sans s'en rendre compte. S'ils manquent d'organisation, ils ne parviennent plus à mener une vie normale. Ils se mettent à accomplir des actions aberrantes. Se nourrir deux fois d'affilée par exemple, puisqu'ils oublient qu'ils ont déjà mangé. Si vous retournez voir Moinet, tout à l'heure, elle ne vous reconnaîtra pas.

Lucie nota les mots-clés de la conversation. Le comportement de Manon, cette terreur qu'elle semblait ressentir dans la résidence Saint-Michel, lui paraissait à présent plus logique. Elle demanda au spécialiste :

— Un peu comme Alzheimer ?

Khardif secoua la tête en émettant des petits bruits de succion.

— La maladie que l'on placarde sur n'importe quelle pathologie en rapport avec la mémoire... Non, non, non... Alzheimer est une pathologie neurodégénérative. La personnalité se dégrade au fil du temps, jusqu'à la démence. Ce n'est pas le cas pour Manon Moinet, loin de là. Elle a conservé l'ensemble de ses facultés intellectuelles, son caractère, son énergie. Et croyez-moi, pour convaincre une société comme N-Tech de verser des fonds à l'hôpital, il a dû en falloir, des qualités ! En réalité, cette stabilité relative est sûrement due au fait que ses autres mémoires ont été épargnées, parce qu'elles se situent dans des zones moins sensibles au manque d'oxygène ou de glucose.

— Ses autres mémoires ?

Khardif se leva.

— Pendant tout le XXe siècle, la médecine n'a jamais fait la différence entre le souvenir de ce que l'on a préparé à dîner, et celui de la manière dont on l'a préparé. Pourtant, ces deux souvenirs stimulent des mémoires différentes, dans des zones distinctes de l'encéphale. Mais il me faudrait toute une vie pour vous expliquer les mystères qu'abrite notre cerveau... et j'ai des obligations. Sachez juste que les patients atteints par ce genre de troubles se rappellent très bien leur passé, savent encore conduire une voiture ou jouer du piano, et sont parfaitement capables d'apprendre. Pas de retenir des visages, des phrases, des chansons, mais d'apprendre des gestes, des automatismes. Mettre une ceinture de sécurité, éteindre la lumière, se lever quand un réveil sonne…

— Une espèce de conditionnement ?

— Exactement, c'est le terme employé, le conditionnement. Le problème de taille est que ces personnes ignorent complètement que les tours du World Trade Center ont été détruites ou que le pape Jean-Paul II est mort. Elles vivent dans un présent furtif, avec un passé qui s'efface au fur et à mesure et un futur qui n'est qu'illusion. Il m'est arrivé de rencontrer un sujet atteint d'une encéphalite à *herpes simplex*, persuadé de vivre en 1964, et qui ne comprenait pas que les autres, autour de lui, vieillissaient. Il répétait perpétuellement la même chose, ne pouvait pas enregistrer trente lignes d'un texte sans en oublier le début, tenait un journal intime où il notait toujours cette même et unique phrase : « Je viens de me réveiller. » L'information ne se stockait plus dans sa mémoire à long terme, celle des souvenirs, celle qui permet aussi de lire un roman ou de regarder un film sans perdre le fil de l'intrigue.

— Vous voulez dire que… Manon pourrait ignorer que sa propre mère est décédée ? Qu'elle pourrait ne pas se remémorer un événement qui pourtant la touche au plus profond d'elle-même ?

— Si cela s'est produit après son accident cérébral, oui. Comme j'ai essayé de vous l'expliquer, les imprimantes qui fabriquent les souvenirs, appelées hippocampes, n'ont plus d'encre. Vous êtes policier. Considérez, pour comprendre, qu'elle est sous l'emprise permanente de benzodiazépines ou de GHB, votre drogue du violeur. Buvez deux coupes de champagne, avalez un somnifère et vous aurez un aperçu de ce qu'elle ressent à chaque seconde. Tout cela est purement chimique, voire électrique : quand vous coupez un câble, le courant ne passe plus.

Lucie peinait à assimiler l'information, tant ce phénomène cérébral défiait toute logique. Que se passait-il quand Manon cherchait à joindre sa mère ? Apprenait-elle à chaque fois son décès ? S'écroulait-elle alors en larmes, avant d'oublier la raison de son chagrin ?

Comment réussissait-elle tout simplement à vivre ? À sortir, à manger, à faire ses courses, à retirer de l'argent, à savoir où elle allait ?

Tant de questions, d'inconnues. Lucie en restait interdite. Le neurologue l'interrompit dans ses pensées :

— Pourriez-vous me rendre mon stylo, s'il vous plaît ? C'est un Faber-Castell, j'y tiens beaucoup.

De ses doigts de couturière, il le replaça exactement au même endroit, sur le bord de la poche.

— Je vais devoir y aller. Je vous le répète, je ne connais pas le dossier de cette patiente, elle n'a jamais été traitée dans notre centre. Par contre, je peux vous donner le nom de mon confrère. C'est lui qui est en charge du programme MemoryNode, il est neurologue et travaille en permanence avec des neuropsychologues qui suivent, eux aussi, Manon Moinet…

— Je vous écoute.

— Charles Vandenbusche. Mais ne cherchez pas à le joindre cette nuit, Swynghedauw est un hôpital de jour, et les médecins ont horreur des appels à leur domicile. Les journées pèsent déjà assez lourd…

— Malheureusement, les victimes ne peuvent pas toujours attendre.

Khardif continua sans tenir compte de la remarque :

— Vous venez de plonger dans l'une des zones les plus mystérieuses et les plus excitantes de l'histoire de la médecine, chère inspectrice… La mémoire. Un labyrinthe élastique constitué de milliards de chemins différents.

— Lieutenant, pas inspectrice.

— Pardon ?

— Je suis lieutenant, pas inspectrice. Et j'avoue que cela ne m'excite qu'à moitié, parce que j'ai en face de moi une femme qui sera probablement incapable de reconnaître son agresseur… Une dernière chose. En quoi consiste précisément ce programme Memory-Node ?

— C'est une chance pour les amnésiques. Un moyen de leur rendre un semblant de mémoire, grâce à un N-Tech adapté avec des fonctions spéciales. Photos, enregistrements audio, boutons « Qui », « Quoi », « Où », « Comment »… Une sorte de mémoire prothétique… Mais allez voir Vandenbusche. Il prendra certainement le temps de vous expliquer tout cela.

Le portable du neurologue se mit à sonner.

Khardif répondit. Après avoir raccroché, il dit, en s'éloignant vers la porte :

— C'était le docteur Flavien. Il veut vous voir de toute urgence.

7.

Lucie pénétra dans la chambre, précédée par Flavien. Manon semblait dormir paisiblement, la tête enfoncée dans un grand oreiller.

— Hormis les marques aux poignets et aux chevilles, je n'ai pas constaté de sévices particuliers, expliqua le médecin.

— Elle n'a pas été violée ? demanda Lucie à voix basse.

— Non… Vous pouvez parler normalement, elle ne risque pas de se réveiller. Comme elle s'est brusquement agitée, tout à l'heure, nous lui avons administré un léger sédatif. Son sang et quelques cheveux sont partis en toxico, pour analyse. Mais elle n'est pas déshydratée et ne souffre pas de carence nutritionnelle. De plus, ses ongles coupés excluent l'hypothèse d'un enfermement prolongé. Ses pieds très gonflés prouvent qu'elle a dû marcher sur une longue distance. Pas de coups, pas de blessures, sauf cette plaie dans la paume de sa main gauche…

Lucie l'interrompit :

— Cette inscription, ce « Pr de retour ». Une idée ?

— Des incisions réalisées avec un objet très tranchant.

— Sacré scoop…

Il prit la main de Manon et la retourna.

— Vu la profondeur, l'auteur de cette barbarie n'a pas fait dans le détail… Mais ce n'est pas tout…

Flavien souleva les draps avec précaution.

Lucie contracta les mâchoires.

— Merde…

Le ventre de Manon était traversé par deux larges scarifications. Des cicatrices blanchâtres, régulières, indélébiles, et qui formaient comme des lettres, des mots, des phrases, en apparence incompréhensibles. Sauf si…

Lucie inclina la tête.

— Qu'est-ce que…

Elle se recula vers le pied du lit.

— Oui… Ces scarifications ont été faites de manière à pouvoir être lues dans un miroir, expliqua Flavien. Chose curieuse, quand on les regarde bien, elles diffèrent assez l'une de l'autre. Comme s'il s'agissait de deux graphies.

— Vous pensez qu'elles sont l'œuvre de deux personnes différentes ?

— Oui, je crois. Et pour avoir cicatrisé comme ça, il faut qu'elles aient été faites il y a au moins un mois.

Lucie tenta de déchiffrer les inscriptions. Sous la poitrine, une phrase : « Rejoins les fous, proche des Moines ». Et, juste en dessous : « Trouver la tombe d », avec un long trait qui filait vers la gauche, après le « d ». À l'évidence, la « gravure » avait été violemment interrompue, la lame avait mordu la chair sur près de dix centimètres.

— Mince… À quoi ça rime ?

— Je l'ignore. En tout cas, ce qui est sûr, c'est qu'elle est obligée d'affronter ces deux phrases tous les jours, quand elle se regarde dans la glace pour faire sa toilette. Elle n'a aucun moyen de les éviter. Un peu comme…

— Des stigmates…

— Oui. Ou une punition.

Lucie observa l'épaule droite de Manon, tatouée d'un coquillage, puis se laissa bercer quelques instants par le battement hypnotique de l'électrocardiogramme, juste à gauche, avant de demander brusquement à Flavien :

— Docteur, vous pouvez la réveiller ? Je… Je dois l'interroger !

— Pas pour l'instant ! Et, de toute façon, que croyez-vous qu'elle vous dira ? Elle ne se souvient probablement pas de la signification de ces entailles !

— Elle s'en rappellera, forcément. Ces marques l'ont fait souffrir, elle… elle n'a pas pu oublier. Combien de temps ? Dans combien de temps je pourrai lui parler ?

— Une ou deux heures. Mais à son réveil, elle aura besoin du plus grand calme. J'ai l'impression que vous n'avez pas très bien saisi toute la situation.

Il attrapa Lucie par le coude et l'entraîna à l'autre bout de la chambre.

— Quand elle émergera, elle ne reconnaîtra personne. Elle ignorera la raison de sa présence ici et elle ne saura pas non plus ce qu'elle a fait ces dernières années. Elle est prisonnière du présent, il faut que vous compreniez ! Certains amnésiques oublient même qu'ils sont amnésiques, ils tournent dans leur bocal comme des poissons rouges ! Ces taillades, sur son ventre, sont peut-être ses seuls repères. Ou au contraire un supplice à supporter chaque jour. Dans tous les cas, allez-y mollo, d'accord ?

Lucie acquiesça, un peu grimaçante. Une douleur se réveillait dans son mollet. Trop de footings, ces derniers jours…

— Dites, fit-elle. Le docteur Khardif m'a donné le nom de son psychologue, un certain Vandenbusche…

— Son neurologue, plutôt…

Flavien sembla hésiter.

— D'accord, je vais essayer de le joindre… Moi aussi, j'aimerais en savoir un peu plus sur cette histoire de dingues.

Lucie sentit la vibration de son portable dans sa poche.

— Lieutenant ? Ici Greux !

Le major hurlait dans l'appareil. Sa voix tentait de couvrir le grondement de la pluie qui s'abattait sur la voiture de police.

— On a fait comme vous avez dit, on vous a pas attendue ! On vient d'arriver aux alentours de Raismes, sur les lieux signalés par l'individu qui avait embarqué Manon Moinet ! En fait, les collègues de la gendarmerie étaient déjà là à cause d'un accident provoqué par une saleté de branche !

— Vous tenez quelque chose ? demanda Lucie.

— Bah, je veux ! Quelque chose qui risque de vous plaire ! Ou de vous déplaire, j'en sais trop rien ! Quand on leur a raconté que la fille avait été découverte à cet endroit exact, ils n'ont pas tergiversé ! Il n'y a rien aux alentours, hormis un refuge de chasseurs, à cinq cents mètres de là, dans une espèce de sous-bois ! Eh bien, vous savez quoi ? Bingo !

Il se racla la gorge.

— Je reviens juste de la cabane ! Je pense qu'on a affaire à un truc sérieux ! Faudra peut-être penser à réveiller du monde !

— Quoi ? Un corps ?

Il brailla plus fort encore.

— Bah pas vraiment, non ! Mais faut vous amener, c'est inexplicable, j'ai jamais vu ça de ma vie ! On… On nous a posé un ultimatum ! Si on en croit les marques sur les murs, si on ne se magne pas, ce corps, il risque de pas tarder !

8.

L'air satisfait, Anthony replia son téléphone portable et le fourra dans sa poche.

Aux dernières nouvelles, la flic venait de récupérer sa voiture dans le parking juste en bas et filait sur Valenciennes. Pourquoi n'était-elle pas montée jusqu'à l'appartement cinq minutes, histoire de vérifier que tout roulait ? Drôle de gonzesse.

En tout cas, elle ne reviendrait pas de sitôt. En bonne mère, malgré tout, elle l'avait questionné sur son activité. Il avait alors simplement raconté qu'il remplissait des grilles de Sudoku, dans le fauteuil face aux jumelles, et qu'elles dormaient à poings fermés.

Certain qu'il ne serait pas dérangé, l'étudiant partit en exploration.

Grâce aux interrupteurs à intensité variable – le seul dispositif un peu high-tech de l'appartement –, il tamisa la lumière, ce qui lui permit de voyager au cœur de ce petit trois pièces sans risquer d'éveiller les mouflettes.

L'ordinateur, d'abord. Il alluma le moniteur. Tiens, tiens, une connexion ouverte sur Meet4Love, un site de rencontre. En pleine page, le profil de la flic : « La trentaine épanouie, dynamique, couche-tard et lève-tôt. Caractère dunkerquois, poigne dure et cœur tendre. Aime le mystère et la magie d'un regard. Réserver une grande place pour mes deux filles. » Anthony, un sourire moqueur aux lèvres, prit soin d'éteindre l'écran et décida de s'intéresser au meuble dans l'angle du salon. À son arrivée, il avait vu la flic y ranger dans l'urgence des papiers et des bouquins. Elle devait ignorer que plus curieux que lui, ça n'existait pas.

Dans le tiroir du haut, un ouvrage sur le vaudou, avec des pages arrachées. À l'intérieur, des dessins de jumeaux. Des espèces de cérémonials cruels, photographiés par l'auteur du livre. Vraiment bizarre. Sous le bouquin, des photocopies. Études détaillées, dossiers médicaux, apparemment confidentiels, sur des tueurs en série américains, avec des clichés bien sanglants comme il fallait.

Un peu ébranlé, Anthony commença à s'interroger. Qui était donc cette Lucie Henebelle, la nana bien élevée et polie qu'il ne croisait que brièvement le matin et le soir, qui n'invitait ni meufs, ni mecs, ne faisait jamais de bruit, ni de fêtes ? Que fichait la mère de deux petites avec de telles monstruosités ? Lui qui s'intéressait principalement à la robotique et à la fabrication « artisanale » de décodeurs de chaînes cryptées pour la famille… Tout cela lui paraissait bien loin de son monde.

Cela ne l'empêcha pas d'ouvrir un vieux grimoire sur la dissection, intitulé *Anatomia Magistri Nicolai Physici*, dissimulé sous de la paperasse. Il s'agissait d'un original, aux pages légèrement piquées. Des croquis extrêmement minutieux présentaient les coupes des différents muscles du corps humain. Certains dessins montraient un homme attaché en croix, tailladé de grandes fentes pourpres par des savants à la barbe fournie. Un hymne à la douleur.

Quand il tomba sur des feuillets tachés de sang – du vrai sang, il en aurait mis sa main à couper –, il rabattit la couverture et replaça précipitamment le livre bien au fond du tiroir.

« Arrête un peu de flipper ! T'as plus quinze ans ! »

La vue des mômes endormies le rassura, il se ressaisit. Sachant que Henebelle ne risquait pas de le surprendre, il se décida à aller explorer sa chambre, histoire de se changer les idées. Il veillait sur les petites, il ne faisait rien de mal... Il s'occupait un peu, voilà tout. Et puis, photographier avec son portable la petite culotte d'une inspectrice plutôt bien roulée... Joli trophée de chasse...

Il tourna la poignée et ôta ses Reebok, s'assurant ainsi de ne pas abandonner d'empreintes sur la moquette. Pas flic, mais pas con non plus.

La pièce était propre et très sobre, comme dans le reste de l'appartement. Pas de bibelots inutiles. Juste une brosse à cheveux sur le lit, des photos des jumelles, ainsi qu'un bouquin. Encore un truc d'horreur. Le dernier roman de Grangé, une histoire de meurtrier déjanté...

Décidément, à quoi carburait cette bonne femme ? Les flics de la PJ n'en avaient pas assez de leurs journées pour, le soir, se gaver encore de trucs gore ?

Au-dessus d'un haut bahut en pin, sur la droite, l'éclat bleuté d'un pistolet attira son regard. Du bout des doigts, il tira sur le holster en cuir.

Sur le côté, une pochette fermée avec un bouton pressoir. À l'intérieur, une clé minuscule, qui ouvrait sans doute un coffre, ou un casier personnel au commissariat. Il la remit à sa place et sortit le Sig Sauer 9 mm de son étui. L'arme glissa dans le creux de ses mains. À vingt-deux ans, il n'avait jamais tenu un tel engin, et en ressentit une étonnante sensation de puissance. Il retourna le semi-automatique, le soupesa, se surprit à viser une lampe de chevet, une paupière baissée.

Un « Pan ! » filtra entre ses dents. Quel sacré revolver ! Non, pas « revolver », mais pistolet, sans barillet. La seule chose qu'il connaissait sur les flingues, à force de s'abrutir de séries télé. Sig Sauer, chargeur 15+1. Était-il chargé, justement ? Cette folle s'en était-elle déjà servi, du côté de Lille-Sud ou dans les coins chauds de Roubaix ?

Il se sentit soudain mal à l'aise. Ce jouet pouvait tuer. Il le rengaina et le repositionna exactement à la même place. Henebelle n'y verrait que du feu.

Il allait examiner l'intérieur du bahut, mais une armoire au vitrage teinté, calée dans un renfoncement, retint son attention. Il s'accroupit, voulut en ouvrir la porte. Verrouillée. Il plaqua son front sur le carreau. À l'intérieur, une masse ovale… Il n'arrivait pas vraiment à voir ce que c'était. Un machin d'apparence bizarre, en tout cas.

Un tas de photos traînaient sur le meuble. Il les parcourut rapidement du regard. Sur l'une d'elles, Henebelle, gamine, une dizaine d'années, encadrée par ses parents. Fille unique, apparemment, et vieux pas bien riches, à en juger par leurs fringues et la façade de leur pavillon en crépi usé. Une fille d'ouvrier, de travailleur à la chaîne, à tous les coups. Aujourd'hui elle devait se sentir toute puissante, avec son uniforme… Anthony gloussa, puis s'intéressa aux autres clichés. Les jumelles avec une glace à la crème, les jumelles à la mer, les jumelles dans leur bain… Chose certaine, elle aimait ses bambins.

Il s'intéressa de nouveau à l'armoire. Qu'avait-elle à cacher là-dedans ? Un orteil ? Une oreille ? Un doigt coupé ?

Il fallait trouver la clé. S'agissait-il de celle à l'intérieur de la ceinture de cuir ? Une clé qu'elle devait utiliser souvent, puisqu'elle la gardait en sûreté, auprès d'elle. Une clé qu'elle ne voulait pas perdre, ni laisser traîner n'importe où.

Sauf que, ce soir…

Il posa le holster sur la couette et récupéra le petit morceau de métal. Quand il le pressa dans sa main, il marqua un temps d'hésitation. Pouvait-il violer l'intimité de cette femme à ce point ? Bah ! Il garderait cet écart de conduite pour lui. Quand on fabrique des décodeurs pirates, on sait rester discret.

La clé s'enclencha à la perfection dans la serrure.

Tandis qu'une vague d'angoisse montait dans sa gorge, il écarta lentement la vitre et saisit une large feuille plastifiée.

Une radiographie. Ou, plus précisément, une échographie.

Il s'approcha de l'ampoule du plafonnier et se mit à observer en détail sa trouvaille. On pouvait distinguer une tache transparente et deviner une forme en haricot. Ou plutôt, deux formes.

Des jumeaux.

Il haussa les épaules. Sa déception était immense. Alors, c'était que ça ? La simple photographie des deux fillettes avant leur naissance ?

Il se pencha de nouveau et découvrit une deuxième échographie, qu'il ne prit pas le temps de consulter. Parce que, derrière, se dressait quelque chose.

Quelque chose d'inimaginable.

Son visage se tordit en une infâme grimace.

9.

Lucie se frotta les paupières. Le chauffage de sa vieille Ford peinait à supprimer la buée à l'assaut du pare-brise. Le mois précédent, des crétins avaient cassé l'antenne radio sur le toit et, cerise sur le gâteau, des gouttelettes perlaient à présent à l'intérieur de la voiture. Avec son salaire de lieutenant et les primes, elle avait cru pouvoir vivre plus aisément que dans son petit pavillon de Malo-les-Bains. Mais Lille était une ville chère, et les loyers hors de prix. Sans compter les frais de nourrice qui mangeaient plus du tiers de ses revenus. Alors, pour une nouvelle voiture, elle pouvait toujours rêver…

Une demi-heure qu'elle roulait en direction de Valenciennes. La pluie ne faiblissait pas. Au loin, elle aperçut enfin les lumières d'un périmètre de sécurité. Elle s'approcha encore. Des pompiers et des gendarmes, trempés comme des gardiens de phare. Derrière eux, deux véhicules encastrés, œuvre de gomme et de métal plissé.

Lucie se gara sur le bas-côté, derrière une autre voiture, et boutonna son caban jusqu'au cou. Elle récupéra une lampe dans son coffre et un K-way qu'elle déploya au-dessus d'elle. Elle se dirigea en courant vers un pompier.

— Lucie Henebelle ! Police judiciaire de Lille !

L'homme tendit le bras en direction de la forêt.

— Par là ! cria-t-il. En face, à trois cents mètres ! Il y a un collègue à vous !

— Et l'accident ? Que s'est-il passé ?

— Une branche, sur la route ! Véhicules en choc frontal ! On désincarcère encore !

— Des morts ?

— Deux ! Je vous laisse ! On n'a jamais vu un temps pareil ! On est débordés depuis hier !

Lucie enfila son K-way. Une dizaine de personnes s'activaient, d'autres, quelques mètres plus loin, observaient. Silhouettes sombres enfoncées dans la nuit. Il en fallait toujours, à proximité des accidents. Des consommateurs de morbidité, venus de nulle part.

À la lueur de sa lampe, elle s'engagea sur un chemin boueux à travers les arbres. Que faisait-elle là, loin de ses gamines ? Tout était allé si vite.

Elle pensa au calvaire qu'avait dû vivre Manon, paumée, incapable de se repérer, avec cette seule phrase au creux de sa main : « Pr de retour ». Peut-être de l'automutilation. Pour se forcer à fuir. Et comprendre la raison de cette fuite.

Lorsqu'elle parvint au refuge, ses rangers et son jean étaient noirs de boue. Greux discutait avec deux gendarmes en uniforme, à l'abri sous le porche de la cabane. Lucie les salua en retirant son K-way. Elle secoua ses cheveux et tenta de s'égoutter au mieux.

— Attention où vous mettez les pieds, la prévint l'un des gendarmes au moment où elle poussait la porte.

À peine pénétra-t-elle à l'intérieur qu'elle aperçut comme une mer ondoyante, jaune et rouge. Elle s'immobilisa.

— Des allumettes, fit Greux qui la suivait, une puissante torche à batterie à la main. Je ne pense pas en avoir utilisé autant dans toute ma vie de fumeur.

Les petits morceaux de bois tapissaient les trois quarts de la surface du sol. Combien y en avait-il ? Des milliers ?

Dans un angle de la pièce, Lucie repéra des cordes. Elle releva la tête. Sur le mur de gauche, cette phrase peinte en rouge, avec une substance qui ressemblait à du sang : « Ramène la clé. Retourne fâcher les Autres. Et trouve dans les allumettes ce que nous sommes. Avant 4 h 00. »

Lucie remarqua des traînées de boue sur le côté.

— Ce sont eux qui ont piétiné ? murmura-t-elle.

— Bah ouais, répliqua le major. Ils ont débarqué un peu avant nous, mais ça va, ils ont fait gaffe, ils ont pas trop pourri l'endroit. La scène est intacte.

— Et toi ? Tu es venu seul ?

— Vous avez pas vu Adamkewisch sur la route ? Il est resté près de l'accident. Il y a deux morts, il essaie de voir s'il n'y a pas de rapport avec tout ce bordel… Même si c'est improbable… Enfin, vous le connaissez, toujours à fourrer son nez partout…

Greux se moucha et demanda :

— Vous pouvez enfin m'expliquer ce qu'il se passe ? C'est qui, cette Manon Moinet qui croit dur comme fer sa mère vivante alors qu'elle est morte depuis des plombes ?

La jeune femme résuma la situation à son collègue. L'errance de Manon. Les urgences. L'amnésie.

— Ça, c'est une sale histoire, conclut Greux en lissant sa moustache.

Lucie agita son portable entre ses doigts, les lèvres serrées. Son jean mouillé lui collait à la peau. Une sensation très désagréable.

— Bon... Il faut figer la scène. J'appelle l'astreinte du LPS[1]. Qu'ils nous envoient une équipe pour les prélèvements primaires, en attendant qu'il fasse plus clair.

— Vous êtes sûre ? Les IJ[2] n'aiment pas trop qu'on les dérange la nuit. On n'a pas de corps.

— La séquestration est punissable d'au moins vingt ans d'emprisonnement, alors ces messieurs, crois-moi qu'on va les déranger. Et t'as vu la tronche du message ? Tu as un appareil photo ? Des rubans PN ? Des gants en latex ? J'aimerais regarder de plus près.

— Bah non, j'me promène pas avec la tenue de lapin blanc sur moi.

— Et dans le coffre ?

— On a bien quelques bricoles...

— Un aller-retour sous l'orage, ça te tente ?

— On appellerait pas Adamkewisch ? Il est à proximité !

— Non. Je préfère qu'il continue là-bas. Tu ne voudrais quand même pas que j'y aille moi-même ? La galanterie, t'en fais quoi ?

Greux bougonna, boutonna son duffle-coat et disparut dans le déluge.

Lucie ausculta la serrure et considéra les gendarmes qui grillaient une cigarette à l'abri. L'un d'eux propulsa d'une pichenette une allumette consumée.

1. Laboratoire de police scientifique.
2. Identité judiciaire.

— Évitez de contaminer l'endroit ! râla-t-elle. Il faut préserver la scène au maximum ! Vous le savez bien, non ?

— La PJ lilloise en pleine action ! lâcha le plus ventru en se retournant. Vous avez vu l'ombre d'un cadavre, vous ? Encore un délire de jeunes, à tous les coups ! Ou des écolos, ils en sont bien capables ! Ils sont un poil nerveux ces derniers temps ! Eux et les chasseurs, vous savez…

Il haussa les épaules, avant de continuer :

— Passez-moi l'expression, mais je comprends pas bien ce que les Lillois viennent foutre dans notre patelin pour des tags et des allumettes dans une cabane paumée ! On nous fait moisir ici ! On nous empêche de faire notre boulot alors qu'on a un accident sur les bras, et avec ce temps ça risque de pas être le seul !

Lucie ne répliqua pas. Elle choisit d'adopter un ton plus conciliant.

— Ce refuge est tout le temps ouvert ?

— Oui. De toute façon, y a rien à voler, rien à démolir. C'est qu'un vulgaire abri. Un toit, un plancher, quatre murs.

— Et la clé ? La clé de cette porte ? Où se trouve-t-elle ?

— Ah ! Ah ! Vous réfléchissez déjà à ce message ? « Ramène la clé » ? Vous chômez pas, vous ! Qu'est-ce que j'en sais ? Faudrait peut-être passer à la mairie. Mais attention, pas avant 9 heures demain matin. Sinon, ce sera fermé.

Son collègue esquissa un sourire et tira de nouveau sur sa cigarette.

Lucie comprit qu'il était inutile d'insister. Elle observa attentivement le sol autour de la cabane. Boue, eau, mélasse. Avec ce qui tombait, aucune chance de prélever la moindre empreinte.

Elle promena son regard sur les arbres alentour. Un ravisseur. Un abri isolé, inoccupé. Un message d'avertissement, incompréhensible. Une énigme tordue. Des signes annonciateurs d'un sacré boxon.

Le Professeur… Un dossier géré par Paris, dont elle connaissait à peine plus que ce qu'en avaient dit les médias : un tueur à l'esprit particulièrement retors. Imprévisible. Et jamais interpellé.

Presque quatre ans… Comment l'auteur de six meurtres aurait-il pu s'interrompre et se mettre en veille si longtemps ? À de très rares exceptions près, jamais les tueurs en série n'agissaient de la sorte. Leurs pulsions, leurs fantasmes les en empêchaient. Ils devaient tuer, répéter leurs crimes, sans cesse. Elle regretta amèrement de ne pas avoir eu accès à plus d'informations sur cet assassin.

Quand Greux réapparut, hors d'haleine, Lucie ôta ses chaussures, ses chaussettes, et sous le regard amusé des gendarmes, enfonça ses pieds mouillés dans des sachets plastique avant d'enfiler une paire de gants en latex. Elle regagna l'intérieur du refuge, bientôt suivie par son collègue, et mitrailla la pièce de photos. Puis, en prenant soin de ne pas déplacer trop d'allumettes sur son passage, elle s'approcha des morceaux de corde.

— Des traces de sang… Manon avait la main tailladée… Vu la longueur des liens, son ravisseur a dû la ligoter des pieds à la tête. Les extrémités sont brûlées pour éviter que le nylon s'effiloche, donc ils n'ont pas été coupés.

— Elle se serait détachée comment, alors ?

— Je ne vois pas de nœuds… Quand on se détache, il reste toujours des nœuds. Le nylon enroulé garde une forme particulière, non ?

— Peut-être, oui. J'suis pas expert dans les jeux sadomaso.

— L'autre truc étonnant, c'est que les liens sont tous regroupés au même endroit. Presque rangés… Il faudra vérifier dehors, mais *a priori*, je ne vois pas de bâillon…

— Bah… Il n'y avait pas grand risque qu'on l'entende. On peut pas dire que ce soit la foule dans le coin. En plus, il pleuvait comme vache qui pisse.

— Ouais… Ou alors, elle était inconsciente…

Elle observa les murs un à un, avec une attention chirurgicale.

— Le type avait dû repérer l'endroit pour s'assurer qu'il ne serait pas dérangé durant la mise en place de son « effet »…

— Un gars du coin ?

— Pas forcément.

Elle réfléchit à voix haute :

— Il l'amène ici ligotée et inconsciente. Il la pose dans l'angle et défait ses nœuds, inscrit son avertissement sur le mur, répand ces kilos d'allumettes, avant de disparaître. À son réveil, Manon n'a plus qu'à s'évader, abandonnée à son amnésie.

— Vachement logique… Enlever quelqu'un pour le laisser fuir ensuite…

Sans répondre, Lucie se pencha vers les allumettes.

— Il s'est peut-être juste servi d'elle pour nous orienter ici et nous délivrer son message. Une personne incapable de se souvenir de son visage. Ce qui implique qu'il la connaissait, de près ou de loin… Ou alors, il a eu accès à son dossier médical. Puis il y a ces étranges cicatrices… Peut-être que…

« La voilà repartie dans son trip… » se dit Greux en soupirant.

— Mais pourquoi tant d'efforts ? s'interrompit Lucie. Pourquoi pas un simple coup de fil anonyme qui nous aurait directement amenés ici ?

— Pour la beauté du geste, à coup sûr, répondit ironiquement le major. Le coup de fil ? Trop minable.

Lucie releva légèrement le menton.

— Tu te fous de moi ?

— Non, mais bon… En général, on n'a pas vraiment affaire à des lumières…

Lucie se redressa, les mains sur les genoux.

— Note… Note qu'il faudra vérifier si la branche qui a provoqué l'accident n'a pas été sciée. Notre kidnappeur serait bien capable d'avoir poussé son délire jusque-là.

Greux mordilla le capuchon de son stylo sans ouvrir son carnet.

— Bon là, faut quand même pas abuser… Ils n'existent que dans les films et dans votre tête, ces malades.

Lucie le fusilla du regard. Greux se mit à rougir, soudain conscient de sa bévue. Tous, à la brigade, connaissaient son abominable histoire avec cette gamine diabétique. « La chambre des morts », où la réalité avait largement dépassé la fiction.

La flic finit par s'orienter vers les curieuses inscriptions.

— Peinture… constata-t-elle.

— Heureusement. Vaut mieux ça que… Enfin, vous comprenez…

— Oui, je vois. « Ramène la clé. Retourne fâcher les Autres. Et trouve dans les allumettes ce que nous sommes. Avant 4 h 00. » Quel charabia ! J'ai horreur de ça ! Quelle clé ?

— Toutes ces allumettes, vous avez une idée ?

Lucie secoua la tête.

— « Trouve dans les allumettes ce que nous sommes. » Peut-être qu'il faudrait les compter… Mais ça nous prendrait des heures. Sans oublier qu'on a une chance sur deux de se tromper. Il y en a tellement.

— Et quand bien même ? Pour sûr on obtiendra un nombre, cinq mille, dix mille ou quinze mille. Voire dix mille cinq cent quarante et un ou quinze mille cinq cent soixante-neuf. Et alors ? Ça nous avancerait à quoi ?

Lucie pivota sur elle-même.

— Il nous manque la clé. Qui sont les Autres ? Tu remarqueras qu'il a noté ce mot avec une majuscule.

Greux relut rapidement la phrase sur le mur.

— Bah ça non, j'avais pas vu !

— Non mais c'est pas vrai ! Là, ça commence à bien faire, major, OK ?

Lucie considéra sa montre, nerveuse.

— Il nous reste à peine trois heures… Il faut compter, je suis persuadée qu'il faut compter…

— Franchement, j'suis pas chaud. J'ai déjà les yeux explosés.

Elle se baissa de nouveau, ses doigts glissèrent sur les fines tiges de bois.

— « Trouve dans les allumettes ce que nous sommes. » Manon a un rôle là-dedans, il s'est servi d'elle pour nous alerter, nous amener ici dans des délais qu'il a lui-même fixés…

Elle se redressa brusquement. Elle venait de comprendre pourquoi le ravisseur avait libéré sa proie.

C'était une évidence.

Manon était la clé. Celle qui comprendrait le message.

Elle sortit sur le perron. Toujours le grondement de la forêt autour d'eux. Les gendarmes jetèrent simultanément leurs mégots par terre.

— Est-ce que vous avez touché aux allumettes ? demanda-t-elle. En avez-vous ramassé ?

Le plus replet – encore lui – la considéra d'un air surpris.

— Deux trois, oui. On s'est… amusés à en griller quelques-unes, avec notre cigarette. Fallait bien passer le temps en vous attendant.

— Combien ? Deux ou trois ?

— Quoi ? Mais j'en sais rien ! Deux, trois, huit, douze ! Qu'est-ce que ça peut faire ? Il y en a des milliers d'autres ici ! Vous n'allez pas pleurer pour quelques allumettes ? Y'a quand même plus important dans le monde, non ?

Lucie sortit son portable.

— Je réveille le commandant de la brigade, qu'il se débrouille avec le parquet de Valenciennes pour nous donner des moyens et lancer la procédure judiciaire.

— Z'êtes folle ou quoi ? Pourquoi vous voulez alerter la cavalerie ?

Le gendarme jeta un œil vers son collègue.

— Après tout, c'est vous que ça regarde. C'est vous qui aurez les chiens sur le dos, pas nous…

Lucie ne se laissa pas impressionner.

— Messieurs, je fais appel à votre bonne volonté et à votre collaboration. Dès les prélèvements de la scientifique effectués, il faudra compter ces allumettes, y compris celles balancées dans la boue. Et sans erreur.

— C'est un gag, là ?

Lucie prit son air mauvais. Elle haussa sérieusement le ton.

— Ça y ressemble ? Je fais mon job, voilà tout ! On a en face de nous un type qui a séquestré une femme, et qui nous pose un ultimatum ! Vous voudriez faire quoi ? Rester ici et attendre ?

Les deux gendarmes gardèrent le silence. Lucie se retourna vers la porte.

— Greux, à partir de maintenant, veille à ce que personne ne touche plus à rien ! Je retourne à l'hôpital ! Manon est la clé !

Au téléphone, le commandant, qu'elle sortait du lit, la reçut vertement. Mais, face à son acharnement, il comprit rapidement l'importance de la situation. Il savait que dans toute enquête, les premières heures sont les plus précieuses. Il fallait agir vite. Une demi-heure plus tard, la police scientifique assiégerait les lieux.

Après son appel, Lucie partit en courant dans la forêt.

Elle devait regagner sa voiture, rejoindre la jeune amnésique.

Cette quantité effroyable d'allumettes… Compter… Était-ce réellement la solution ou une perte de temps ? S'agissait-il d'un traquenard destiné à attirer inutilement l'attention, à monopoliser les ressources de la police ?

Et surtout, qu'allait-il se passer à 4 heures ?

10.

Frédéric Moinet se gara en catastrophe sur le parking de l'hôpital Roger Salengro. Il claqua la portière de sa BMW dernière génération et disparut dans le hall des urgences. Après vérification de son identité, on lui indiqua le numéro de la chambre où sa sœur avait été admise. Il s'y précipita en courant, son long imperméable gris bruissant dans le sillage de sa mince silhouette.

Il pénétra dans la pièce, légèrement éclairée par une veilleuse. Un homme, assis sous un poste de télévision suspendu au mur, se leva immédiatement pour le saluer. Le docteur Vandenbusche.

— Merci de votre appel, fit Frédéric en serrant la main du neurologue. Mais pourquoi n'avoir rien voulu me dire au téléphone ? Que s'est-il passé ? Comment va-t-elle ?

Frédéric transpirait d'inquiétude. C'était un homme tout en nerfs. Sa chevelure d'un noir sévère, rejetée vers l'arrière, renforçait l'impression qu'il donnait d'un bolide propulsé à cent à l'heure.

— Rassurez-vous, elle va bien, expliqua le médecin avec un très léger accent belge. Elle dort, on lui a administré un sédatif.

Frédéric s'empara d'une petite housse crème dans la poche intérieure de sa veste.

— Je l'ai… Il se trouvait à côté de son ordinateur, dans son appartement.

Le médecin s'appuya contre le mur, visiblement soulagé.

— Dieu merci…

Frédéric Moinet extirpa le N-Tech de sa pochette en cuir et le posa sur une tablette à côté du lit. Son interlocuteur l'entraîna vers le fond de la pièce. Il était complètement décoiffé, bien différent du Vandenbusche impeccable, monolithique, qu'il avait l'habitude de rencontrer.

— Écoutez, Frédéric… Votre sœur a été retrouvée par la police. Elle était en train d'errer dans les rues de Lille. Trempée, en survêtement, complètement désorientée.

Frédéric se passa les mains sur le visage en soufflant lentement. Puis il plissa les yeux.

— Quoi ? Mais… Elle ne peut pas s'être égarée dans Lille ! C'est la ville de son enfance, elle en connaît les moindres recoins !

— Elle ne s'est pas vraiment perdue… Elle était à bout de souffle…

Vandenbusche se racla la gorge. Il paraissait gêné.

— Je n'en sais pas plus pour le moment, mais elle… elle aurait été séquestrée. Elle présente des traces caractéristiques aux poignets et aux chevilles. Des marques de liens.

Frédéric se raidit instantanément.

— Séquestrée ! Vous plaisantez, j'espère ? Je l'ai encore vue ce matin !

Il s'approcha de sa sœur et lui caressa doucement le front. Puis il s'adressa de nouveau au médecin.

— Et vous allez continuer à me dire que cette fichue campagne de publicité ne présente aucun risque ?

Vandenbusche avait préparé sa réplique. Frédéric Moinet s'était toujours farouchement opposé à ce que sa sœur devienne l'égérie de N-Tech.

— Si nous avions estimé qu'exposer son image la mettrait en danger, jamais nous ne l'aurions fait, et vous le savez.

— Alors de quoi parle-t-on ? D'une coïncidence ? Ma sœur se serait fait kidnapper *par hasard* juste après le lancement de la campagne ? Il n'y a pas de hasard, monsieur Vandenbusche !

Le médecin lui agrippa le bras pour l'éloigner du lit. Il répondit calmement :

— Le cambriolage a eu lieu il y a plus de trois ans, et à Caen ! Comment pouvez-vous imaginer un seul instant que la même personne s'en prenne à la même victime, simplement parce qu'elle aperçoit sa photo sur une affiche publicitaire ? Ceci n'a aucun sens !

Il regarda Frédéric droit dans les yeux et continua :

— Voilà plus de deux ans que je me démène pour Manon ! Je sais, et vous savez, qu'elle a besoin d'aller de l'avant ! MemoryNode est un programme primordial pour elle. Pour son équilibre.

— Il est surtout essentiel pour votre carrière ! Ma sœur n'est pas un pantin !

Le neurologue soupira.

— Ne rentrons pas une nouvelle fois dans ce débat. Pas ici… Ce n'est pas parce que Manon ne se rappelle pas de la majeure partie de ses actes qu'elle n'est pas responsable. Elle a conservé toutes ses capacités intellectuelles, elle progresse tous les jours et se débrouille mieux que quiconque. C'est à elle, et à elle seule, que revenait cette décision. Elle a accepté l'offre de N-Tech. Et son argent. Point à la ligne.

Frédéric secoua la tête, dépité.

— J'ai dû céder notre entreprise familiale pour revenir ici, pour… la mettre à l'abri de son agresseur… Je l'ai éloignée de Caen, de cette ville où notre propre sœur a été assassinée, de cette ville où elle a perdu la mémoire, six mois plus tard ! Je vis avec elle, dans la même maison, je l'ai aidée à affronter son handicap, à oublier le… le Professeur… Et à présent…

— Je vous comprends bien. Mais Manon est ma patiente, et elle est aujourd'hui plus épanouie que jamais. MemoryNode lui fait un bien immense. Ce programme l'a transformée. Vous ne pouvez dire le contraire.

Frédéric garda le silence. Vandenbusche se frotta les sourcils, l'air soudain embarrassé.

— Frédéric, il y a quelque chose que vous devez m'expliquer. Un fait intrigant qui… qui me tracasse.

— De quel genre ?

Le spécialiste se dirigea vers Manon. Il souleva délicatement le drap puis le haut de sa tunique verte.

— Ces cicatrices…

Frédéric se figea.

— C'est bien ce que je pensais, poursuivit le neurologue. Vous étiez au courant… Celle-ci : « Rejoins les fous, proche des Moines », a été faite par un gaucher.

Il désigna la montre de Frédéric qui encerclait son poignet droit.

— Et vous êtes gaucher.

— Comment vous…

— Les cicatrices ont une mémoire. Quand on observe ces scarifications de près, on devine, à l'orientation des berges dermiques, dans quel sens ont été tracées les lettres. C'est très subtil, surtout dans le cas présent, où le texte est écrit de façon inversée. Cependant on le voit à la forme des rondes. Les « o » notamment. Je suis moi-même gaucher, ou plus précisément ambidextre, ce genre de détails ne m'échappe pas... À quoi cela rime-t-il ?

Frédéric explosa :

— Vous n'avez pas à le savoir ! Pour qui vous prenez-vous à violer ainsi l'intimité de ma sœur ? Si le secret médical a été trahi, je...

— Le docteur Flavien n'a nullement trahi le secret médical. Il était persuadé que j'étais au courant. Et j'aurais dû l'être !

— Pourquoi ? Je l'ai aidée à se scarifier de la sorte parce qu'elle m'en a supplié, tout simplement !

— Elle vous en a supplié ?

— Inscrire cette absurdité dans sa chair était devenu pour elle une obsession. Elle disait sans cesse que c'était la seule solution, la seule façon de conserver une information cent pour cent fiable. Que sur son corps, personne ne pourrait venir l'effacer, ni la trafiquer.

Le regard absent, Frédéric paraissait revivre cette épreuve pénible.

— Je n'ai pas eu le choix, elle était presque hystérique. Vous savez parfaitement comment elle se comporte quand elle a une idée en tête. Elle la note partout, l'enregistre sur bande audio, se la répète sans jamais s'interrompre. Alors, je l'ai fait pour... la soulager... Et parce qu'elle... parce qu'elle n'avait pas le courage d'agir seule, comme elle l'avait pourtant fait la première fois.

— Ainsi, elle s'est elle-même infligé l'autre mutilation ? Elle ne m'en a jamais parlé.

— Pourquoi l'aurait-elle fait ?

— Parce que cela fait partie de la thérapie ! Plus du tiers de mes patients se scarifient, voyez-vous ! Ils utilisent leur corps comme des parchemins. Et savez-vous de quelle façon tout ceci se termine ? L'hôpital psychiatrique ! Que signifie cette phrase : « Rejoins les fous, proche des Moines » ? Et cette histoire de tombe ? Pourquoi cette brusque interruption ?

— C'est assez compliqué. Et je n'ai pas envie de vous expliquer cela maintenant. Ce n'est ni l'endroit, ni le moment.

— Encore un rapport avec le Professeur, n'est-ce pas ?

Frédéric ne répondit pas. Il replaça la tunique, puis le drap, d'un geste tendre. Vandenbusche n'insista pas. Il répéta néanmoins :

— Oui… Vous auriez dû m'en parler…

Frédéric se retourna vers lui. Il serra le poing et se mit à crier :

— Il faut retrouver l'ordure qui l'a enlevée !

Manon remua légèrement les lèvres. Frédéric vint s'asseoir sur le bord du lit.

— Je suis là, ma petite sœur. Ne t'inquiète pas…

Il prit la main de Manon. Il sentit alors sous ses doigts une croûte de sang coagulé. Intrigué, il la retourna vers lui.

Le message le frappa comme un coup de couteau. « Pr de retour ».

Frédéric sentit ses jambes se dérober sous lui.

Le passé venait de refaire surface. Ce passé que Manon traquait avec un acharnement sauvage, jour après jour. À s'en rendre malade.

Le Professeur…

Frédéric s'empara d'un rouleau de gaze qui traînait sur la tablette et, d'un geste nerveux, se mit à bander la main endolorie. Cacher la vérité.

Derrière lui, Vandenbusche ne bougeait plus. Toute son attention s'était focalisée sur l'organiseur. Il demanda :

— Quelque chose me tracasse, depuis tout à l'heure… Le N-Tech, vous dites que vous l'avez trouvé chez elle ?

— À côté de son ordinateur.

— Et… Et sa porte d'entrée, elle était…

— Ouverte, l'interrompit Frédéric en terminant le bandage.

— Vous savez comme moi que Manon ne se sépare jamais de son N-Tech. Dès qu'elle met le nez dehors, elle le prend avec elle. Frédéric… Je pense que Manon a été enlevée chez elle… Chez vous… Dans votre propre maison.

Moinet devint livide.

— Je reviens. Il me faut un café…

Il se rua vers la sortie. Dans le hall, il croisa une jeune femme qui courait, le regard décidé.

Une blonde à la chevelure bouclée, avec de vieilles rangers couvertes de boue.

11.

Après un rapide décrassage aux toilettes, Lucie convia Vandenbusche à la machine à café, qui se dressait à l'extrémité droite du hall, en face de l'accueil. Des malades patientaient, écrasés sur des chaises, le teint d'une blancheur d'autopsié. Les urgences oscillaient toujours entre deux mondes. Éveil, sommeil. Vie, mort.

— En attendant que Manon émerge, racontez-moi son histoire, entama Lucie. Qui est-elle ? De quoi souffre-t-elle exactement ?

Elle glissa une pièce dans la fente de l'appareil et se servit un café serré sans sucre, tandis que Vandenbusche optait pour un chocolat chaud. Il l'observa d'un regard trouble et vacillant – ses fesses bien bombées en priorité – tandis qu'elle lui tournait le dos. Drôle de dégaine pour une femme si mignonne. Une croûte de boue recouvrait ses chaussures – ces espèces de bottes militaires infectes – et le bas de son jean. Son ample chevelure bouclée aurait pu mettre en lumière le velours de ses courbes, si elle n'avait pas été si maladroitement attachée par un élastique rouge et rendue grasse par la pluie. Quant au maquillage… absent, tout simplement. La beauté ne faisait pas tout. Vandenbusche détestait les femmes sans sophistication.

— J'ai rencontré Manon Moinet pour la première fois il y a un peu plus de deux ans, précisa-t-il en haussant les sourcils. Elle présentait de graves troubles mnésiques. Manon avait subi une agression à Caen, environ un an plus tôt.

Lucie s'empara de son carnet et de son stylo Bic rongé qu'elle venait de retrouver au fond de sa poche.

— Début 2004 donc… Quel genre d'agression ?

— Un cambrioleur qu'elle a surpris, et qui l'a laissée pour morte après l'avoir étranglée. Elle habitait un quartier cossu, dans la banlieue de Caen. Un quartier frappé, à l'époque, par une vague de cambriolages. La police locale soupçonnait un gang organisé. Toujours est-il que l'intrus a pris la fuite au moment où les voisins, alertés par les cris, sont venus cogner à la porte. Le malfrat avait dérobé des bijoux et divers objets de valeur. Quand on a découvert Manon, elle était inconsciente. Encore en vie, certes, mais son cerveau avait subi des dommages irréparables.

Lucie griffonnait à la va-vite des signes qu'elle seule pouvait comprendre.

— Et elle a perdu la mémoire. Pardon, l'une de ses mémoires, si j'ai bien compris le docteur Khardif.

Vandenbusche baissa un instant les paupières.

— Manon n'a pas perdu la mémoire, ou ses mémoires, comme vous dites. Ça ne se passe pas comme à la télévision où l'amnésique oublie absolument tout, jusqu'à comment faire pour marcher. En fait, les mémoires de Manon sont même quasiment intactes.

— Je n'y comprends rien. Elle est amnésique ou pas ?

Il répondit avec calme, d'un ton un peu académique :

— Ne soyez pas si restrictive. Amnésique ne signifie pas forcément sans mémoire.

— Bon ! Allez droit au but s'il vous plaît ! Et évitons d'y passer la nuit !

Pas sophistiquée, mais caractérielle. Peut-être même dominatrice. Cela, par contre, il aimait. Il expliqua :

— Toutes les cellules du corps humain consomment de l'oxygène, transporté par les globules rouges. Mais s'il en est de plus gourmandes que les autres, ce sont assurément les neurones des hippocampes, des zones de l'encéphale situées dans les profondeurs de la région temporale, dont la forme rappelle la queue d'un cheval de mer.

— Logique, pour des hippocampes…

Vandenbusche esquissa un sourire avant de poursuivre :

— Il faut imaginer ces zones minuscules comme des centrales à souvenirs, chargées de transmettre les données fraîches, des engrammes, provenant de la mémoire à court terme vers diverses régions de la mémoire à long terme.

Il s'interrompit devant les difficultés de Lucie à prendre si rapidement des notes.

— Dites, vous n'êtes pas équipés de dictaphones dans la police ?

Lucie lui jeta un regard sans relever le front de son cahier.

— Continuez, s'il vous plaît.

Conciliant, il reprit en ralentissant le débit :

— Les multiples passages d'une information dans les hippocampes, une information que l'on veut retenir, lui permettent d'aller se figer dans le cortex, au sein de la mémoire épisodique – celle des faits et des épisodes autobiographiques – afin de constituer un souvenir. Mais privez les cellules hippocampiques d'oxygène ou de sucre, même un court instant, et elles se ratatinent comme des crêpes. La fabrique à souvenirs est alors atteinte. On parle de lésions post-anoxiques irréversibles.

Vandenbusche avala une gorgée de chocolat en grimaçant. Pas meilleur qu'à Swynghedauw.

— Les zones hippocampiques sont réellement minuscules, à peine quelques millimètres, ce qui accroît leur fragilité. Ce sont les premières à écoper quand le sang ne circule plus dans la tête. Dans la plupart des cas, elles survivent à ce type d'attaques. Mais Manon se trouvait, à l'époque, dans un état de stress très intense. Et il a été prouvé que les glucocorticoïdes sécrétés à cause du stress, le cortisol notamment, diminuent la neurogenèse dans les hippocampes et les atrophient. Ce cas clinique a été constaté par exemple chez les GI qui ont combattu au Vietnam, ou encore chez les enfants victimes d'inceste, qui, scientifiquement parlant, présentent un terrain plus favorable aux troubles de la mémoire.

— En résumé ?

— Disons, concernant Manon, que l'étranglement, donc le manque d'oxygène, a sérieusement endommagé des hippocampes déjà malmenés.

— Juste amoché, ou définitivement détruit ?

— L'un et l'autre. S'ils étaient complètement lésés, Manon présenterait des troubles irréversibles de la perception spatiale. Elle serait vraiment impotente et incapable de vivre sans assistance, ce qui est d'ailleurs le cas de la plupart de mes patients. Mais dans celui de Manon, l'hippocampe gauche fonctionne aujourd'hui à dix pour cent de ses capacités, et nous gagnons chaque mois du volume, grâce à notre programme. Manon peut stocker pendant trois ou quatre minutes de l'information verbale ou auditive, voire plus longtemps si elle la note et la relit souvent.

— Sa mémoire ressemblerait donc… à un feu qui faiblit, et qu'on ravive en jetant du bois ?

— Si l'on veut. Et si l'on n'entretient pas ce feu, comme vous dites, tout s'efface… Manon oublie. Pour mémoriser, elle doit écouter des enregistrements audio, jour après jour, et répéter l'opération des dizaines et des dizaines de fois. Il lui faut accomplir énormément d'efforts pour préserver une infime quantité d'informations.

— C'est vachement compliqué à appréhender. J'avoue que j'ai un peu de mal.

— Songez simplement à la récitation que vous apprenez à l'école primaire. Vous la lisez une fois, vous n'en retenez absolument rien. Si vous la relisez tous les jours, de manière intensive, vous finissez par la connaître par cœur et vous savez la réciter devant la classe sans réfléchir. Mais après, sans nouvelle répétition, elle s'efface progressivement de votre mémoire et il vous en reste juste des bribes, du genre : « Maître Corbeau, sur un arbre perché, tenait en son bec un fromage. » C'est ainsi que Manon fonctionne. Seule la répétition intensive lui permet d'apprendre. Sa mémoire parvient alors à restituer l'information, mais sans les sentiments qui l'accompagnent. Et en plus, à un moment donné, sans l'entraînement de la mémoire, ou son entretien, pour être plus précis, presque tout finit par s'estomper.

Il posa son index sur sa tempe droite.

— Quant à son hippocampe droit, celui en relation avec la mémoire visuelle, il est atrophié à quatre-vingt-quinze pour cent. Entrez dans sa chambre, serrez-lui la main sans lui adresser la parole, et ressortez. Si quelque chose la déconcentre, un bruit, un coup de klaxon ou de tonnerre, alors, même si vous rentrez de nouveau dans la minute, elle ne vous reconnaîtra pas. Impossibilité de stocker des images, ou des visages.

Lucie mâchouillait son stylo, dubitative.

— En bref, Manon a méchamment oublié tout ce qui s'est passé depuis son étranglement, mais pas les faits antérieurs ? Une amnésique inversée ?

— Disons que Manon a oublié ce qu'elle n'a pas noté et essayé d'apprendre, soit quatre-vingt-dix-neuf pour cent de sa vie. De plus, l'amnésie rétrograde, celle du « voyageur sans bagages », accompagne presque systématiquement l'amnésie antérograde. La perte de souvenirs touche donc également, à des degrés divers, la période qui précède cette... bascule dans l'univers de l'oubli. Dans le cas de Manon, cette perte est totale en ce qui concerne les deux mois avant son agression, puis les choses se stabilisent progressivement, lorsqu'on remonte dans le temps.

— Incapable, donc, de se remémorer la physionomie du cambrioleur, par exemple... Ni la manière dont l'agression s'est déroulée...

— On ne peut rien vous cacher. Elle a dû faire l'apprentissage des circonstances de sa propre agression, vous imaginez ? De toute façon, comme je vous l'ai dit, Manon ne peut pas reconnaître un visage, à cause de son hippocampe droit. Elle est devenue ce qu'on appelle prosopagnosique. Même si elle observe votre photo des milliers de fois, elle ne vous reconnaîtra jamais « physiquement ». Seuls des mots ou des intonations de voix lui suggéreront quelque chose, et encore. Elle est aveugle du cerveau, sans être totalement sourde...

Lucie tapota la feuille de son carnet avec son stylo.

— Et... Sinon, pour le reste ? Ses autres... capacités ? Sont-elles vraiment intactes ?

Il acquiesça.

— Manon est très intelligente. Elle a conservé toute sa faculté à aborder des problèmes complexes. En plus, elle fait preuve d'une organisation remarquable. Elle s'en sort également grâce à la technologie. N-Tech avec GPS intégré et téléphone portable l'escortent où qu'elle se rende, quoi qu'elle fasse. Chez elle, tout est planifié, noté, enregistré. Ce qu'il faut faire, ce qu'il faut éviter. Absolument tout. Un modèle de discipline extraordinaire. Allez dans son appartement, et vous comprendrez…

— Vous y êtes déjà allé ?

— Évidemment. Il est primordial pour moi de connaître l'environnement de mes patients.

— Ah bon.

Vandenbusche marqua un temps d'hésitation.

— Vous savez, Manon était déjà une femme hors du commun avant tous ces problèmes, mais elle l'est plus encore aujourd'hui. Elle compense ce besoin de stocker des souvenirs grâce à son intelligence. Elle s'est adaptée à son handicap.

— Pourquoi hors du commun ?

Il termina sa boisson avec une nouvelle grimace et lança son gobelet dans une poubelle.

— Manon a été diplômée de l'une des plus prestigieuses écoles d'ingénieurs, à vingt-deux ans. À vingt-trois, elle a obtenu un master en sciences mathématiques au…

Instinctivement, Lucie leva le nez de son carnet et fixa son interlocuteur.

— Allez-y… Poursuivez, s'il vous plaît…

— … au Georgia Institute of Technology, aux États-Unis. Puis… Hum… Il est difficile d'expliquer précisément ce qu'était son métier… Je n'y comprends moi-même pas grand-chose, même si Manon a un don pour traduire simplement et avec passion ses anciennes activités.

— Essayez toujours. Je suis flic, mais j'ai quand même un cerveau.

Vandenbusche afficha deux belles rangées de dents blanches.

— Manon travaillait sur l'un des sept problèmes mathématiques du millénaire, concernant le… le « comportement qualitatif des solutions de systèmes d'équations différentielles », sur lesquels se sont escrimés les plus illustres mathématiciens. Ces problèmes sont si ardus que le Clay Institute, basé à Cambridge, propose un prix d'un million de dollars à celui qui en trouvera la solution.

Lucie siffla entre ses dents.

— Ça vaut la peine de se casser la tête !

— Ne croyez pas cela, la complexité de ces problèmes va bien au-delà de notre imagination. À ce niveau-là, il ne s'agit pas de se creuser la tête mais de se couper du monde, d'y sacrifier sa vie, sa famille. Chaque démonstration demande plusieurs centaines, plusieurs milliers de pages ! En fait, Manon ne travaillait pas à proprement parler à la résolution du problème dont elle s'occupait, elle était plutôt chargée de comprendre et d'évaluer les solutions proposées par d'autres mathématiciens, pour les valider ou les rejeter.

Vandenbusche racontait tout cela avec une petite flamme au fond des rétines, comme un entraîneur qui aurait vanté les mérites de son cheval de course.

— Ma patiente est parfaitement bilingue en anglais, elle connaît le latin et, en guise de passe-temps, elle s'est, ou plutôt s'était penchée sur l'étude du disque de Phaistos, un des exemples les plus mystérieux d'écriture hiéroglyphique. Un langage jamais décrypté.

— Pas mal comme hobby.

— N'est-ce pas ? Le comble, c'est que Manon l'amnésique possède une mémoire de travail fabuleuse, comme les grands joueurs d'échecs, capables d'analyser de nombreux coups en très peu de temps.

— Vous me parlez d'une autre mémoire ?

— Oui. La mémoire à court terme, ou mémoire de travail. Celle qui vous permet, par exemple, de retenir un numéro de téléphone quelques secondes, le temps de le composer après sa lecture dans l'annuaire. Vous comme moi pouvons stocker en moyenne sept éléments dans notre MCT. Maison, volcan, poussette, éponge, microscope, carbone, langue… Manon, elle, en mémorise plus d'une vingtaine.

Ils furent interrompus dans leur échange. Flavien se dirigeait vers eux d'un pas rapide.

— Elle est réveillée. Elle a déjà le nez plongé dans son N-Tech. C'est stupéfiant, elle semble reprendre vie. Mais elle se pose des questions sur la raison de sa présence ici. « Ce n'est pas inscrit dans mon N-Tech, donc c'est anormal », m'a-t-elle dit. Son frère essaie de la rassurer, mais il lui explique ce qu'il veut bien…

— C'est-à-dire ? demanda Lucie.

— Une version… apaisante de la réalité.

— On vous suit, docteur, fit la jeune femme.

Flavien les arrêta d'un geste de la main.

— Je vous demande juste de patienter encore quelques minutes. Je viens d'envoyer une infirmière effectuer des soins. Et n'oubliez pas ce que je vous ai dit, lieutenant, elle a besoin de repères, pas d'être perturbée ! Alors calmos !

Puis, s'adressant à Vandenbusche avec un sourire, il ajouta avant de s'éloigner :

— Cher confrère, vous tâcherez de la contrôler…

Sans prendre la peine de répondre, Lucie passa rapidement en revue les notes sur son carnet. De but en blanc, elle demanda à Vandenbusche :

— Vous avez remarqué cette inscription tailladée sur sa main ? « Pr de retour » ?

— Oui, j'ai vu, mais j'avoue que je ne saisis pas bien…

— Elle pense qu'il s'agit du Professeur, un tueur qui a sévi il y a quelques années.

Vandenbusche sembla soudain déstabilisé.

— Elle affabule. Elle en a fait une fixation, depuis…

— Depuis quoi ?

Le neurologue inspira longuement.

— Depuis qu'il a tué sa sœur… Karine…

Lucie, ahurie, fit immédiatement le rapprochement.

— Bien sûr ! Karine Marquette, l'une des six victimes ! Vous auriez pu m'en parler avant !

— Désolé. Je n'ai pas vos réflexes de policier… Ou policière ? Comment dit-on ?

— J'en sais rien. Racontez-moi ce que vous savez sur cette histoire !

— Pas grand-chose, en fait. Tout cela s'est passé avant que Manon devienne ma patiente.

— Mais encore ?

— Lorsque sa sœur s'est fait assassiner, Manon n'avait pas de problème de mémoire. Mais j'ai tout de même appris que ce décès l'avait plongée dans une profonde dépression. En réalité, c'est à ce moment-là qu'elle a arrêté ses recherches, sa brillante carrière…

Elle s'était mis en tête de traquer le Professeur. C'était devenu pour elle…

— Une obsession ?

— … sa raison de vivre. Son frère m'a raconté qu'elle y consacrait toute son attention, toute son énergie. Venger sa sœur. Elle s'est rapprochée de la police, elle a réussi à se procurer les dossiers… Elle est allée interroger les familles des autres victimes, les légistes, les psychologues, pour tenter de cerner le mode de fonctionnement de l'assassin, cette sauvagerie qui l'habitait. Elle l'a fait avec le même acharnement qu'elle déployait face à ses problèmes mathématiques. Une obstination sans limites…

Il garda le silence un instant, avant de reprendre :

— Et puis il y a eu ce cambriolage qui a mal tourné, six mois plus tard, qui… qui a tout interrompu… Du moins, je le croyais…

— Comment ça, vous le croyiez ?

— Il y a à peine une heure ou deux, le docteur Flavien m'a montré les mutilations sur son corps… Je m'aperçois aujourd'hui qu'elle n'a jamais cessé de le pourchasser, même dans son état… Elle a brillamment caché son jeu, je n'ai absolument rien vu… Très impressionnant, elle est vraiment d'une grande intelligence.

— Vous pensez qu'elle est elle-même l'auteur de ces scarifications ?

— Je ne le pense pas, j'en suis sûr ! Elle et son frère. Il vient de me le dire. Et Manon me les avait toujours cachées…

— Son frère ? Mais… Pourquoi ?

— Je n'en sais rien. Il n'a pas voulu me donner plus de précisions. Mais j'ai la certitude que ces blessures ont un rapport avec le meurtrier de leur sœur.

Lucie referma son carnet. Les interrogations se bousculaient sous son crâne.

La sœur de Manon, victime du Professeur. Puis Manon en personne, qui s'était fait agresser voilà trois ans. Cambriolage. Et à présent, nouvelle agression juste au début d'une campagne de publicité où elle tenait la vedette. Simple coïncidence ? Avait-elle tailladé sa main sous l'effet de la panique, persuadée d'avoir affaire au Professeur ? Son handicap pouvait-il être à l'origine d'hallucinations, créait-il de faux souvenirs, une « sensation d'avoir vécu » ?

Il fallait l'interroger, très vite. Saisir le sens de ces énigmes. Les allumettes, les Autres, les scarifications…

Ils s'avancèrent dans le hall, Vandenbusche sortit une carte de visite de sa veste.

— Comme moi, vous devez vous poser beaucoup de questions. Et vous vous en poserez encore plus au contact de ma patiente. C'est réellement une personnalité stupéfiante.

Il lui tendit sa carte.

— N'hésitez pas à m'appeler si je peux vous être utile en quoi que ce soit. Et pourquoi n'accompagneriez-vous pas Manon à Swynghedauw demain ? Ça vous permettrait de mieux saisir les bizarreries que notre cerveau est capable de générer. C'est… tout à fait étonnant.

— Merci. Je pense qu'on va de toute façon être amenés à se revoir.

Il acquiesça et ajouta :

— Surtout, lorsque nous entrerons dans la chambre de Manon, gardez bien en tête qu'elle ne doit pas être bousculée dans ses habitudes plus qu'elle ne l'est déjà. Il n'y a rien de pire pour un amnésique que de se réveiller dans un environnement inconnu. Ce sont alors les instincts de survie qui resurgissent. Manon, se sentant en danger, pourrait… dérailler… devenir violente.

— Je sais. Le chauffeur malheureux qui l'a récupérée à Raismes en a déjà fait les frais…

Il prit un ton grave.

— Une dernière chose, très importante. Sa mère s'est suicidée en se tranchant les veines, peu de temps après le cambriolage.

— Je sais… Hôpital psychiatrique…

— Marie Moinet n'a jamais supporté la brusque disparition de sa fille Karine, ainsi que ce qui est arrivé à Manon.

— Il faut reconnaître que ça fait beaucoup…

— Certes… Toujours est-il que Manon a… comment expliquer… choisi d'ignorer le décès de sa mère.

— Choisi ?

— Choisi, oui. Manon se forge sa propre existence. Elle sélectionne ce qu'elle veut retenir en le répétant une multitude de fois, et elle omet le reste. Or, elle n'a noté ce décès nulle part. Elle n'a pas décidé d'en constituer un souvenir.

Lucie n'en revenait pas.

— Mais… Comment peut-elle choisir d'ignorer une chose pareille ? Il s'agit de sa mère !

— Je pense que vous ne vous rendez pas encore vraiment compte… Imaginez juste qu'en pleine nuit, des gendarmes viennent frapper à votre porte, et vous annoncent que votre mère est morte. Imaginez-le réellement, s'il vous plaît… Le noir, les coups sur la porte, les gendarmes… On vous laisse alors encaisser le choc et pleurer jusqu'à la nuit suivante. Puis on vous efface la mémoire, vous ne savez plus la raison de votre effondrement. Vous

vous tenez là, une barre dans la tête, les yeux piquants, et vous ne comprenez pas ! Vous vous remettez à peine, et on vous réapprend cette terrible nouvelle. Les mêmes gendarmes, qui viennent frapper à la même porte. Et ce, nuit après nuit, une vingtaine de fois, jusqu'à ce que ce malheur se fige enfin en un pénible souvenir. Manon a refusé cet effort insoutenable. Elle a préféré préserver ses souvenirs heureux, et ne pas les obscurcir avec ce décès. Car les souvenirs antérieurs à l'accident sont tout ce qui lui reste. Un parfum, une caresse, un éclat de rire… Ils sont les seules choses qui la raccrochent à la vie, qui lui offrent un passé, la sensation d'avoir vécu. Alors, sa conscience veut à tout prix les garder intacts. Vous comprenez ?

Lucie hocha la tête.

— Très bien, reprit Vandenbusche. Avec son frère, nous… respectons son choix de ne pas savoir. Nous avons décidé d'aider Manon dans sa volonté de croire que Marie Moinet était encore en vie. Personne ne peut accéder à son N-Tech. Il est protégé par un mot de passe qu'elle change régulièrement. Impossible pour nous, donc, d'y inscrire de fausses informations concernant « l'existence » de sa mère. Mais… nous lui disons régulièrement qu'elle a omis de noter sa visite, qu'elle l'a appelée dans la journée, et ainsi de suite. Manon entre alors elle-même ces données dans son organiseur. Si je lui dis qu'elle a appelé sa mère la veille, elle me croira. C'est… d'un commun accord avec elle que j'agis ainsi, pour éviter de la faire souffrir inutilement.

Lucie se sentait emplie d'un sentiment de révolte.

— C'est une histoire de dingues. N'importe qui peut truquer le passé de Manon… Quelle horreur…

— Je suis d'accord avec vous, ces patients sont vulnérables. Vous savez, l'humanité, et même plus généralement le règne animal ont survécu parce que le cerveau enregistre plus aisément les informations négatives que les positives, cela a été prouvé par la science. Depuis la nuit des temps, ce sont les émotions négatives qui font que l'on échappe à son prédateur, ou que, sans cesse, on cherche à se nourrir, même sans la sensation de la faim. Pensez aux ours, qui s'alimentent des mois à l'avance avant d'entrer en hibernation. Ils anticipent le danger de l'hiver. Mais cet instinct d'autodéfense n'existe plus chez les amnésiques antérogrades. Ils se savent fragiles mais n'y peuvent rien, et cela conduit certains d'entre eux à des états dépressifs sévères, qui parfois se terminent en suicide. Les statistiques sont là pour en parler, et les hôpitaux psychiatriques enregistrent chaque jour de nouveaux cas d'amnésiques dont on ne sait que faire. Voilà pourquoi vous trouverez Manon très vigilante. Elle s'est isolée pour se protéger. Elle n'a confiance qu'en elle-même et dans les informations de son N-Tech.

— Et en son frère, non ?

— Si, bien sûr. Ils sont très liés, Frédéric veille sur elle avec énormément d'attention. Mais Manon est changeante. Un jour, elle a confiance, le lendemain, non. Vous pourrez la voir très violente et, dans la minute qui suit, adorable. C'est ainsi…

Ils arrivèrent en face des ascenseurs.

— Je vous ai parlé de la mémoire à court terme, voilà quelques minutes. Ces sept mots, que je vous ai cités… Vous vous rappelez ?

— Euh… Maison, poussette… Je ne sais plus…

— Vous ne savez plus… Eh bien pour Manon, c'est pareil avec votre visage… Elle ne sait plus…

12.

Au moment où Lucie voulut pénétrer dans la chambre de Manon, un beau mec, bronzé, peut-être un peu trop propre sur lui à une heure aussi tardive, l'interpella du haut de son mètre quatre-vingt-cinq. Tout, dans son regard, rappelait celui de la jeune amnésique.

— Que faites-vous ? demanda-t-il sèchement.

Lucie se sentit un peu gênée de lui apparaître accoutrée comme un ramasseur de champignons.

— Frédéric, vous vous adressez à un lieutenant de police, dit Vandenbusche.

— Excusez-moi, je ne pensais pas...

— Pas de soucis, répondit Lucie, je n'ai pas vraiment eu l'occasion de me pomponner depuis hier soir. Je dois interroger votre sœur. Le docteur Flavien vous a mis au courant ?

— À peu près, oui. Je n'arrive pas à y croire.

— C'est pourtant la vérité. Nous venons de retrouver son lieu de captivité.

Frédéric Moinet fronça les sourcils.

— Où cela ? Où a-t-elle été retenue ?

— À proximité de Raismes, dans un abri de chasseurs. Monsieur Vandenbusche m'a signalé que vous étiez très proche de votre sœur. Quand l'avez-vous vue pour la dernière fois ?

Il répliqua sans même prendre le temps de réfléchir :

— Pas plus tard que ce matin. Elle s'apprêtait à aller faire son jogging à 9 h 30. À 9 h 10 exactement. Je partais travailler.

— Vachement précis…

— C'est nécessaire quand on vit aux côtés de quelqu'un comme ma sœur. Toute son existence est régie par l'angoisse du temps qui s'écoule.

— Et ensuite ?

— Je suis parti travailler, et je ne l'ai plus revue. Je me trouvais encore au bureau quand le docteur Vandenbusche m'a appelé.

— Vers 1 heure du mat ?

— Ne travaillez-vous pas vous-même en ce moment ? Je me couche à des heures impossibles depuis plus d'une semaine. Je suis directeur d'Esteria, une entreprise lilloise qui fabrique des systèmes informatiques de suivi de bagages, basés sur l'étiquette radio RFID. Nous bossons sur un important appel d'offres pour Air France. Un marché de plusieurs millions d'euros.

Canon, jeune, intelligent. Le Meet4Love idéal. Pourtant, Lucie resta distante.

— Et vous n'avez rien remarqué de particulier ces derniers jours ? Des faits inhabituels dans l'environnement de votre sœur ?

— Pas vraiment, non.

Il réfléchit un instant.

— Sauf évidemment ce soir. Après le coup de fil du docteur Vandenbusche, je suis repassé à la maison lui prendre des vêtements de rechange. Et là, la porte n'était pas fermée à clé et j'ai trouvé son N-Tech à côté de son ordinateur… Or, elle ne s'en sépare jamais et ferme toujours à clé avant d'aller courir.

— Peut-être a-t-elle tout simplement oublié ? Ça me paraîtrait assez logique, pour une amnésique. Après tout, ça arrive à tout le monde d'oublier son téléphone portable ou de fermer une porte. Alors elle…

Frédéric riposta du tac au tac :

— Avez-vous déjà oublié de vous habiller avant de sortir ?

— Euh… Non, pas vraiment. Et heureusement, d'ailleurs.

— Manon a été conditionnée pour ne jamais oublier son appareil. Des gestes, répétés des centaines de fois pour atteindre sa mémoire profonde. Une habitude relevant du réflexe, comme celui de s'habiller.

— Le conditionnement permet d'apprendre aux amnésiques à utiliser les N-Tech, intervint Vandenbusche en s'approchant. Ils ne peuvent plus se souvenir, mais peuvent apprendre et progresser car la mémoire sollicitée, la mémoire procédurale, n'est pas la même.

Lucie se sentait de nouveau dépassée. Ces histoires de mémoire commençaient à lui prendre sérieusement la tête. Elle demanda, dubitative :

— Et donc, puisqu'elle n'avait pas cet appareil sur elle, je devrais en déduire qu'elle a été enlevée à son domicile, en plein jour ?

— Avec le docteur, c'est ce à quoi nous avons pensé. Ma sœur et moi n'habitons pas réellement un immeuble, mais une maison hispano-flamande divisée en quatre appartements, qui m'appartiennent. Seuls Manon et moi y vivons. La demeure se situe impasse du Vacher, dans le Vieux-Lille. Un couloir étranglé avec des murs de brique très hauts, un endroit absolument pas fréquenté, même en journée. Deux de mes appartements sont en travaux depuis plusieurs mois. D'ordinaire des ouvriers y bossent, mais là, ils sont en congé.

Lucie jeta un œil sur sa montre. Déjà 2 h 45. Plus qu'une heure et quart avant la fin de l'ultimatum. Et toujours au point zéro…

— Nous rediscuterons de ces histoires plus tard. Et aussi des scarifications.

Frédéric fixa méchamment Vandenbusche avant de lancer :

— Alors vous aussi, vous êtes au courant !

— Oui. Mais pour le moment, il devient urgent, très urgent, que je parle à votre sœur.

Frédéric l'entraîna un peu plus loin dans le couloir.

— Inutile de l'interroger, vous ne feriez que retourner le couteau dans la plaie. Elle ne se souviendra de rien.

— Je sais, le docteur Vandenbusche m'a expliqué. Mais le ravisseur a laissé une énigme dans la cabane. Un truc incompréhensible. Et je pense que votre sœur pourrait nous aider à piger.

Frédéric ôta sa cravate de soie noire d'un mouvement résolu.

— Quelle énigme ?

— Écoutez, pour l'instant, ça relève de l'enquête. Et je n'ai pas le temps !

— Il s'agit de ma sœur tout de même !

— Le message abandonné parle d'une clé, qui pourrait être Manon en personne. J'aimerais en discuter avec elle, si c'est pas trop vous demander.

— Puis-je refuser ?

— Pas vraiment, non.

Sa mine prit l'air joyeux d'un bloc de fonte.

— Dans ce cas, je reste à côté de vous. Mais faites très attention à vos propos.

— Vous avez parfaitement le droit d'être perturbé par ce qui est arrivé à votre sœur, mais changez de ton, s'il vous plaît. Je ne suis pas votre employée ! Et c'est moi le flic, pas vous.

Elle le laissa sur place et se dirigea vers la chambre. Il s'empressa de la rejoindre, suivi par Vandenbusche. Dès qu'elle ouvrit la porte, son regard croisa celui de la femme alitée. Elle lut dans ses yeux bleus une forme de curiosité, l'absence de l'étincelle qui témoigne que l'on a déjà vu. Assurément, l'experte en mathématiques, aux capacités prodigieuses mais aux circuits électriques grillés, voyait Lucie pour la première fois.

La flic se sentit désarçonnée. Elle aperçut le bandage autour de la main de Manon. Que lui avait raconté son frère ? Qu'elle s'était juste blessée ? Ou qu'elle avait fait un malaise ? Qu'avait-il bien pu inventer concernant les marques aux chevilles et aux poignets ? Était-il vraiment nécessaire de la plonger de nouveau dans l'horreur de ces heures noires ?

— Cette dame est de la police, intervint Frédéric en constatant le désarroi de Lucie. C'est moi qui l'ai amenée ici. Elle aimerait te demander quelque chose.

Il se tourna vers le lieutenant.

— Allez-y. Mais faites vite. Soyez concise, précise. Sinon, ma sœur perdra le fil.

Lucie le remercia d'un imperceptible mouvement de tête. Manon posa son N-Tech sur la table de nuit et la regarda d'un air intrigué.

— Me demander quelque chose ? À moi ?

— La police traîne souvent dans les hôpitaux, rétorqua Lucie en se forçant à sourire. En fait, je bosse sur une affaire qui, selon moi, a un rapport avec les mathématiques. Et, d'après votre frère, il paraît que vous êtes plutôt douée en la matière.

Le visage de Manon s'éclaira d'un rayonnement semblable à celui de l'affiche publicitaire. Comment pouvait-elle être à ce point indifférente à l'épreuve qu'elle venait de traverser ? Lucie se mit à considérer Manon autrement : une femme qui renaissait à chaque minute. Un souffle éphémère.

— Plutôt oui… répondit Manon.

Elle désigna les rangers crottées.

— Policier de terrain ?

— Si on veut.

— Sur quoi travaillez-vous ?

Lucie échangea un regard avec Frédéric et Vandenbusche. Elle hésita, puis se lança :

— Un acte de délinquance. Des jeunes, probablement.

— Une affaire concernant de jeunes délinquants qui aurait un point commun avec les mathématiques ? Je suis curieuse de connaître lequel. Je vous écoute.

— Ça s'est passé à Raismes, du côté de Valenciennes.

— Je connais Raismes, merci. Amnésique, mais pas ignare.

Lucie resta un instant interdite. Parler de son handicap avec un tel détachement…

— Très bien. Nous avons découvert dans un abri de chasseurs un message inscrit sur un mur. Ça disait, écoutez bien : « Ramène la clé. Retourne fâcher les Autres. Et trouve dans les allumettes ce que nous sommes. Avant 4 h 00. »

Manon et Frédéric se raidirent simultanément.

— Qui a écrit cela ? demanda Manon en se relevant brusquement sur son lit.

Elle se mit à parler de nouveau très rapidement.

— Qui ? Dites-moi qui ? Dites-moi !

— Je l'ignore, répliqua Lucie. Qu'est-ce que ça signifie, selon vous ?

— Tout ce remue-ménage a un rapport avec moi ! Vous n'êtes pas ici par hasard, comme vous le prétendez !

— À vous de me le dire.

Manon restait sur la défensive. Son frère s'approcha d'elle et lui prit doucement le bras.

— Ne te sens pas obligée de répondre.

Manon se défit de son étreinte dans un geste de méfiance spontanée.

— Pourquoi ? Pourquoi ne répondrais-je pas ? Il n'y a rien d'extraordinaire ! Absolument rien !

Elle se tourna vers Lucie.

— Je ne comprends pas votre énigme, et je ne vois aucune relation avec les mathématiques. Mais…

— Mais ?

— Mais c'est ce « Retourne fâcher les Autres » qui m'a interpellée. N'est-ce pas, Frédéric ? Toi aussi, tu te souviens ?

Il acquiesça et précisa :

— Il s'agit d'une expression que nous utilisions adolescents, avec des amis et certains de nos cousins. « On va retourner fâcher les Autres. » Les Autres étaient… les esprits.

— Les esprits ?

— Oui, les esprits, reprit Manon. Ceux de la maison hantée de Hem. Une vieille bâtisse où les morts se seraient mystérieusement succédé. On se rendait là-bas de temps en temps, à la nuit tombée. Pour l'adrénaline. Hem, la maison de Hem…

Elle s'interrompit. Frédéric allait et venait comme un lion en cage. À son regard autoritaire, on devinait le meneur d'hommes. Lucie tenta de faire abstraction de sa présence pour concentrer toute son attention sur Manon, qui dit finalement :

— Il s'agissait de notre expression. Comment a-t-on pu la retrouver ? C'est impossible ! Il y a tellement longtemps !

Elle chercha du secours auprès de Frédéric, avant de poursuivre seule :

— Mais je ne comprends pas le reste de votre message. Même en réfléchissant, rien ne me vient. Désolée. Sincèrement désolée madame.

Manon se saisit de son N-Tech, de son stylet, et se mit à vérifier le déroulement des dernières heures de la journée. Elle tapota rapidement sur son écran tactile. Cases de rendez-vous non cochées. Celui de la banque à 11 heures : manqué. Visite chez le vétérinaire pour Myrthe à 15 heures : manquée. À quoi tout cela rimait-il ?

— Manon ?

Elle releva la tête en direction de Lucie.

— Ce n'est pas tout, insista le lieutenant.

— Qu'est-ce qui n'est pas tout ? Et... pourquoi je parlais de la maison de Hem ? Qu'est-ce que vous voulez déjà ?

Frédéric vint s'intercaler et poussa Lucie légèrement vers l'arrière en lui disant :

— Laissez...

Il s'adressa à Manon :

— Cette dame est de la police...

Et il lui réexpliqua très brièvement la situation, avec les mots adéquats, les raccourcis appropriés, contrôlant avec justesse les réactions de sa sœur. Un peu perplexe, Lucie put finalement reprendre son interrogatoire :

— Dans cette cabane de Raismes, étaient dispersées sur le sol un très grand nombre d'allumettes. Plusieurs milliers. Mes collègues font...

— Un grand nombre d'allumettes ? l'interrompit Manon. Comment étaient-elles disposées ? Expliquez-moi !

— Répandues un peu partout, complètement au hasard.

Manon claqua des doigts plusieurs fois d'affilée. Frédéric ne bougeait plus d'un millimètre.

— Au hasard, oui ! Bien sûr ! Au hasard ! Et ce sol, c'était un parquet ?

— Exact.

— Avec des lames de la largeur d'une allumette ? Dites-moi !

La piste semblait s'ouvrir. La serrure trouvait sa clé.

— Euh… Je pense, oui. Mais… Quel est le sens de cette mise en scène ? C'est quoi, le rapport entre ces allumettes et la maison hantée de Hem ?

Soudain, la jeune amnésique observa le bandage autour de sa main. Elle fut prise d'une brusque suée. Avant que Frédéric ne puisse intervenir, elle l'arracha d'un geste enflammé.

Son cœur se serra. Au creux de sa paume, cette phrase terrifiante : « Pr de retour ».

Elle adopta une position de bête traquée et se mit à crier :

— Il est de retour ! Ce salaud est revenu nous hanter ! Et il s'en est pris à moi ! Arrêtez de mentir et dites-moi si je me trompe !

— Personne ne te ment, mentit le frère. Nous allons rentrer chez nous, tout va bien se passer.

Manon n'écoutait plus. Paniquée, elle cria plus fort encore :

— Emmenez-moi là-bas ! Emmenez-moi dans la maison hantée de Hem ! Tout de suite !

Lucie répliqua calmement :

— Donnez-moi d'abord la signification de ces allumettes !

En un éclair, Manon se retrouva à quelques centimètres du visage de Lucie. Dans ses yeux bleus palpitait la flamme noire de la colère.

— Il est revenu ! Je ne louperai pas l'occasion de l'attraper ! Emmenez-moi d'abord, ou vous ne saurez rien !

13.

Dans l'habitacle de la vieille Ford, Manon s'affairait sur son N-Tech. De l'appareil électronique irradiait une légère lumière blanche.

— Il faut que je note tout cela, répétait-elle inlassablement. Continuez, continuez à me raconter. Tout ce que vous savez. Absolument tout.

Après avoir quitté les boulevards déserts, la voiture s'engagea pleins gaz sur une bretelle de la rocade nord-ouest. Marquette, Bondues, Wambrechies... Les sorties défilaient, tandis que, dans cette carcasse de tôle écrasée par des tonnes d'eau, vibrait la voix d'une femme flic qui tentait d'être rassurante tout en racontant le pire, une énième fois. L'enlèvement, l'errance dans les rues de Lille, la cabane de chasseurs et le message alambiqué. Manon ne perdait pas une miette de cet enfer verbal, notant les principaux événements et enregistrant la parole de Lucie grâce au micro intégré de son engin.

— Le Professeur... Comment aurait-il pu me retenir ? Pourquoi ? Comment a-t-il pu savoir pour « les Autres » ? C'était notre expression à nous ! Et... Non ! Ceci n'est pas possible !

Manon ne parvenait pas à retrouver son calme. Ses efforts de réflexion les plus acharnés n'y pouvaient rien : les questions tournaient dans sa tête, sans réponses.

— Vous en avez peut-être parlé pendant qu'il vous détenait ? suggéra Lucie en regardant sa montre. Peut-être vous y a-t-il contraint, d'une façon ou d'une autre ? Comment le savoir ?

— Ma détention… Ma détention, mon Dieu… Non, non ! Je n'aurais jamais parlé de mon enfance ! Jamais !

— Comment pouvez-vous en être aussi sûre, alors que vous ne vous en rappelez pas ?

— Il y a des choses que l'on sait sur soi ! Même si l'on est amnésique ! Je n'ai pas perdu mon identité ! Je suis moi ! Vous pouvez comprendre ?

Lucie adopta un ton plus apaisant.

— D'accord, d'accord. Ne vous énervez pas, ça ne sert à rien. Parlons de ces scarifications, sur votre ventre… J'aimerais que vous m'expliquiez ce qu'elles signifient. Le docteur Vandenbusche m'a dit que votre frère et vous en étiez les auteurs.

Manon répondit du tac au tac :

— Je n'en sais rien.

— Comment ça, vous n'en savez rien ?

— Je n'en sais rien, je vous dis ! Je ne comprends pas le sens de ces cicatrices ! Je sais qu'elles sont là, en moi, mais je n'en connais pas la signification ! Quand ont-elles été inscrites ? Pourquoi ? Je l'ignore complètement !

Elle agrippa le poignet du lieutenant.

— Comment le Professeur a-t-il pu m'enlever ? Comment m'en suis-je sortie ?

— Manon, je…

— Il faut qu'on le retrouve ! Dites-moi que vous allez le retrouver ! Dites-le-moi !

— Nous allons tout mettre en œuvre pour.

Lucie la regarda dans les yeux un instant, avant d'ajouter :

— Vous pouvez me croire. Mais si vous voulez que je vous aide, il faudra me faire confiance…

Elle prit la voie en direction de Roubaix-Est, la gorge serrée. 3 h 35. Moins d'une demi-heure…

— Parlez-moi des allumettes. Vous ne m'avez toujours pas raconté ce qu'elles signifiaient. Je dois savoir.

— Quelles allumettes ?

Manon dévisagea la conductrice. Ses doigts glissèrent discrètement vers la poignée de la portière.

— Où est votre carte ? Vous ne m'avez pas montré votre carte ! Votre carte de police !

Lucie soupira.

— Si, avant de monter dans la voiture. Puis deux fois déjà durant le trajet. Prenez-la, elle se trouve dans la poche de mon caban, je n'ai pas pensé à la laisser en vue. Je n'ai pas encore les réflexes, excusez-moi… Mais par pitié, lâchez une bonne fois pour toutes cette poignée. Vous allez finir par l'arracher et par achever ma pauvre bagnole.

Manon récupéra la carte tricolore avec soulagement.

— Pardonnez-moi. J'ai tendance à radoter.

— Ça aussi, vous me l'avez déjà dit. Mais ne vous excusez pas. Je comprends parfaitement, même si c'est… difficile. Dites, vous parlez toujours aussi rapidement ?

— Oui, c'est une manière de condenser les conversations. Tout s'efface si vite dans ma tête… Où allons-nous ?

— Maison hantée de Hem. Déjà dit…

Lucie réfléchit un instant, et reprit :

— Les scarifications, sur votre corps. Que racontent-elles ?

— Je l'ignore.

— D'accord. Je réessaierai plus tard.

Sans l'écouter, Manon replongea dans les méandres de son N-Tech, avant de se tourner de nouveau vers la conductrice :

— Puis-je vous photographier ? Cela m'évitera de vous demander sans cesse votre identité.

Lucie acquiesça. Manon alluma le plafonnier et figea l'instant avec la fonction « Photo » de son organiseur. Stylet à la main, elle se mit ensuite à écrire sur l'écran.

— Qu'est-ce que vous notez ? s'intéressa Lucie en détournant brièvement les yeux de la route.

— Votre nom, votre métier, les raisons de notre rencontre. Et vos principaux traits de caractère. Enfin, l'impression que j'en ai à l'instant présent.

— Je suis curieuse de savoir ce que vous pensez de moi.

— Pas ce que je pense. Ce que je ressens, ici et maintenant. Solidité, à votre regard directif. Passion, parce que vous êtes ici avec moi en pleine nuit. Rigueur, on le lit aussi dans vos yeux. Beaucoup d'émotion passe dans votre voix, vos mains, et cette façon que vous avez de discuter… On perçoit votre écoute, ainsi qu'une certaine forme de douleur. Énormément de douleur même. Je me trompe ?

Lucie resta un long moment silencieuse, interloquée, avant de répondre.

— Pas vraiment, non. J'ai vécu une adolescence en partie tourmentée, par…

Elle hésita, puis finit par lâcher :

— … par une opération chirurgicale, qui… qui m'a beaucoup affectée.

— De quel genre ?

— Je préfère ne pas en parler.

— Vous pouvez, vous savez. Je sais me montrer discrète et… oublier ce qu'on me confie, si vous voyez ce que je veux dire.

Sans réellement connaître celle à qui elle s'adressait, Manon se sentait à l'aise, rassurée. Sensations inexplicables. Elle demanda, constatant les difficultés de Lucie à se livrer :

— Et cette opération a marqué une rupture dans votre jeunesse, votre comportement ? Comme moi, avec mes problèmes cérébraux ?

Cette fois, Lucie fixa la route.

— Après ça, ma vie n'a plus jamais été la même. Et… je fais des actes que je déteste… que… que les gens ne comprennent pas toujours. Mais… Excusez-moi… Je ne peux rien vous dire de plus.

— Moi non plus, les gens ne me comprennent pas. Ça nous fait au moins un point en commun.

Manon appuya sa nuque contre l'appuie-tête et inspira longuement.

— Vous, c'est le passé qui vous hante, mais moi, c'est l'avenir. Je ne peux plus bâtir de projets, ni partir en vacances parce que je ne saurais même pas où je me trouve, et cela ne servirait à rien car je n'en garderais aucun souvenir. Pas de souvenirs. Jamais.

Lucie se sentit obligée d'admettre que Manon avait raison. Sans souvenirs, les photos ne sont jamais que le papier glacé d'un vulgaire catalogue.

Manon concentra son attention sur les bandes blanches qui défilaient sur la route. Chacune d'entre elles disparaissait dans la nuit, identique à son existence fugitive. Elle ne savait pas où elle allait, ni pourquoi. Sans doute la conductrice à ses côtés le lui avait-elle déjà expliqué deux, trois, dix fois… De toute évidence ces renseignements étaient-ils notés dans son N-Tech… Mais elle n'eut pas envie de fouiller, pas maintenant, pas encore, parce qu'elle se sentait en paix.

— En tout cas, vous avez de jolies jumelles.

Lucie écarquilla les yeux.

— Comment vous savez ?

Manon tendit l'index.

— La photo, là, sur votre porte-clés. Comment s'appellent-elles ?

Lucie était étonnée. Si Manon allait oublier dans la foulée, pourquoi cherchait-elle à connaître leurs prénoms ? À quoi bon ?

— Clara à gauche, et Juliette à droite.

— Et Juliette est la dominante ?

— Alors là, vous m'en bouchez un coin !

— Elles sont assises côte à côte pour la pose, mais, si vous regardez bien, Juliette a le bras devant sa sœur, comme une barrière, comme pour la repousser vers l'arrière, lui montrer que l'espace lui appartient.

Lucie se raidit un peu. Elle se rappela la manière dont Vandenbusche parlait de sa patiente. Un être incroyablement précis, organisé et intelligent, en dépit de son amnésie.

— Sacrément observatrice…

— Ça, ce n'est même pas dû à mon handicap, c'est une déformation professionnelle. J'ai un parcours de scientifique et toutes les sciences, notamment la physique, sont basées sur l'observation.

— Vous savez, les sciences et moi… C'est un peu comme demander à un Dunkerquois de boire une Tourtel.

— Quand vous souriez ainsi, vous avez des yeux magnifiques. J'ai toujours cru que je parviendrais à retenir les images heureuses, que cette dysfonction de quelques millimètres dans mon cerveau pouvait être dépassée par la volonté de tout le reste. Je pense que, depuis… ma… mon…

Instinctivement, elle passa la main sur sa gorge.

— … ce qui m'est arrivé, j'ai dû essayer d'en mémoriser des tonnes et des tonnes. Les sons, les voix, les intonations passent parfois, avec une infinité d'efforts, mais jamais les images. Le trou noir. Vous comprenez ?

— Bien sûr. Que conserverez-vous de ce soir par exemple ? De ce que nous vivons en ce moment ?

— Je suis désolée, mais de vous je ne retiendrai rien. Si nous nous quittons plus de quelques minutes, ce sera comme si je vous voyais pour la première fois. Je ne sais déjà plus de quelle façon cette conversation a commencé. De quoi parlions-nous ? Pourquoi ? Et où allons-nous ? Bientôt, j'ignorerai que vous avez des jumelles et quel métier vous exercez. Du moins, avant de consulter mon N-Tech… Noter. Il faut que je note tout et que j'apprenne. C'est le seul moyen. Le seul.

— Et après consultation de votre machin ?

— Après, je saurai. Mais sans aucune sensation, sans sentiment, sans rien. Cela me fera le même effet que d'apprendre que Berlin est la capitale de l'Allemagne. Du procédural, rien que du procédural. Un « cerveau machine ». Désolée. Sincèrement désolée.

Lucie la regarda avec tendresse.

— Ne le soyez pas. Moi, je me souviendrai… C'est le plus important…

Manon ferma les yeux, inspira, et les rouvrit.

— Parfois, je me mets en colère contre mon frère Frédéric, ou alors j'éclate de rire, et je suis obligée de lui demander : « Mais... pourquoi suis-je en rage contre toi ? Pourquoi suis-je heureuse ? Pourquoi je pleure ? Explique-moi Frédéric, explique-moi ! » Je sais que certains jours il m'emmène à Caen voir maman, mais je ne me rappelle pas de nos rencontres, je ne sais plus si elle vieillit, comment changent ses traits ou si elle est contente de me voir... J'ignore aussi l'image que je laisse derrière moi. Celle d'une égarée, d'une malheureuse ? À quoi se résumera mon existence quand je serai morte ? Quel héritage je léguerai à...

Elle marqua une pause, visiblement émue.

— J'aurais tant aimé donner la vie, j'adore les enfants, plus que tout au monde. Mais peut-on être mère, quand on va récupérer son petit à l'école et que l'on est incapable de le reconnaître ? Quand on ne connaît ni la couleur de ses yeux, ni le son de sa voix ?

Elle désigna son organiseur, tandis que Lucie l'écoutait, touchée par tant de sensibilité.

— On ne peut pas noter les sentiments dans le N-Tech, ni le bonheur, ni les pleurs, ni le vécu. Juste de l'information procédurale. Des mots anonymes, froids, sans substance. L'amnésie, c'est vivre seul... et mourir seul. De cette soirée, je ne pourrai retenir que ce qui est noté et enregistré là. Je vais apprendre les faits essentiels par cœur, jusqu'à en constituer une espèce de souvenir aveugle, sans image. Comme si j'apprenais des numéros de téléphone ou des plaques d'immatriculation.

— Ou que Berlin est la capitale de l'Allemagne...

Manon approuva.

— Tout passe par les souvenirs. Ce sont eux qui nous font pleurer à un enterrement, ce sont encore eux qui font battre notre cœur quand nous pénétrons dans une chambre d'enfant…

Elle considéra Lucie, des larmes troublaient le bleu de ses iris.

— Mademoi…

— Pas mademoiselle… Lucie, je m'appelle Lucie Henebelle.

— Lucie, vous rendez-vous compte que je suis obligée de sélectionner ce que je veux retenir ? Des événements, des faits de tous les jours auxquels vous ne songez même pas, qui, à vous, ne demandent aucun effort ? Apprendre quelle est l'année en cours, qu'un tsunami a tué des centaines de milliers de personnes, qu'il y a la guerre au Proche-Orient ou qu'aujourd'hui il existe des graveurs de DVD. Répéter, sans cesse répéter pour ne pas oublier, pour ne pas paraître idiote ou inculte. J'ai même dû apprendre la cause de ma perte de mémoire ! Ce qu'il m'est arrivé ! Si je ne note pas, si je ne répète pas chaque chose cent fois, alors tout disparaît…

Malgré la tristesse de ses propos, elle parvint à esquisser un sourire et demanda :

— Je vous l'ai déjà dit, n'est-ce pas ?

— Non, non, rassurez-vous, c'est la première fois.

— Mais certainement pas la dernière. Si vous voyez que je joue au 33 tours rayé, n'hésitez pas à m'interrompre. Il n'y a rien de pire pour moi que de… Enfin, vous voyez ?

— Je vois, et je n'hésiterai pas à vous le dire. Vous pouvez me faire confiance. D'ordinaire, je suis assez directe.

— Dites, puis-je avoir vos coordonnées, et votre numéro de téléphone ? Enfin, si je ne les possède pas déjà…

Lucie tendit une carte que Manon rangea précieusement dans la pochette de son N-Tech. Elles gardèrent ensuite le silence, chacune perdue dans ses pensées, jusqu'à arriver à destination. Le véhicule s'enfonça dans une rue sans habitations, privée d'éclairage. Au fond, une masse sombre et immobile. La maison hantée de Hem. Monstre de briques aux perspectives en pointes acérées.

3 h 45.

Moteur coupé. Torche au poing. Lucie regretta de n'avoir pas pris son Sig Sauer. Dire qu'il s'agissait à l'origine d'un simple constat, à cinquante mètres de chez elle ! Quel don pour s'embarquer dans les galères ! Les mauvaises bagarres, les interventions casse-gueule, c'était toujours pour sa poire !

Elle savait qu'elle aurait dû solliciter une patrouille en renfort. Règle numéro un : toujours intervenir à deux. Mais elle avait décidé d'y aller seule. Pas le temps…

— Prête à affronter une nouvelle fois l'orage ? demanda Lucie en vérifiant le bon fonctionnement de sa lampe.

— On l'a déjà fait ensemble ? répondit Manon en détachant les yeux de son organiseur.

— Ensemble, pas vraiment, non, plutôt chacune de notre côté. Vous connaissez un moyen d'entrer ?

Manon pointa son doigt devant elle.

— Quand nous étions jeunes, nous passions par-derrière, puis nous grimpions sur le toit du patio. À l'époque, les portes et les fenêtres du rez-de-chaussée étaient murées. Elles doivent toujours l'être, je suppose.

Lucie perçut une étincelle dans les yeux de la jeune femme.

— Cela me fait drôle de revenir ici, confia Manon. Tant de souvenirs… Vous devez trouver curieux que je me remémore ces détails de jeunesse, mais pas ce que j'ai fait voilà trois minutes, non ?

— En fait, non, le docteur Vandenbusche a tenté de m'expliquer… Les différents types de mémoire… Je crois que j'ai à peu près compris.

Lucie attrapa la poignée de la portière.

— OK ! Attendez deux minutes dans la voiture, je sors d'abord vérifier.

— Deux minutes, c'est trop pour moi ! Je vous accompagne.

— Vous êtes têtue !… Bon, prenez mon K-way ! Et restez en retrait ! Je risque ma place s'il vous arrive quelque chose.

Manon fourra son N-Tech dans sa housse hermétique, puis la housse dans la poche intérieure de son blouson, avant d'enfiler le K-way. Lucie boutonna son caban jusqu'au cou.

— Allez, on fonce.

— Attendez ! Vous ne prenez pas des gants en latex, des masques, des charlottes ? Nous allons peut-être pénétrer sur le lieu d'un crime ! On ne doit pas le contaminer ! Cheveux, poils, empreintes digitales !

— Vous feriez un bon flic. Vous semblez vous y connaître.

— Après la mort de ma sœur, je me suis sérieusement penchée sur la question.

— Ne vous inquiétez pas. Ici, nous n'aurons pas besoin de gants ni de blouse stérile. Enfin, je l'espère. Allez ! Go !

Dès qu'elles eurent claqué les portières, le vent et la pluie les agressèrent. Elles avancèrent, recroquevillées, jusqu'à atteindre un mur dévoré par le lichen à l'arrière de la propriété. Elles l'escaladèrent péniblement et atterrirent dans le jardin, poche de boue infecte. Lucie leva la tête en direction de la maison. Sous les trombes d'eau, sa lampe éclaira les sapins, le porche, les murs infiniment hauts.

Quand elles remontèrent en direction du patio, elles ne prêtèrent pas attention à l'ombre immobile qui les observait depuis l'étage, par une fenêtre aux vitres brisées.

Sans un bruit, la silhouette se retira dans la maison.

3 h 50.

Les deux jeunes femmes longèrent la façade en courant. À présent leurs respirations s'entremêlaient, comme si elles ne formaient plus qu'un seul et même organisme. L'une se mit à pousser, puis l'autre à tirer, tandis qu'elles s'entraidaient pour grimper. Grimaçante – fichu mollet –, Lucie s'arma d'une grosse branche qui traînait sur la toiture et pénétra à l'intérieur la première, sur ses gardes. Voilà quelques heures, elle était tranquillement allongée dans son canapé, ses filles à ses côtés, et maintenant…

Une fois à l'abri, elle reprit son souffle. Elle était ruisselante, sa gorge sifflait. Elle se retourna légèrement vers Manon.

— Ça va ? chuchota-t-elle en frictionnant sa jambe douloureuse.

— Non, ça ne va pas ! Qui êtes-vous ? Pourquoi sommes-nous ici ? répondit Manon d'un air effrayé avant de s'enfuir dans un coin pour allumer son N-Tech.

Fonction « Derniers événements saisis ». L'enlèvement… Les urgences… Lucie Henebelle… L'énigme…

Elle resta prostrée et se mit à répéter :

— Le Professeur… Le Professeur… Non, impossible…

Lucie accourut, sa carte de police devant elle.

— Manon, écoutez… Ne cherchez pas à comprendre ce que nous faisons ici, ni ce qu'il vous est arrivé. Je vous l'ai déjà expliqué plusieurs fois. Faites-moi juste confiance, d'accord ?

— Je… Je ne vous fais pas confiance, mademoiselle Henebelle. Vous avez beau être policier, je ne vous connais pas.

Elle se leva brusquement, s'empara de la torche et se mit à observer la pièce.

— Qu'est-ce que vous faites ? demanda le lieutenant.

— Je n'en sais rien. Il est écrit dans mon N-Tech que le Professeur nous a amenées ici. Qu'il y avait un message là où il m'a retenue ! Alors il doit forcément y avoir un autre message quelque part, des indices, un moyen de nous mettre sur la voie.

Elle considéra son poignet, constata qu'elle n'avait pas sa montre et se rabattit sur son organiseur.

— 3 h 58. Le message parlait bien de 4 heures ? Je ne me trompe pas ? Je n'ai rien manqué ? Dites-moi ?

— Non… L'ultimatum est presque arrivé à son terme, et apparemment, toujours pas de victime…

Sans savoir où elle allait, ni pourquoi, Manon traversa la chambre et s'engouffra dans le couloir de l'étage. Lucie se précipita à sa suite. Soudain, elles entendirent le plancher craquer derrière elles.

Lucie n'eut pas le temps de se retourner. Un bras robuste lui enserra la gorge. Ses pieds décollèrent du sol.

— Elle veut jouer, la salope ?

Elle se retrouva propulsée contre le mur, son front percuta le béton. Elle s'effondra, inerte, glissant lentement contre la paroi.

Avec un petit cri, Manon lâcha la lampe. Bruit sourd du métal qui roule. Elle se mit à reculer, les muscles tétanisés.

— Qui êtes-vous ?

— Tu veux savoir ?

À une vitesse prodigieuse, l'homme se rua sur elle et, à sa grande surprise, reçut une semelle dans la poitrine. Il grogna, tandis qu'un second coup de pied fit craquer son genou droit. Il parvint quand même à agripper Manon par les cheveux. Le N-Tech glissa sur le plancher. La mathématicienne hurla, frappa… Sans savoir pourquoi, elle visa le plexus solaire, mais l'homme, cette fois, ne se laissa pas surprendre. Elle voltigea sur le sol, propulsée par une force titanesque.

— T'es plutôt bonne, toi. Une belle petite gueule d'ange. Je crois que tu vas y passer la première.

Il la plaqua face contre terre. Manon respira une poussière écœurante puis cracha, cruellement en manque d'air. La pointe d'un genou lui écrasait le dos.

Tintement d'une boucle de ceinture. Une braguette qui se déboutonne. Des halètements bestiaux, là, tout contre sa nuque. Que se passait-il ? Où se trouvait-elle ? Seule ? Et pourquoi ? Allait-elle mourir ?

L'homme n'eut pas l'occasion d'aller plus loin. Un gourdin lui fracassa l'arcade sourcilière. Il se releva, titubant, la main sur le front, quand un fantastique coup dans les testicules le plia en deux.

Il bascula dans les escaliers, sans parvenir à se rattraper, et roula jusqu'au bas des marches pour enfin s'écraser sur le carrelage, inerte.

Lucie se massa le crâne, récoltant une fine pellicule de sang sur le bout de ses doigts. Elle se pencha ensuite vers Manon, qui recula sur ses mains pour se retrouver plaquée contre le mur du fond.

— Laissez-moi ! Laissez-moi !

— Manon ! Je suis Lucie ! Lucie Henebelle !

Elle s'empressa de sortir sa carte tricolore.

— Rappelez-vous !

Manon n'avait jamais vu cette carte. Dans quelle galère se trouvait-elle ? Pourquoi cette agression ? Comment avait-elle appris à se battre ? Où ? Elle recula encore, jusqu'à finir repliée dans un angle.

— Qu'est... Qu'est-ce que je fais ici ? Qui est cet homme ? Et vous ? Pourquoi la police ? Il...

Elle se précipita vers son N-Tech, à quatre pattes.

— Vous avez tout enregistré dans votre machine, dit Lucie. L'hôpital, notre conver...

— Quel hôpital ?

Manon se mit à crier :

— Quel hôpital ?

— Je... Je n'en sais rien, je... ne sais pas comment vous appréhender, Manon... C'est trop... compliqué...

Lucie coinça sa carte de police en haut de la poche de son manteau, afin de la rendre visible en permanence, puis elle ramassa sa lampe et dit :

— Je descends vérifier s'il... est encore en vie. Rejoignez-moi, dès que possible.

— Comment ? Qui est encore en vie ? Expliquez-moi ! Expliquez-moi !

Elle avait hurlé de toutes ses forces. Lucie ne répondit pas et, la torche à la main, se hasarda dans la cage d'escalier. Une fois en bas, elle posa l'index sur la jugulaire de l'agresseur et perçut un pouls régulier. Elle se mit à lui fouiller les poches.

Une piqûre au niveau du pouce la fit grimacer. Ses doigts ressortirent en sang. Du verre brisé et des aiguilles...

— Merde, c'est pas vrai !

Des seringues… Un junkie… Juste un junkie, venu squatter l'endroit…

Elle se redressa, le pouce levé. Dans un réflexe inutile, elle aspira à pleins poumons les gouttelettes avant de les recracher sur le sol.

Quatre lettres explosèrent alors dans sa tête. SIDA.

— C'est pas vrai ! C'est pas vrai !

Alors, un autre choc dans sa poitrine l'ébranla.

Elle tourna sur elle-même, ébahie.

Au-dessus. Et partout autour dans cette pièce circulaire. Dans la lumière de sa torche. Des chiffres. Des milliers de chiffres.

Peinture rouge.

Sur le carrelage, une phrase : « Si tu aimes l'air, tu redouteras ma rage. » Lucie serra les dents. Combien de temps ce salaud allait-il continuer son jeu ?

Surtout, ne pas paniquer. Elle sortit son portable. Presque plus de batterie. Elle appela une ambulance et fonça à l'étage.

En montant les escaliers, elle entendit sa propre voix, échappée d'un appareil. Manon était assise à l'indienne, face à sa mémoire prothétique.

L'égérie de N-Tech leva le front, inquiète, partagée entre tristesse, terreur et fermeté. Elle ouvrit le dossier « Photo », fit défiler les portraits, proches, amis, connaissances, tous étrangers à sa mémoire, et découvrit l'identité de la femme qui se dressait en face d'elle. Un officier de police aux boucles d'un blond de blé. Lucie Henebelle. Trois mots… « Solidité. Passion. Rigueur. » Était-elle ce policier qu'elle avait attendu pour sa quête du Mal ? Était-elle enfin arrivée ?

— J'ai besoin de vous, fit le lieutenant en éclairant sur la gauche.

— Moi aussi, j'ai besoin de vous. Plus que vous ne le croyez.

Elles s'observèrent durement, presque en adversaires, avant que Lucie ne finisse par lui tendre la main.

— Venez en bas.

L'une derrière l'autre, elles s'engagèrent sur les marches. Manon eut un mouvement de recul en découvrant le corps étalé et manqua de tomber dans les escaliers. Lucie la retint par la taille et la rassura :

— C'est bon, Manon ! Il est vivant !

— Qui est-ce ? Que…

Elle s'interrompit instantanément, découvrant les chiffres rouges.

— Mon Dieu ! s'exclama-t-elle en s'approchant des formes peintes.

Elle réclama la torche de Lucie et se mit à parcourir la spirale algébrique avec le rayon jaunâtre.

— Ça vous suggère quelque chose ? demanda le lieutenant de police.

Manon paraissait subjuguée. Elle plaqua le N-Tech contre son oreille.

— Chut… Taisez-vous, murmura la scientifique. Taisez-vous, je vous en prie.

Elle écoutait une nouvelle fois la conversation enregistrée dans la voiture. Lucie soupira. Le chronomètre continuait à courir, même si l'ultimatum avait expiré.

Quelques minutes plus tard, Manon demanda :

— Sur l'enregistrement, vous m'avez bien parlé d'allumettes, découvertes par milliers sur le parquet où j'aurais été…

Le mot tarda à sortir.

— … séquestrée ? C'est exact ?

— En effet. C'est tout à fait ça.

— Et je ne vous en ai pas expliqué la signification, n'est-ce pas ?

— Non. Vous avez exigé qu'on vienne d'abord ici. Vous ne me faisiez pas confiance…

Manon s'approcha de Lucie et l'éblouit malencontreusement. Elle détourna le faisceau lumineux et déclencha la fonction « Enregistrement » de son appareil.

— Vous ai-je déjà demandé de me faire une promesse ?

— Pas encore, non.

— D'accord, d'accord. Alors promettez-moi de m'intégrer à votre enquête. Promettez-moi que vous me laisserez vous accompagner dans la traque du meurtrier qui a sauvagement tué ma sœur. Promettez-moi de faire tout votre possible pour retrouver le Professeur.

— J'essaierai, dans la mesure de mes moyens.

— Je veux des certitudes ! Promettez !

Lucie se rapprocha encore, à quelques centimètres seulement.

— Je vous le promets. Et vous, promettez-moi de me faire confiance.

Manon secoua la tête.

— Ça ne marche pas dans ce sens-là. Désolée…

Elle laissa tourner l'enregistrement. Elle apprendrait tout cela. Sa mémoire en absorberait à peine cinq pour cent, mais elle apprendrait. Après avoir consulté une dernière fois l'ensemble de ses notes – nouvelle attente interminable pour Lucie –, elle finit par expliquer :

— Ces allumettes que vous avez découvertes représentent un moyen de trouver le nombre π.

— Quoi ?

— Lancez-en une importante quantité au hasard sur un parquet dont la largeur des lattes est égale à la longueur d'une allumette. Il suffit de diviser le nombre total d'allumettes par le nombre d'allumettes qui chevauchent deux lattes, et de multiplier le résultat par deux. C'est Buffon, un naturaliste du XVIIIe siècle, qui le premier a fait l'expérience de cette loi de probabilité. Avec une grande quantité d'allumettes, la précision est stupéfiante.

Elle leva la tête, dévorant des yeux les serpentins rouges.

— π est l'une des curiosités mathématiques qui suscitent le plus d'interrogations dans les congrégations scientifiques, poursuivit-elle. Depuis des siècles, les plus illustres savants tentent d'en percer les mystères. Archimède, Descartes, Newton et bien d'autres. Mais croyez-moi, ce nombre est aujourd'hui, enfin, était il y a trois ans, encore bien loin d'avoir révélé tous ses secrets.

La tache de lumière continuait à balayer l'espace. Des neuf, des huit, des trois. Soupe incompréhensible et indigeste.

— Je n'imprime toujours pas, confia Lucie. Aidez-moi Manon, je vous en prie…

— Vous savez que π est un nombre sans fin, un nombre réel qui présente une infinité de décimales, et qu'il n'y aurait pas assez de tout l'univers pour l'écrire ?

— Je crois me rappeler de ça… Un nombre infini. 3,14 et des poussières… qui permet de calculer la circonférence d'un cercle.

Manon acquiesça.

— Vous avez de bons restes. En 2004, on connaissait déjà plus de mille milliards de ses premières décimales, et je suppose qu'aujourd'hui, avec l'évolution des ordinateurs, cette valeur a considérablement augmenté. Pourquoi s'acharner à chercher ces chiffres insignifiants, me direz-vous ?

— Manon, si vous pouviez…

— En fait, le nombre π est utilisé pour étalonner la rapidité des gros calculateurs, ou la précision de certains logiciels. Et puis, il s'agit avant tout d'un défi pour les communautés scientifiques. Un peu comme l'Everest pour les alpinistes.

Manon s'approcha d'un des murs, ses doigts effleurèrent les traces de peinture.

— Je suis persuadée que cette farandole de chiffres représente des décimales successives de π. Non pas les premières, je les connais par cœur, mais celles prises à une position particulière dans π. Peut-être à la millième, à la cent millième ou à la millionième place.

— Mais pourquoi ? Pourquoi ?

Le vent s'engouffrait par les fenêtres brisées à l'étage. La bâtisse gémissait de part en part. Manon semblait réellement bouillir au cœur de cet univers étrange. Lucie se demanda s'il lui arrivait, à certains moments, de se sentir « normale », d'oublier son amnésie.

— Pourquoi ? L'énigme, Lucie, l'énigme ! « Trouve dans les allumettes ce que nous sommes. » Trouve dans π ce que nous sommes ! Trouve dans ces décimales ce que nous sommes ! Et que sommes-nous, Lucie, sinon un numéro ? Un numéro qui nous identifie, dès la naissance ! Un numéro qui fait de nous des êtres classés, rangés dans des programmes informatiques !

Lucie écoutait en regardant autour d'elle. Cette interminable chenille de symboles l'impressionnait.

Combien de temps avait-il fallu pour la tracer ? Plusieurs heures ? Une journée ?

— Un numéro de sécurité sociale ? proposa-t-elle.

Manon ressentit l'excitation du scientifique qui, sur une simple intuition, résout un problème difficile.

— Oui ! Oui, exactement ! Un numéro de sécurité sociale ! π est chaotique, rien ne permet de deviner la décimale suivante en observant ce qui est déjà sorti. Et… je pense qu'aujourd'hui, on a réussi à démontrer que c'est aussi un nombre univers, c'est-à-dire qu'en fouillant suffisamment loin, on peut dégoter n'importe quelle combinaison dans ses décimales. Des dates de naissance, des numéros de série, des plaques d'immatriculation ou des numéros de sécurité sociale. Tous les codes génétiques des êtres de la planète, la numérisation du *Requiem* de Mozart, tout ce qui est identifiable par une suite de chiffres est recensé dans ce nombre incroyable. Il contient tous les secrets de notre monde ! Les chances de détecter une séquence choisie de treize chiffres consécutifs sont très faibles, peut-être une sur un million, mais elles existent.

— Voilà donc ce que nous cherchons, dit Lucie comme pour elle-même. Une identité… L'identité de quelqu'un que le Professeur a dû éliminer il y a quelques minutes…

— Le Professeur ? Pourquoi vous…

— Laissez tomber, Manon. Je vous réexpliquerai tout plus tard. Concentrez-vous sur ces chiffres. Ces chiffres uniquement. Ça urge. Nous cherchons donc un numéro de sécurité sociale !

— Précisément. Treize chiffres.

En s'avançant, la jeune mathématicienne fixa le message sur le sol.

— « Si tu aimes l'air, tu redouteras ma rage. » Qu'est-ce que cela signifie ?

— Laissez tomber ! Le numéro de sécu. Seul le numéro de sécu compte pour l'instant !

Manon repéra rapidement le début de la séquence, en haut à gauche, et la fit défiler en déplaçant la torche vers la droite.

— OK ! reprit Lucie. Celui qui a fait ça a dû frapper dans le Nord, peut-être dans le Pas-de-Calais ou la Somme ! Manon, on cherche quelque chose qui contient les numéros de département 59, 62, ou 80 !

— Oui, oui, je vois ! Les quatre chiffres précédents doivent représenter l'année et le mois de naissance, et celui encore avant sera 1 ou 2. 1 pour les hommes, 2 pour les femmes…

Plus un mot. Le regard happé par le halo lumineux, Lucie ne parvenait plus à refouler ces émotions étranges qui montaient en elle, cette excitation, cette forme de jouissance interdite qu'elle ressentait devant l'impensable. N'y avait-il que l'horreur, la promesse du pire pour la stimuler ? Elle considéra Manon, elle aussi hypnotisée par la suite des décimales. Étaient-elles si différentes ? Pour quelle raison mystérieuse évoluaient-elles là, à deux, dans la tourmente des éléments en furie ? Quel terrible hasard avait poussé Manon au pied de sa résidence, voilà quelques heures ?

Manon avalait littéralement les signes, rejetant en un coup d'œil les mauvaises combinaisons. Et, alors que le faisceau continuait sa course, que les secondes filaient, inexorablement, elle s'écria soudain :

— Je l'ai ! Je l'ai !

La jeune femme se précipita vers le mur de gauche et s'agenouilla.

— 2280162718069 ! Une femme ! Soixante-dix-neuf ans ! Dans le Pas-de-Calais !

Lucie déplia le capot de son portable. L'indicateur de batterie clignotait.

— Merde… J'espère qu'il va tenir !

La permanence. Malouda.

— Malouda ? Henebelle ! J'ai un numéro de sécu ! File-moi l'identité, l'adresse ! T'as dix secondes !

Manon rentrait les nouvelles informations dans son N-Tech, dont la jauge d'autonomie était, elle aussi, assez basse. Elle tira plusieurs clichés de très médiocre qualité, en raison de l'absence de luminosité.

Deuxième bip du téléphone portable. La batterie allait lâcher.

— Magne-toi, bon sang !

Malouda répondit sur-le-champ :

— Vous allez halluciner !

— Accouche ! Ma batterie rend l'âme !

— Il s'agit de Renée Dubreuil ! Chemin du lac !

Un tilt.

— La Dubreuil qui s'était pris perpétuité, et qui a été relâchée après trente ans de taule ?

— En pers…

4 h 32. Rupture du contact.

Elle remit son téléphone dans sa poche en râlant et entraîna Manon par le bras.

— Attendez ! s'écria Manon. Vous avez parlé de Dubreuil ! Le diable du lac ? Cette ignoble bonne femme qui a torturé ses trois gamines avant que son mari les tue et s'explose la cervelle ?

— Oui, c'est son numéro de sécu que nous avons trouvé dans ce… chaos.

Manon resta interdite.

— Dubreuil ? Mais déjà enfants, nous connaissions cette histoire, je me rendais souvent au lac de Roeux le week-end et…

— Allons-y Manon ! S'il vous plaît !

— Deux secondes ! Il faut encore que je recopie l'avertissement sur le sol ! Il n'est pas là pour rien !

— Oui ! Oui ! Allez !

— Attendez j'ai dit ! « Si tu aimes l'air, tu redouteras ma rage. » Le Professeur adore cacher des messages dans d'autres messages. Palimpsestes, anagrammes, stéganographie. Et là, ça sent franchement le message codé !

Elle désigna le junkie.

— Et lui ? Qui est-ce ?

— Je vous raconterai dans la voiture. En tout cas il n'ira pas loin, il est démantibulé comme un pantin. Les secours vont arriver.

Lucie arracha une feuille de son carnet et nota :

« Prévenez immédiatement le commandant Kashmareck, 06 64 70 29 55. Dites-lui d'envoyer des renforts au chemin du lac, à Roeux. C'est probablement là-bas que Pr a frappé. Il faut aussi une équipe ici même. D'urgence.

Lucie Henebelle, lieutenant de police (plus de portable). »

Elle abandonna son papier sur le carrelage.

Sur la feuille, une petite tache de sang… Son pouce…

— Espérons seulement qu'il ne lui ait pas fait subir le même sort qu'aux autres, fit-elle.

Et elles regagnèrent la Ford. Direction le Pas-de-Calais. Vers la promesse d'un meurtre violent…

14.

Roeux. La pluie frappait le lac Bleu en bouillons ininterrompus. Sous cette météo furieuse, dans l'obscurité la plus sévère, deux silhouettes féminines, liées par la douleur, déjà sérieusement éprouvées par leur escapade, dévalaient au pas de course un raidillon calcaire.

Sous la seule lueur de leur lampe, elles traversèrent une rangée d'arbres mêlés à des enchevêtrements de ronces et avancèrent encore péniblement sur plusieurs centaines de mètres, jusqu'à discerner une maisonnette branlante. Une faible lumière traversait les carreaux, jouait avec le vent et la pluie. En ces terres de campagne arrageoise, l'orage arrivait avec force du Nord. Chaque goutte sur les joues donnait l'impression d'une coupure au rasoir.

Elles approchèrent enfin du pavillon, perdu loin derrière le lac. Lucie éteignit sa torche. *A priori*, aucune voiture à proximité, aucun papillotement de phares, y compris sur le chemin qui menait vers la communale.

L'utilisation du N-Tech en mode GPS avait terminé de vider la batterie. Sans son appareil, Manon se retrouvait nue, seulement armée de sa mémoire à court terme et de sa concentration.

— Le lieutenant Henebelle m'aide dans une enquête pour retrouver le Professeur, mon N-Tech n'a plus de batterie... Le lieutenant Henebelle m'aide dans une enquête pour retrouver le Professeur, mon N-Tech n'a plus de batterie... répétait-elle inlassablement.

Elles se plaquèrent contre un gros arbre.

— Je vais faire le tour, essayer de voir quelque chose depuis l'extérieur, murmura Lucie en chassant de la main l'eau qui ruisselait sur son front. Dans tous les cas, on attend les renforts.

— Le lieutenant Henebelle m'aide dans une enquête pour retrouver le Professeur, je dois l'attendre ici, mon N-Tech n'a plus de batterie... Le lieutenant Henebelle m'aide dans une enquête pour retrouver le Professeur, je dois l'attendre ici, mon N-Tech n'a plus de batterie...

Lucie la serra soudainement dans ses bras et se mit à lui caresser le dos.

— Vous êtes quelqu'un de bien... J'espère sincèrement que vous vous souviendrez de ça...

Manon ferma les yeux et répéta de nouveau :

— Le lieutenant Henebelle m'aide dans une enquête pour retrouver le Professeur...

Le cœur serré, Lucie l'abandonna et disparut derrière les rideaux de pluie. Cette fois, pas de boue, mais des bosses de craie gorgée d'eau. Des flaques, des trous, des tord-chevilles.

Il était presque 5 h 30. Dans une heure, il ferait jour.

Arrivée à hauteur de la maison, Lucie se colla contre un mur et jeta un œil par la fenêtre aux rideaux jaunis.

Un coup de scalpel lui écorcha les rétines.

À l'intérieur, un corps étalé sur le sol. Du sang, partout autour. Lucie mit sa main en visière sur son front.

Cette surface blanchâtre, pelliculée d'un voile pourpre… Il s'agissait bien d'un crâne. Le crâne de Renée Dubreuil.

La vieille dame avait été scalpée. Marque de fabrique du Professeur. Les « affabulations » de Manon se précisaient dangereusement.

Lucie se précipita vers l'entrée. Décidément, son arme lui faisait cruellement défaut.

Porte non verrouillée, aucune marque de fracture. Elle ouvrit en prenant garde à ne pas contaminer la poignée avec ses empreintes.

L'intérieur. Pas un son. Hall minuscule, carrelage en damier noir et blanc. Lucie entra prudemment, longea les murs afin de ne pas polluer la scène de crime. Ses pas abandonnèrent de petites flaques sur le sol. Elle sentit ses muscles se raidir.

Puis le séjour. Elle se boucha les narines. Odeur de défécation. Une puanteur.

La septuagénaire avait les chevilles ligotées. À côté d'elle, une feuille avec un texte imprimé et une ardoise d'école gribouillée de dessins et de chiffres. Dans sa main, une craie bleue. De ses yeux, ne restaient que deux globes laiteux, dont les pupilles avaient roulé vers le haut jusqu'à presque disparaître. Ses lèvres fendues de cicatrices avaient régurgité une mousse grise. Quant au scalp… Réalisé dans les règles de l'art : plus de cuir chevelu. Ne se dessinaient plus que des continents de peau sur un orbe de faïence.

Face à l'horreur de ce tableau d'épouvante, Lucie sentit une colère sourde monter en elle. Plus jeune, cette sadique avait torturé ses propres gamines. Des jours et des jours. Et maintenant, le « monstre d'Arras », son surnom de l'époque, changé ensuite en « diable du lac » lors de sa sortie de prison et de son installation à Roeux, s'était fait assassiner par un autre monstre, bien pire encore. Le Professeur.

Pourquoi ?

À voir l'état du corps, la blancheur des membres, la coagulation du sang sur le crâne, le décès semblait remonter au moins à la veille, et non pas à 4 heures comme le prédisait le message de la cabane.

Lucie sursauta. Dehors, un éclair, presque immédiatement suivi d'un immense coup de tonnerre. Les carreaux, les murs tremblèrent.

Elle s'agenouilla et, le nez dans son caban, observa attentivement le cadavre, puis la scène autour d'elle. Position de la victime, type de liens, déplacements ou bris d'objets, le moindre élément revêtait de l'importance. On pouvait lire dans ces informations des comportements, deviner des actions, décrypter des gestes. Et ressentir, au plus profond de soi-même, la violence du crime.

Lucie fut traversée par un frisson. Un frémissement d'excitation. Et de terreur.

Dans cet endroit isolé, Dubreuil avait déverrouillé sans se méfier. Pourtant, quatre cadenas sur la porte témoignaient de sa crainte envers le monde extérieur. Le tueur lui avait sans aucun doute inspiré confiance. Était-il un familier de son environnement ? Le connaissait-elle ? S'était-il présenté à elle comme un quelconque représentant, un flic, un facteur ?

Il avait décidé de frapper dans un lieu où il était en sécurité, comme pour l'abri de chasseurs. Jamais de risques. Il aimait prendre son temps, se délecter de la souffrance de ses proies sans craindre la surprise d'une mauvaise rencontre.

Lucie examina la corde autour des chevilles. Pareille à celle de la cabane. À peine serrée ici, juste un symbole de domination. *Je suis le maître, celui qui dirige la danse. Et vous, vous ne représentez que des objets jetables.* Puis elle revint au scalp. Le découper, faire racler le bistouri sur l'os du crâne avait dû lui procurer une jouissance infâme. Que pouvait-il bien fabriquer avec ces chevelures ?

Lucie regardait les annotations sur l'ardoise quand un nouveau coup de semonce, plus violent encore que le précédent, détourna son attention. Elle entendit la pluie redoubler à l'extérieur et pensa à Manon, seule dehors, sous un arbre.

Elle quitta prudemment le théâtre du meurtre.

Au moment où elle mit le pied à l'extérieur, elle n'eut pas le temps d'esquiver le bâton qui lui percuta l'arcade sourcilière gauche. Le coup la propulsa dans une large flaque.

Elle hurla de douleur, tenta de se relever. Son manteau imbibé pesait des tonnes, alourdissant chaque geste. À genoux sur le sol, elle porta sa main à son front, la bouche grande ouverte.

Quand elle se retourna, l'arme déchirait l'air, prête à frapper encore.

Lucie tenta de se protéger, les avant-bras enroulés sur la tête, dans un ultime hurlement.

À cet instant précis, des phares et des sirènes surgirent, arrachés à l'obscurité.

L'ombre se retrouva piégée, aveuglée par un projecteur et braquée par trois Sig Sauer.

Lucie se laissa choir à la renverse dans l'eau, la tête vers les cieux noirs et déchaînés.

Elle vivait.

15.

Assise au bord du coffre d'une 407, à l'abri sous la porte arrière relevée et enveloppée de couvertures, Lucie se laissait suturer l'arcade sourcilière par un médecin de la police. Deux points réalisés au fil de soie éviteraient l'hospitalisation.

Le commandant Kashmareck se dressait face à elle, sous un large parapluie. La quarantaine, coupe en brosse, rasé de près, même à cette heure tardive – ou matinale. Un modèle de discipline, estampillé « brigade criminelle ».

— Il s'en est fallu de peu pour qu'elle te mette une sacrée branlée, fit-il en tirant sur sa cigarette. Elle était complètement hystérique, prête à te fendre le crâne. Depuis quand un flic entraîné se laisse surprendre par une civile ?

Lorsque le médecin lui tamponna de nouveau le sourcil gauche avec un coton imbibé d'antiseptique, Lucie grimaça de douleur. Sa tête lui paraissait peser des tonnes.

— Le tonnerre a dû la faire sursauter, expliqua-t-elle. Elle a perdu le fil de sa pensée, s'est retrouvée trempée, sans son N-Tech, ignorant totalement la raison de sa présence près de chez Dubreuil. Elle se sent forcément en danger, menacée, surtout qu'elle connaît l'endroit, qu'elle sait que Dubreuil a torturé des enfants. Que fait-elle là, seule, si tard ? Pourquoi ? Comment ? Elle s'approche de la maison et me voit accroupie près d'un cadavre… Et là, au moment où je sors, bing… Son neurologue m'avait prévenue. Elle peut avoir des réactions violentes si elle évolue dans un environnement qui ne lui est pas familier.

— De toute façon, elle n'aurait jamais dû être ici avec toi. Elle aurait dû rester à l'hôpital ! Son frère et Flavien sont en rogne ! Tu te rends compte que si le proc l'apprend…

Le médecin demanda à Lucie d'ouvrir la bouche et glissa un coton-tige derrière ses molaires.

— C'est nouveau ça ? râla-t-elle.

— On fait des prélèvements de salive à toute personne en contact avec la scène de crime pour éviter les recherches ADN inutiles.

Lucie considéra ses doigts blessés.

— Vous… Vous pouvez aussi me prélever du sang ? Je me suis piquée avec une seringue… Dans la maison de Hem…

Le médecin acquiesça, l'air grave, et sortit un kit de prélèvement sanguin. Il demanda :

— La longue cicatrice, à l'arrière de votre crâne… Tumeur ? Kyste ?

Lucie se raidit et improvisa :

— Euh… Kyste…

— De quel genre ?

— Je… m'en rappelle plus, c'était dans ma jeunesse. Un… Un petit truc pas bien grave en tout cas.

Le toubib l'observa, sceptique, puis opéra en silence. Lucie frissonna devant la montée de son sang dans un petit tube transparent.

— Allez, fous le camp maintenant ! ordonna le commandant.

Elle ouvrit et ferma plusieurs fois la main, avant de rebaisser sa manche imbibée d'eau, puis elle plissa les yeux et regarda en direction des autres véhicules.

— Où se trouve Manon ?

— Dans la bagnole, là-bas. J'ai eu Flavien et son neurologue, ce… Vandenbusche au téléphone. Selon eux, il est préférable de la ramener chez elle. D'après ce que j'ai compris, inutile de l'interroger.

— Ça, c'est sûr. Elle oublie tout au fur et à mesure.

Lucie désigna sa blessure.

— La preuve…

Le mégot rougeoyant finissait de se consumer entre les doigts du commandant.

— Je vais poster une équipe devant chez elle. Il paraît qu'elle habite avec son frère.

— Oui, enfin pas vraiment, ils habitent la même maison mais ils ont chacun leur appartement… Elle va bien ?

— Mieux que toi.

Lucie tenta de se relever mais elle se sentit mal.

— Toi aussi, on va te ramener au bercail !

— Non, je…

— T'en as fait assez pour cette nuit ! T'aurais pas oublié tes mômes, par hasard ? Un étudiant a appelé le 17, il cherchait à tout prix à te joindre !

Lucie regarda sa montre.

— Mince ! Anthony ! Et…

— Rien de grave, t'inquiète. Mais il comprenait pas pourquoi tu répondais pas sur ton portable… et comme il croyait qu'il allait rester qu'une heure ou deux… Et puis t'as vu ton état ? Pire qu'une pompe à bière en fin de soirée. Règle le souci avec tes gamines, pionce un peu et reviens-nous en forme. On a du pain sur la planche. Trois sites à passer au crible… Raismes, Hem et maintenant Roeux. Ce petit malin aime la diversité et les kilomètres.

Il se retourna. Des phares en haut de la route.

— Le proc d'Arras, à tous les coups. On va figer la scène, le légiste va bientôt arriver pour les premiers exams. Le temps que les IJ fassent tous les prélèvements, on en a pour un bout de temps.

— Je veux rester sur l'affaire ! J'ai promis à cette fille de…

— T'as promis ? Depuis combien de temps on bosse ensemble, Henebelle ?

— Presque trois ans.

— Depuis que je te connais, c'est toujours la même chose. Tu veux toujours être la première sur tout. Les bastons de quartier, les violences conjugales, les agressions… T'es une vraie tête brûlée, tu fais des heures et des heures si bien que tu ressembles plus qu'à une loque… Et puis, tout d'un coup, tu décroches. Tu t'arranges pour refiler le bébé, pour t'effacer et te plonger dans un dossier plus tranquille… Tu crois qu'on ne le remarque pas ?

— C'est que…

— Je sais, tes filles. Peut-être qu'un jour elles te feront prendre conscience qu'on… qu'on ne fait pas le plus beau métier du monde. T'es un bon flic, et je sais que t'es aussi une bonne mère. Mais tout ça doit être difficile à gérer, non ? Les sentiments d'un côté, le boulot de l'autre. Moi aussi j'ai des mômes. Je sais de quoi je cause.

— Difficile, oui, mais j'y arrive, se défendit Lucie. Ne m'écartez pas !

Kashmareck serra ses lourdes mâchoires de meneur d'hommes.

— Cette fois, c'est autre chose, ce n'est plus du règlement de comptes. On change de catégorie.

— Je sais ! Je suis déjà passée par là, commandant !

— Du temps où tu avais la niaque ! Où tu ne craignais pas la nuit ! Si tu fonces, sur un truc comme ça, il faut être à cent pour cent ! Pas de retour en arrière, cette fois, pas d'esquive ! Alors rentre chez toi, et réfléchis bien ! Car ce dossier sent mauvais !

Lucie répondit dans la seconde :

— Je suis prête à foncer. Je crois que le Professeur est de retour. Et je vais tout mettre en œuvre pour le coincer. Pour protéger Manon.

— Manon, Manon… Tu parles d'elle comme si tu la connaissais depuis des lustres. Elle a quelque chose à voir avec toi ?

— Non, ce n'est pas ça, mais… je me sens proche d'elle, tout simplement.

Kashmareck lança son mégot dans une flaque et désigna la maison.

— Cette mise en scène ressemble étrangement à l'enfer que les collègues ont traversé il y a quatre ans. Les énigmes mathématiques, l'ardoise d'écolier, la craie bleue, le mode opératoire… Faudra voir avec Paris pour obtenir les détails du dossier. Mais si vraiment l'assassin l'a tuée de la même façon, s'il lui a fait subir le même… calvaire, alors je crois qu'on est mal barrés… On verra ce que révélera l'autopsie… Il n'y a qu'un truc que je ne comprends pas…

— Pourquoi elle, n'est-ce pas ? Pourquoi cette sadique de Renée Dubreuil…

Il opina du chef et demanda :

— Pourquoi vouloir d'un seul coup devenir une espèce de justicier, lui qui ne s'attaquait jusqu'à présent qu'à des gens « normaux », sans soucis particuliers ?

— En quatre ans, beaucoup de choses peuvent changer… Ses pulsions peuvent évoluer suivant sa maturité, ses fantasmes, son quotidien ou simplement son entourage. Moi, ce que je ne comprends pas, c'est comment un tueur en série peut brusquement s'interrompre et reprendre si longtemps après. C'est extrêmement rare. Et en général, il y a une bonne raison.

— De quel genre ?

— Quelque chose qui les empêche de tuer. L'emprisonnement, des troubles psychologiques, un grave accident… Ou alors, c'est qu'ils ont tué ailleurs, d'une autre manière Autre pays, autre mode opératoire. Mais hormis ces cas marginaux, ils ne se mettent jamais si longtemps en veille… Quatre années, vous imaginez ?

— Soit. Mais s'il s'agit vraiment du Professeur, nous traquons un tueur sans mobile apparent, sans type prédéfini de victime, et qui frappe dans une région différente à chaque fois. Un suspect zéro par excellence.

Lucie secoua la tête négativement.

— Je ne crois pas au suspect zéro. Même si on ne peut pas la voir, si elle est très difficile à deviner, il y a toujours une motivation présente, derrière ses actes, derrière son *modus operandi*.

— Tu me fais rire ! Dans ce cas, trouve-la, cette motivation ! T'as le champ libre ! Mais n'oublie pas que les collègues se cassent les dents là-dessus depuis le début !

Lucie plaqua sa main sur son front. Une douleur, quelque part dans la tête.

— OK ! Allez, disparais ! On te raccompagne !

— Une dernière chose… murmura-t-elle en se massant le crâne. Sur la feuille… Le problème qu'il lui a posé… Je n'ai pas eu le temps de bien regarder.

— Un truc pas trop compliqué, mais vu son âge et son QI, suffisant pour la piéger. « Un nautile, avec sa coquille, pèse 200 g. Le nautile pèse 100 g de plus que la coquille. Combien pèse le nautile ? »

— C'est pourtant évident… 100 g… Non ?

— C'est ce qu'elle avait répondu sur l'ardoise… Et comme elle, tu serais morte…

Lucie ne chercha pas à comprendre. Elle n'en pouvait plus.

— Bon, je rentre. Mais appelez-moi pour l'autopsie. Je veux y assister…

— Tu veux toujours assister aux autopsies. C'est une distraction pour toi, ou quoi ?

— Laissez tomber commandant… Je vais me coucher…

16.

Un cauchemar de boue, de sang et de sueur.

— Mon Dieu ! s'écria Anthony, les yeux exorbités.

Il s'éjecta du fauteuil. Lucie ferma la porte.

— Ça va, fit-elle, ne me regarde pas comme ça. Une nuit un peu agitée, pas de quoi fouetter un chat.

Elle bâilla à s'en décrocher la mâchoire. L'étudiant se faufila sur le côté, attrapa son blouson et se dirigea vers la porte, sans plus lui accorder le moindre regard.

— Anthony ?

Il se retourna. Pouvait-elle voir qu'il tremblait ?

— J'ai... J'ai cours dans... dans à peine une heure, s'excusa-t-il, la main sur la poignée. Faut... absolument que j'y aille. Désolé...

— Mais attends, je vais te payer... Dis-moi au moins si ça s'est bien passé !

— Tout s'est très bien passé. Elles ne se sont pas réveillées, je me suis même demandé si elles n'étaient pas mortes... Pour l'argent, on verra ça une autre fois.

Et il disparut si vite que Lucie n'eut même pas le temps de le remercier. Drôle de mec.

La jeune femme, exténuée, aurait volontiers plongé directement sous ses draps, mais restaient deux choses à régler. *Primo*, une douche d'enfer. *Secundo*, les jumelles. On était mercredi, pas d'école. 7 h 30. Maud devait déjà être réveillée depuis longtemps. Lucie l'appela et lui demanda si elle pouvait venir chercher les petites à l'appartement. Par bonheur, elle accepta. Un trésor, cette nounou.

La douche. Le contact de l'eau chaude sur sa peau. Elle souffla longuement, apaisée… avant de se mettre à éternuer. Si elle n'attrapait pas un rhume, c'était à n'y rien comprendre. Peu à peu, des nuages de vapeur autour d'elle… Elle remonta ses doigts sur l'arrière de son crâne. Sa cicatrice… Elle ne put s'empêcher de repenser aux scarifications, à Manon.

Les cheveux noués dans une serviette, Lucie fit quelques gestes pour s'étirer et grimaça de douleur. Sa jambe. Bilan de la nuit ? Bosse sur la tête, mollet enflammé, suture à l'arcade sourcilière. Le cap de la trentaine n'était pas seulement symbolique. Elle vieillissait, la vieille ! Sans oublier ces blessures aux doigts. Quatre lettres qui pouvaient se déverser dans son organisme avec la violence d'un cauchemar.

Elle eut soudain très froid. Et si sa vie dépendait subitement du résultat d'une analyse sanguinc ? Et si on lui annonçait que…

Trop d'interrogations. Manon… Son enlèvement… Tous ces mystères autour de la mémoire… Le Professeur…

Elle se força à chasser ce brouillard de son esprit. Pour le moment, il y avait une autre priorité. Réveiller les petites. Redécouvrir leurs yeux, étoiles de bonheur infini. C'est dans les choses les plus simples que l'existence reprend un sens. Longuement, dans le canapé, elles s'échangèrent leur chaleur, leur tendresse, dans un câlin plein d'amour. Elles formaient une vraie famille, même sans homme. Qui en avait besoin, ici ? Pourquoi encore souffrir ?

— Tu t'es fait bobo maman ?

Juliette. La plus réactive. À cent pour cent à peine l'œil ouvert. Portrait craché de sa mère. Clara, elle, s'étirait lentement. Une chrysalide fragile.

— Maman s'est cognée, répondit Lucie en tentant de cacher son trouble.

Juliette repoussa sa sœur pour se coller contre sa mère.

— Juliette ! Je ne veux pas que tu pousses ta sœur !

Lucie l'empoigna. Elle se rappela la remarque de Manon, dans la Ford, à propos de la jumelle dominante.

— Ne recommence plus jamais ça, d'accord ?

Juliette se replia sur le côté. Elle connaissait sur le bout des fesses les colères foudroyantes de sa mère. Mieux valait ne pas insister.

Lucie les enlaça toutes les deux et embrassa Clara sur la bouche. Elle aurait tant aimé pouvoir être plus présente auprès d'elles, les voir grandir sous son aile protectrice. Mais avait-elle vraiment le choix ? Il fallait bien remplir les estomacs. Flic… Son métier, sa vie. Elle ne savait rien faire d'autre. Elle avait quitté les études et le foyer familial si jeune pour plonger dans cet univers de mecs et de sang…

La jeune mère usa ses dernières forces à leur verser leur lait chocolaté, les laver, les habiller, nouer leurs chaussures, préparer leur sac, y glisser leur doudou, leurs chaussons, des bonbons, des briquettes de jus d'orange et de compote. Des gestes tendres qu'elle répétait chaque jour avec simplicité.

Un dernier gros bisou, avant que la nourrice arrive et les embarque, sans traîner. Toujours une déchirure de les voir s'éloigner ainsi, leur petit sac au dos. Juliette devant, Clara derrière. Un jour, elles s'envoleraient pour de bon, comme leur père biologique l'avait fait. Et il serait trop tard pour rattraper tout ce temps perdu.

Elle s'effondra dans son lit, après avoir réglé son réveil sur 11 heures. Sa première nuit blanche depuis longtemps. Et quelle nuit ! Les allers-retours entre chez elle, la résidence, le CHR, Raismes, Hem, Roeux… Combien de kilomètres en une soirée ? Trois cents ? Sous la tempête, à escalader, déraper, recevoir des coups, dont un par Manon en personne. Manon… Son handicap était tellement difficile à appréhender. À admettre, même. Dire que quand elle se réveillerait, tout repartirait de zéro, Et toujours la même solitude, le même vide effrayant. Ne pas connaître la date du jour, ce qu'il s'est passé la veille, ce qu'il se passera le lendemain. Y avait-il la guerre, quelque part ? Des gens mouraient-ils encore de faim ? Ne pas savoir de quels événements se gonflait l'Histoire, depuis que son histoire à elle s'était arrêtée… D'un geste mécanique, Manon ouvrirait son N-Tech, observerait les photos – celles de Lucie, de la maison hantée, des décimales de π –, écouterait les enregistrements et lirait ses notes. Qu'en résulterait-il ? L'impression d'avoir écouté une histoire ? Un apprentissage d'événements bruts sans liens entre eux, sans référents ? Un « Berlin est la capitale de l'Allemagne » ?

Lucie n'abandonnerait pas Manon, elle l'avait promis.

Dans une mélodie reposante, la pluie frappait contre le volet roulant. Les mains croisées sur la poitrine, elle respira lentement. Impossible de s'endormir.

Bien plus tard, sous ses paupières, se mirent à défiler des images, des flashes à la puissance destructrice. Des successions de chiffres. Des éclats de scalpel. Un crâne parsemé d'îlots de peau croûteuse. Dans ses oreilles, le crissement d'une craie sur une ardoise. Des pleurs, les siens. Odeurs bizarres. Cellules en nid-d'abeilles. Horreurs, aux portes de son inconscient. Cadavres, sang, morgue. Des ténèbres, rien que des ténèbres… Si seulement la cicatrice sous sa chevelure, comme les vieilles entailles sur ses mains, pouvaient disparaître…

Elle releva la tête, le front trempé, l'oreiller humide. À gauche, la petite armoire aux vitres teintées. Son contenu. L'origine de toute sa souffrance. Et de son incapacité à accepter le pire. Elle se détestait pour ça. Savoir analyser les autres, sans se comprendre soi-même. Peut-être pour cette raison qu'elle avait voulu devenir flic. Une fierté pour ses parents, pour elle un exutoire. Refouler les attaques insidieuses de l'esprit, par la violence de l'arme.

Enfin, cette fois, le sommeil fut plus fort que tout. Et, tandis qu'elle sombrait, ce mot, ce simple mot qu'elle traînait dans sa chair depuis si longtemps, qui avait changé sa perception du monde, pourri son adolescence, explosa une dernière fois sous son crâne. Ce mot, apparu comme un couperet au détour d'une chambre d'hôpital, à l'aube de ses seize ans. Douze lettres qui se matérialisaient aujourd'hui dans cette armoire aux vitres opaques.

Cannibalisme.

17.

Manon se relaxait dans son bain brûlant, les yeux mi-clos, la nuque posée sur une serviette en éponge légèrement humide et parfumée au monoï. Au-dessus de la baignoire hydromassante, une horloge indiquait l'heure, le jour, le mois, l'année. 10 h 25, le mercredi 25 avril 2007. Posé sur le rebord du lavabo en marbre, entre les savons, les crèmes et les huiles essentielles, le N-Tech récitait en boucle les diverses conversations de la nuit.

Des propos effrayants. Inimaginables.

Une histoire d'enlèvement, son propre enlèvement, raconté par un lieutenant de police aux boucles blondes, Lucie Henebelle.

Le regard grave, Manon considéra une nouvelle fois ses poignets, ses chevilles contusionnées, le pansement sur sa main. Le dernier enregistrement, un long monologue qu'elle venait de prononcer dans le salon – elle y avait cité l'heure et le lieu –, précisait qu'une enquête venait d'être déclenchée. Des dizaines de policiers sur le coup, avec un but commun : traquer le Professeur, revenu d'entre les morts. Après quatre ans de silence, il se réveillait enfin. Manon savait qu'elle attendait ce moment depuis longtemps, même si la conscience des jours qui s'égrènent lui échappait et que son « hier » à elle remontait à trois ans. Ce cambriolage dont elle n'avait aucun souvenir…

Lentement, les muscles relâchés, elle promena un gant de crin entre ses seins, puis sur son bassin barré de meurtrissures. Deux phrases qu'elle avait apprises par cœur, écrites en miroir : « Rejoins les fous, proche des Moines » et « Trouver la tombe d »… Pourquoi de telles inscriptions ? De quelle tombe s'agissait-il ? Quel secret cachaient ces cicatrices ?

L'enregistrement audio parla de Raismes. De l'abri de chasseurs. D'une fuite dans l'orage.

Comment avait-elle pu se retrouver en forêt, à cinquante kilomètres de Lille, sans son N-Tech ? Alors qu'elle ne s'en séparait jamais ? Ce malade était-il venu l'enlever chez elle ?

Elle observa autour d'elle, soudain mal à l'aise. Seule dans sa baignoire… Personne pour la défendre. N'importe qui pouvait pénétrer chez elle… lui faire du mal et repartir…

Elle se sentait si vulnérable… Avait-elle déjà croisé son ravisseur ? Rôdait-il tous les jours autour d'elle ? L'avait-il déjà touchée ? Elle donna un coup de poing furieux sur la surface de l'eau. Elle savait qu'elle ne saurait jamais.

Elle se détendit peu à peu. La succession des enregistrements audio, le calme, dans cette pièce où des enceintes intégrées dans les cloisons diffusaient des chants de canaris, lui permirent de se concentrer. Elle procéda à une esquisse mentale de sa nuit. L'aire visuelle de son cerveau se créa ses propres représentations spatiales, un peu à la façon d'un film qu'on imagine juste en l'écoutant, sans le voir. Ou de personnages que l'on bâtit selon ses propres envies, au fil des pages d'un roman.

Son kidnapping. Son errance dans Lille. Lucie Henebelle.

Lucie Henebelle... Un nom aux consonances familières. Éveillant comme un écho dans sa mémoire lointaine. Sa mémoire lointaine ? Non, impossible. Elle ne connaissait pas cette femme. Elle ne l'avait jamais connue.

Elle s'immergea plus profondément dans la baignoire, la bouche au ras de l'eau. Elle savait qu'à force d'écoute et de répétition, le ciment prendrait, cette fresque se fixerait dans sa mémoire épisodique. Elle se souviendrait des éléments essentiels de cette nuit-là. Mais une question la taraudait : ce passé synthétique dont elle se souviendrait était-il fidèle ou éloigné de la réalité ? Sans compter que le temps et les efforts qu'il lui faudrait pour apprendre tout cela la rendraient incapable d'intégrer d'autres événements, comme l'actualité, ses activités du jour, le déroulement « normal » de sa vie, tout simplement. Son existence se dessinait uniquement sur des choix ou des priorités.

Avait-elle vécu des périodes d'allégresse ? De douleur ? Certaines de ses amies « d'avant », Laurence, Corinne, s'étaient-elles mariées ? Était-elle allée leur rendre visite ? Était-elle encore seulement en contact avec elles ? Et les décès, les naissances, les baptêmes ? Tous ces détails traînaient sans doute dans un coin de son N-Tech, de son ordinateur, s'affichaient sur ses murs ou se cachaient dans des tiroirs. Peut-être même disposait-elle de photos, d'enregistrements, qu'elle n'avait pas eu le courage de mémoriser. Il y avait tant à assimiler, chaque jour, et si peu de temps pour le faire. Elle perdait tout. Même les mathématiques, sa chair spirituelle, s'effaçaient en partie de sa tête. Elle qui avait toujours aimé apprendre, rester cloisonnée à étudier… Transformée de Fourier, équation de Schrödinger, théorie des grands nombres… Aujourd'hui elle n'était même pas fichue de connaître le jour de l'année. La cause ? Quelques neurones défaillants, dans un cerveau composé de milliards de connexions…

« Si tu aimes l'air, tu redouteras ma rage », récita le N-Tech. L'énigme abandonnée dans la maison hantée de Hem. Manon lâcha son gant. Comme toujours avec le Professeur, il devait y avoir une indication dans la phrase elle-même. Un indice, une piste à suivre. Un truc balèze, genre anagramme ou rébus. « Si tu m l'r »… Remplacer un « r » par un « m » ? Elle se promit d'en venir à bout. « Grâce » à son amnésie, elle pouvait s'acharner à la besogne, réaliser une infinité de fois la même action sans jamais se lasser.

Traquer. Toujours traquer. Ne jamais s'arrêter. Sa raison de vivre.

L'eau était devenue froide. 10 h 50. Combien de temps était-elle restée dans la baignoire ? Elle secoua la tête. Rien à enregistrer dans son N-Tech, pas de trouvaille extraordinaire durant ce moment de tranquillité. Bientôt, elle aurait oublié ce bain, et tout ce qu'elle venait de se dire. Un nouveau pan de son existence qui se volatiliserait.

Elle se rinça sous le jet, sortit, et cocha dans son organiseur qu'elle venait de faire sa toilette.

En face d'elle, des piles de vêtements. Manon préparait toujours ses habits le dimanche soir, et les glissait dans de petits casiers sur lesquels étaient indiqués les jours de la semaine. Un système de rotation, basé sur des étiquettes portant un descriptif des tenues qu'elle adaptait ensuite en fonction de la météo, lui permettait de varier son aspect vestimentaire. Ne pas enfiler, tous les mardis, la même robe bleue avec le même chemisier blanc. Et ainsi éviter de ressembler à un automate.

Des papiers, des notes, des Post-it, des photos et des éphémérides, on en trouvait partout. Sur la machine à laver, les miroirs, dans ses poches, sur les murs, tables de chevet, armoires. Des horaires, des tâches à effectuer.

Quel jour était-on, déjà ? Elle regarda encore l'horloge. Mercredi… Le 25 avril. Quelle météo ? Un œil sur le baromètre. Orage. Humidité affolante. Dans le compartiment approprié, elle découvrit son tailleur beige, son chemisier blanc et ses escarpins Jimmy Choo. Une tenue sophistiquée… À quand remontait l'achat de ces habits ? Deux mois, six mois, un an ? Étaient-ils démodés ? Non, sûrement pas. Manon avait toujours aimé la coquetterie, même sur les bancs de Math sup, dans ces lieux sans âme où les filles ressemblent à des mecs à cheveux longs. Différente avant. Et différente aujourd'hui. Si différente…

Elle ajusta correctement son tailleur, admira sa taille fine dans la glace, de face, puis de profil. Elle se trouvait jolie. Faisait-elle des régimes ? Courait-elle encore aussi souvent et aussi rapidement qu'avant ? Se voyait-elle vieillir ? Impossible de le savoir, sauf à fouiller dans son N-Tech… Là où se déroulait le ruban de sa vie, heure par heure. Mais la question perdait alors toute sa spontanéité. Et elle en avait marre de fouiller. Toujours fouiller.

Elle se parfuma délicatement. Le flacon au verre sculpté se trouvait toujours à gauche, en troisième position après la brosse à cheveux et la crème antirides.

Se brosser les cheveux, se passer la crème antirides, se parfumer.

Vu sa tenue, elle devait avoir un rendez-vous, MemoryNode probablement. Elle avait sûrement déjà consulté son agenda pour vérifier son programme de la journée, mais si elle traînait encore ici, c'est qu'il ne devait pas y avoir d'urgence ce matin… De toute façon, le N-Tech biperait quand il faudrait. Il saurait lui « dire » ce qu'il fallait faire. Manger, nourrir le chien, sortir les poubelles ou aller chercher le courrier.

Scotchée sur la porte de la salle de bains, une liste plastifiée de vérifications à accomplir :

« 1. TOUTE cette liste a-t-elle bien été dressée avec TON écriture ?

2. As-tu vidé l'eau, rincé la baignoire ?

3. As-tu débranché tous les appareils électriques ?

4. Es-tu correctement habillée, coiffée, parfumée ? Regarde-toi une dernière fois dans le miroir.

5. Ton N-Tech, à ta ceinture…

6. Tu peux sortir. Et bonne journée ! »

« Merci », se répondit-elle après un contrôle scrupuleux de chaque point.

Elle sursauta en entrant dans le salon. Frédéric apparut derrière elle, la chemise froissée, les yeux rouges et les veines saillantes. Myrthe, le labrador de Manon à l'épais pelage sable, vint se frotter contre lui.

— Frédéric ? Bon sang, que fais-tu là ? J'ai horreur quand tu rentres sans prévenir !

— Tu me l'as déjà dit avant d'aller prendre ton bain… Mais je te signale que c'est toi qui m'as laissé entrer…

Il bâilla, avant de continuer :

— Je n'ai pas fermé l'œil de la nuit, avec ce qu'il t'est arrivé…

— Qu'est-ce que tu veux dire ?

Il soupira et caressa le labrador. Se taire ou parler ? Après tout, cela revenait au même.

— L'enlèvement, le Professeur, la police…

Ces mots-clés – des amorces – activèrent chez Manon l'ensemble de ses souvenirs, encore fragiles. Elle perçut une ébauche très floue, en pointillé, de sa nuit. Comme un panneau routier que l'on distinguerait au loin, dans la brume, sans jamais pouvoir le lire.

Frédéric releva la tête et se plaqua les cheveux vers l'arrière.

— Les flics m'ont interrogé. Sur toi, ton emploi du temps, tes connaissances. Ils… m'ont demandé de te convaincre de… me prêter ton N-Tech. Nous pensons que tu as été enlevée ici, chez nous. Ils sont convaincus que ton organiseur pourrait renfermer des informations intéressantes, sur les personnes que tu connais ou tes rencontres de ces derniers jours.

Manon se recula instinctivement. Derrière elle, un téléphone avec un calepin et un stylo à proximité, une vieille télévision sans lecteur de DVD, une pile de modes d'emploi – chaîne hi-fi, logiciels d'entraînement cérébral, jeu d'échecs électronique –, une bibliothèque où les livres laissaient place à des CD de musique. Schubert, Vivaldi, Fauré, des sonates, des symphonies, des requiem dont les sons la pénétraient bien au-delà de la chair.

— Hors de question ! Ils n'en ont pas le droit ! Personne ne touche à mon N-Tech ! Ce serait comme… un viol !

— Tu as raison, ils n'en ont pas le droit… Mais…

— N'insiste pas !

Frédéric changea de sujet.

— Tu devrais aller te coucher, tu n'as pas dormi de la nuit. Pas de MemoryNode ni de sortie aujourd'hui, d'accord ?

Manon se dirigea vers la cuisine sans répondre. Frédéric la suivit. Elle ouvrit le réfrigérateur. Fruits à gauche, légumes à droite, yaourts classés par date de péremption. Là aussi, des messages, des étiquettes, des compartiments, des horaires de repas. Hors de question de manger en permanence la même nourriture. Elle se servit un grand verre de jus d'orange, auquel elle rajouta du sucre, par réflexe. Le glucose, carburant de la mémoire… Puis elle avala un comprimé de vitamine C.

— Non, je n'irai pas me coucher maintenant, et arrête de me dicter ma vie, d'accord ?

Elle regarda son emploi du temps de la journée dans son organiseur.

— Rendez-vous avec un journaliste de *La Voix du Nord* à 15 heures pour MemoryNode, puis ma sieste à Swynghedauw à 16 heures, ensuite on a le groupe de travail à 17 heures, avec le docteur Vandenbusche. Tu vois ? Comment veux-tu que je dorme ? Il faut que je progresse ! Nous avançons bien tu sais… Dis, tu sais ?

Frédéric écarta discrètement les rideaux et constata que la 306 blanche des deux plantons au bout de l'impasse n'avait pas bougé.

— Tu te mets en danger en t'exposant comme ça ! Il t'a kidnappée, et il recommencera ! J'ai entendu ces conversations enregistrées ! Ces énigmes, ces décimales de π, peintes… dans la maison hantée de Hem.

Il réfléchit quelques secondes.

— Tu… Tu ne dois pas essayer de les apprendre, efface-les, tu te fais du mal pour rien ! On va soigner ta main. Laisse ces traces sur tes poignets disparaître, et… oublie ces horreurs… Je t'en prie !

Manon consulta de nouveau son N-Tech, les mots-clés, le résumé de sa nuit. Puis elle le posa devant elle, sur la table, après avoir verrouillé l'accès aux informations par un mot de passe.

— Pourquoi tu le verrouilles toujours ? s'énerva Frédéric. Tu as confiance en moi, alors pourquoi tu le verrouilles ? Ces simagrées ne riment à rien !

Elle éluda en partie la question.

— Ce N-Tech, c'est ma vie. Tu comprends ? Si je perds son contenu, je perds tout. J'ai déjà réussi à retenir quelques éléments de ce qui s'est passé cette nuit, Frédéric. Pourquoi tu tiens tant à ce que je les oublie ?

Il leva les bras au ciel.

— Mais pour te protéger, bon sang ! Comme je le fais depuis le début ! Pourquoi penses-tu que nous soyons venus ici, à Lille ? Pourquoi je t'aurais éloignée de maman, si ce n'est pour te mettre en sécurité et m'occuper de toi ? Tu crois traquer le Professeur, mais tu tournes en rond ! Comment veux-tu avancer avec ton amnésie ?

— Arrête !

— C'est cette campagne qui a ramené ce malade et provoqué ton rapt, j'en suis certain ! Ta photo, placardée dans toute la France ! Nous étions bien, ici, tous les deux... Comment veux-tu que je te protège à présent, avec toute cette publicité ?

— Me protéger ? Tu ne comprends donc pas le but de tout ceci ? Ce qui m'a poussée à... m'investir autant pour MemoryNode ?

— Non. Qu'y a-t-il à comprendre ?

Le N-Tech sonna trois fois d'affilée, deux longues et une brève. Un dispositif simple, identique au morse, qu'elle avait mis en place : une action associée à chaque combinaison de sons. Et celle-ci signifiait : « Donner à manger à Myrthe. » Manon alla chercher des croquettes et les versa dans une gamelle, à l'intérieur de laquelle était indiqué, au marqueur : « 11 h 30 et 19 h 00 ». Le sac était presque vide. Dans sa liste de courses électronique, elle cocha la case « croquettes pour Myrthe ».

Puis elle se retourna, les poings serrés le long de son corps.

— Ce qu'il y a à comprendre ? Tu veux que je te le dise ? Ce programme, cette exposition médiatique, je les ai souhaités plus que tout au monde. Et j'ai enfin obtenu ce que je désirais !

Frédéric bondit comme un chat.

— C'est pas vrai ! Ne me dis pas que toute cette volonté que tu déploies pour progresser, c'est pour…

Manon se mit à crier :

— Oui, je me suis exposée ! Parce que je veux le forcer à s'exposer lui aussi. Son retour ! Je veux son retour !

Frédéric la dévisageait, complètement ahuri. Il avait peine à réaliser à quel point Vandenbusche et lui-même s'étaient fait bluffer, comment Manon avait poursuivi pendant tout ce temps, malgré son handicap, un but complètement fou et suicidaire.

Il reprit enfin, criant plus fort encore que sa sœur :

— Et tu crois que tu arriveras à l'affronter seule ? Mais c'est stupide ! Il t'a enlevée, il aurait pu te tuer !

D'un pas décidé, Manon sortit de la cuisine, traversa le salon, un long couloir, et se dirigea vers une lourde porte de métal, une porte blindée. Elle consulta son N-Tech, puis, la main sur un pavé numérique, elle tapa un code à quatre chiffres. Un bip, et la porte s'ouvrit.

Un bureau, une chaise, un ordinateur, quatre murs…

Quatre murs de béton, sans fenêtre, tapissés de feuilles blanches, vertes, orange, rouges, du sol au plafond. Une couleur suivant l'importance du fait. Un réseau complexe d'indications, l'étalement de toute une vie sur feuillets avec, en permanence, ce même souci : le temps. Une horloge au-dessus de la porte battait les secondes dans un tic-tac entêtant.

Sur le mur de gauche où l'on ne distinguait plus un centimètre carré de libre : le passé. Des espaces réservés aux faits de société, politiques, familiaux, professionnels. Le tsunami du 26 décembre 2004, les attentats du 7 juillet 2005 à Londres, George W. Bush président des États-Unis. On y lisait aussi la création, puis l'évolution du programme MemoryNode depuis 2005. Des noms, des adresses, des clichés enchevêtrés, des dates, des événements personnels. L'écriture de Manon, toujours. Parfois des mots en latin, émaillés de chiffres. Un moyen sommaire de crypter son texte, de le rendre incompréhensible pour les autres. Car, un an avant l'utilisation systématique du N-Tech, son amnésie la forçait à exposer par écrit certains éléments de son intimité. Problèmes médicaux, bilans neurologiques…

Sur la paroi opposée : le futur. Un axe horizontal, l'axe chronologique, la divisait en deux. Aujourd'hui, demain, cette semaine, la semaine prochaine, ce mois-ci, cette année. Des feuilles, qu'elle pouvait ôter et remplacer par d'autres comme les pièces d'un puzzle. Le seul moyen pour elle d'appréhender l'avenir. Par papiers interposés.

Le troisième mur concernait les mathématiques. Des formules, des équations, des chiffres, partout. Ne pas perdre les acquis, entraîner la mémoire procédurale, celle qui sait compter, calculer, jouer aux échecs ou nager. Également, dans l'angle, un coffre-fort à combinaison.

Quant au dernier pan, il était réservé au Professeur, avec des notes entièrement codées, des schémas, une carte de France percée de punaises, des photos des victimes. Parmi celles-ci, le cadavre de sa sœur.

Une méthode d'avant le N-Tech, fastidieuse, gourmande en espace, qu'elle continuait néanmoins à mettre à jour, sans réelle nécessité. Mais elle aimait cet endroit. L'occasion pour elle de se retrouver.

Sous le bureau, des cahiers entassés renfermaient des tranches de sa vie, à présent classées comme des dossiers administratifs. Son passé se résumait à des mots sur des pages blanches.

Manon alluma son PC. Elle synchronisa son N-Tech avec l'unité centrale de son ordinateur et recopia sur une feuille rouge la dernière énigme du Professeur : « Si tu aimes l'air, tu redouteras ma rage ». Puis elle la punaisa à un endroit très précis, à l'extrémité droite de sa mémoire murale.

La jeune femme se retourna vers la porte restée ouverte. Frédéric.

— Non ! N'entre pas ici ! lui dit-elle. C'est chez moi ! Dans ma tête ! J'ai besoin de réfléchir à ce qu'il m'est arrivé !

Frédéric pénétra quand même dans la pièce, l'air dépité.

— Tu tiens vraiment à ce que je te mette dehors et que je m'enferme ! continua-t-elle.

— Tu me dis cela à chaque fois… Ton univers, ce qu'il y a à l'intérieur de toi, et patati, et patata… Tu crois que je ne connais pas chacune de tes notes ? Chacun de ces bouts de papier ? Bon sang, Manon, je viens ici presque tous les jours ! Et je t'aide à tout organiser ! À préparer chacun de tes lendemains !

Manon se rongeait les ongles, sans l'écouter.

— Le Professeur s'est enfin réveillé. Je sais que je peux trouver la faille. La raison des spirales.

— Les spirales, ça recommence ! Mais elles ne t'ont jamais menée nulle part, tes spirales ! Pas plus que tes cicatrices ! Tu ne comprends pas que cette nuit, tu aurais pu y rester ! Qu'il rôde dans notre ville ! Que si tu ne te protèges pas, il peut te tuer quand il veut !

Elle se crispa.

— Mais il ne l'a pas fait. Il ne m'a pas tuée. Pourquoi, je n'en sais rien. Mais ce qui est sûr, c'est qu'il reviendra vers moi, et je l'attendrai ! Oui, je l'attendrai !

Frédéric s'avança vers elle, furieux.

— Tu l'attendras ? Mais sans ton N-Tech, tu n'es même pas capable de te rappeler ce que tu viens de manger ! N'importe qui peut te rouler dans la farine, et toi, tu prétends lutter contre un boucher qui a massacré sept personnes, et qui joue avec la police depuis quatre ans ?

Manon se prit la tête dans les mains. Plus rien n'existait autour d'elle.

— Je détenais la solution, j'en suis persuadée...

Elle fit glisser son chemisier sur son épaule et effleura le tatouage du coquillage.

— La spirale du nautile, la tombe, les Moines... Tout est là, sur mon corps... Comme une carte au trésor...

— Sauf qu'il ne s'agit pas d'un jeu, bordel !

Manon pianota sur le clavier de son ordinateur, puis ajouta :

— Les policiers sont enfin revenus sur le coup. Des policiers intègres. Des dizaines et des dizaines de policiers. Ils vont m'aider, je vais les aider. Cette...

Une photo s'afficha à l'écran.

— … Lucie Henebelle… C'est elle qu'il me fallait. Elle m'a promis. Oui, elle m'a promis. Crois-moi, cette fois, le Professeur ne nous échappera pas. Je vais le tuer pour ce qu'il a fait à Karine. De mes propres mains.

Frédéric arracha le N-Tech de son support. Il le leva au-dessus de lui, prêt à le fracasser.

— Vas-y, essaie, ricana Manon. Je sauvegarde régulièrement son contenu sur un serveur, protégé par mot de passe. On ne pourra pas m'effacer ni me trafiquer la mémoire ! Jamais !

Il reposa l'engin et sortit en arrachant violemment l'énigme du Professeur qu'elle venait de punaiser.

— Tout cela te tuera ! lui dit-il en se retournant. Je ne pourrai pas veiller sur toi indéfiniment !

Il rabattit la lourde porte de métal, qui se verrouilla automatiquement.

Une fois seule, Manon recopia de nouveau patiemment le message et retourna l'accrocher au même endroit sur le mur avec une punaise rouge. Elle s'assit ensuite par terre, au centre de la pièce, l'œil rivé sur les clichés des six précédentes victimes. François Duval… Julie Fernando… Caroline Turdent… Jean-Paul Grunfeld… Jacques Taillerand… Et sa sœur… Karine… Redécouvrir, perpétuellement, la violence des crimes. Tant de ténèbres nécessaires à entretenir le feu de sa rage.

Elle resta là, sans bouger, à écouter les enregistrements, à apprendre, face au visage de Lucie, sur l'ordinateur.

À midi, son N-Tech sonna. Elle s'en empara et consulta l'écran. Elle fronça les sourcils. Il ne s'agissait pas d'une tâche quotidienne à accomplir, mais d'une alarme programmée, dissimulée dans le système, et qui s'activait brusquement. Une information datant du 1er mars 2007. Saisie voilà presque deux mois. Deux mois ?

Manon entra son code. Un message apparut : « Va voir au-dessus de l'armoire de la chambre. Prends l'arme, et arrange-toi pour ne jamais t'en séparer. Jamais. »

Elle se leva, intriguée. Elle seule avait pu programmer ce message. Mais pourquoi le faire apparaître seulement maintenant ? Et pourquoi l'avoir dissimulé ?

Elle sortit de la pièce, se rendit dans sa chambre, grimpa sur une chaise et chercha à l'aveugle au-dessus de l'armoire.

Le contact du cuir, dans sa main. Une ceinture. Puis quelque chose de froid.

Elle le tenait. Son cœur battait jusque dans sa gorge.

Un Beretta 92S, calibre 9 mm Parabellum.

Manon descendit de sa chaise, toute tremblante.

Comment connaissait-elle tous ces détails sur l'arme ? Où avait-elle bien pu se la procurer ?

Elle sortit le pistolet de son holster et l'empoigna plus fermement. Numéro de série limé. Le contact de la crosse lui parut familier. Elle ferma l'œil, tendit le bras, arma puis désarma le chien d'un geste assuré. Il était chargé, quinze balles. Elle pouvait tirer, là, maintenant. Elle savait comment s'en servir. Elle qui n'avait jamais tenu d'arme de sa vie !

« Prends l'arme, et arrange-toi pour ne jamais t'en séparer. Jamais. »

Manon ôta la veste de son tailleur, son chemisier, et enfila le holster. Le Beretta vint se caler contre son flanc gauche.

Mon Dieu, pensa-t-elle en réajustant ses vêtements. Qui es-tu, Manon Moinet ?

18.

Lucie peinait à émerger. Douche, café, rien n'y fit. Seul le mot « autopsie », abandonné sur son répondeur, la secoua définitivement. 11 h 42, elle n'avait pas entendu la sonnerie du téléphone, catastrophe !

Elle plongea dans des vêtements propres – jean, tee-shirt, pull à col roulé –, attrapa son Sig Sauer et rejoignit sa Ford d'un pas rapide. L'heure était à l'accalmie, mais l'orage avait fait de nombreux dégâts. Vitres éclatées, arbres déracinés, toitures arrachées. Quant au ciel, il gardait la couleur lugubre d'une aile de grive.

Elle passa un coup de fil à Maud, la nourrice, pour échanger quelques mots tendres avec ses petites. Leur dire que ce soir, elles joueraient ensemble après le travail. En raccrochant, elle ressentit un pincement au cœur.

Quatre heures à peine après s'être couchée, Lucie débarqua de nouveau dans les sous-sols de l'hôpital Roger Salengro. À l'institut médico-légal, cette fois. Un antre de catelles blanches, de bacs à déchets et d'acier inoxydable. Elle détestait venir ici. Même si quelque part au fond d'elle-même, très loin dans les replis de son cerveau, s'ouvrait à chaque fois une petite lucarne dans laquelle elle ne pouvait s'empêcher de s'engouffrer.

L'exploration des chairs avait largement commencé. Corps ouvert en Y, des épaules au pubis, crâne scié, organes exposés sur des balances ou sur des plateaux. La vieille Renée Dubreuil était devenue un coffre ouvert, qu'un cambrioleur au masque vert et aux gants de latex poudrés avait brusquement forcé. Et dévalisé.

Lucie fit un signe à Kashmareck et à Salvini, officier de police technique et scientifique. Elle reconnut sur-le-champ le jeune légiste, Luc Villard, qui lui tournait pourtant le dos. En revanche, le quatrième homme, habillé d'un pull camionneur remonté jusqu'au cou, au visage aussi sec et tendu qu'une toile de jute, ne lui disait absolument rien.

— On dirait que j'arrive un peu tard, dit Lucie en étalant une crème mentholée sous ses narines, à disposition près de l'entrée.

— Ce n'est pas trop votre style de manquer une autopsie, rétorqua Villard en se retournant. Je crois que si vous deviez payer pour entrer ici, vous viendriez tout de même. Je me trompe ?

Lucie se mit à rougir.

— Faut pas exagérer. Je fais mon job, c'est tout.

Villard sortait tout juste de la faculté de médecine Henri-Warembourg, à trois cents mètres de Salengro, après ses cinq ans d'études plus cinq autres de spécialisation en médecine légale. Arrogant, un brin dragueur, mais compétent. C'était le seul en tenue réglementaire : casaque chirurgicale, surbottes, pyjama de bloc, deux paires de gants, dont l'une anticoupures.

— Dommage, vous avez manqué le plus intéressant, ajouta-t-il, moqueur.

Kashmareck fit rapidement les présentations entre Lucie et l'inconnu au menton anguleux.

— Le lieutenant Turin nous arrive de Paris. Il bossait sur le dossier Professeur au moment des faits. Et il connaît bien Manon Moinet. Elle s'était rapprochée de lui et de l'enquête après le meurtre de sa sœur. Elle l'a aidé à comprendre les délires mathématiques du Professeur.

— Parce que les Parisiens reprennent l'enquête ? répliqua Lucie en saluant son collègue.

— S'il est vraiment question du Professeur, ce qui ne paraît plus réellement laisser de doute, alors ouais, en partie, répondit Turin.

Sa voix aussi était sèche, et plutôt celle d'un contreténor que d'un baryton. Il poursuivit :

— C'est l'antenne lilloise qui enquête, mais on centralise chez nous. J'interviens en soutien et comme coordinateur, puisque le dossier Professeur, c'est moi…

Lucie ne se sentait pas à l'aise face à ce gars de terrain, mal rasé, tranchant dans ses gestes. Elle se plaça néanmoins à ses côtés pour observer le cadavre. Immédiatement, elle sentit une fascination malsaine la gagner. Attirance morbide, aurait dit un psy. Elle détestait les psys. Et le morbide. Et pourtant… Impossible de s'en défaire, pire qu'une malédiction.

Inconsciemment, elle toucha l'arrière de son crâne. Sa longue cicatrice semi-circulaire. Alors, elle se rappela les fermes en nid-d'abeilles, les odeurs, le plafond écrasant, les membres déformés sous le verre des bocaux… Figés à jamais dans son esprit.

— Qu'est-ce que ça donne ? demanda-t-elle soudain sans quitter des yeux le corps ouvert sur la table.

Le légiste aux lunettes design, sans monture, se tourna vers le commandant.

— Je réexplique vite fait ? demanda-t-il.

— Allez-y, je vous en prie.

— Très bien. J'estime l'heure du décès entre 10 heures et 13 heures, hier, le 24 avril. La rigidité cadavérique était encore bien en place, avec néanmoins un léger début de putréfaction. Estimation renforcée par la température corporelle et la concentration en potassium dans l'humeur vitrée.

— Au moins une quinzaine d'heures avant l'ultimatum de 4 heures laissé dans la cabane de chasseurs... releva Lucie. Il l'avait donc déjà tuée depuis longtemps au moment où nous avons retrouvé Manon Moinet.

— Soit, riposta Turin. On en causera plus tard. Poursuivez, docteur.

— Partons du haut, si vous le voulez bien. Concernant le scalp, je n'aurais pas fait mieux. Incision précise au niveau de la zone occipitale, l'ensemble du cuir chevelu est alors venu d'une simple traction de l'arrière vers l'avant, comme une chaussette qu'on enlève. La technique n'a pas changé. On pratiquait déjà de cette façon au temps des Scythes, six ou sept siècles avant Jésus-Christ.

Il désigna le visage tuméfié.

— Suivons le circuit des éléments que son tortionnaire l'a forcée à ingérer. La muqueuse oculaire est légèrement cyanosée, ainsi que la langue qui, elle, est en plus lacérée de centaines de microcoupures. Ces coupures ont également endommagé le palais, le larynx, et on les retrouve aussi dans une partie du système digestif, de l'œsophage à l'estomac. Elles ont provoqué des hémorragies internes qui, à elles seules, suffisaient à la tuer.

Face à Salvini, Lucie se pencha au-dessus de la table aspirante, où s'écoulaient encore des fluides aussi noirs que la mûre. Elle fouilla des yeux l'intérieur de la carcasse. Le poitrail de la victime ressemblait à deux grandes lèvres figées, les côtes avaient été sciées de façon brutale. Un être humain, réduit à l'état de vallée organique.

Villard se décala, une tige télescopique à la main, et désigna les bassines derrière Lucie.

— Visez-moi cette rate. Totalement hypertrophiée, huit fois son volume normal. Le foie est congestif, rouge violacé, et le pancréas hémorragique, d'un autre rouge, plus foncé.

Autres bassines, autres organes. Le puzzle Dubreuil.

— Les reins aussi ont souffert. Congestion rénale bilatérale.

Le commandant Kashmareck ne cessait de promener ses doigts sous son menton, l'air à la fois grave et lointain, Salvini restait impassible, tandis que Turin s'était éloigné vers le fond de la pièce, pour s'adosser contre le mur carrelé, façon Dick Rivers en pose pour une photo rock. Il soupirait régulièrement, ses pupilles de fouine écrasées sur Lucie. Elle se sentait observée, jugée par cet inconnu monté de la capitale.

— Empoisonnement ? se hasarda-t-elle.

— Empoisonnement, ouais, embraya Turin en anticipant la réponse du légiste. J'ai déjà vu le même tableau, il y a quatre ans…

Il baissa les paupières, puis ajouta :

— Votre poison, c'est de la strychnine.

Villard n'appréciait pas qu'on lui vole la vedette. Il objecta, d'un ton sec :

— Cela reste à confirmer ! J'ai envoyé des prélèvements du contenu stomacal liquidien à la toxico. Le spectre de masse et la chromato devront valider votre hypothèse.

Il s'adressa à Lucie, en ôtant ses lunettes pour en nettoyer les verres.

— Je leur ai fait aussi parvenir des échantillons de sang, d'urine et de poils, à défaut de cheveux, pour la recherche de drogues ou de composés médicamenteux…

— À l'époque, on avait parlé d'empoisonnement à la mort-aux-rats, se rappela Lucie en considérant son collègue parisien.

— Déformation des médias… Il s'agissait bien de strychnine.

— Et cette strychnine, de quoi s'agit-il exactement ?

C'est Villard qui dégaina le plus rapidement.

— Vous n'avez jamais lu Agatha Christie ?

— Pas trop mon style.

— Vous devriez. Un poison très à la mode dans les années cinquante, car très facile à obtenir. La strychnine appartient au groupe des rodenticides, on l'utilise pour l'élimination des petits animaux sauvages dits nuisibles. Pour info, elle est transportée par les globules rouges et, après avoir quitté la circulation sanguine, se fixe au niveau rénal et hépatique. C'est là qu'elle se transforme et attaque le système nerveux. À forte dose, elle est mortelle. Vomissements, défécation, spasmes musculaires au bout de dix à vingt minutes, puis convulsions, avant l'asphyxie. Bien évidemment, on reste conscient jusqu'au bout, sinon ce ne serait pas drôle.

Il ôta sa double paire de gants.

— Et, je précède votre question, oui, on peut s'en procurer. Elle est interdite à la vente depuis peu et tous les mouvements de strychnine sont aujourd'hui contrôlés par les autorités phytosanitaires, mais les circuits détournés pour en obtenir sont nombreux. Officines, laboratoires, Internet, pays étrangers, ou, plus simplement, dans nos bonnes vieilles fermes, qui en ont encore des stocks inimaginables dans leurs granges.

— Et la strychnine aurait provoqué de telles lésions ? demanda Lucie. La langue, les lèvres sont quand même salement amochées…

Villard secoua négativement la tête et pointa du doigt une coupelle.

— Voici la bizarrerie qui fait la réelle originalité du crime, et qui laisse penser que nous avons affaire à un beau détraqué. J'ai retrouvé ce composé gris-noir en grosse quantité dans le système digestif, l'estomac notamment. Au départ, j'ai cru à du silex, qui aurait été cassé en éclats tranchants, de taille plus ou moins importante.

Le médecin en saisit un échantillon avec une pince.

Lucie s'approcha. Kashmareck et Salvini la suivirent, le visage irrévocablement fermé. Le commandant songeait aux conséquences de cette première nuit d'épouvante. Un tueur en série de retour. Ce qui portait leur nombre à deux, avec le « Chasseur de rousses ». Cela risquait de faire du bruit au ministère de l'Intérieur. Et de transformer leurs journées en un véritable enfer.

— Mais dans l'estomac, j'ai prélevé ce morceau plus gros que les autres, poursuivit le légiste.

Lucie fronça les sourcils.

— On dirait une…

— Spirale. Celle d'un fossile, apparemment. Je vais transmettre des scellés à un ami, au laboratoire de paléontologie et stratigraphie, à l'université Lille I.

Pierre Bolowski. Il possède les accréditations pour travailler avec la scientifique. En tout cas, ces éclats ont ravagé tout l'intérieur du corps, un peu comme si elle avait ingurgité des lames de bistouri. J'ose à peine imaginer sa souffrance. En plus, avec les vomissements, l'effet dévastateur des éclats tranchants a été renforcé… Mélangez des vêtements et des couteaux dans une machine à laver, mettez-la en marche, vous obtiendrez le même résultat.

— J'ai remarqué un tatouage sur l'épaule de Manon Moinet. Un coquillage en forme de spirale… La même spirale que celle-ci.

Elle se tourna vers Turin. Toujours plaqué sur son mur, il jouait avec une cigarette éteinte, qu'il lançait puis rattrapait.

— Y a-t-il un rapport ? lui demanda-t-elle.

— Probable… J'allais justement en venir à ces coquillages au moment de votre arrivée. C'était un élément sensible du dossier. On pense que le Professeur posait… Parlons plutôt au présent… pose son problème sur une ardoise, et force ses victimes à ingurgiter régulièrement des coquilles de nautiles broyées, alors que les malheureuses se tuent, c'est le mot, à résoudre ses saloperies d'énigmes. Je vous laisse imaginer comme il doit être facile de réfléchir alors qu'on vous laboure la langue et le larynx, et qu'on menace de vous buter à chaque seconde. Puis, quand son « jeu » est terminé, quand cet enfoiré estime avoir suffisamment pris son pied, il les finit à la strychnine avant d'embarquer un souvenir, pour satisfaire ses petits fantasmes de pervers : le scalp.

D'un mouvement rapide de la main vers l'arrière de son crâne, Kashmareck donna du tonus à sa brosse.

— Vous avez parlé de coquilles de… nautiles ?

— Exact. Un mollusque céphalopode assez rare, qui vit dans les profondeurs du Pacifique depuis plus de cinq cents millions d'années.

Il daigna enfin s'approcher, enfila un gant et s'empara du fragment entre son pouce et son index.

— Mais on dirait que pour son come-back, il manquait de nautiles… et qu'il s'est contenté de choisir un fossile du même genre…

Il s'adressa à Lucie, d'un air provocateur :

— J'ai entendu parler de vos exploits, quand vous n'étiez que simple brigadier. De cette « chambre des morts ». De votre… capacité d'analyse. Nous, on disposait pas vraiment de *profilers*, à l'époque… Mais balancez-moi donc ce que vous en pensez, ça m'intéresse.

— Chef… J'étais brigadier-chef, répliqua-t-elle sèchement. Et pour le moment, vu ma connaissance du dossier, je n'en pense pas grand-chose. Du moins, rien qui puisse vous intéresser.

— Peut-être qu'il faudra vous y mettre, alors, et vite fait. Parce que vous allez bientôt vous rendre compte que le Professeur n'est pas un tueur comme les autres. Il est… à part.

— Dans ce cas, il est pour moi.

L'orage n'était plus dehors, mais dans la pièce. Kashmareck tempéra tout son petit monde en ramenant l'attention sur le jeune légiste, un peu esseulé au milieu de ses viscères.

— Autre chose, docteur ?

— Pas pour le moment. Je vais remettre les organes en place avant d'établir le certificat de décès. Je faxe mon rapport au procureur en fin d'après-midi. Et je vous préviens dès que j'ai du neuf de la toxico et du paléontologue.

En sortant, Lucie ne put s'empêcher de jeter un dernier coup d'œil au cadavre. Là, au niveau de la boîte crânienne, le cerveau. Cette même matière blanchâtre qui avait ordonné la torture d'enfants. Pourquoi ?

Une fois à l'extérieur, sous les rouleaux gris du ciel, Turin offrit une cigarette au commandant et à Salvini. Lucie, elle, refusa.

— Sportive ? fit le Parisien en rangeant son paquet dans la poche intérieure de son perfecto.

— On devrait tous l'être dans la police, non ?

La main de Turin trembla légèrement lorsqu'il alluma son brûle-poumons. Ses doigts jaunes de nicotine auraient pu éclairer une route en pleine nuit.

— Quand je bossais aux Mœurs, je courais comme un dératé. Mais depuis que j'ai intégré la Crim… Ça fait plus de huit ans que j'ai pas enfilé une paire de baskets. La rue, ça c'est le vrai sport !

Lucie s'avança sous le porche. Ce type sortait d'un placard, pas possible autrement. Et le retour du Professeur venait de le dépoussiérer. En se retournant vers lui, elle le surprit à mater ses fesses. Il ne chercha même pas à regarder ailleurs.

Kashmareck tira longuement sur sa cigarette, avant de proposer :

— Bientôt 13 heures. On file à la boutique pour une messe générale avec toutes les équipes. Vous allez nous raconter à qui nous avons réellement affaire.

— Comme vous voudrez.

— D'après ce que m'a dit le proc, la presse est déjà sur le coup, et on va avoir droit à la télé. Les journaleux disposeraient de clichés de l'intérieur de la maison de Hem, avec tous ces numéros… Ces décimales de π.

— Comment ont-ils pu se les procurer ? demanda Lucie, stupéfaite.

— Sur Internet, répondit Salvini. Ça fait plusieurs semaines que des jeunes se rendent dans la maison, pour prendre ces chiffres en photo. Et après, ils postent les images sur leurs blogs. Ça fourmille sur pas mal de sites. Bonjour la confidentialité.

— Ça risque de foutre un sacré boxon, intervint Turin.

Kashmareck pulvérisa sa cigarette du talon et lui demanda :

— Vous nous accompagnez ?

Turin secoua la tête.

— Sorry, chef, mais je préfère largement la présence d'une jolie femme... Je monte avec mademoiselle Henebelle.

Il s'adressa à Lucie.

— Vous me raconterez où en est Manon aujourd'hui... Et puis, on discutera un peu plus de ce programme, MemoryNode...

— Je n'en connais pas beaucoup plus que vous. Et ne m'appelez pas mademoiselle, j'ai horreur de ça.

Avant de s'éloigner vers sa voiture, le commandant demanda une dernière chose :

— Au fait, pourquoi un nautile ?

Turin se retourna.

— Quoi ?

— Ces coquilles de nautiles, que le Professeur broyait... Pourquoi un mollusque rarissime, qu'on trouve uniquement dans le Pacifique ? Pourquoi pas des huîtres, des coquilles de moules, ou des cailloux tranchants, tout simplement ?

Turin écrasa à son tour son mégot avec le talon de sa botte.

— C'est Manon Moinet qui nous a mis sur la voie. On pensait que les victimes – hommes, femmes, brunes, blondes, petites, grandes – n'avaient absolument aucun rapport entre elles puisqu'elles étaient géographiquement très éloignées et ne se connaissaient pas. Métiers fondamentalement différents aussi. Chef de projet, professeur de physique, vendeuse, etc.

— Et donc, le lien entre les victimes ?

— Nous savons maintenant qu'il y en a un, mais nous ignorons lequel, malheureusement !

— Voilà qui est original, ironisa Salvini. Savoir qu'il existe une relation entre des victimes vraisemblablement choisies au hasard, et être incapable de dire lequel ! Ça va au-delà de l'entendement.

— Rien n'est conventionnel dans cette affaire, vous allez vite vous en rendre compte. Ce chaînon manquant est la clé, aucun doute là-dessus. Ne reste plus qu'à le découvrir.

Lucie était tout ouïe. Kashmareck se tapota le front.

— Mais bon sang, quel rapport avec un mollusque vieux de plusieurs millions d'années ?

— Vous aimez les maths ? demanda Turin.

— Je crois que la seule raison pour laquelle je suis devenu flic, c'est pour ne plus jamais en entendre parler.

— Eh bien, vous risquez d'être déçu. Le nombre d'or, ça vous dit quelque chose ?

19.

Confortablement installé dans un fauteuil en toile, au fond de son petit bureau, Romain Ardère faillit recracher son riz au curry. À la radio, le flash de 13 heures parlait d'un assassinat commis dans le Nord-Pas-de-Calais. Les médias avançaient que le Professeur, ignoble tueur qui avait sévi au début des années 2000, était sans doute de retour.

Impossible !

Ardère jeta son plat à la poubelle, sortit une flasque de rhum et en avala une douloureuse rasade.

Sur le mur, le gigantesque poster du « calisson d'étoiles » explosant en plein ciel se mit à tourbillonner devant ses yeux.

Ardère vit rouge. Un rouge sang.

La veille, les photos de Manon Moinet éblouissante, dans le métro parisien, lui avaient déjà sérieusement levé le cœur. Mais là, ce reportage, sur une radio nationale ! Cette soi-disant maison hantée, ces décimales de π! Cette vieille tortionnaire empoisonnée alors qu'elle essayait de résoudre une énigme sur une ardoise !

Les mathématiques, plus puissantes que jamais.

Pouvait-il s'agir du hasard ? Ardère grinça des dents. Non ! Il n'y avait pas de hasard !

Mais alors ?

Quelque chose était en train de se produire. Quelque chose d'inimaginable. Ce meurtre portait bel et bien la griffe du Professeur.

Le directeur de Mille et une étoiles se rua sur son ordinateur portable pour écrire en urgence un email. Avant de l'envoyer, il le crypta avec l'algorithme incassable RSA en appliquant sa clé privée, *Eadem mutata resurgo* – Changée en moi-même, je renais.

Des gouttes de sueur vinrent mourir sur le clavier.

Il fallait rencontrer les autres, de toute urgence. Et tenter de comprendre ce vaste merdier.

Tout ne pouvait pas s'interrompre ainsi. Son entreprise. Sa vie.

Dans les minutes qui suivirent, il ouvrit un navigateur web, se précipita sur le site des Pages blanches et tapa « Manon Moinet », en indiquant « Calvados » dans la rubrique « Département ». Rien. Il élargit sa recherche à chacune des régions de France. Toujours rien. Il recommença la même opération avec « Frédéric Moinet ». Le résultat fut bien plus probant.

« 3, impasse du Vacher, 59 000 Lille. »

Ardère ressentit un léger soulagement. La salope ne devait pas se trouver bien loin de son connard de frère.

En évitant Paris, il atteindrait le Nord à la tombée de la nuit.

Il s'empara d'une fusée à ailettes et la serra dans son poing. De la poudre grise coula entre ses doigts.

Manon Moinet était devenue bien trop dangereuse.

Il fallait l'éliminer avant qu'il ne soit trop tard.

La museler définitivement.

20.

Un bureau. Six hommes. Une femme aux boucles blondes.

— Octobre 2001, banlieue lyonnaise. Premier meurtre. François Duval, responsable d'un pôle de recherche et développement, quitte très tard sa société de production de microprocesseurs, Microtech. Il emprunte toujours le même trajet. Une partie ville, une partie campagne. Il ne rentrera pas chez lui et on le découvrira deux jours plus tard dans un entrepôt destiné à la démolition. Scalpé, les pieds ligotés empoisonné à la strychnine et l'estomac rempli de morceaux tranchants de coquilles qu'on identifiera comme étant des fragments de nautiles. À côté de lui, à proximité d'une ardoise, sur une feuille, un beau petit problème de logique, tapé à l'ordinateur, à l'énoncé simple mais à la solution coriace. Le problème d'Einstein[1], que seulement deux pour cent de la population est capable de résoudre. Bien évidemment, avec la torture des coquilles ingurgitées et la peur de crever, difficile d'être dans ces deux pour cent.

1. Voir note au lecteur, en fin d'ouvrage.

Hervé Turin se racla la gorge et se mit à tousser. Trop de cigarettes. Face à lui, Lucie Henebelle, le commandant Kashmareck, Greux, Salvini et deux brigadiers-chefs de la brigade criminelle lilloise.

— Pour nous narguer, on recevra, au lendemain de la découverte du corps, une drôle de petite annonce publiée dans *Le Quotidien Lyonnais* un mois avant le meurtre : « En 97, Robert a écrit ceci : l'un des ressentiments de Microtech munira dans un moka. Il étuvera le prénom d'une loqueteuse literie. Le Profiterole. »

Silence médusé dans l'assemblée.

— Ça vous inspire pas, hein ? La technique employée est ce qu'on nomme le T+7, issue d'un jeu littéraire créé par un groupe d'écrivains, appelé Oulipo. On prend chaque verbe, adjectif ou substantif du message original, et on le déplace de sept éléments dans le dictionnaire utilisé, ici le Robert de 1997. Pour coder le nom « professeur » par exemple, on regarde dans le dictionnaire : le septième nom commun consécutif, et on tombe sur « profiterole ». Ainsi, l'original était : « L'un des responsables de Microtech mourra dans un mois. Il sera le premier d'une longue liste. Le Professeur. »

— Sympa, fit Kashmareck, l'air dépité.

— Ouais, on peut dire ça. Ainsi se profile le mode opératoire de celui qui se fait appeler « Le Professeur » : il annonce l'identité de sa victime en la cachant dans un message qui peut se situer n'importe où en France, sur n'importe quel papelard ou support, de n'importe quelle façon, et il réalise ses putain de prédictions. Dans le cas qui nous concerne aujourd'hui, il s'agit d'un numéro de sécu, planqué dans le nombre π. À chaque fois, il y a un rapport évident avec les maths ou la logique.

Lucie l'observait attentivement, le stylo au bord des lèvres. Elle dut admettre que la face de fouine s'en tirait plutôt bien. Il parlait avec aisance, professionnalisme, maîtrisait chaque partie du dossier. Elle se demanda jusqu'à quel point il avait bien pu s'investir dans l'enquête. Elle glissa :

— Le Professeur a aussi laissé un autre message, dans la maison hantée. « Si tu aimes l'air, tu redouteras ma rage. » Manon pense que là encore, il y a un rapport avec l'une de ses énigmes tordues.

— Mouais. Vu son état, Manon ne pense plus grand-chose d'intelligent.

— Vous…

— Bref, sur les six crimes commis, jamais on n'a retrouvé la moindre trace exploitable. Ni empreintes, ni sang, sperme, fibres, poils ou cheveux, hormis ceux des victimes elles-mêmes ou de certains proches. Il prend un soin particulier à bien nettoyer le lieu du crime à l'eau de Javel. Est-il chauve, imberbe ? Porte-t-il une charlotte, des gants, des surbottes ? On n'en sait que dalle. Les éléments abandonnés sur place sont toujours les mêmes. Ardoise, craie et corde qu'on se procure facilement au Carrefour du coin. L'ardoise est à chaque fois identique, à bords rouges, avec un côté vierge et l'autre quadrillé en jaune, et la craie toujours bleue. Le papier pour l'énigme provient du même lot de feuilles. Quant à la strychnine, à l'époque elle était encore en vente libre.

D'un mouvement du menton, il s'adressa à l'IJ.

— Vous avez pu trouver des éléments plus intéressants, cette fois ?

Salvini hocha négativement la tête.

— Les équipes sont encore sur place, mais, pour le moment, rien de vraiment déterminant. À Hem, la maison est contaminée par des centaines d'empreintes différentes Squatteurs, curieux, adolescents en mal de sensations fortes, pire qu'un supermarché… Ça risque de prendre du temps. On a quand même prélevé des échantillons de peinture et des poils de pinceau. Avec un peu de chance, on en tirera quelque chose. On a aussi fait appel à un graphologue, pour le tracé de ces chiffres qui, à première vue, ont été peints de la main gauche. Et cela voilà un bon bout de temps puisqu'un léger voile de poussière recouvrait déjà la peinture et que des photos de l'endroit circulent sur Internet depuis un mois…

— Un gaucher, donc… Ça, c'est du lourd si c'est confirmé.

— Concernant la cabane de chasseurs, difficile, là aussi, d'avancer correctement. Beaucoup d'empreintes, de poils de bête, de traînées de boue, quelques cheveux, dont probablement ceux de Manon Moinet. En plus, les conditions météo jouent contre nous. Le vent et la pluie ont tout effacé à proximité du lieu, ce qui rend nos chiens inefficaces. Vous aviez demandé, lieutenant Henebelle, de vérifier si la branche de l'arbre ayant provoqué l'accident avait bien été arrachée. La réponse est oui. Il ne s'agit pas d'un acte criminel.

Lucie acquiesça en silence.

— Quant à ces milliers d'allumettes, ajouta-t-il, nous allons vérifier si elles proviennent de chez le même fabricant. Mais elles n'ont, *a priori*, rien d'extraordinaire.

— On va faire le tour des magasins dans le périmètre, histoire de voir si personne n'a acheté des allumettes en quantité importante, intervint Kashmareck. Mais le problème c'est qu'on ignore en fait dans quel coin chercher. Lille, Valenciennes, Arras… Ou Marseille.

— Ça a toujours été l'un de nos soucis majeurs, fit Turin. Où chercher…

— S'il le faut, nous solliciterons les différents commissariats et la gendarmerie de la région.

— Je crois qu'on va pas y couper…

Ils se tournèrent de nouveau vers Salvini, qui poursuivit :

— Chez Dubreuil, le sol avait été lavé à la Javel. On a retrouvé la serpillière et le seau pas loin de l'entrée, le tout appartenant sans doute à la victime. Pour l'instant, le crimescope est resté muet. Quelques cheveux gris, un seul type d'empreintes, probablement celles de Dubreuil. Elle ne devait jamais recevoir de visites…

— Et pourtant, elle a ouvert à notre assassin, fit remarquer Lucie.

Salvini approuva.

— Très juste, rien n'a été forcé, vous avez raison de le souligner. On analyse aussi la poussière récoltée sur place. On continue à ratisser, il risque d'y en avoir encore pour plusieurs heures, voire plusieurs jours.

Turin alluma une cigarette.

— OK… Je constate qu'on n'est pas plus avancés qu'il y a quatre ans…

— N'oubliez pas que nous ne sommes qu'à J+1.

— Ouais. Bon, je ne m'étalerai pas sur les autres meurtres, vous verrez tout ça dans les copies du dossier qu'on vous a filées. On y parle de Julie Fernando, directrice de projets d'Altos Semiconductor, trente-sept ans, massacrée en banlieue parisienne. Caroline Turdent, quarante-trois ans, vendeuse dans une boutique de prêt-à-porter, à Rodez. Jean-Paul Grunfeld, trente-quatre ans, professeur de physique, dont le corps a été retrouvé à Poitiers. Jacques Taillerand, cinquante et un ans, producteur de spectacles, liquidé au Mans. Et enfin… Karine Marquette, la sœur de Manon Moinet, trente-cinq ans, assassinée à Caen. Elle était à la tête, avec son frère, d'une entreprise familiale qui fabriquait des emballages. Ce dernier crime a été légèrement différent. Karine Marquette a été violée *post mortem*, avec préservatif.

Lucie haussa les sourcils. Ce pan de l'enquête avait échappé à la presse. Turin s'adressa directement à elle.

— Eh oui, les pulsions du Professeur avaient évolué. Ou alors, il a voulu tenter de nouvelles expériences. Ce qui rend encore plus incompréhensible le fait qu'après ce meurtre, il ait tout arrêté.

— Jusqu'à aujourd'hui.

— Ouais, jusqu'à aujourd'hui…

Turin s'empara d'une baguette en bois et désigna sur une carte de France les villes où le sang avait coulé.

— Il frappe n'importe où, hommes, femmes, de tous âges, sans rapport physique dominant entre eux. Les catégories socioprofessionnelles sont variées. Il n'y a aucun repère temporel, aucune régularité flagrante. Les deux premières victimes ont été butées à quatre mois d'écart, puis il a agi sept mois plus tard, puis quatre, puis cinq, puis trois, ce qui fait quand même une activité intense, sur environ deux ans…

— Lui s'arrête, et le Chasseur de rousses prend le relais trois mois après, souligna Kashmareck. C'est sans doute idiot ce que je vais dire, mais est-ce qu'on a cherché à établir un rapport entre ces deux tueurs en série ? Ne pourraient-ils pas n'être qu'une seule et même personne ?

Turin secoua fermement la tête.

— Avec le viol *post mortem* de Karine Marquette, on y a pensé, vous vous doutez bien. J'ai beaucoup travaillé avec la police nantaise à l'époque. Conclusion ? Assassins différents. Les deux modes opératoires n'ont absolument rien à voir. Le Chasseur frappe exclusivement dans les environs de Nantes. Il séquestre des jeunes femmes qui ont toutes le même profil : célibataires, rousses, mignonnes, entre vingt-cinq et trente-cinq ans. Il les retient plusieurs jours, s'amuse à les torturer en leur infligeant toutes les brûlures possibles et imaginables, avant de se les enfiler, encore vivantes. Et on les repêche dans la flotte, à chaque fois. Pas d'énigme, pas de maths, pas de mise en scène, rien ! Juste de la perversité, brut de fonderie. Sa dernière victime date d'il y a deux mois. Avouez que c'est à des années-lumière de « l'élégance », si vous me permettez l'expression, de notre Professeur.

Lucie se frotta le menton du plat de la main, bien obligée de reconnaître que Turin avait raison. Effectivement, les tueurs en série pouvaient évoluer dans leur *modus operandi*, y apporter des modifications, mais jamais de façon aussi radicale.

Turin plissa les yeux et marqua un silence, avant de reprendre :

— Pour en revenir à notre affaire, les individus côtoyant les victimes de près ou de loin, tant dans le cadre familial que professionnel, ont tous été disculpés.

— Frédéric Moinet, par exemple ?

— En effet, Henebelle. Plus de trois cent cinquante personnes peuvent témoigner que le frère Moinet donnait une conférence aux États-Unis, sur le recyclage, au moment du décès de sa sœur. Et Manon Moinet était avec lui. Elle aussi s'était rendue à New York, pour participer à un colloque autour de ses recherches en mathématiques. Ça vous va, comme alibi ?

— C'est parfait.

— OK. Pour en finir avec les victimes, elles n'ont absolument *aucun* point commun. Elles ne se connaissent pas, de près comme de loin, n'ont pas fréquenté les mêmes écoles ou les mêmes bars à putes, et ne sont pas parties se bronzer le cul ensemble au Club Med. Rien, rien, rien !

Kashmareck fit osciller un stylo-bille entre son pouce et son index.

— Pas d'autres indices, en six ans d'enquête ?

— À peu de chose près, non… On peut difficilement attraper, quatre ans plus tard, un meurtrier qui n'agit plus, qui s'est fondu dans la masse. Disons qu'en un sens, son retour va nous être… bénéfique.

Turin vint se placer devant un bureau, d'où il dominait l'assistance, les mains en appui sur le rebord.

— Intéressons-nous un peu au crime de cette nuit. Parlez-moi de cette Dubreuil. Une ancienne tortionnaire d'enfants, vous m'avez dit ?

Le commandant enchaîna :

— Dubreuil et son mari ont infligé des sévices à leurs propres enfants, dans les années soixante-dix, pendant des semaines et des semaines. Brûlures de cigarettes, coups de poing et de ceinture, ongles arrachés, coupures sadiques. Et puis, un jour, alors qu'elle n'était pas là, le mari a finalement achevé les gamines d'un coup de fusil dans la tête, avant de retourner l'arme contre lui et de se suicider… Elle n'a fait « que » participer aux tortures. Ce qui a surpris tout le monde, à l'époque de son procès, c'est le côté impassible du personnage face à un tel déchaînement d'horreur. Jamais aucun regret. Et pourtant, rien de psychiatrique dans son dossier. Depuis qu'elle s'était installée à Roeux, après sa sortie de prison, on l'appelait le « diable du lac ».

— Vous êtes aussi servis que nous en dégénérés, à ce que je vois… Donc, cette fois, le Professeur s'en est pris à un personnage « public » et la mise en scène est plus élaborée. Mais pour le reste, tout semble rigoureusement identique. Corde utilisée, feuille imprimée, ardoise rouge, craie bleue, mode opératoire. Il faudra quand même attendre confirmation des analyses comparatives entre les points qui seront saisis dans SALVAC[1] et ceux qui s'y trouvent déjà…

— La comparaison est en cours, précisa Kashmareck.

— Très bien. Alors qu'est-ce qu'on a appris, là, aujourd'hui, sur notre petit rigolo ? Qu'il est gaucher car, pour la première fois, il laisse une trace de son écriture dans votre maison soi-disant « hantée ». Qu'il s'est attaqué à une victime assez atypique : une vieille sadique de presque quatre-vingts balais. Nous devons comprendre pourquoi pour avancer.

Kashmareck ajouta :

— Un autre élément diverge assez de son mode opératoire habituel. Cette espèce de fossile, qu'il lui a fait ingérer. Et qui n'était pas un nautile.

Turin tira sur sa cigarette et cracha lentement la fumée, les yeux à moitié fermés.

— Exact, cet aspect est, ma foi, assez troublant. Pour ceux qui l'ignorent, c'est la première fois que le Professeur fait bouffer autre chose que des coquilles de nautiles à sa proie. À première vue, une sorte de fossile… Les nautiles, c'était pourtant très chic. Ça ne se trouve que dans le Pacifique Sud.

— Ou dans des magasins de pêche, non ? intervint Lucie en agitant le bras pour signifier que la fumée l'indisposait.

Turin ne sembla pas se soucier de ce détail.

1. Logiciel basé sur un questionnaire de 168 paramètres, prenant modèle sur le VICAP américain, qui permet d'établir des liens entre différentes affaires criminelles.

— Des analyses poussées, notamment dans les constituants en carbonate de calcium des coquilles, nous ont prouvé que les nautiles venaient tous de la même région du monde. Ou du même magasin, comme vous dites. Mais vous pensez bien que ces boutiques, on les a toutes passées au peigne fin. Évidemment sans succès.

Lucie se recula sur son siège et demanda :

— En tenant compte de ces divergences, pourrait-on émettre l'hypothèse qu'il ne s'agisse pas du Professeur cette fois, mais d'un simple imitateur ? Un « élève » qui aurait fait du Professeur son mentor, et qui essaie de le surpasser en créant des mises en scène plus élaborées ?

Turin éclata d'un rire gras.

— Vous avez sucé un clown ou quoi ? Certains aspects, comme la strychnine ou les coquilles de nautiles, n'ont jamais été divulgués ! Et tout concorde ! On ne s'improvise pas tueur en série d'un claquement de doigts. Ces fumiers ne tuent pas pour copier, mais pour assouvir leurs fantasmes de pervers !

— Je sais tout ça, se défendit Lucie. Et je sais aussi que, sauf cas exceptionnel, un tueur en série est incapable de s'arrêter sur une si longue période.

— Ouais… Vous semblez oublier l'affaire Fourniret par exemple. Six enlèvements et meurtres de 1987 à 1990, avant une mise en veille de dix ans, pour une reprise en 2000. Ça, vous l'expliquez comment ?

— Fourniret agissait dans l'ombre, il se débarrassait des corps, les enterrait. Le Professeur, lui, fonctionne à l'envers. Il cherche la lumière, les médias, il veut qu'on parle de lui, il a un besoin évident d'exprimer sa supériorité sur ses victimes, sur nous tous… Par les mathématiques, par les énigmes, par les lieux qu'il choisit. Pourquoi se serait-il brusquement arrêté, au faîte de sa gloire ? Non, non, quelque chose cloche. Il faudra vérifier les libérations récentes de prison, ou les sorties de longues convalescences.

— Ah ouais, et dans quel hôpital ?

Kashmareck tenta de recadrer la conversation. Il s'adressa à Turin :

— Vous allez peut-être enfin nous expliquer pourquoi il choisissait des nautiles ?

— Ah ! Le point sensible ! Le nœud du problème, assurément. Au départ, on pensait que le Professeur sélectionnait ses victimes au hasard, sans mobile. C'est Manon Moinet qui nous a détrompés. Comme elle nous voyait paumés, elle s'est mise à réfléchir, et un jour elle a émis une hypothèse très intéressante. Elle a commencé à nous parler de spirale logarithmique…

— Quoi ?

Turin dévoila un cimetière de dents jaunes.

— J'ai eu la même réaction que vous, à l'époque. La première fois où j'ai rencontré Manon Moinet, pas longtemps après le meurtre de sa sœur, je suis rentré chez moi avec un putain de mal de crâne. La sale impression d'avoir bouffé une purée de chiffres.

Léger flottement dans le groupe, avant que le sérieux ne reprenne le dessus.

— La coquille du nautile présente une propriété mathématique fabuleuse. Il suffit de diviser la longueur de sa spirale par son diamètre, et on obtient le nombre d'or. Historiquement, ce nombre a toujours représenté la perfection mise en équation. Il est la divine proportion pour les peintres, il cachait les dieux pour les Grecs, les Égyptiens l'ont utilisé pour bâtir la Chambre royale dans la Grande pyramide. Au XIIIe siècle, le mathématicien Fibonacci s'en est servi pour établir une suite algébrique…

— Merci pour le cours d'histoire, l'interrompit Lucie.

Turin l'ignora superbement.

— Ce n'est pas anodin si le Professeur a choisi ce nombre. Il est le reflet de ce qu'il cherche dans ses actes : la perfection. Il se dit qu'en adoptant une logique mathématique pour commettre ses crimes, il chasse le hasard et ne peut pas faire de bourde.

— Ça reste vachement flou, fit Kashmareck en se grattant le crâne.

— Je sais, je sais, mais Moinet a su me convaincre, et son raisonnement tient sacrément la route. Pour comprendre, songez simplement à ces fameuses spirales. On en dégote partout dans la nature. La forme des galaxies, celle des artichauts, des pommes de pin, ou l'organisation des graines de tournesol. Quelle que soit l'échelle, le domaine, dans l'infiniment petit ou l'infiniment grand, on les retrouve. Certains scientifiques, et Moinet en fait partie, pensent que la présence de la spirale ou des fractales dans notre univers n'est pas fortuite. Que des objets si parfaits, aux propriétés mathématiques si extraordinaires, ne peuvent exister par hasard. Qu'ils s'inscrivent dans une fonction très complexe, tout comme les destinées de chacun d'entre nous ou plus généralement la vie sur Terre. Une fonction qui régirait les lois de l'univers tout entier.

L'assistance, en face, resta sans voix, désorientée. Lucie prit quelques notes dans son carnet. Turin était aussi allumé que mal fringué, mais il touchait sa bille.

— Toujours pas pigé ? continua-t-il. Normal, pas facile. Alors, pensez à ce numéro de sécu, trouvé dans le nombre ! L'identité de Dubreuil n'était-elle pas gravée dans l'inaltérable depuis des lustres, bien avant sa naissance, bien avant que ces putain de numéros de sécu voient le jour ? C'est symbolique, je sais, mais notre illuminé y croit dur comme fer. Et cette spirale du nautile est là pour nous indiquer que dans l'esprit de l'assassin le hasard n'existe pas. Le Professeur suit un parcours précis, tracé, dont lui seul a connaissance. Un chemin mathématique qui relie nécessairement ses victimes entre elles. Et ces quatre années d'attente font peut-être tout simplement partie de son plan. À nous de déjouer ce plan.

Il regroupa un paquet de feuilles sur le bureau et ajouta :

— C'est là qu'il faut creuser ! Et non pas à la sortie des prisons ou des hôpitaux. Ce serait trop simple, trop… primitif. En tout cas, messieurs, *mademoiselle*, bienvenue dans l'esprit tordu du Professeur.

Greux se lissait la moustache, Kashmareck fumait du crâne. Lucie, elle, tournait les pages de son carnet, sans lire, sans noter, hypnotisée par les paroles de Turin. Elle se redressa un peu et proposa :

— Laissons un peu de côté ces maths qui semblent vous enchanter, si vous le voulez bien. Au-delà de…

— Pas plus que vous. Mais quand je mène une enquête, je la mène à fond.

— Hmm… Au-delà de tout ce charabia, a-t-on quand même une idée de son profil psychologique ? De sa réelle identité ?

Le lieutenant au perfecto râpé répondit :

— Contrairement au Chasseur de rousses, c'est un itinérant. On peut supposer que son métier, s'il en a un, l'oblige à se déplacer. Représentant, commercial, conférencier… Il étudie avec minutie ses victimes. Il connaît leurs habitudes, leurs horaires, leur environnement. Il sait où frapper, et quand, sans être vu. Ce qui sous-entend qu'il crèche sur place un certain temps, plusieurs semaines avant de passer à l'acte probablement. À l'époque, on avait tout épluché. Locations, hôtels, caméras des péages ou des parkings, en vain…

— Jamais rien ?

— Jamais rien. Les psys impliqués sur le dossier estiment qu'il doit ressentir une frustration, un sentiment de dévalorisation. Voilà pourquoi, comme vous le souligniez, il éprouve le besoin de sublimer ses actes, et aussi pourquoi il confronte ses proies à une énigme dans leurs derniers instants. À ce moment-là, il reprend le dessus et exprime sa supériorité, car lui possède la solution. Il est le maître, et les autres, ses élèves. Ses victimes sont couchées sur le sol en position inférieure, les pieds liés, il les domine et les torture, mentalement, et physiquement avec des éclats de coquilles rares. La rareté apporte une touche « élégante », classieuse, à son crime. Et si l'on doit voir une évolution dans ses pulsions, le fait que Karine Marquette ait été violée *post mortem* semble confirmer cette envie de dominer plus encore, de posséder.

— ATV. Amoindrir. Tuer. Violer… précisa Lucie.

— ATV, ouais, et pourquoi pas TGV tant que vous y êtes ? Il est asocial, renfermé, frustré, ça doit se lire dans son comportement. Les mathématiques sont peut-être, dans son cas, symbole d'isolement et de patience, vous savez, le mythe du mathématicien coupé du monde des années durant, et qui s'acharne, sans jamais s'interrompre ? Célibataire, probablement, car, même sans compter ses déplacements, la préparation de ses crimes lui demande beaucoup de temps et d'efforts. C'est un caméléon. Et un voyageur. Nous pensons qu'il est allé récupérer ses coquilles de nautiles sur place, loin, très loin d'ici, avec l'idée de toutes ces monstruosités en tête. Il est allé chercher lui-même la spirale parfaite… Et c'est sans doute le moment où cet enfoiré a le plus pris son pied !

Il agita le paquet de feuilles.

— Mais tout est là-dedans. De quoi passer une belle nuit.

Lucie se laissa submerger par les images qui lui arrivaient.

— Et donc, fit-elle, il s'approprie définitivement ses proies en les scalpant. Ces scalps lui permettent de prolonger ses fantasmes, il les place peut-être sur des têtes de mannequins, toutes alignées, et il se rejoue le film de ses meurtres quand il n'agit pas. Comme ça, il peut patienter trois ou quatre mois. Voire plus.

— Sacrée imagination, lieutenant. Pour les mannequins, je sais pas, mais il est clair que le scalp marque la supériorité tribale et possède en plus une connotation fétichiste. Disons que, comme pas mal de frappadingues de son genre, il se garde un petit souvenir.

Lucie se mit à griffonner inconsciemment sur son carnet, alors que Turin la dévisageait. Joli nez, beaux petits yeux, beau petit cul. Bref, baisable.

— Il y a tout de même quelque chose de flagrant qui m'interpelle… ajouta-t-elle.

Turin soupira. Cette crétine était inusable. Et au pieu ? Il répliqua :

— Je vous écoute…

— Après le décès de sa sœur, Manon Moinet se met à vous aider. Son neurologue m'a raconté qu'il s'agissait d'une personne acharnée, rigoureuse, et qu'elle s'était entièrement consacrée à la recherche du meurtrier, allant même jusqu'à abandonner sa carrière prometteuse et ses équations.

— Très juste. Un bel exemple de dévouement.

— Donc, elle vous aiguille à travers les mathématiques, vous aide à pénétrer l'intimité du Professeur, et repère un semblant de faille avec cette histoire de nautiles et de spirales. Elle trouve « l'objet caché » de l'assassin, ou son erreur, peut-être…

— Ouais, et elle nous guide aussi par rapport aux énigmes qu'il pose. Elle nous conduit vers des sources, des groupes de passionnés auxquels le Professeur pourrait appartenir.

— Bref, grâce à elle et à cette histoire de spirales vous prenez d'autres voies d'investigation, puisque vous croyez désormais que les victimes ont un rapport entre elles. Je me trompe ?

— Non, non, exact. Le Professeur était sans doute persuadé que personne ne comprendrait le sens de ces coquilles. C'était… son truc à lui. Sa griffe.

— Une sorte de défi envers la police. Il pensait vous dominer.

— Il nous a sous-estimés.

— N'empêche qu'il court toujours. Quoi qu'il en soit, voilà que… quelques mois après cette découverte, Manon se fait sauvagement agresser, et ne serait assurément plus de ce monde sans l'intervention de ses voisins. Un cambriolage… Cette malchance ne vous a pas… étonné ?

Turin s'empara nerveusement d'une nouvelle cigarette, alors que la précédente vibrait encore entre ses lèvres.

— Bien avant son agression, Manon Moinet avait cessé de bosser avec nous. Une fois tous les éléments en sa possession, elle s'est mise à évoluer seule, dans son coin… Elle nous a largués.

— Pourquoi ?

Il haussa les épaules, incapable de réprimer des pensées qui, soudain, lui ordonnaient d'étrangler cette petite garce de flic.

— Vous lui demanderez, d'accord ?

— Si vous voulez.

Après un moment de silence qui déstabilisa tout le monde, Turin reprit la parole. Il semblait éprouver le besoin de se justifier.

— Son cambriolage a été traité par le commissariat central de Caen. Et il n'y avait, pour les collègues du coin, aucune raison d'établir une relation avec le fait que sa sœur ait été victime d'un tueur en série. N'oubliez pas que des objets de valeur ont effectivement été piqués, et que dans l'année, cinq villas du même quartier ont été visitées ! À Paris, on a été au courant de l'agression de Moinet que bien plus tard, quand j'ai essayé de la joindre de nouveau pour clarifier certains détails. Mais… son frère l'avait déjà emmenée avec lui à Lille.

— Et vous y croyez vraiment, à ce cambriolage ?

Sa voix regagna en fermeté.

— Bien sûr que j'y crois, putain ! Ça n'a rien à voir avec le Professeur ! S'il avait voulu l'éliminer, il l'aurait fait avec brio, et non pas en cherchant à se planquer derrière un cambriolage ! Renseignez-vous sur le dossier, avant d'avancer des trucs pareils ! Vous arrêterez peut-être de voir des liens là où il n'y en a pas !

Lucie soutint le regard de Turin sans ciller. Mais elle se dit qu'il avait raison. Après tout, il était très certainement mieux placé qu'elle pour pouvoir juger.

— Excusez-moi… Mais une dernière chose, surenchérit-elle en mordillant son vieux stylo.

— Écoute Henebelle, c'est vrai que tu devrais t'attaquer au dossier avant de tirer tes conclusions, râla Kashmareck en regardant sa montre. Le proc m'attend, et nous sommes tous écrasés de travail.

— Je me suis excusée, commandant ! Et ça ne concerne pas le dossier, mais les événements de cette nuit. Et je crois que ça va vous intéresser.

Quelques soupirs dans le groupe. Turin n'en pouvait plus.

— Bon, vas-y. Mais rapidement.

— OK. Il y a d'abord cette cabane de chasseurs, où Manon a été retenue. Là-bas, un message : « Retourne fâcher les Autres », en référence à une expression que Manon utilisait dans son adolescence. Dans un premier temps, je pensais que le Professeur l'avait sans doute obligée à révéler ce pan de sa vie privée pendant qu'il la retenait. Il la contraint à se confier, puis il note la phrase, censée nous conduire à Hem.

— En effet. Continue…

— À Hem, les décimales de π ont été peintes voilà quelques semaines, on est toujours d'accord ?

— Toujours.

— Il avait donc préparé le terrain à Hem, avant d'enlever Manon. Il savait pertinemment que lorsqu'il détiendrait Manon, il inscrirait l'énigme « Retourne fâcher les Autres » qui nous permettrait de remonter à la maison hantée, et ainsi à Dubreuil. Il en connaissait déjà la signification.

Elle marqua un temps, avant de conclure :

— Et donc, il avait percé l'intimité de Manon avant de l'enlever, depuis très longtemps. Il a fait, ou fait encore, partie des individus qui ont, d'une manière ou d'une autre, croisé sa vie. Une personne à qui elle s'est peut-être confiée. Il peut avoir rencontré Manon avant son amnésie ou après… Mais une chose est certaine, il la connaît, et elle le connaît… Enfin, pas elle… plutôt son N-Tech.

21.

Le CHR, de nouveau, identique à lui-même.

Un peu plus tôt dans l'après-midi, Lucie avait prévenu le docteur Vandenbusche qu'elle souhaitait assister à la séance de travail à Swynghedauw. En attendant un début de piste et les retours des différents experts, l'occasion peut-être de comprendre l'univers dans lequel évoluait Manon, celui de l'oubli, et surtout de faire le tour des personnes que la mathématicienne côtoyait depuis le début de son suivi en ces lieux d'études.

Cintré dans une blouse blanche, un porte-nom sur la poitrine, le neurologue attendait Lucie dans le hall rouge vif de l'hôpital. Soigneusement coiffé, rasé de près, parfumé, il s'était glissé cette fois dans la peau d'un professionnel. Difficile de reconnaître en lui l'homme arraché de son lit au milieu de la nuit.

— J'ai fait au plus vite, dit-il après lui avoir serré chaleureusement la main. Voici la liste du personnel et des membres du groupe en contact régulier avec Manon. J'ai aussi indiqué les différents horaires pendant lesquels Manon travaille avec nous et avec les commerciaux de N-Tech. Le lundi, le mercredi et le samedi.

— Avez-vous précisé l'identité de ces commerciaux ?

— Évidemment, vous me l'aviez demandé. Et je respecte toujours mes engagements.

— Merci docteur.

Vandenbusche lui tendit un porte-nom. Toujours pas maquillée, certes, mais infiniment plus craquante que la veille, la petite.

— Appelez-moi Charles, si vous le voulez bien… Les porte-noms sont très importants ici, vous verrez… Votre…

Il désigna son front.

— Oh ! Ça va ! Juste une mauvaise porte…

— Ah bon… Suivez-moi, en attendant que Manon se réveille, j'aimerais vous présenter quelques cas très… intrigants. Ils vous aideront à comprendre le fonctionnement de notre mémoire et à aborder un tant soit peu l'incroyable machinerie du cerveau.

Lucie regarda sa montre. 16 h 51.

— Parce que Manon dort ici, à l'hôpital ?

— Les siestes l'aident à consolider son vécu de la journée. Le sommeil lent, après l'endormissement, favorise la mémorisation des faits et des épisodes. Ces conversations qu'elle enregistre, par exemple, ou ces notes qu'elle prend sans cesse.

— Ah, je vois ! Vous les lui diffusez en boucle pendant qu'elle dort.

— Non, pas pendant qu'elle dort. Ça, c'est une idée reçue. On n'apprend certainement pas une langue étrangère en se posant des écouteurs sur les oreilles et en dormant ! Le travail d'apprentissage se fait avant, le sommeil est juste là pour consolider. D'ailleurs, petit conseil, si vous avez des enfants…

Lucie revit ses filles…

— J'ai des jumelles de quatre ans. Clara et Juliette.

— Quand elles grandiront, faites-leur toujours réciter leurs leçons le soir, juste avant de les coucher, plutôt que le matin ou le midi. La magie du sommeil fera le reste.

Ils avançaient dans un décor étonnamment coloré. Chaises d'un bleu violent, rambardes jaunes, carrelage d'un rouge éclatant. Une construction de Lego géante, assez loin de l'idée qu'on se fait généralement des hôpitaux.

— Je vous parlais du sommeil lent, mais le sommeil paradoxal aussi joue un rôle primordial dans l'acquisition des connaissances. Il permet, entre autres, le stockage des automatismes dans la mémoire procédurale, comme apprendre à utiliser le N-Tech. Contrairement à ce que l'on croit, le sommeil est une période d'activité cérébrale très intense. On n'apprend pas à faire du vélo uniquement sur un vélo, mais aussi en dormant ! Surprenant, non ?

Il enfonça ses mains dans ses poches, fier de ses explications.

— Donc… Après son réveil, Manon saura enfin ce qui lui est arrivé hier ?

— N'allez pas trop vite. Tout sera très flou, et assez désorganisé. Il lui faut un peu plus de temps, de répétitions, de sommeil. Et elle n'aura en tête que les points essentiels.

— Mais c'est tout de même un bon pas en avant… Dites, doc… euh, Charles, j'aimerais savoir si, malgré son amnésie, Manon pourrait se souvenir un jour du sens des scarifications sur son ventre. Pensez-vous qu'il soit possible d'obtenir quelque chose… je ne sais pas… avec l'hypnose par exemple ?

Vandenbusche esquissa un léger sourire avant d'expliquer :

— L'hypnose a pour but de faire resurgir tout ce que le cerveau enregistre, même de manière inconsciente. Manon, elle, n'enregistre plus sans un effort soutenu, et les deux petites taches blanches révélées par IRM au niveau de ses hippocampes sont là pour nous rappeler qu'elle n'a ni passé post-traumatique, ni aucun élément lui permettant d'appréhender le futur. Les données ne sont pas en elle, tout simplement. Il est donc strictement impossible de les faire resurgir !

Ils s'engagèrent dans un couloir. Au sol, une moquette verte imprimée de grosses flèches grises indiquait la direction de la salle de travail. Le docteur poursuivit :

— Manon n'est pas la première de mes patientes à se scarifier, c'est même malheureusement assez fréquent. Pour ces personnes, la chair devient souvent l'unique moyen d'exprimer leur détresse intérieure, c'est un appel au secours. Ce qui est plus rare, c'est qu'elles se fassent aider dans leur geste, comme Manon avec son frère… Il s'agit d'un acte hautement personnel.

— Savez-vous pourquoi il l'a mutilée ?

— Pas plus qu'hier. Frédéric ne m'a rien avoué, je l'ai découvert moi-même parce que la cicatrice a été faite par un gaucher, et que Frédéric est gaucher. Sinon, je crois qu'il ne m'aurait rien dit. Il paraissait assez… secret et embarrassé à ce sujet, d'ailleurs.

Lucie songea aux chiffres et à l'énigme peinte sur le sol, dans la maison hantée de Hem. Tracés par un gaucher.

— Pour en revenir à notre sujet, continua Vandenbusche, ces mutilations ont dû être extrêmement douloureuses pour Manon. Et si son esprit ne se souvient pas de ces scarifications, son corps, lui, s'en souvient nécessairement.

— Je ne saisis pas bien.

— On n'a pas de réelle explication scientifique, mais le *soma* possède aussi une mémoire, mademoiselle Henebelle. Songez au membre fantôme par exemple, cette jambe amputée qui provoque encore des lancinements alors qu'elle n'existe plus. Et cela va encore plus loin. Que dire des réflexes néonatals ? Il ne s'agit de rien d'autre que de la mémoire des gènes. Savoir téter, respirer ou même crier.

Lucie eut un léger mouvement de recul. La mémoire du corps… Sa cicatrice derrière le crâne… Tellement présente…

— Mais si vous êtes sceptique, vous allez vite comprendre après cette expérience, ajouta le spécialiste en constatant le trouble de son interlocutrice.

Il s'arrêta devant une chambre fermée à clé. Numéro 209.

— Michaël Derveau est arrivé voilà une semaine. Il souffre du syndrome de Korsakoff, une pathologie engendrée par l'accoutumance à l'alcool, provoquant des lésions au niveau des corps mamillaires, des hippocampes et du thalamus.

— Jamais entendu parler.

— Et pourtant… L'une des principales causes d'amnésie antérograde. Michaël est incapable de se souvenir de quoi que ce soit après trente secondes et il ignore même qu'il est amnésique. Pour lui, tout est normal, il est complètement inconscient de sa maladie. Conséquence directe, il est aussi atteint de confabulation, c'est-à-dire que de faux souvenirs meublent le grand vide du temps qui s'écoule. J'aimerais que vous entriez, que vous vous présentiez en tant que médecin, que vous lui serriez la main avec… cette épingle, en le piquant assez fort.

— Que je le pique ?

— Oui, pas trop fort tout de même… Ensuite, ressortez.

Lucie s'empara de l'épingle et vint se placer devant la porte, d'un pas hésitant.

— Vous ne risquez rien ! la rassura le neurologue. Nous n'avons pas affaire à un fou dangereux ! Et puis je reste là, derrière vous, vous n'avez qu'à laisser la porte ouverte.

Intriguée, Lucie tourna la clé dans la serrure et pénétra dans la pièce, la gorge serrée. Michaël lorgnait par la fenêtre, les mains dans le dos. C'était un jeune homme « normal », comme on en croise chaque jour dans la rue, ni tremblant, ni shooté, pas même de cernes sous les yeux, plutôt bien habillé.

Il se retourna.

— Ah ! Docteur…

Il plissa les yeux en direction du porte-nom.

— … Henebelle ! Pour les chemises que je vous ai demandées tout à l'heure…

Lucie lui tendit la main et l'interrompit :

— Euh… je ne les ai pas encore. Je revenais vous demander quelle couleur vous préfériez.

Il serra la main tendue et retira la sienne aussitôt.

— Aïe ! Bon sang de bonsoir ! Qu'est-ce que vous foutez ?

Lucie partit à reculons.

— Je vous rapporte vos chemises…

— Quelles chemises ? Eh ! Mais répondez !

Et elle claqua la porte.

— Parfait, fit Vandenbusche. Vous vous débrouillez très bien. Patientons quelques secondes…

Lucie faisait plus que se prêter au jeu, elle vivait l'expérience avec une passion malsaine. Comprendre les dysfonctionnements de cette chose bizarre, sous le crâne… Quelle fraction du cerveau générait les schizophrènes, les fous, les pervers, les Dubreuil ? Comment les neurones, des messages chimiques, des connexions purement électriques, créaient-ils la conscience, la mémoire, la ronde humanisante des sentiments ? Combien de millimètres défectueux, dans ces centaines de kilomètres de plis et de replis, engendraient les monstres ? Et elle, que lui était-il arrivé pour que…

Le spécialiste l'arracha à ses pensées.

— Allez-y…

Elle s'exécuta, pleine de curiosité. Cette fois, Michaël fouillait dans la poubelle. Il observa Lucie lors de son entrée. La jeune femme resta quelques secondes complètement déconcertée. Il ne la reconnaissait absolument pas, alors qu'elle venait de sortir ! Un Manon puissance dix.

— Vous ne savez pas ce que j'ai pu faire de mes clés de voiture ? l'interrogea-t-il en remuant à présent les draps de son lit. Ça fait des plombes que je les cherche ! Elles ont disparu, et tout le reste aussi !

— Vous… ignorez qui je suis ?

— Qui vous êtes ? Mais j'en sais rien, moi ! Un docteur, une infirmière, je m'en tape ! Je n'arrête pas d'appeler, mais pas un crétin ne vient m'aider ! Je veux juste récupérer mes clés ! Putain, c'est si compliqué ?

Lucie s'approcha de lui et lui tendit de nouveau la main.

Il s'avança vers elle et fit exactement le même geste que la première fois, mais comme par réflexe il s'interrompit avant que leurs paumes n'entrent en contact. Puis il enfonça sa main dans sa poche, troublé.

— Pourquoi vous ne me saluez pas ? s'étonna Lucie.

— Je… J'en sais rien. Je… On se connaît ?

Lorsque Lucie rejoignit Vandenbusche, celui-ci expliqua :

— La mémoire du corps… Celle associée avec notre mémoire implicite… Celle qui provoque les suées, qui accroît les pulsations cardiaques face à une situation déjà vécue mais dont on n'a pas forcément le souvenir. Son corps se rappelle que vous l'avez agressé, mais pas sa mémoire.

— C'est… stupéfiant.

— Même les patients les plus gravement atteints conservent cette mémoire, et nous pouvons ainsi les conditionner à exécuter certaines actions, comme apprendre à utiliser des organiseurs électroniques ou des ordinateurs. Le seul problème est que cette mémoire est inconsciente, et qu'on ne peut pas l'appeler quand on veut.

Il claqua des doigts.

— Je suis persuadé que Manon « sait » ce que ces cicatrices signifient, même s'il lui est impossible de faire revenir leur sens au-devant de sa conscience. Seul un événement déclencheur, ce que l'on nomme une « amorce » ou un rappel indicé, permettrait de tout faire resurgir. Il peut s'agir d'un geste, d'un mot, d'une situation qu'elle aurait à revivre. Songez à la madeleine de Proust, évoquant chez l'auteur son enfance et un tas de détails très précis, qu'il n'aurait pas pu se remémorer autrement qu'au travers de cette madeleine. Grâce à cette amorce, tout remonterait à la surface, Manon pourrait peut-être se souvenir pourquoi elle s'est sentie obligée de se mutiler ainsi. Tout le problème est d'être capable de retrouver ce déclencheur, et de l'invoquer. Et cela…

Ils avancèrent de nouveau dans le couloir. Lucie restait pensive, la détresse de Michaël l'avait profondément émue.

— Que va devenir Michaël, votre patient ?

Vandenbusche eut un haussement d'épaules désabusé.

— Hormis notre hôpital, il n'existe quasiment aucune structure en France pour accueillir les Korsakoff. Si vous ne souffrez pas d'Alzheimer ou d'une maladie « à la mode », vous n'êtes plus rien pour l'État ni pour la sécurité sociale. Avec un peu de chance, il restera avec nous pour un long séjour, et participera à MemoryNode. Mais je suis plutôt pessimiste. Il y a par exemple vingt-trois étapes à suivre pour savoir prendre et honorer un rendez-vous à l'aide du N-Tech. Vingt-trois, c'est beaucoup trop pour Michaël… Si rien n'évolue, alors… il partira pour l'hôpital psychiatrique. Ou des centres spécialisés, en Belgique par exemple.

— C'est choquant.

— Comme vous dites. Nous sommes les sous-sols de la société, cher lieutenant, les zones de stockage des laissés-pour-compte. Et la psychiatrie est malheureusement encore trop souvent le moyen de s'en débarrasser en toute discrétion. Une mise à mort de l'âme, tout simplement, à coups de camisole chimique.

Lucie tendit l'oreille. Au-dessus d'elle, des enceintes.

— Des chants de canaris, expliqua Vandenbusche en notant l'intérêt grandissant de la jeune femme pour ses anecdotes. Ils ont un effet apaisant. J'ai insisté personnellement pour qu'on les diffuse. Savez-vous que les canaris en changent à chaque printemps, et ce jusqu'à la fin de leur vie ?

— Je l'ignorais.

— Ce simple constat est d'ailleurs à la base d'un nouveau courant de réflexion, inimaginable il y a à peine dix ans. Il porte à penser que le cerveau adulte continue à produire des neurones, alors qu'on croyait que ce stock était maximal à la naissance et diminuait après un certain nombre d'années. Vous savez, l'histoire des vingt ans, où tout commence à se détruire dans l'organisme… Ce sont des pistes nouvelles et encourageantes pour les recherches sur Alzheimer, et la mémoire en général.

Ils croisèrent un patient, qui tout en marchant remplissait à une vitesse folle une grille de Sudoku.

— Docteur Vandenbusche, fit-il, c'est exactement la soixante-septième fois que je vous croise dans ce couloir ce mois-ci, et la vingtième sur cette dalle, la numéro douze en partant de l'entrée. Ça se fête, non ?

— Champagne, alors, plaisanta Vandenbusche en prenant élégamment Lucie par le bras pour le laisser passer.

Après qu'il se fut éloigné, Lucie demanda :

— Encore une bizarrerie de l'hôpital ?

— Damien est hypermnésique, tout l'inverse de Michaël. Sa mémoire n'a pas de limites, il retient tout. Il est capable de restituer des listes de mots, même dénués de sens, des mois, des années plus tard. Il vous a à peine regardée, mais si je lui demande dans trois semaines quelle tenue vous portiez le mercredi 25 avril 2007, il saura me répondre.

Il jeta un œil derrière lui avant d'ajouter :

— Je l'ai vu au bout du couloir, attendre puis se précipiter vers nous, afin de nous croiser à cet endroit précis… Pour que la somme des quantités qu'il nous a énoncées soit égale à quatre-vingt-dix-neuf… Damien est obsédé par ce nombre, et nul ne sait pourquoi. Même pas lui.

— Impressionnant. C'est un peu comme ce qu'on raconte de Mozart, qui avait une mémoire démente ?

— Ah Mozart… Malheureusement pour Damien, ce n'est pas exactement la même chose. Mais vous avez entièrement raison, Mozart était doué d'une mémoire prodigieuse. Ce qui lui a d'ailleurs permis de pirater de la musique avant tout le monde. Connaissez-vous cette anecdote ? Le 11 avril 1770, il a quatorze ans et écoute, à la chapelle Sixtine, l'œuvre musicale la plus secrète du Vatican, le *Miserere* d'Allegri. Un morceau joué deux fois par an, dont la partition est mieux gardée qu'un trésor. Quelques heures plus tard, tranquillement installé à sa table de travail, Mozart en retranscrit l'intégralité, sans aucune fausse note. Il ne l'a écouté qu'une seule fois.

— Non, je ne connaissais pas… Excusez-moi, Charles, mais je ne comprends pas bien ce que Damien fait ici. *A priori* il n'a pas vraiment de problème de mémoire, c'est plutôt l'inverse !

— Le problème, c'est que tous ces détails inutiles qu'il stocke monopolisent cent pour cent de son attention. Il n'arrive donc plus à saisir le sens général des dialogues ou de ce qu'il se passe autour de lui. N'avez-vous pas, vous-même, le cerveau encombré de vieux codes de carte bleue, ou de broutilles sans importance ?

— Pour ça, vous avez raison ! Quand j'étais gamine, mes parents avaient un chien, Opale. Un petit bâtard, avec un tatouage qui avait coûté plus cher que le chien lui-même. J'avais appris par cœur ce numéro de tatouage, RFT745. Eh bien, je m'en souviens encore, alors que je n'arrive pas à retenir le nouveau numéro de téléphone de la brigade.

— Voilà un exemple concret de mauvais filtrage, de dysfonctionnement… Nous n'avons pas encore compris comment le cerveau sélectionnait ce qu'il fallait retenir seulement quelques heures, quelques jours, ou toute une vie… Toujours est-il que Damien, lui, se perd dans tous ces souvenirs inutiles… Le cortex cérébral est fait pour apprendre, mais surtout pour oublier ! Cela fait partie de l'équilibre. Or, Damien n'oublie jamais.

Ils se remirent à suivre les grosses flèches grises.

— Notre cerveau est une machinerie prodigieuse inimitable. Les gens s'extasient, par exemple, devant les joueurs d'échecs, leur capacité à retenir des centaines d'ouvertures Mais savez-vous que les mécanismes mis en œuvre pour voir ou se déplacer sont encore beaucoup plus impressionnants ? La preuve, les robots ne savent pas le faire, ou très mal, alors qu'ils excellent aux échecs !

— C'est peut-être parce qu'on est tous capables de se déplacer, alors personne ne s'en rend compte. C'est presque… inné…

— Ce n'est pas inné, croyez-moi ! Il suffit qu'une infime quantité de matière grise ne fonctionne plus normalement, et on tombe immédiatement dans des cas extrêmes. Je traite par exemple un autre patient qui ne « voit » pas la parie gauche de son corps. Défaut de prioperception, ce que l'on appelle plus communément le sixième sens.

— Je pensais qu'on attribuait le sixième sens uniquement à la gent féminine… fit Lucie en souriant.

— Non, non. Le sixième sens, c'est fermer les yeux, et pouvoir, d'un geste, placer son index au bout de son nez sans taper à côté. C'est avoir la conscience de son corps. Essayez, vous verrez.

Lucie ferma les yeux. Le doigt pile sur le bout du nez. Ça marchait. Excellent sixième sens.

— Eh bien, pour en revenir à mon patient, les conséquences de ce défaut sont pour lui dramatiques. Son propre bras gauche l'effraie, il le considère comme étranger, et il se frappe sans cesse la jambe gauche en hurlant : « Va-t'en ! Va-t'en ! » Quand il mange, il ne mange que la moitié droite de son assiette… *Idem* lorsqu'il se coiffe, le côté droit, uniquement… Il faut vraiment le voir pour le croire, pourtant l'héminégligence existe… Puis il y a Carole, aussi, dont le corps calleux, cette substance blanche connectant les deux hémisphères cérébraux, est endommagé. Si le cerveau lui donne l'ordre de visser un boulon, la main gauche vissera correctement, mais la droite, elle, dévissera, persuadée qu'elle visse. Et Georges ! Oui, Georges ! Il…

Et, tandis que Vandenbusche continuait de parler – maladie de Whipple, virus de l'herpès, aires de Broca et Wernicke –, Lucie se mit à repenser à son séjour à l'hôpital, en pleine adolescence. Tous ces médecins, autour d'elle, penchés sur son cerveau… L'opération, à l'origine d'une longue cicatrice à l'arrière de son crâne, qui avait tout changé. Soudain, du bout des lèvres, elle murmura :

— La Chimère…

Il s'interrompit :

— Pardon ?

— La… La Chimère, ça… vous dit quelque chose ?

— Hormis le monstre mythologique ?

— Hormis le monstre mythologique…

Il répondit par la négative, continuant à avancer. Au moment où elle allait enfin oser lui faire part de ses découvertes, qui lui avaient causé tant de soucis, avaient généré tant d'incompréhension autour d'elle, Vandenbusche s'exclama :

— Manon !… Réveillée, et déjà installée ! Quelle ponctualité !

Il s'arrêta et se retourna vers Lucie.

— Cette Chimère. De quoi s'agit-il ?

— Rien d'important…

— Bon…

Il leva l'index.

— Ah ! Une dernière chose. Répondez rapidement s'il vous plaît. Quelles étaient les couleurs du hall d'entrée ?

Lucie fut surprise par la question.

— Bleu, jaune, rouge, vachement *fashion*. Pourquoi ?

— Remarquable mémoire visuelle. Je pense que cela doit vous servir dans votre métier, sur les scènes de crime notamment. Bref, passons… Si dans un an, je vous demande ce que vous faisiez le 25 avril 2007, vous ne vous souviendrez probablement plus. Mais si je vous donne l'amorce, l'épingle au creux de la main, par exemple… Michaël Derveau, MemoryNode, Manon, cet hôpital, le chant des canaris… vous vous souviendrez même de moi ! Mémoire autobiographique. Toujours dans un an, et même dans dix, vous saurez revenir ici sans aucun problème, vous saurez qu'il faut suivre cette moquette verte avec ses flèches grises pour atteindre la salle de MemoryNode. Mémoire procédurale. Vous saurez aussi ce qu'est un hippocampe. Mémoire sémantique. Enfin, pouvez-vous me citer les trois nombres qu'a énoncés Damien ?

— Euh… Il a parlé du nombre de fois qu'il vous avait rencontré… Et la somme faisait quatre-vingt-dix-neuf…

— Soixante-septième rencontre dans le couloir, vingtième sur la dalle, numéro douze en partant de l'entrée. Ces détails ne revêtaient aucune importance pour vous, ils ont disparu de votre mémoire de travail… Le filtre naturel de l'oubli, qui maintient l'équilibre… Voilà… J'espère que vous avez compris le rôle de chacune de nos mémoires.

Lucie acquiesça avant de lancer un regard en direction de la salle de réunion. Rien d'extraordinaire. Des chaises, une table, un tableau blanc, et les organiseurs N-Tech. Guère plus. Elle qui s'attendait à une débauche de technologie, à de l'imagerie, de gros scanners…

— Je sais, cette simplicité surprend, murmura Vandenbusche. Mais rappelez-vous qu'il n'y a, aujourd'hui, pas mieux qu'une feuille et un crayon pour faire progresser la mémoire. Mes plus anciens patients sont incapables d'allumer un ordinateur. Ils ne savent même pas que ces machines existent.

Manon était assise avec d'autres personnes dans la salle où Lucie et le spécialiste venaient d'entrer. Le lieutenant de police considéra attentivement la quinzaine de visages qui convergeaient vers elle. Hommes, femmes, de tous âges. Certains regards étaient absents, d'autres intrigués. Vandenbusche fit signe à Manon qui s'approcha, l'œil rivé sur les porte-noms. Vandenbusche… Sa physionomie ne lui disait évidemment rien, mais elle avait appris, elle le « savait » responsable de MemoryNode. Quant à cette Lucie Henebelle… Une sonorité, des syllabes familières.

— On s'est déjà rencontrées, n'est-ce pas ? lui demanda-t-elle avec un scintillement dans les yeux.

Lucie posa instinctivement la main sur son arcade sourcilière suturée.

— En effet, nous avons passé un peu de temps ensemble. Je suis…

— Lieutenant de police… anticipa Manon. Oui ! Oui ! Attendez ! J'ai quelque chose pour vous ! Je… Je ne vous ai pas encore appelée au téléphone ? Dites-moi ?

Lucie sortit son portable. Un message.

— Si ! Je n'ai pas dû entendre en conduisant.

Manon fouilla dans son N-Tech et entraîna Lucie loin du groupe, vers le fond de la salle. La flic retrouva immédiatement cette complicité, cette chaleur même, qui les avait liées dans l'enfer de l'orage. Proches et lointaines à la fois.

— Avec toutes mes notes, mes enregistrements et ce que j'ai entendu aux infos, j'ai essayé de reconstituer le chemin du Professeur. J'en ai déduit qu'il était au courant avant même de m'enlever, pour notre expression, quand nous étions jeunes et que nous nous rendions dans la maison hantée de Hem ! Pour « fâcher les Autres » !

Apparemment, les multiples répétitions et la sieste n'avaient pas été vaines.

— Je sais, répliqua Lucie, admirative. J'ai songé à la même chose, au cours d'unc réunion de travail que nous venons d'avoir. Si le Professeur a obtenu cette information, c'est qu'il vous connaît, d'une manière ou d'une autre.

— Cela semble logique, mais j'ai réfléchi, et je ne vois pas comment c'est possible. Non, vraiment pas.

— Vous habitez une impasse du Vieux-Lille, très peu fréquentée. Nous n'avons pas de témoins, il nous est difficile de savoir ce qui est arrivé. Mes collègues ont réalisé une enquête de voisinage ce matin, à l'heure où vous partez normalement pour votre footing. Personne n'a rien remarqué. Et d'après votre frère, rien n'a été renversé ni volé dans votre appartement. Peut-être… avez-vous volontairement suivi ce ravisseur, parce que vous le connaissez… Parce que sa photo se trouve à l'intérieur de votre N-Tech.

Manon désapprouva de la tête et se palpa discrètement le flanc : gauche. Elle devina un bloc métallique, froid, qui ressemblait à… une arme ?

— Quelque chose ne va pas ? s'inquiéta Lucie.

Manon croisa les bras, dissimulant maladroitement son trouble.

— Non, non, rien… C'est juste… Avec tout ce qu'il se passe. Mon… Mon enlèvement…

Elle se frotta légèrement le poignet droit.

— De quoi discutions-nous ?

— Du fait que votre ravisseur évoluait sans doute dans votre environnement. Pendant ces quatre années, il s'est peut-être servi de votre amnésie pour s'approcher de vous. Il a très bien pu attendre que vous fabriquiez des souvenirs de lui comme étant une personne de confiance pour ensuite vous tromper. Il est peut-être là, tout proche. Manon, il me faudrait votre N-Tech.

La jeune femme crispa ses doigts sur l'engin et se retourna vers le reste du groupe, inquiète.

— Non, non. Je ne peux pas vous le laisser. Il s'agit de mon intimité.

Lucie remarqua un homme avec une fine barbe qui les fixait avec insistance. Elle se mit à chuchoter :

— Je ne vous demande pas de tout me livrer, juste ce qui m'intéresse. Vous devez absolument me donner l'identité de toutes les personnes que vous connaissez. Vous les photographiez toujours, n'est-ce pas ?

La mathématicienne hocha la tête.

— Et vous pouvez me les montrer ?

— Si vous voulez. Mais… attendez…

Manon déclencha l'enregistreur, ferma les yeux et résuma ce que les deux femmes venaient d'échanger. L'absence de témoins, la probabilité d'avoir déjà croisé le Professeur. Elle observa les participants dans la salle, coupa le micro et demanda, après un nouveau coup d'œil sur le porte-nom :

— Qu'est-ce que vous vouliez, déjà ?

— Les photos de vos connaissances, dans votre N-Tech.

— Pour quoi faire ?

— Manon… Je viens de vous l'expliquer !

La jeune amnésique hésita, avant de dire :

— Il y en a énormément, vous savez ? Dès qu'une personne entre en contact avec moi, je la photographie.

Puis elle ouvrit le dossier « Photo » et fit défiler les portraits, accompagnés d'un maigre descriptif. Médecins, amis, famille, livreur de pizza, facteur, plombier, patients de MemoryNode. L'homme à la fine barbe, Alain Schryve, y figurait. Des dizaines et des dizaines de visages.

— Minute ! Revenez en arrière ! s'exclama Lucie.

Manon obtempéra.

— Hervé Turin ?… « Ne plus jamais travailler avec ce pervers. » Mais pourquoi ?

Manon haussa les épaules et plaqua son N-Tech contre sa poitrine, la bouche serrée.

— Vie privée, cela ne vous concerne pas… Je… Je ne montre ces photos à personne. Vous le connaissez ?

Lucie prit un ton apaisant.

— Il est revenu aujourd'hui sur l'affaire, ici, à Lille.

— Revenu ? À Lille ? Pourquoi ?

— C'est lui qui a la plus grande connaissance du dossier Professeur, et il a l'air très compétent. Je me trompe ?

Manon baissa le menton. Après un temps de réflexion, elle répondit :

— Non, non… Il est brillant… Et acharné…

— Vous vous connaissez bien ?

Manon soupira.

— Avant le… cambriolage, nous avons… collaboré… Je lui faisais part de mes idées, de mes déductions concernant les problèmes mathématiques et, en retour, il me communiquait les éléments sensibles du dossier. Nous avons… beaucoup voyagé ensemble, dans les villes où ont eu lieu les meurtres…

Sa voix était empreinte de rancœur. Que signifiait : « Nous avons beaucoup voyagé ensemble » ? Lucie insista :

— Dans votre N-Tech, vous avez noté : « pervers ». Pourquoi ?

Manon referma le dossier « Photo » et revint au menu principal.

— La séance va commencer, madame… fit-elle en relevant la tête. Je vais devoir y retourner.

Lucie lui caressa doucement le dessus de la main pour attirer son attention.

— J'ai vu comment Turin regardait les femmes. Il a été incorrect avec vous ?

Manon voulut se diriger vers son groupe mais Lucie, cette fois, y alla plus fermement en lui agrippant le bras.

— Répondez Manon ! Il vous a harcelée ?

Manon éleva la voix.

— En quoi cela vous regarde-t-il ? Est-ce parce que je n'ai plus de mémoire que je ne peux plus avoir de vie privée ? Mon passé est intact ! Vous pouvez admettre cela ? Dites-moi !

Lucie relâcha son étreinte. Toutes les têtes étaient tournées vers elles.

— Vous avez raison, excusez-moi… Mais… il me faut cette liste de contacts… Vous avez ma carte avec mon email…

— Je vous l'enverrai tout de suite après la séance ! Vous voyez, je le note ! Et maintenant, laissez-moi tranquille !

En validant sa tâche, Manon constata qu'il en existait une autre qu'elle n'avait pas cochée. Elle consulta la page concernée et dit, se rapprochant de Lucie :

— Ah ! Je devais vous appeler au téléphone…

Son ton était complètement différent, bien plus doux. On aurait dit qu'elle avait déjà oublié son coup de colère.

— Vous l'avez fait. Vous avez laissé un message que je n'ai pas encore écouté.

— Quand je vous…

L'air incrédule, elle considéra l'arcade sourcilière de Lucie, les sutures.

— … ai frappée, cette nuit, il était à peu près 5 h 30 d'après ce qu'on m'a dit et que j'ai enregistré, n'est-ce pas ?

— Ça, je m'en souviens parfaitement, oui ! Vous m'avez prise pour je ne sais quoi, et vous avez cogné ! Vous n'y êtes pas allée de main morte !

Manon entraîna Lucie plus à l'écart. Elle chuchotait presque, à présent.

— Désolée pour cela, je…

— Laissez tomber. Ce n'était pas votre faute. Enfin… pas vraiment.

— Dites-moi, à ce moment-là, Dubreuil était décédée depuis combien de temps ?

— Plus d'une bonne quinzaine d'heures. D'après le légiste, elle a été tuée aux alentours de midi, hier.

Manon ne put réprimer un mouvement de surprise. Elle nota scrupuleusement l'information dans son N-Tech puis se remit à parcourir les pages électroniques.

— Ces endroits qui concernent notre affaire… Raismes, Hem, Roeux, eh bien, ils forment un triangle équilatéral, les trois côtés sont strictement égaux. Prenez une carte routière, et vérifiez ! Vérifiez ! Exactement cinquante kilomètres entre l'abri dans la forêt, proche de Raismes, et Hem, entre Hem et Roeux, et entre Roeux et la forêt !

— Oui, et alors ?

— Et alors, il s'agit d'une figure mathématique fondamentale ! Trois lieux qui, *a priori*, n'ont rien à voir, mais liés par la rigueur scientifique !

Elle déplaça son stylet sur l'écran tactile et afficha d'autres informations.

— Puis il y a ces décimales de π, dont je voulais vérifier l'exactitude. J'ai dégoté un logiciel sur Internet capable de trouver n'importe quelle séquence dans le premier milliard de décimales. J'ai bien retrouvé le numéro de sécurité sociale de Dubreuil, le Professeur ne nous a pas trompées. Position 112 042 004 dans π. Vous pourrez, là aussi, vérifier. Tout est exact, croyez-moi !

Lucie était impressionnée par la persévérance de Manon.

— Évidemment, je vous crois.

La jeune amnésique parut soudain absente, comme repartie dans ses pensées.

— Manon ? fit Lucie en agitant la main dans son champ de vision.

— Oui, oui… C'est juste cette énigme. « Si tu aimes l'air, tu redouteras ma rage ». Je ne comprends pas…

— Certes. Mais je ne vois toujours pas où vous voulez en venir avec ces histoires de triangle et de π.

Manon jeta un rapide coup d'œil sur son N-Tech avant de reprendre :

— C'est pourtant simple ! Il ne nous bluffe pas sur π. Cerise sur le gâteau, il pousse le vice jusqu'à bâtir un triangle équilatéral. Et, d'un autre côté, pour la première fois de sa « carrière », il ne respecte pas son ultimatum ? Il annonce qu'il agira à 4 heures du matin, alors qu'il tue la veille vers midi ?

— Continuez, vous m'intéressez.

Manon était excitée, elle se sentait utile à l'enquête. Elle considéra Lucie d'un air complice.

— J'ai tout écrit là-dedans. Regardez. Hier, je devais courir de 9 h 30 à 10 h 15, je ne l'ai pas fait. J'avais rendez-vous à la banque à 11 heures, je n'y suis pas allée. Ni aux autres rendez-vous de la journée. Donc, il me retenait déjà.

— Votre frère vous a vue vous préparer pour aller courir, m'a-t-il dit. Il était 9 h 10, heure à laquelle il partait travailler. Vous avez donc vraisemblablement été enlevée entre 9 h 10 et 9 h 30, chez vous puisque vous n'aviez pas embarqué votre N-Tech alors que vous le prenez même pour votre footing. Vous étiez déjà en survêtement, tenue dans laquelle nous vous avons retrouvée. Tout se tient.

— Qu'a-t-il pu se passer durant toute la journée d'hier ? Je l'ignore. Toujours est-il que chronologiquement, il m'enferme dans la cabane, part tuer Dubreuil, revient à la cabane, et me libère. Et je ne comprends pas pourquoi il a agi ainsi, pourquoi, tant d'années plus tard, pour la première fois, il n'a pas honoré son « contrat »… Il pouvait très bien tuer Dubreuil à 4 heures, conformément à ce qu'il avait annoncé. En me libérant le soir, comme il l'a fait, il savait parfaitement que nous n'arriverions pas à temps à Roeux. J'avoue que cela… me tracasse, à chaque fois que je relis ces notes…

Manon carburait aussi vite qu'un ordinateur. Mais il lui manquait le flair du flic, la connaissance du criminel. Lucie sentit la tension monter en elle. Tout compte fait, elles formaient une équipe de choc.

— Vous savez quoi Manon ? Je pense qu'il a posé cet ultimatum pour monopoliser notre attention, mais qu'en réalité, il avait besoin de se montrer quelque part hier soir après vous avoir libérée.

— Pour se constituer un alibi ?

— Pas exactement… Son profil prouve qu'il connaît nos techniques, il devait se douter que nous daterions assez précisément l'heure du décès. Mais il voulait quand même que son absence, cette nuit-là, ne se remarque pas. Et tout particulièrement entre 21 heures et 4 heures. Famille, amis, collègues de travail… Cette nuit, le Professeur devait se montrer ailleurs. Dans un endroit où il aurait paru suspect qu'il ne soit pas.

Manon secoua la tête, intriguée. Comment cette conversation avait-elle commencé ? Abandonnant Lucie à ses réflexions, elle dit, avant de s'éloigner :

— En tout cas, malgré l'horreur du crime, cette Renée Dubreuil… Je suis bien contente qu'elle soit morte… Elle ne méritait pas de vivre… Pas après ce qu'elle avait fait à ses propres enfants…

Du fin fond de son âme de flic, Lucie dut admettre qu'elle était du même avis.

Si elle avait dû tuer Dubreuil de ses propres mains au cours d'une opération, alors assurément, elle l'aurait fait.

Pas elle mais plutôt… la Chimère l'aurait fait. Sans aucune pitié…

22.

L'homme pénétra sans difficulté dans le couloir de cette maison divisée en quatre appartements, au fond d'une étroite impasse d'où l'on ne distinguait même pas la couleur du ciel. Après vérification de son identité, les deux flics dans leur véhicule, le long de la rue Léonard Danel, l'avaient tout naturellement laissé passer. Son nom figurerait sur leur registre, mais ce n'était pas bien grave.

Myrthe aboya paresseusement au pied de la porte, mais sa maîtresse ne l'entendit pas. Après les divers rendez-vous de la journée, Manon s'était glissée sous la douche, pour se redonner un coup de fouet avant de se mettre au travail, devant l'ordinateur. Assimiler, noter, classer les informations.

Les doigts repliés sur des accoudoirs chromés, la tête rentrée dans les épaules, elle baissa les paupières et se laissa submerger par une vague de bien-être, sans chercher à fouiller une énième fois dans son esprit fragmenté. Il fallait parfois s'évader, oublier l'amnésie. Certainement ce qu'il y avait de plus dur à oublier, d'ailleurs.

En collant son oreille sur la porte de l'appartement, l'homme perçut le grondement de la douche. Tiens tiens ! Pourquoi ne pas…

Il lui fallut moins de dix secondes pour changer ses plans.

Il y avait quelque chose à essayer. Une expérience très intéressante.

D'un œil expert, il ausculta la serrure. Une serrure à goupilles, *a priori*. Il enfila des gants en latex et sortit son crochet en demi-diamant qu'il introduisit dans le pêne. Réaction au raclage… Trouver à présent le sens de rotation qui provoquerait l'ouverture. Sentir la résistance, au moment où la came du rotor rencontre le ressort du pêne. Et tourner…

Deux minutes plus tard il se trouvait à l'intérieur, dans le hall. Les flics avaient pour ordre de ne pas quitter leur véhicule, ils ne le dérangeraient pas. Quant au frère… Absent pour le moment, tout simplement.

Il rabattit sans bruit la porte derrière lui et ferma le verrou. Son rythme cardiaque s'accéléra. L'excitation, l'embrasement des pulsions…

— Là ! Bon chien, bon chien…

Myrthe explora cette paume étrangère, accepta les caresses sur son poitrail puis retourna dans la cuisine.

L'intrus avança tranquillement. Il jeta un œil en direction de la chambre, sur sa gauche. Un grand poster de Manon habillait le mur du fond. Il s'en approcha et effleura à travers son gant cette opaline si pure. Elle était si belle… si désirable… Ça faisait tellement longtemps…

Les dents serrées, il fit coulisser un tiroir qui émit un bref couinement. Il s'immobilisa, s'assura que le jet hydraulique n'avait pas faibli. Devant lui, des paires de chaussettes, classées par couleur et par saison. Dans une vibration sanguine, il ouvrit le compartiment du dessous et accéda aux petites culottes, elles aussi parfaitement rangées. La main gantée en piocha une bien au fond, noire et en dentelle. La petite salope… Il adorait la dentelle, il en aurait bouffé. Il la renifla longuement avant de la fourrer dans sa poche. Souvenir personnel.

Parmi les papiers, les éphémérides et les Post-it dispersés un peu partout, il découvrit, sur la table de nuit, les bilans des derniers tests de mémoire de Manon. MMS[1], score de l'efficience cognitive, échelle de Mattis… Il les feuilleta. De jolis progrès, grâce à la répétition. Résultats en hausse, impressionnant. Mais Manon était absolument incapable de retenir de l'information immédiate. La moindre distraction, et hop ! Tout s'effaçait. Y compris les visages. Prosopagnosie, du pur bonheur. La faille à exploiter.

Il poursuivit son exploration. Au fond du couloir, une porte de métal avec un digicode attira son attention. Qu'est-ce qu'un machin pareil fichait dans un appartement ? Qu'avait-elle à cacher à l'intérieur ? Il se précipita dans la cuisine, y dégota un paquet de farine et en fit couler une petite quantité dans le creux de sa main, qu'il retourna souffler sur les chiffres du digicode. La substance blanche s'accrocha sur la graisse abandonnée par les empreintes digitales. Quatre chiffres émergèrent. 1, 4, 3, 7. Restait à tester toutes les combinaisons. Une minute plus tard, il se faufilait à l'intérieur du bunker.

Une lumière s'alluma automatiquement. Pas de fenêtres.

Un fouillis démentiel, une caverne de notes étranges, illisibles pour la plupart. Il se figea devant les formules mathématiques, les déductions, les bizarreries en latin avant de se tourner vers les photos. La soif de traque de Manon n'avait pas faibli. Clichés de la sœur, Karine, après son passage entre les mains expertes du Professeur.

1. *Mini Mental Status* (échelle d'appréciation des fonctions cognitives).

Œuvre de chair et de sang. Il connaissait cette image, faite de lèvres écorchées, de globes oculaires révulsés, de doigts crispés autour d'une craie bleue. Lui aussi en conservait quelques exemplaires chez lui, avec celles des cinq autres victimes. Sacré privilège.

Mais là n'était pas le plus intéressant. Il sortit, effaça les traces de farine et se dirigea vers la salle de bains.

Il marcha lentement, silencieusement. Il aurait aimé pouvoir étirer chaque seconde à l'infini. La jouissance de l'attente, avant le passage à l'acte.

Du bout des doigts, il poussa la porte. La vapeur enveloppa son corps déjà embrasé. L'eau frappait bruyamment contre une large vitre. Derrière le Plexiglas, les mouvements ondoyants d'un corps de femme. Il s'approcha, chevaucha un tas de vêtements et colla son front contre la paroi.

Elle lui tournait le dos.

Cette cambrure parfaite. Telle que l'avait façonnée son imagination, pendant ces douloureuses années. La vision obsédante de ses cauchemars.

Manon, Manon, là, juste derrière. Un simple film transparent entre leurs corps. Il la lui fallait, tout de suite. Presser ces seins rebondis, les malaxer, les broyer jusqu'au sang. C'était si simple ! Il ôta son blouson, le laissa tomber sur le sol et enfonça son pistolet dans la poche arrière de son jean. Pas besoin d'arme.

Il chassa brutalement la paroi coulissante, ses doigts agrippèrent à tâtons le robinet et coupèrent l'eau. Manon n'eut pas le temps de lui faire face, une poigne puissante la bâillonna. Elle se retrouva écrasée contre le mur de faïence, privée de ses mouvements par le serpent de chair qui se resserra autour de sa gorge. Impossible de frapper.

— Salut ma puce…

Cette voix… Elle l'aurait reconnue entre mille.

Le front de l'homme perlait, sa chemise était trempée. Chacun de ses muscles résonnait comme une corde de harpe. La vapeur le saisissait. D'un geste déterminé, les mâchoires serrées, il coucha Manon au sol et se frotta contre elle de toutes ses forces. Le bruit des chairs contre l'émail luisant se fit de plus en plus intense.

Il lui suffisait de baisser sa braguette, là, maintenant, pour la posséder… enfin.

Manon continuait à se débattre. Dans un hurlement étouffé, elle parvint à lui mordre la main. L'homme grogna, tandis que sa proie recrachait un morceau de chair rose dans le trou d'évacuation.

Écrasé de douleur, il se releva, déclencha le jet d'eau chaude à pleine puissance et rabattit la paroi coulissante.

— Je reviendrai très bientôt, ma puce, grimaça-t-il en pressant sa paume ensanglantée. Et cette fois, tu passeras à la casserole. Salope.

Manon hurla. Le contact de l'eau brûlante sur sa peau. Ses épaules, ses cuisses en feu. L'impression de milliers de volts, à l'assaut de son organisme. Elle projeta ses deux mains au-dessus de sa tête, sur le robinet, qu'elle tourna à fond vers la droite. L'eau devint glaciale. Nouveau hurlement. Elle parvint enfin à fermer le robinet et resta vingt bonnes secondes, haletante, endolorie, tandis que les derniers écoulements disparaissaient dans un tourbillon et qu'un voile de vapeur encerclait son visage en un masque d'oubli.

Comment avait-elle fait pour se brûler si fort ? Et d'où provenait ce goût de sang dans sa bouche ? Elle se tira les cheveux, à se les arracher, en rage contre ce maudit handicap qui la dévorait.

Et la rendait aussi fragile et vulnérable qu'un verre de cristal dans un étau.

23.

Lucie avait prié Maud, la nourrice, de garder les filles plus tard que prévu. Ces heures supplémentaires pousseraient son compte bancaire dans le rouge, mais tant pis. La paye allait bientôt arriver et, par-dessus tout, la passion du métier était en train de supplanter définitivement l'instinct maternel.

Elle devait absolument rencontrer Pierre Bolowski, le paléontologue, qui voulait lui communiquer des informations au sujet des fragments de fossile retrouvés dans le système digestif de Renée Dubreuil. Et, juste après, rendre une petite visite à Frédéric Moinet. Cette histoire de scarifications sur le ventre de Manon l'intriguait.

Avant son départ pour Villeneuve d'Ascq, elle avait appelé le commandant pour lui demander de récupérer les différentes photos du N-Tech sur son email. Il avait immédiatement placé des effectifs sur le coup. Vérifier les identités, les emplois du temps de plus de cent quarante personnes, de la caissière de supermarché au dentiste. Voilà qui promettait.

Plantée au cœur de Villeneuve d'Ascq, l'université Lille I était une ville dans la ville, encerclée par les grands axes fuyant vers Paris, Gand et Bruxelles. Un ensemble imposant de bâtiments, de résidences et de salles de sport réunissant étudiants, chercheurs et enseignants. On y travaillait tout type de sciences : structures de la matière, génie électrique, chimie, biologie, mécanique, et bien d'autres encore.

Lucie tourna quelque temps avant de trouver enfin le bâtiment au nom barbare de SN5 59855. Le laboratoire de paléontologie et stratigraphie.

Pierre Bolowski, un homme de petite taille au dos voûté, l'accueillit dans un univers de roches, de microscopes, de grandes cartes plastifiées représentant des plis, des courbes de niveaux, des cassures géologiques. Après de rapides présentations, le chercheur posa sur un présentoir en verre un fossile orangé, verni, de la taille d'un abricot, à la spirale parfaite.

— Voilà la copie exacte de ce que votre victime a été forcée d'ingérer, expliqua-t-il en s'installant derrière son bureau. *Hysteroceras orbigny*, une ammonite pyriteuse. Trois cents grammes de sulfate de fer, que l'on appelle aussi pyrite. Vous verrez la composition chimique détaillée dans le rapport que ma secrétaire va faxer à votre commandant.

L'ammonite exposée était tranchée en deux. On y découvrait les cloisonnements internes dans lesquels le mollusque céphalopode avait vécu et s'était déplacé au fil des ans, jusqu'à constitution de la formidable spirale logarithmique. Lucie resta pensive. Comment une stupide bestiole avait-elle pu construire un tel édifice, au sein duquel se nichait le nombre d'or ?

Pas de hasard, *dixit* Turin. Mais alors, quoi ? Cette fameuse fonction mathématique complexe, qui contrôlait tout l'univers ? Complètement absurde.

— Existe-t-il un lien entre l'ammonite et le nautile ? se hasarda-t-elle en sortant son inusable carnet.

Pierre Bolowski récupéra son fossile et l'observa sous tous les angles. Son diamant à lui.

— Plutôt, oui. Les ammonites se sont éteintes en même temps que les dinosaures, lors de la crise du crétacé-tertiaire, il y a soixante-cinq millions d'années. Le nautile est leur plus proche cousin. Pour preuve, on l'appelle « le fossile vivant ».

— Je peux ?

— Évidemment. Mais attention à ne pas vous blesser, c'est très tranchant au niveau de la coupe longitudinale.

Lucie s'empara de l'ammonite, séduite par l'incroyable beauté des compartiments, l'harmonie de l'enroulement. Elle tenait entre les mains un objet mathématique parfait, qui existait bien avant la création des mathématiques elles-mêmes, qui avait traversé les millénaires emprisonné dans la pierre pour enfin être exposé aux yeux du monde. Mais c'était aussi l'arme redoutable d'un crime, des dizaines de lames qui avaient déchiré les tissus internes d'une septuagénaire. Cela défiait toute logique…

— Et… vous avez une idée de l'endroit où il a pu se la procurer ?

— Si j'ai une idée ? Bien évidemment ! Je pourrais vous localiser le lieu de son prélèvement à une dizaine de mètres près !

— Non, vous plaisantez ?

Le paléontologue montra derrière lui la photo d'une falaise à la blancheur éclatante, où des hommes armés de piolets et chaussés de bottes en caoutchouc posaient fièrement. Lui se tenait au centre.

— Votre ammonite appartient à l'étage que l'on appelle l'Albien inférieur, apparu au crétacé. Ces étages représentent, en quelque sorte, une coupe de notre planète dans le temps, un peu comme les cernes d'un arbre tronçonné. Chaque étage possède ses propres ammonites, qui lui sont spécifiques. Pyriteuses, phosphatées, crayeuses… Les seuls endroits où l'on puisse voir des affleurements de l'Albien sont Folkestone en Angleterre, la Drôme, l'Aube et… devinez où ?

— Il me semble qu'on ramasse beaucoup de fossiles sur la côte. Du côté de Boulogne, non ?

— À Wissant, plus précisément au cap Blanc-Nez. Il s'agit d'un affleurement très prisé par les amateurs de fossiles, les géologues et paléontologues de la France entière, voire d'Europe ! Vos fragments d'ammonite proviennent exactement de ce que nous appelons les argiles du Gault, situées entre le hameau de Strouanne et le petit Blanc-Nez. Le très gros avantage, pour le promeneur, c'est que l'étage est accessible depuis la plage de galets, au pied de la falaise, et que donc n'importe qui muni d'un piolet peut décrocher une ammonite de la roche. C'est d'ailleurs un désastre pour le site.

Il désigna un autre cliché avec des barrières et des panneaux.

— Voilà pourquoi les travaux d'extraction et de fouille sont désormais interdits. Et c'est tant mieux.

— Interdits, mais toujours possibles ?

— À condition de ne pas se faire prendre, oui… La police est très stricte à ce sujet, les amendes pleuvent.

Lucie nota : « Vérifier auprès de la mairie de Wissant les identités des contrevenants éventuels. » Le cap Blanc-Nez se situait à une centaine de kilomètres de Lille.

— Donc, le fossile aurait été extrait là-bas… Aux argiles du Gault… Et… à tout hasard, mais vraiment à tout hasard, on peut savoir quand ?

Bolowski regroupa ses mains sous son menton.

— Vous abusez, lieutenant !

Lucie répondit, le sourire aux lèvres :

— Je demandais juste, au cas où. Sait-on jamais…

À son tour, Bolowski dévoila ses dents, aussi fossilisées que la plus vieille des ammonites.

— Vous abusez, mais je vais vous le dire…

Content de son effet, il sortit d'une boîte hermétique les fragments retrouvés dans le corps de Dubreuil.

— Votre meurtrier n'est qu'un vulgaire amateur, un pilleur de falaises ! Nous, les spécialistes, traitons toujours les fossiles pyriteux à l'acide oxalique, un antirouille, et nous les rinçons à l'eau distillée, afin d'éviter la formation d'oxalate de calcium, qui les blanchit inévitablement. On peut même les vernir, pour les protéger plus encore. C'est par exemple le cas de celui que je vous ai rapporté.

Il piocha avec précaution un gros morceau dans la boîte.

— Le fossile abandonné par le tueur est oxydé et blanchi, la totale quoi. À voir l'épaisseur d'oxyde de fer qui s'est formée autour de la pyrite, il a été prélevé, je dirais, il y a environ six mois.

Lucie fixa avec fascination ces éclats dans lesquels le paléontologue avait su lire, cette boule de cristal en miettes racontant que le Professeur était descendu au pied du cap Blanc-Nez dès la fin de l'automne pour, déjà, y préparer son meurtre.

Tout ce temps à peaufiner son plan…

— J'ai un dernier truc pour vous, ajouta le magicien de la pierre. Un petit rien qui pourrait vous intéresser…

Il semblait jouir de l'expression de surprise qu'il réussissait, à chaque fois, à tirer des traits de la jolie flic.

— Vous connaissez le nom de l'assassin ? plaisanta Lucie.

— Presque…

— Comment ça, presque ?

— La pyrite est un minéral très dur, qui ne se raye pas facilement, mais qui se raye quand même. Quand on décroche une ammonite de la roche, il faut l'attaquer au burin et au marteau… Vous possédez une arme, lieutenant Henebelle ?

— Oui, bien sûr. Mais quel est le rapport ?

— Vous savez qu'en balistique, quand on récupère une balle, on peut savoir de quelle arme elle a été tirée, en utilisant les microrayures laissées par les rainures du canon sur la balle… Des microrayures qui sont en quelque sorte l'empreinte digitale du revolver.

Lucie voyait où il voulait en venir. La police scientifique parvenait parfois à identifier un cambrioleur simplement en moulant la trace du pied-de-biche laissée sur la porte, et en la comparant avec l'outil trouvé chez le suspect. Car chaque pied-de-biche avait une empreinte unique, une signature.

— Bien joué, monsieur Bolowski !

— Eh oui, les fossiles parlent, lieutenant. Ils emprisonnent le passé, mais aussi tout ce qui s'approche d'eux. Ce morceau porte sur lui la marque du burin qui l'a décroché de la falaise. Taille, irrégularités, aspérités. Le burin qui nous intéresse mesure environ trois centimètres de large. Trouvez l'outil, observez-le au microscope, comparez avec l'empreinte laissée sur ce morceau de pyrite, et alors, avec un peu de chance, vous tiendrez votre assassin…

24.

Après d'inutiles va-et-vient à la recherche d'une place sur les pavés trempés du Vieux-Lille, Lucie abdiqua et se gara dans le parking de l'Opéra. Assez loin de sa destination finale, certes, mais elle éprouvait le besoin de marcher et de réfléchir.

Enfouie dans son caban, la jeune flic tira un bilan succinct de ces dernières heures d'enquête. Les récentes déductions semblaient indiquer que le Professeur évoluait depuis au moins six mois dans la région, qu'il était gaucher, et avait préparé son coup sur Renée Dubreuil depuis très longtemps. Il connaissait donc parfaitement le coin, savait quand et où agir sans se faire remarquer et, comble de tout, s'amusait à narguer la police avec ses énigmes tordues.

Le front soucieux, Lucie s'engagea rue de la Monnaie, dépassa la maison en double parcellaire du vieux taxidermiste Léon, une relation de travail, puis s'enfonça dans la rue Esquermoise. Elle peinait à s'approprier les subtilités de l'enquête. Trop de questions la taraudaient. Pourquoi avoir visé Dubreuil la sadique, septuagénaire tranquillement repliée dans son trou à rats ? Quel rapport pouvait-il exister entre cette perverse et les six individus sans histoires tués quatre années plus tôt ? Pourquoi ce lourd silence entre les six premiers meurtres et le septième ? Et pourquoi avoir impliqué Manon Moinet à ce point ?

Car le plus troublant, dans ce dédale, était que le meurtrier connaissait Manon dans son intimité, qu'elle s'était probablement laissé emmener hors de chez elle, le jour de sa disparition, sans opposer de résistance. Avait-il compris qu'elle n'avait jamais cessé de le traquer ? Dans la cabane de chasseurs, on ne l'avait ni agressée, ni violée, ni droguée. Seulement retenue. Si le Professeur avait peur d'elle, du retour de sa mémoire, du programme MemoryNode, de ces affiches publicitaires partout en France, pourquoi ne pas l'avoir éliminée ? Ou alors s'était-il rendu compte qu'en définitive la mathématicienne ne représentait aucun danger. Juste un trou noir, où ne s'engouffrait aucun souvenir.

Pour l'heure, Lucie tournait en rond. Semblable en cela à la jeune amnésique. Mais, une chose était sûre, tout convergeait vers Manon. Il fallait des réponses. Interroger sa mémoire vivante. Son frère, le beau brun aux yeux noisette.

Lucie salua rapidement les deux collègues qui s'ennuyaient ferme dans la 306, puis pénétra dans la sinistre impasse du Vacher. Elle franchit une lourde porte de bois et s'avança dans le couloir central de la maison de Frédéric, une fière bâtisse hispano-flamande. Au fond s'entassaient des escabeaux, des cloisons de BA13, des sacs de plâtre. Lucie réajusta son manteau, ôta l'élastique qui retenait sa chevelure et lui donna du volume. Pourquoi cette soudaine envie de se faire belle ?

Elle s'arrêta un instant devant la porte où étaient inscrites, à côté de la sonnette, les initiales « M. M. ». Que faisait la mathématicienne en ce moment même ? Lucie hésita à lui rendre une brève visite, car il faudrait de nouveau tout expliquer. Son identité, les conditions de leur rencontre… Décrire encore l'horreur, la raviver… Pressée de retrouver ses filles, la flic ne s'en sentit pas le courage.

Elle se recentra sur son objectif : Frédéric.

Le chef d'entreprise lui ouvrit, torse nu, serré dans un pantalon de lin anthracite, deux cravates à la main. Il exhalait une agréable odeur de musc.

— Encore la police ? grommela-t-il en jetant un rapide coup d'œil à l'arcade sourcilière de Lucie. Un collègue à vous est déjà passé. Un type nerveux, sec, avec des yeux de fouine.

— Hervé Turin ?

— Je vois que j'en ai fait une bonne description… Écoutez, j'ai déjà répondu à ses questions et j'en ai assez entendu pour aujourd'hui. Si vous permettez, je suis pressé… La DG d'Air France m'attend demain très tôt. Mon TGV part de Lille-Europe à 21 h 03, je passe la nuit à Paris.

— J'insiste. J'ai juste besoin de quelques infos sur Manon.

— Exactement comme la fouine ! Vous ne pouvez pas vous concerter avant de venir ici ?

— Ça concerne les cicatrices de votre sœur. Ça m'étonnerait que mon collègue ait abordé le sujet.

Il soupira, exaspéré, avant de répondre sèchement :

— Dans ce cas, je n'ai rien à vous dire. Ces scarifications ne concernent qu'elle.

Il allait repousser la porte. Lucie s'avança dans l'embrasure.

— Sauf que vous avez inscrit l'une d'elles. Vous avez volontairement mutilé votre sœur. Et ceci, voyez-vous, me concerne.

Il s'écarta du battant, avant de dire, agacé :

— Entrez…

Lignes tendues, chromes précieux, courbes design, l'archétype du style contemporain.

— Je suis plus traditionnelle pour la déco, commenta Lucie. Plutôt du genre meubles anciens et télé qui saute… Vous avez assez bon goût pour un homme célibataire.

— Dois-je le prendre pour un compliment ou une attaque ?

Frédéric se remit à préparer sa valise. Costume, chemises blanches, paires de chaussettes. Tout était ordonné, plié, rangé avec minutie.

— Un peu des deux, rétorqua Lucie en souriant. Revenons-en aux cicatrices…

Il enfila une chemise Yves Saint Laurent impeccablement repassée et ornée d'une curieuse broche – une toile d'araignée en étain. Il la boutonna à une vitesse surprenante. Ses doigts étaient fins et habiles.

— Manon s'est infligé la première scarification au début de son amnésie. Dans l'année qui a suivi le cambriolage, ma vie s'est transformée en enfer. Ma sœur ne comprenait pas ce qui lui arrivait. Elle était totalement désorientée… handicapée… incapable de se débrouiller et de s'organiser. Avec de graves problèmes d'orientation et de perception spatiale, à cause de ses hippocampes défectueux. À l'époque, les programmes de réinsertion pour amnésiques, genre MemoryNode, n'existaient pas. Manon ne pouvait compter que sur le soutien d'un orthophoniste, et le mien, puisque… notre mère était partie…

— Suicide, c'est ça ?

— Je vois que vous avez vos sources. Elle s'est ouvert les veines dans un institut spécialisé où elle était suivie pour sa dépression. Je suppose que vous le savez…

— En effet, dit-elle en sortant son carnet.

— Après la mort de Karine, puis celle de ma mère, j'ai tout abandonné. J'ai vendu notre entreprise familiale d'emballages pour revenir ici, à Lille, où Manon avait grandi, afin qu'elle puisse enfin se raccrocher à des souvenirs heureux. La changer d'air, l'éloigner de cet univers de mort, tout simplement. Et je me suis occupé d'elle, presque à plein temps.

Frédéric se figea, visiblement ému. Ses douleurs passées se lisaient sur son visage.

— Au départ, incapable de former le moindre souvenir, Manon écrivait sans cesse. Sur les murs, les meubles, dans des cahiers… Un moyen, sûrement, de cracher tout ce qui bouillonnait dans son cerveau, et qu'elle ne réussissait pas à capturer… Comme un appel au secours.

Il tendit le bras, en direction de l'appartement de Manon.

— Un jour, je suis rentré chez elle et je l'ai trouvée dans la salle de bains, en train de se charcuter face au miroir. On aurait dit aussi qu'elle… qu'elle s'asphyxiait, c'était très curieux. Elle se palpait la gorge, crachait, j'ai bien cru que… qu'elle s'était de nouveau fait agresser. Je revois encore le geste ! Le couteau qu'elle abat sur sa chair, et son autre main autour de la trachée. Il s'agissait d'un couteau de cuisine ! Vous imaginez le tableau ?

Il plissa les yeux. Il semblait revivre la scène en direct.

— Quand je l'ai découverte, la vue du sang et son état d'agonie m'ont fait paniquer. Alors je me suis jeté sur elle et je lui ai arraché le couteau des mains. Elle ne voulait pas le lâcher, et c'est… ce qui a causé cette longue cicatrice, après « Trouver la tombe d ». Par la suite, je l'ai emmenée à l'hôpital, afin de comprendre. D'après les spécialistes, elle avait revécu la scène de son étranglement, même si elle n'en gardait pas le souvenir conscient. Une confabulation, pour reprendre leurs termes, c'est-à-dire un souvenir fabriqué.

Lucie s'approcha d'un Macintosh dernier cri et fit glisser ses doigts sur les touches du clavier chromé.

— Et que signifie cette phrase ? Elle devait être sacrément importante pour que Manon décide de se mutiler. Pour qu'elle s'assure de ne jamais en perdre la trace.

— Vous allez trouver cela surprenant, mais ni Manon, ni moi ne le savons. Quand je l'ai interrompue, elle a entièrement perdu le fil de ses pensées. Le plus urgent était de la soigner, je l'ai menée sur-le-champ à l'hôpital.

Lucie se souvint des mots du neurologue.

— Mémoire du corps ! s'exclama-t-elle.

— Quoi, mémoire du corps ?

— Le docteur Vandenbusche m'avait parlé d'une mémoire du corps. Le fait d'avoir revécu la scène de son étranglement a peut-être réveillé chez elle le souvenir d'une tombe ! Souvenir qu'elle a voulu noter immédiatement sur elle ! Peut-être une information que le cambrioleur lui aurait révélée en l'étranglant, une information essentielle !

— Foutaise ! La mémoire du corps n'est qu'une théorie de Vandenbusche, elle n'a jamais été prouvée !

Et que viendrait faire le cambrioleur dans cette histoire ?

Lucie fixa un instant la broche en étain et dit :

— Je l'ignore... Mais s'il ne s'agissait pas de la mémoire du corps, je suppose que Manon avait dû prendre des notes concernant cette tombe... Insérer ses conclusions dans son N-Tech, ou son PC...

Frédéric secoua négativement la tête, les lèvres pincées.

— Rien, nous n'avons jamais rien trouvé, et pourtant je peux vous affirmer que nous avons cherché. À l'époque, Manon n'avait pas encore son N-Tech et elle ne savait pas utiliser son potentiel de mémorisation, grâce à la répétition. Elle se servait juste de morceaux de papier, elle consignait des tonnes et des tonnes d'observations dans ses cahiers, dont elle retapait ensuite le contenu à l'ordinateur. Impossible, donc, de hiérarchiser l'importance de ses écrits, de faire la différence entre l'absolument nécessaire et le jetable. Il y en avait tellement !

— Et donc en imprimant cette phrase dans sa chair, Manon a voulu lui donner la priorité numéro un. Mais, manque de chance, vous êtes intervenu juste à ce moment-là, dans la seconde fatidique...

— Je sens une certaine ironie dans votre ton.

Lucie releva le nez de son carnet.

— Parlez-moi de MemoryNode.

Frédéric jeta un œil sur sa montre. Il se redressa, boucla sa valise et alla se verser un whisky.

— Je vous sers un verre ? J'ai encore de la marge, tout compte fait. Lille-Europe n'est qu'à vingt minutes à pied.

— Jamais en service, merci.

— Quand diable n'êtes-vous pas en service, dans ce cas ? Vous avez passé la nuit dernière à courir dans la boue, votre… arcade sourcilière est salement amochée, vous devriez être au repos et je vous retrouve encore ce soir, à m'interroger !

Sa voix était beaucoup moins rude. Il ajouta :

— Sans la boue, vous êtes quand même bien moins… rurale.

— Rurale, oui…

Lucie aurait aimé ne pas rougir. Elle se racla la gorge et se raccrocha immédiatement à l'enquête.

— Et donc, MemoryNode ?

La gorgée de liquide ambré détendit définitivement Frédéric.

— Il s'agit d'un programme destiné aux amnésiques antérogrades, basé sur l'utilisation de la mémoire procédurale, qui elle, reste presque toujours fonctionnelle.

— Celle de l'apprentissage des gestes, des automatismes, c'est ça ?

— Je vois que vous assimilez rapidement.

— Avec votre sœur, on n'a pas d'autre choix. C'est une femme fabuleuse.

Il acquiesça avec conviction.

— Grâce à cette mémoire procédurale, Manon a pu utiliser un N-Tech élaboré spécialement pour les amnésiques, avec des fonctions et des logiciels leur simplifiant grandement le quotidien. L'engin ne fait pas les courses à leur place, mais il leur dit ce qu'ils doivent acheter, et quand. En dehors de la technologie, il existe un second aspect, et certainement le plus important, que MemoryNode développe pleinement la plasticité cérébrale.

— C'est-à-dire ?

— Le cerveau est en perpétuelle évolution, lieutenant, il bouge sans cesse, seconde après seconde, se réorganise, crée et élimine des connexions comme une centrale bouillonnante. Pour combler le déficit de certaines fonctions, il possède cette incroyable capacité d'utiliser et de surdévelopper d'autres zones intactes. Ma sœur pourrait vous parler à l'infini de Daniel Tammet, un savant mathématicien, autiste, capable de faire des multiplications gigantesques de tête non pas en calculant, mais en associant à chaque chiffre des sons, des images et des couleurs, provenant de la zone visuelle de son cerveau. Quand il multiplie deux images, une troisième apparaît, lui donnant la réponse de l'opération. Cette manière de fonctionner va au-delà de ce que nous pouvons imaginer.

— Vous vous y connaissez vachement.

— Je voulais comprendre de quoi souffrait ma sœur, comment elle évoluerait avec l'âge, ce qu'il adviendrait de son avenir. Tout était tellement flou, si compliqué à appréhender. Vous ne pouvez vous douter des efforts que tout ceci m'a coûté.

Il but une gorgée d'un geste distingué.

— Grâce à l'entraînement, à la stimulation, au suivi mis en place par le professeur Vandenbusche, les hippocampes entièrement atrophiés de ma sœur, notamment le gauche, ont regagné un peu de volume et d'élasticité en piochant dans les zones connexes en état de marche. Pas énormément, certes, mais suffisamment pour que le canal entre sa mémoire de travail et sa mémoire à long terme se rouvre. Mais ce canal est très fin et s'encombre très vite, comme le goulot d'un sablier. C'est pour ça que Manon doit sélectionner ce qu'elle veut apprendre et le répéter, des dizaines et des dizaines de fois.

— Oui, ça je l'ai vue faire.

— Au moins, grâce à MemoryNode, elle se crée un minimum de passé, laisse une empreinte dans le sable où elle marche. Une trace assez profonde pour se donner l'impression d'exister… Ce que je reproche à ce programme, c'est de profiter de ma sœur pour se faire de la publicité. C'est… inadmissible !

Il but une autre gorgée. Restait une heure avant le départ. Aux côtés de la jeune femme, les secondes paraissaient se dilater.

— Asseyez-vous, lieutenant, je vous en prie.

Il inclina légèrement la tête. Vraiment craquant.

— Cela me fait tout drôle de vous appeler lieutenant. Je vous aurais plutôt vue joueuse de golf.

Lucie explosa de rire, tout en s'installant dans un confortable fauteuil.

— C'est bien la première fois qu'on me la sort, celle-là ! Et à quoi ressemble le profil d'une joueuse de golf ?

— Fine, élancée, le regard vers l'avant. La flamme de la concentration au fond des yeux…

— Pourtant, nous n'évoluons pas sur le même terrain de jeu, le même *fairway*. Pour en revenir à Manon…

— Pour en revenir à Manon… fit-il dans un souffle.

Lucie regroupa ses mains entre ses jambes.

— Si je vous suis bien, elle apprend donc à utiliser un N-Tech, grâce à MemoryNode, à se souvenir, par la répétition et la plasticité cérébrale, et ne ressent plus le besoin de se scarifier, puisque tout passe par son N-Tech, qui lui garantit l'authenticité de ses données. Exact ?

— Exact.

— Avez-vous accès au contenu de son N-Tech ?

— Non, et je pense que vous le savez déjà. Elle le protège par un mot de passe qu'elle change souvent. Manon est une mathématicienne chevronnée, elle sait sécuriser des informations et les rendre inaccessibles. De toute manière, quand elle veut protéger des données, elle les crypte.

— Et comment fait-elle pour retenir le mot de passe de son N-Tech ?

— Elle possède un coffre-fort, dans sa *panic room*, où elle…

— Sa quoi ?

— Sa *panic room*. Une pièce qu'elle a fait transformer en un véritable bunker, où elle se réfugie quand elle va mal, quand elle… traque le Professeur. Bref, à l'intérieur se trouvent des milliers de notes, son PC, un téléphone et surtout, un coffre-fort. Il recèle une liste de mots de passe, qu'elle charge régulièrement et qu'elle apprend ensuite.

— Et comment ouvre-t-elle son coffre ?

— Par un code secret.

— C'est pire que l'histoire de la poule et de l'œuf, ce truc. Le code qui donne accès à d'autres codes. Vous connaissez ces mots de passe ?

— Absolument pas.

— Pourquoi, elle ne vous fait pas confiance ?

— Ce n'est pas une question de confiance, il s'agit là de sa vie, de son intimité. Si cela était possible, me donneriez-vous la clé pour lire à l'intérieur de vos pensées ? Accéder à vos secrets intimes, à vos fantasmes ?

Lucie serra les lèvres. Frédéric reprit avec un sourire :

— Un silence… Hmm… Je remarque que vous retenez beaucoup de choses en vous, des trésors que vous ne voulez pas révéler… Cela fait partie de l'équilibre de chacun. Il me semble donc logique que Manon se protège, y compris vis-à-vis de son propre frère.

— Et pourtant, à une certaine époque, elle vous avait autorisé à « inscrire » un nouveau message sur son corps. Ce « Rejoins les fous, proche des Moines ». Il s'agissait là aussi de son intimité. À l'hôpital, je ne vous ai vus que quelque temps ensemble, mais j'ai senti qu'elle éprouvait une certaine méfiance à votre égard. Qu'est-ce qui a pu changer depuis ?

Frédéric inspira longuement.

— Rien du tout. Manon n'est plus capable de ressentir une confiance sincère. Il suffit que je me mette en colère contre elle pour qu'elle inscrive instantanément dans son N-Tech : « Ne plus faire confiance à Frédéric », ou alors : « Frédéric me veut du mal. »

Lucie ne releva aucun tremblement, nul fléchissement dans sa voix. Il continua :

— Manon doit tout noter, ce qu'elle aime, et surtout ce qu'elle n'aime pas. L'année dernière, nous sommes allés à une exposition de Diriguen, un peintre contemporain. Eh bien, vous pourriez lire dans son appareil : « Je déteste Diriguen. » Elle le déteste, mais ne sait pas qu'elle le déteste, et si elle n'inscrit rien, elle retournera à cette exposition, une, deux, dix fois, et affrontera la même déception. Vous comprenez ? Et encore, même s'il lui vient à l'idée de consulter son N-Tech, elle devra penser à regarder dans le répertoire approprié, sans savoir si cette information s'y trouve ou non. C'est un gros problème du N-Tech : on ignore ce qu'on y stocke, et pourquoi on l'a stocké. Un peu comme si vous vous faisiez une croix quelque part sur le corps pour vous souvenir de rapporter un livre à un ami et que chez vous, le soir, vous deviez non seulement avoir le réflexe de retrouver la croix, mais, en plus, savoir ce qu'elle signifie ! En définitive, cette croix risque fort d'être totalement inutile.

Il haussa les épaules avant d'ajouter :

— Manon s'est rendue totalement dépendante de son petit appareil. Elle n'éprouve que des sentiments artificiels, qu'elle se fabrique elle-même par des notes absurdes au bas d'un cliché. Elle est véritablement devenue une esclave de la technologie.

— Comme nous tous, soupira Lucie.

Elle se rappela la phrase notée dans le N-Tech, sous la photo de Turin : « Ne plus jamais travailler avec ce pervers. » Et la manière dont Manon l'avait cernée, elle, sur une simple impression : « Solidité. Passion. Rigueur. » Juste trois mots. Un bien médiocre résumé, complètement impersonnel, de son caractère.

— Parlez-moi donc de ce message, pour le moins intrigant, que vous avez incisé sur son ventre : « Rejoins les fous, proche des Moines. »

Frédéric s'enfonça profondément dans son fauteuil, la tête rejetée vers l'arrière. C'était décidément un très bel homme.

— Une histoire ahurissante. Cela s'est passé au début de MemoryNode, en 2005. Manon apprenait tout juste à utiliser le N-Tech, elle se servait alors principalement de son PC et des Post-it qu'elle colle encore aujourd'hui sur les murs de son bureau. Vous vous rappelez, le terrible orage que nous avons affronté à cette époque ? Un peu comme hier, avec ces toitures arrachées ?

— Oui, bien sûr, je m'en souviens. À Dunkerque, ma mère m'a raconté que des bateaux du port avaient été retournés par le vent, et qu'un éclair avait même percuté le beffroi.

— Il s'est produit un phénomène identique ici. La foudre est venue frapper l'antenne, sur le toit. Une boule de feu est rentrée et a tourné plus d'une minute, saccageant tout sur son passage.

Il se leva et fouilla dans un tiroir pour récupérer une vieille édition de *La Voix du Nord*. L'épisode y était décrit précisément, avec les photos de l'intérieur de sa maison ravagée.

— Nous n'avions jamais vu cela de notre vie ! Tout a failli brûler, les fenêtres ont explosé. La pluie, le vent se sont engouffrés partout. Les appareils électriques de tout le voisinage ont grillé ! Dieu merci, les pompiers ont évité la catastrophe de justesse.

Lucie fit une moue circonspecte avant de déduire :

— Et évidemment, l'ordinateur de Manon a cramé.

— Pire que cela. Les trois quarts des feuilles de son bureau se sont envolées dans l'orage ou ont brûlé. Le reste était trempé, irrécupérable. Quand j'ai pénétré chez elle, j'ai retrouvé ma sœur dans un coin, toute tremblante, un bout de papier chiffonné dans la main. Il y était écrit : « Rejoins les fous, proche des Moines. » Elle était recroquevillée, en transe, comme si elle protégeait un trésor. Vous auriez vu son état ! Elle tenait un scalpel et s'apprêtait une nouvelle fois à s'estropier. Elle avait découvert des éléments en rapport avec le Professeur, j'en suis certain. Cette phrase, j'ai compris que rien ne l'empêcherait de la noter, alors, quand elle m'a demandé de l'inscrire pour elle, je… l'ai aidée… Je l'ai mutilée moi-même… Proprement…

— Vous auriez pu lui arracher le papier et le scalpel des mains, et faire qu'elle oublie en la distrayant !

— En effet. Mais j'ai simplement respecté sa volonté. Manon était peut-être sur une piste qui la rapprochait du Professeur. Il fallait que ce message existe, pour elle, à un endroit sûr…

— C'est dingue, votre histoire… J'avoue avoir du mal à y croire.

— C'est pourtant la vérité. Pourquoi vous mentirais-je ? Cela n'aurait aucun sens. Je ferais tout pour ma sœur. Et pour attraper le salaud qui a tué Karine et toutes ces victimes innocentes.

Lucie referma l'édition de *La Voix* et la lui rendit. Elle sentait l'accent de la sincérité dans ses paroles et dut admettre qu'il la touchait. Que savait-elle finalement de sa douleur ? Perdre une sœur, une mère, et se retrouver avec une deuxième sœur incapable de s'extraire du présent…

Elle désigna l'écran de veille de l'ordinateur où dansait une courbe complexe.

— Vous aussi, vous avez étudié les mathématiques, je me trompe ?

Il se resservit une rasade de whisky.

— Comme tout le monde dans la famille. Ma sœur y a laissé sa jeunesse. Quant à moi, j'ai en effet pratiqué cette discipline plus de quatre années après le bac, avec passion, plus que de raison, au point de négliger les autres matières, de me focaliser uniquement sur cette science de la rigueur, de l'excellence. Or, vous savez, pour être un bon mouton, pour « réussir », il vaut mieux être moyen partout, même dans des disciplines qui vous passent par-dessus la tête. Vous devez suivre des rails fixés par d'autres.

Il resta silencieux quelques secondes, comme rattrapé par son passé, avant de continuer :

— Avec mes réticences à l'égard des autres matières et du système éducatif lui-même, qui me répugnait au-delà de tout, j'ai été…

— Viré ?

— Écarté, dirons-nous. Viré est un terme un peu… péjoratif, qui pourrait heurter mon orgueil.

— Le résultat est identique.

Frédéric encaissa la remarque.

— Il n'empêche que je suis aujourd'hui ce que je suis, même sans diplôme. Je dois vous avouer mon amertume envers le système français, mais passons, c'est un autre débat. Et puis, tout compte fait, on ne dirige pas une entreprise avec des équations. J'ai laissé tomber les maths, je les ai… oubliées…

Lucie sentit la vibration du regret derrière ses mots.

— J'admire énormément Manon pour… sa carrière. J'aurais aimé approcher, caresser les mathématiques si longtemps, si puissamment, comme elle l'a fait. Mais c'est maintenant du passé. Tout est enterré. C'est comme ça.

— Et votre sœur aînée, Karine ? Vous l'admiriez autant que Manon ?

— Je ne vous cache pas que nous avions des différends quant aux grandes orientations de notre entreprise. Il n'est pas facile de partager le pouvoir. Karine était une véritable veuve noire, assoiffée d'ambition. Elle n'hésitait pas à écraser du talon ceux qui se dressaient sur son chemin.

— À vous entendre, vous ne la portiez pas dans votre cœur.

— Pas vraiment, non. J'ai horreur qu'on me dicte ma conduite, qu'on oriente mes choix.

Il agita son verre et observa les ondulations ambrées jouer sur les parois.

— Je détestais Karine, je ne l'ai jamais caché à personne. Et pourtant, sa mort a été une terrible épreuve, pour nous tous. Quoi que vous puissiez en penser, j'en ai beaucoup souffert.

Il répondait du tac au tac et semblait se livrer totalement, avec franchise. Lucie en profita et poursuivit sur la même voie. Elle testait ses limites.

— Et donc, à sa mort, vous récupérez ses parts et devenez propriétaire à cent pour cent de la société familiale, je présume ? Cela devait représenter une belle somme d'argent.

— En effet. Cela m'a permis de tout arrêter pour m'occuper de Manon, acheter cette demeure, avant de créer une nouvelle entreprise à la sueur de mon front. Cela pose-t-il un problème ?

— Absolument pas...

Lucie aurait aimé pouvoir répondre plus fermement. Elle se rendit compte à quel point il l'impressionnait. Il fallait se ressaisir, ne pas se laisser hypnotiser.

— Ah, autre chose ! Concernant le déroulement des événements d'hier...

— Écoutez, je...

— Quand vous avez quitté Manon, le matin, à 9 h 10, vous êtes allé directement travailler ?

— Oui, je vous l'ai déjà dit à l'hôpital. Je suis arrivé au bureau vers 9 h 30. Votre Turin m'a posé exactement la même question. Rassurez-moi, vous ne me soupçonnez quand même pas d'avoir enlevé ma propre sœur ?

— Non, non, c'est juste que mes collègues épluchent systématiquement les emplois du temps des proches des victimes.

— Ah bon.

— Ensuite, aux dires de vos employés, vous vous êtes absenté à... 11 h 50, pour réapparaître à 14 h 10... Correct ?

— Correct. Je suis parti déjeuner et j'ai fait mes courses, comme toujours le mardi midi. C'est le jour de la semaine où l'on trouve le moins de monde dans les grandes surfaces. Puis j'ai eu un long entretien téléphonique, depuis ma voiture, avec le directeur commercial d'Air France. Cela a duré plus d'une demi-heure. Vous pourrez vérifier.

— Pourquoi depuis votre voiture ?

— Parce que je m'y trouvais quand il m'a appelé, voilà tout !

— Où avez-vous déjeuné ?

— Au centre commercial V2. Un sandwich.

— Sandwich, d'accord. Vos courses, vous les avez payées comment ?

— En liquide.

— Décidément… Donc personne ne peut attester de votre présence là-bas ?

Frédéric regarda sa montre et se leva, l'air légèrement agacé.

— Excusez-moi, lieutenant, mais là, je vais devoir y aller.

— Je n'ai pas terminé.

— Écoutez… Je rentre demain soir, je connais un excellent restaurant à la frontière belge. On y mange un potchevlesh d'une rare qualité. Nous discuterons de Manon et vous me demanderez ce que vous voulez. Je vous raconterai tout sur les courses que j'ai faites, l'endroit exact où j'ai acheté mon sandwich et la place de parking où s'est tenue ma discussion. Cela vous va ?

Lucie ne put dissimuler l'étincelle qui brilla dans ses pupilles. Elle se redressa, tout en répondant :

— Vous n'y allez pas par quatre chemins, vous. Pour le dîner, cela risque de poser problème, j'ai des jumelles de quatre ans et…

— Ne prenez pas le prétexte de vos filles pour vous dérober. Vous avez réussi à vous arranger la nuit dernière, non ? Allez, laissez-vous aller un peu, Lucie.

Lucie, il l'avait appelée Lucie…

— J'attends votre coup de fil. Car je suppose que vous connaissez mon numéro de portable, non ?

— Il s'agit de mon boulot, rétorqua-t-elle dans un discret éclat de gaieté.

— Ah… Votre boulot…

Il la raccompagna jusqu'à la porte. Une fois dans le couloir, Lucie désigna une échelle posée le long du mur et demanda :

— Vos travaux, vous les avez commencés il y a longtemps ?

Frédéric passa la tête dans l'embrasure, surpris.

— Il y a à peu près six mois. Pourquoi ?

— Non… Comme ça… À bientôt…

— À demain…

En remontant les étroites ruelles, Lucie ne put chasser de son esprit ce regard volcanique, ces effluves envoûtants, cette présence forte et rassurante. Un rendez-vous… Dans un restaurant… Avec un type beau comme un diable.

Incroyable.

Curieusement, au même moment, elle songeait aussi à Manon. Son visage. Ses intonations de voix. Ses mystérieuses scarifications.

Frédéric… Se focaliser sur Frédéric. Un homme mûr et intelligent.

Il manquait peu de chose pour qu'elle fût aux anges. Juste quelques petits détails à vérifier.

D'abord les travaux, entamés dans l'appartement depuis six mois. Date approximative à laquelle l'ammonite avait été décrochée de sa falaise. Retrouver le burin pour identifier l'assassin, avait dit Pierre Bolowski. Un assassin de la région, et proche de Manon. Un assassin fortiche en mathématiques. Comme Frédéric. Simple coïncidence ? Oui, assurément.

Ensuite, son emploi du temps. Frédéric était le dernier à avoir vu Manon, à 9 h 10, prétendait-il. Mais cela aurait pu être plus tôt. Une, deux ou trois heures auparavant, par exemple, délai qui lui aurait permis d'emmener Manon vers Raismes avant d'aller tranquillement travailler. Autre point : il s'était absenté assez longuement le midi. Lucie vérifierait le coup de fil avec le directeur commercial, mais, avec une parfaite organisation, Frédéric aurait très bien pu avoir le temps de tuer Dubreuil et de revenir au bureau. Le seul hic était que, d'après ses collaborateurs, Frédéric n'avait plus quitté son entreprise jusqu'à 1 heure du matin. Dans ce cas, comment libérer Manon aux alentours de 21 heures ? Ou alors… Avait-il trouvé un système pour qu'elle se libère toute seule ? L'avait-il endormie avec une quelconque substance afin qu'elle se réveille vers cette heure-là ? Non, impossible… Les analyses toxicologiques n'avaient rien révélé. Pas de drogues dans le sang…

Lucie se moqua de ses propres soupçons. Frédéric avait répliqué sans ciller à ses offensives. En plus il disposait d'un alibi en béton pour le meurtre de sa sœur Karine – la conférence aux États-Unis – et il n'avait en rien le profil du Professeur. Un être asocial, frustré, itinérant, avec un fort sentiment d'infériorité, d'après Turin. Frédéric était tout l'opposé. Un peu présomptueux, même.

Bien sûr, il était gaucher, mais Vandenbusche aussi, comme des millions d'autres individus. D'ailleurs, il l'avait dit lui-même : Pourquoi enlever sa propre sœur ? Pour attirer l'attention sur lui ? Cela ne rimait à rien.

En regagnant son véhicule, Lucie s'en voulut de posséder ce caractère tenace des gens du Nord. Parce que sa conscience lui ordonnait de retourner vérifier, pour le burin… Pour en avoir le cœur net.

Bientôt, le beau Frédéric s'absenterait. Il suffirait alors de revenir dans l'impasse et de crocheter la serrure des appartements en travaux.

Juste jeter un œil à l'intérieur. Et se rendre, le lendemain, au rendez-vous galant l'esprit tranquille. Son premier rancard avec un homme, depuis son arrivée à Lille. Une traversée du désert de trois interminables années.

25.

De retour chez elle ce soir-là, Lucie croisa un groupe d'étudiants de sa résidence, avachis dans l'escalier. Elle les salua en passant. Aucune réponse. Regards fuyants, dos tournés, murmures incompréhensibles. La flic s'immobilisa devant sa porte, la tête légèrement inclinée dans leur direction.

— Un problème ?

— Non, m'dame. Tout roule…

Au moment de pénétrer dans son appartement, elle crut bien percevoir un « ssssorccccièrrrre », comme un souffle surgi des murs eux-mêmes, ricochant sur les parois. La jeune femme se retourna brusquement.

— Qui a dit ça ?

Ils parurent surpris.

— Quoi donc, m'dame ?

— *Qui a dit ça ?*

Ils la regardèrent sans un mot, l'air de ne pas comprendre. Devenait-elle dingue ? Déjà que son physique volait en éclats, si à présent elle se mettait à entendre des voix… Elle rentra en silence, le front baissé.

Son chez-elle. Des pièces confinées. Pas de jardin ni de balcon, du brut de béton. Fini les dunes de l'autre côté de la fenêtre, comme à la belle époque. Juste une longue traînée d'asphalte, mortellement ennuyeuse. Tout semblait si monotone sans les petites. Heureusement, elles étaient là pour illuminer sa vie. Le bonheur de les voir grandir comblait les vides dans son cœur.

Une fois ses clés jetées sur la table basse, un réflexe quotidien l'attira vers son écran. Meet4Love. Un message ! Un certain Nathanaël, nouvel inconnu électronique. Belle plume. Il se décrivait comme tendre, attentionné – ils l'étaient tous –, et élevait un fils de six ans dont il avait joint la photo à la place de la sienne. Enfin un point original. L'enfant était vraiment trognon. Brun, les mystères de l'Orient au fond des yeux. Le père dégageait-il ce même charme ? À creuser, pourquoi pas ?

Elle mit l'email de côté et partit dans sa chambre enfiler des vêtements plus adaptés au monde des ombres. Pantalon côtelé et sous-pull noirs. Maud ne tarderait pas à arriver avec les petites. Par téléphone, elles s'étaient accordées sur un nouveau plan. La jeune nourrice l'aiderait à coucher les filles puis elle resterait dîner et les garderait encore le temps d'un aller-retour éclair dans l'impasse du Vacher. Une promenade discrète. Hors de question d'informer la hiérarchie. Fracturer un appartement sans mandat pourrait lui coûter sa carrière. Et bien plus…

Elle s'affaissa sur le lit, épuisée, la tête entre les mains. Encore une journée éprouvante, glauque plutôt. Autopsie, clichés de cadavres, discussions de flics et promesses de nuits tumultueuses… Ses doigts effleurèrent les thrillers rangés sous le lit. Elle s'empara de l'un d'eux, *Conscience animale*. N'y avait-il pas mieux à lire pour une maman de deux enfants ? Des couleurs plus gaies à imaginer ? Pourquoi toujours chercher le sang, l'horreur, les descriptions sordides ?

Sentir ces ténèbres en elle. Pire qu'une maladie. Elle en souffrait tellement.

Lucie projeta le livre sur le côté. Non, elle n'avait rien à voir avec eux ! Ces fous sillonnant les routes isolées et les forêts, en quête de prochaines victimes. Ces hommes venus sur Terre pour nuire, détruire, tuer. Elle était différente ! Si différente ! Et pourtant…

Tant de déchirements à cause de… cette armoire. Son contenu.

La Chimère, dévorante, étourdissante, dévastatrice.

Voilà où sa curiosité d'enfant l'avait conduite. Conséquences ? Vie d'adolescente gâchée. Avant la vie sentimentale. Avant la vie tout court. Si seulement tout pouvait s'effacer. Taper sur le cerveau, à un endroit précis – hippocampes, amygdales cérébrales, un truc dans le genre – et tout zapper. Le monde de l'oubli devait être si agréable, parfois. En un sens, Manon avait de la chance. Plus de soucis…

En proie à sa mélancolie, Lucie s'avança vers les vitres teintées. Elle avait perdu Paul à cause de la Chimère. Puis Pierre. Le lieutenant à la chevelure de feu avait prétendu que non, mais… au fond, elle savait que cela avait influencé son départ pour Marseille… Il avait dû la prendre pour une givrée d'avoir conservé le contenu de cette armoire, d'avoir été incapable de s'en débarrasser, malgré les multiples avertissements. Perdrait-elle encore ceux qu'elle rencontrerait ? Pourquoi ne pas brûler ces monstruosités, définitivement ? Couper le cordon, faire le deuil et oublier… Un geste si simple.

Mais non… Les cicatrices ne s'estompent jamais… Elles restent obsédantes jusqu'à la fin. L'exemple de Manon était là pour le rappeler. D'autant que ses cicatrices à elle se voyaient…

Une nouvelle fois, suivant un rituel immuable, une force intérieure la poussa à réveiller sa douleur.

Elle attrapa son holster et déboutonna la pression de la petite pochette en cuir.

Ses doigts se crispèrent soudain sur la clé.

Elle ne rêvait pas. La pièce métallique avait été placée à l'envers, la tige vers le bas. Or, Lucie la rangeait toujours dans l'autre sens. La tige vers le haut, toujours, toujours…

Quelqu'un l'avait touchée.

Anthony.

Elle se souvint de ses regards furtifs, de la vitesse avec laquelle il s'était volatilisé hors de chez elle, après avoir gardé les jumelles. Puis des chuchotements des étudiants, à l'instant. Ssssorccccièrrrre…

Tout se mit à tourner. Son secret, propagé avec la vitesse d'un feu de brousse.

Elle se rua dans l'escalier, démolie, écœurée. L'étage. Les coups sur le bois. Anthony ouvrit, en caleçon, torse nu. Lucie le poussa à l'intérieur et claqua la porte du talon.

— Tu as fouillé, hein ? Tu as fouillé chez moi ! Tu as ouvert l'armoire de ma chambre !

Elle le bouscula sans ménagement. Il se retrouva plaqué contre une cloison.

— Non… Non, c'est… c'est faux… balbutia-t-il. Je…

— Et tu en as parlé à tout le monde ! Bon sang ! Mais… Qu'est-ce qui t'a pris ?

Anthony se liquéfiait.

— Tu n'avais pas le droit… poursuivit-elle, au bord des larmes. Tu n'avais pas le droit !

— Je… Excusez-moi… Je…

Lucie se laissa tomber sur une chaise, vidée. Puis, quelques secondes plus tard, se releva. Une barre dans le crâne. Au moment de sortir, elle l'affronta une dernière fois :

— Ce n'est pas ce que tu crois… C'est…

Rien ne parvint à sortir de sa bouche.

Elle disparut dans le couloir. Anéantie.

26.

— Pâté ou jambon ?

— Pâté.

— Ras-le-bol de glander ici. Ils arrivent quand les autres ?

— Pas avant 2 heures.

— Il est même pas 22 heures… Putain…

Olivier croqua dans son sandwich au jambon et tourna le bouton de l'autoradio sur *France Bleue Nord*. On y parlait des orages de la veille, de ceux à venir par la Bretagne, plus violents encore, des élections présidentielles, et d'un tas d'autres informations qu'il n'écoutait pas. Rien à foutre de ce baratin. Il aurait dû se trouver chez lui avec sa femme et sa fille au lieu de faire le piquet dans cette fichue 306, devant la bâtisse des Moinet.

Il sursauta quand un poing percuta la vitre.

Un type surgi de nulle part frappait au carreau.

— Ex… Excusez-moi !

L'homme haletait et se retournait sans cesse, le front trempé. À cette heure avancée, personne ne traînait plus dans cette rue sombre et peu engageante du Vieux-Lille. Sans vraiment réfléchir, Olivier baissa la vitre et haussa les sourcils. Charlie, son collègue, se pencha par-dessus son épaule, la main sur la ceinture. Mais pas sur le pistolet. Grave erreur.

Un projectile à bout rouge traversa l'habitacle dans un sifflement discret. Charlie fut le premier à le recevoir droit dans la carotide. Olivier n'eut pas le temps de réagir. Aucun cri, nul mouvement de défense. Une aiguille vint se planter dans sa gorge et le plongea immédiatement dans un profond sommeil.

Romain Ardère, reprenant sa respiration, s'épongea le front avec un large mouchoir. Riche idée d'avoir couru quatre ou cinq cents mètres pour paraître à bout de souffle, détourner l'attention des flics et ainsi amoindrir leur vigilance. Il aurait pu les tuer, mais à quoi bon ? Ils ne l'intéressaient pas. La puissance de l'anesthésique entraînerait un léger phénomène d'amnésie. Ils ne se rappelleraient de rien. Tout juste d'avoir été endormis.

Après avoir récupéré précautionneusement les fléchettes, remonté la vitre et fermé les portières, Ardère enfonça son bonnet, retendit ses gants en cuir, réajusta son sac à dos et rangea son pistolet hypodermique dans sa ceinture. Un lampadaire, au loin, arracha furtivement son profil de l'ombre. Il regarda autour de lui. Pas un chien, les volets métalliques étaient tous baissés sur les façades des magasins.

Il s'engagea dans l'impasse du Vacher. Les hauts murs se dressaient en monstres immobiles, le relief des toitures découpait des figures de contes maléfiques. L'obscurité engloutit rapidement son imperméable noir, qui bruissait dans son sillage comme une aile de corbeau. Au fond du boyau, il poussa la porte menant dans le couloir entre les appartements et disparut à l'intérieur, un cran d'arrêt à la main.

Il s'arrêta devant la porte de droite et lut, sous la lueur de sa torche minuscule : « M. M. »

Lentement, il fit pivoter son arme devant lui, l'éclair sur l'acier effilé se refléta dans ses pupilles de rapace.

Un courant d'air s'invita dans le couloir. La caresse froide et osseuse de la Mort.

Il se serait bien chargé de cette garce autrement, mais… il fallait agir dans l'urgence, à l'instinct, sans préparation. Et puis, elle n'entrait pas réellement dans la catégorie de ce qu'il recherchait…

Après un petit détour par l'appartement de Frédéric Moinet, il irait droit au but, ce coup-ci.

Adieu, M. M. *Good bye* Manon Moinet.

27.

Le dîner avec Maud avait tourné à la catastrophe. Lucie n'avait pas réussi à décrocher une seule parole. Elle restait obnubilée par les étudiants, leurs yeux exorbités, leurs murmures. Jusqu'où son secret, cette part d'elle-même qu'elle protégeait depuis si longtemps, allait-il être divulgué ? Comment finirait ce déversement de douleur ?

En s'engageant dans la rue Danel, elle continuait à ressasser les mêmes pensées. Elle ajusta son petit blouson bleu nuit, le regard inquiet.

— Salut les gars, fit-elle en frappant contre l'une des vitres de la 306. Pas trop dif…

Une énorme pulsation gonfla sa carotide.

Aucune réaction à l'intérieur. Elle cogna avec plus de vigueur, le front collé au carreau, et découvrit la pointe de sang au-dessus du col de son collègue.

Les deux mains sur la poignée, les dents serrées, elle tira de toutes ses forces. Sans succès. Elle préféra ne pas briser la vitre. Ne pas alerter l'agresseur, peut-être encore dans les parages.

Elle se retourna. L'impasse. Gueule sombre et inquiétante. Elle s'y enfonça, ses sens aiguisés, ses muscles en alerte.

Quand elle s'engagea dans le couloir, la crosse du Sig Sauer caressait le creux de sa paume.

Sous le poids du silence, le spectre de ses agressions récentes lui revint en mémoire. Son organisme déversait sa crainte par chaque pore de sa peau. Seule, de nouveau. Un flash sur ses rétines : ses filles. Et s'il lui arrivait malheur, que deviendraient-elles ?

Elle s'en voulut de penser à une chose pareille. Pas maintenant ! Elle était flic, jusqu'au bout des ongles. Elle devait agir.

Derrière elle, la porte d'entrée principale se rabattit dans un soupir.

D'un coup, des cris étouffés. Puis les éclats d'une lutte. Dans l'appartement de Manon.

Lucie se plaqua contre le mur, sur le côté, et tourna la poignée. Fermé. Elle pointa le canon sur la serrure et embrasa le couloir de poudre incandescente.

Des bruits de pas, à l'intérieur. Puis un autre coup de semonce.

Lucie chassa la porte du pied. L'arme contre la joue, elle jeta un coup d'œil dans l'embrasure.

Manon gisait sur le sol du salon, les doigts repliés sur sa gorge, chuchotant inlassablement les mêmes syllabes : « Ber-nou-li ». Son chien la léchait. À côté d'eux, un Beretta, ainsi qu'un cran d'arrêt déployé.

La jeune femme avait réussi à désarmer son assaillant.

Dans un sursaut, Manon se redressa et la braqua instantanément. Les yeux injectés de sang, elle crachait une espèce d'écume blanchâtre. Elle allait tirer.

— Je suis Lucie Henebelle ! hurla le lieutenant en levant les mains. Rappelez-vous ! Lucie ! Lucie !

Le doigt qui tremble sur la détente. Une vibration, une infime vibration pour que la balle jaillisse et transperce le crâne de la flic.

— Lucie Henebelle ! reprit-elle. Lucie Henebelle ! Vous savez ça ! Vous l'avez appris !

Un éclair traversa les pupilles de Manon.

— Lucie Henebelle ? Que se... passe-t-il ? Ma... gorge... On a voulu... On a voulu m'étrangler...

Un souffle humide traversa l'appartement. Suivi d'un claquement de fenêtre au bout du couloir. Lucie se rua vers la porte en disant à Manon :

— Ne touchez pas à ce couteau... Les empreintes ! Je reviens !

L'impasse. Au bout, une silhouette qui s'enfuyait à droite dans la rue.

En une fraction de seconde, toutes les pensées de Lucie quittèrent son cerveau. Elle se précipita, les doigts serrés sur son arme, entièrement mobilisée à coordonner la musique de la traque. Et l'écoulement de son souffle.

Goulots d'étranglement, virages aux angles impossibles. Rue Royale, puis Négrier. Le Vieux-Lille semblait se rétracter sur lui-même, pareil à une araignée infâme. L'ombre tourna encore. Rue Jean Moulin, puis d'Angleterre, artère sinistre flanquée de boutiques aux rideaux d'acier. Lucie gonflait ses poumons d'inspirations précises et régulières. Le cœur suivait, les veines enflaient, les muscles répondaient. Elle gagna en rapidité. Jusqu'à ce que la pointe dans le mollet se remette à hurler.

Elle grimaça mais poursuivit, hargneuse, enragée. Le bruit des pas devant elle l'enivrait, la gorgeait de courage. Le fuyard perdait du terrain. Encore quelques mètres à peine avant de s'arrêter pour le prendre en joue. Et le blesser.

Impossible de voir à quoi il ressemblait. Juste un imperméable, un bonnet, un sac à dos, des fers de boîtes cognant les pavés.

Autre virage. Au loin, deux ou trois jeunes, plaqués contre un mur. Fracas d'objets qui chutent. Dans l'angle, des poubelles renversées. Lucie eut le réflexe de sauter mais l'atterrissage la foudroya. La brûlure se propagea jusque dans son genou. Et la stoppa net.

Elle hurla, les mains écrasées sur le muscle bombé, le front relevé vers l'homme qui s'évanouissait déjà dans le froid de la nuit lilloise. Elle tenta encore quelques pas, malgré sa jambe en feu. En vain.

— Eh merde ! cria-t-elle dans le vide. Merde, merde, merde !

Elle fit demi-tour, hors d'elle. Encore un échec. Décidément, tout partait en vrille.

Elle regagna l'impasse en boitillant.

Soudain, au niveau du véhicule de police, une hallucination.

Une silhouette, penchée sur la fenêtre de la 306. Même gabarit que l'agresseur.

Lucie se précipita et écrasa son canon sur l'arrière de la chevelure châtain.

— Bouge pas !

L'homme se retourna lentement, les bras levés. Lucie raffermit sa prise autour de la crosse.

— Turin ? C'est pas vrai !

Le lieutenant parisien au perfecto noir… Elle baissa son Sig. Derrière lui, la vitre de la voiture avait volé en éclats.

— C'est quoi ce bordel ? demanda-t-il d'un ton très dur.

Lucie fronça les sourcils en remarquant la méchante blessure sur sa main gauche.

— Il est plus de 22 heures. Qu'est-ce que vous fichez ici ?

— Et vous ?

Elle observa ses pieds. Des bottes.

— Vous avez le front en sueur, constata-t-elle. Vous avez couru ?

— J'arrive à pinces de l'hôtel. Je me suis farci deux kilomètres… Avec la cigarette… Ça arrange rien…

— Je répète ma question. Qu'est-ce que vous fichez ici ?

— Des trucs à demander à Manon… Sur son frère… Et vous ?

— Moi aussi…

Ils se jaugèrent quelques secondes sans desserrer les dents. Lucie rompit le silence la première. Elle désigna la 306.

— Comment ils vont ?

— Juste endormis, à première vue. J'ai appelé les secours.

— Je viens de poursuivre un type qui a essayé d'étrangler Manon.

Turin écarquilla les yeux. Lucie ne lui laissa pas le temps de répondre. Elle continua :

— Eh oui, un étranglement, même scénario qu'il y a trois ans. Je crois bien que l'agresseur est revenu corriger son erreur.

Elle le considéra d'un air de reproche.

— Vous allez continuer à me dire que le cambriolage de l'époque était une simple coïncidence ? Qu'il n'avait rien à voir avec toute cette histoire ?

Elle lui tourna le dos et s'enfonça dans l'impasse. Il lui emboîta le pas.

— Vous traînez la patte, Henebelle. Un souci ?

— Non, aucun souci ! Et vous, votre main ?

— Rien de grave. Une mauvaise coupure.

Ils pénétrèrent dans le couloir. Puis chez Manon. Personne dans le salon.

— Manon ?

Pas de réponse. Turin posa son index sur ses lèvres et sortit son arme. Il s'aventura en direction de la cuisine. Rien.

Ils s'avancèrent vers le bout du couloir. La porte de métal. La *panic room*.

— Manon ! cria Lucie en tambourinant sur la plaque d'acier.

Silence. Ils foncèrent vers la chambre.

— Où est-elle, nom de Dieu ?

Ce fut dans la salle de bains qu'ils la découvrirent, allongée sur le sol. Immobile.

Le Beretta et le cran d'arrêt entre ses jambes inertes.

Son chemisier taché de sang.

28.

À l'aide d'un mouchoir, Lucie s'empara du flingue, du couteau, et les posa sur le rebord du lavabo. Manon se tenait recroquevillée, une serviette éponge serrée contre la poitrine. Assis sur une chaise, Turin observait la scène.

— Une ambulance et des renforts vont arriver… fit Lucie. Manon, vous allez finir par vous tuer à vous mutiler comme ça ! Qu'avez-vous noté cette fois ? Encore un truc incompréhensible ? Laissez-moi au moins regarder votre blessure. Il faut vous soigner !

— Non, je vous ai dit ! Ne m'approchez pas !

Soudain, elle fixa le lieutenant parisien et demanda dans un élan de panique :

— Hervé ! Qu'est-ce que tu fais ici ? Comment es-tu entré ?

Ses yeux absorbaient chaque détail de son environnement. Les gants de toilette, les brosses, les flacons, alignés dans un ordre qu'il lui semblait connaître. Sa salle de bains, il s'agissait de sa salle de bains ! Son appartement ! Plaquée contre le mur carrelé, elle recentra son attention sur le flic, avant de lancer, l'air mauvais :

— Je ne veux plus jamais te voir ! Plus jamais ! Je n'ai pas été claire la dernière fois ?

— Tu as vraiment une drôle de notion du temps, répondit Turin d'un ton désinvolte. La dernière fois remonte à plus de trois ans… Et c'était à quatre cents bornes d'ici. Ravi de te revoir, moi aussi, même dans des conditions aussi sordides.

Colère, frustration, peur… Manon était à bout de nerfs. Comme chaque fois où elle se retrouvait dans une situation qu'elle ne comprenait pas, qu'elle ne maîtrisait pas. Elle se crispa plus encore en s'adressant à Lucie :

— Et vous, qui êtes-vous ? Sa poule du moment ?

Elle se tira brusquement les cheveux dans un long cri d'impuissance et demanda en hurlant :

— Mais que se passe-t-il ? Dites-moi ! Je vous en prie ! Dites-moi !

Turin se leva et s'approcha d'elle.

— Calme-toi un peu, d'accord ?

Manon respirait à une vitesse effroyable.

— Me calmer ? Me calmer ? Je me retrouve en sang, avec un pistolet et un cran d'arrêt entre les jambes ! Je ne sais même pas quel jour on est, ni ce que je fais assise ici ! Et tu voudrais que je me calme ?

Il tendit le bras dans sa direction, elle se protégea instinctivement derrière sa serviette. Lucie ne put s'empêcher de repenser à Michaël, le Korsakoff. L'épisode avec l'épingle, la mémoire du corps. De toute évidence, Manon se méfiait de lui.

— Elle, c'est Lucie Henebelle, expliqua Turin. Elle est lieutenant de police, elle veut t'aider. Elle enquête avec moi sur…

— Lucie Henebelle ?

Manon sembla reprendre des couleurs.

— Le Professeur ! Mon enlèvement ! La mort de Dubreuil ! Oui, je crois me rappeler ! C'est cela ! Des… Des choses me reviennent…

Turin s'appuya contre le lavabo.

— Quelqu'un vient d'essayer de te tuer. Et ce quelqu'un n'a pas hésité à neutraliser les deux plantons devant chez toi pour pouvoir t'atteindre.

Manon se remit immédiatement à paniquer.

— Frédériiiic !

Lucie s'agenouilla devant elle et lui glissa la main derrière la nuque. Manon observa d'abord un mouvement de repli, une espèce de méfiance réflexe, puis finit par se laisser faire, comme si, au fond d'elle-même, elle connaissait cette chaleur familière.

— Votre frère n'a rien, ne vous inquiétez pas. Il s'est rendu à Paris, bien avant tout ce remue-ménage, pour une réunion demain matin.

La jeune femme ne parvenait pas à s'apaiser. Elle se mit à fouiller du regard autour d'elle.

— Votre N-Tech est dans le salon, poursuivit calmement Lucie, ainsi que votre téléphone portable. Tout a l'air de fonctionner, soyez rassurée.

Manon la considéra avec cet air suppliant que Lucie connaissait par cœur à présent.

— Donnez-le-moi ! S'il vous plaît !

Turin disparut et revint immédiatement avec l'engin. Elle le lui arracha des mains sans même lever la tête, entra son mot de passe en cachette et déclencha la fonction « Enregistrement ».

— Répétez ! Répétez ce qu'il vient de se passer ! S'il vous plaît ! Répétez !

Lucie s'exécuta. Affronter la détresse de cette fille, sa fragilité, se rappeler la sienne… Elle dut prendre sur elle pour ne pas laisser paraître son émotion. Elle éprouvait l'envie de rentrer, d'étreindre ses gamines, de partager des moments de bonheur avec elles. De brûler ses papiers, ses articles, ses livres. Dans deux jours, son anniversaire… Elle détruirait tout…

Après le rapide résumé de la flic, Turin envoya d'une voix tendue :

— Je me suis renseigné dans l'après-midi. Tu as suivi des cours à l'Union des tireurs de Villeneuve d'Ascq, l'année dernière. Pourquoi ?

Manon ouvrit des yeux de chouette.

— Quoi ? Des cours de tir ?

Turin soupira.

— Et ce Beretta, numéro de série limé ! Explique-toi !

— Moi, un Beretta ? Tu es dingue ? Tu viens de me dire qu'on m'avait agressée ! Ce n'est pas le mien…

Il pointa l'index vers un morceau de cuir qui dépassait de la serviette éponge.

— Le holster, il est venu tout seul contre ton flanc ?

— Je n'y comprends rien ! J'ignorais que je savais m'en servir ! Tu dois me croire ! Vous, madame ! Vous devez me croire aussi !

Turin s'avança, mais Lucie s'interposa et lui chuchota :

— Comment vous savez, pour les cours de tir ?

— Vous pensez que j'ai perdu mon temps ? Ses chèques…

— Ses chèques ? De quel droit avez-vous consulté ses mouvements bancaires ?

— Elle est incapable de nous dire ce qu'il s'est passé cinq minutes plus tôt, alors il faut bien faire les recherches à sa place.

Il s'écarta et s'approcha de Manon. La dominant de toute sa hauteur, il poursuivit son attaque verbale :

— Tu t'es aussi inscrite dans un club d'autodéfense, voilà six mois. Tu t'y rendais quatre fois par semaine, avant de tout stopper il y a un mois ! Quatre fois par semaine, comme ça, tout d'un coup !

Il s'accroupit pour venir se placer à dix centimètres de son visage.

— Aujourd'hui, tu te fais agresser, et bizarrement tu t'en sors en désarmant ton adversaire. Grâce à tes cours, justement. Tu as même essayé de le buter avec ton flingue. Comme si on t'avait préparée, programmée à anticiper tout ça. Ton délicieux protecteur t'a même fourni une arme ! Que sais-tu qu'on ignore ?

Manon secouait la tête à toute vitesse, au bord des larmes.

— Je ne me souviens pas ! Je ne me souviens pas !

Turin souffla par le nez, excédé.

— Mais tu aurais pu apprendre que tu suivais des cours ! Tu aurais pu en apprendre la raison ! Ces séances doivent bien être notées quelque part dans ton putain d'organiseur !

Manon passa sa main ouverte devant son visage, lentement, serra le poing et le fit pivoter d'un mouvement sec. Elle ressentit alors la force des coups en elle, la maîtrise du combattant. Aussi fou que cela pût paraître, elle savait se battre.

Avec des gestes incroyablement vifs et précis malgré sa nervosité, elle se mit à fouiller dans son N-Tech. Turin et Lucie s'approchèrent plus près encore. Sous leurs yeux, la mathématicienne remonta des semaines en arrière, faisant défiler le détail de chaque journée. Photos, notes écrites, enregistrements audio titrés. Rien, absolument rien ne concernait son entraînement. Juste une infinité de rendez-vous, des remarques en tout genre. Ni cours d'autodéfense, ni leçons de tir.

Puis, soudain, dans la fonction « Alarme », cette alerte datée du 1er mars et déclenchée ce midi : « Va voir au-dessus de l'armoire de la chambre. Prends l'arme, et arrange-toi pour ne jamais t'en séparer. Jamais. »

— Alors ? Il est toujours pas à toi ce Beretta ? lança Turin.

— Mais… Mais je n'y comprends absolument rien !

— Quelqu'un a dû manipuler les informations, suggéra Lucie. Et vous manipuler, vous.

— Me manipuler ? Non, impossible ! Strictement impossible ! Je m'en serais rendu compte. Je n'inscris là-dedans que ce dont je suis sûre ! Si on me dit de noter des choses que je n'ai pas pu vérifier, je ne le fais pas !

— Comme lorsque votre frère ou Vandenbusche vous affirment que votre mère a appelé alors que vous avez oublié ?

Manon fronça les sourcils.

— C'est différent. D'abord, j'ai confiance en eux. Et pourquoi me mentiraient-ils sur un sujet aussi simple et sans conséquences ?

— D'accord, répliqua Lucie. Et si on vous forçait à rentrer des informations sous la contrainte ?

— Il faudrait qu'on sache exactement la manière dont je saisis mes données, à quel endroit. Sous la contrainte ? J'inscrirais les infos dans un dossier bidon… Et si vous pensez qu'un autre peut le faire à ma place… Non. Mon N-Tech se verrouille automatiquement dès que je ne l'utilise plus ! Personne ne connaît mon mot de passe, je le change régulièrement !

— En le piochant dans votre coffre-fort, c'est ça ?

— Comment vous…

— Votre frère m'en a parlé.

— Mon système de protection est cent pour cent fiable, vous comprenez ? Je suis extrêmement prudente ! Je le sais !

— Manon… Vous êtes amnésique, vous ne pouvez être sûre de rien…

— Comment osez-vous ? répondit la jeune femme, outrée, avant de hurler à l'intention de Turin :

— Et toi, qu'est-ce que tu fiches ici, chez moi ?

Sans même prendre la peine de répondre, Turin sortit de la salle de bains en faisant signe à Lucie de le suivre.

— Juste une seconde, Manon. Nous sommes à côté. Et cette fois-ci, ne faites pas de bêtises… fit la flic avant de le rejoindre dans la chambre.

— Vous pensez comme moi ? demanda-t-il.

— Le frère ?

Il opina du chef.

— Tout nous ramène à lui… Il peut très bien s'être emparé du N-Tech et y avoir ajouté ou supprimé ce qu'il voulait. Je sais pas moi… pendant un moment d'inattention de sa sœur. Ou alors, comme vous le sous-entendiez, elle lui fait tellement confiance qu'elle prend pour argent comptant tout ce qu'il lui dit.

Il croisa les bras et ajouta :

— L'auteur du message dans la cabane des chasseurs connaissait le passé de Manon, ses habitudes d'adolescente… Et il y a aussi ce trou dans l'emploi du temps de Frédéric Moinet, entre midi et 14 heures, juste au moment où la vieille a été butée… L'heure du déjeuner, je vous l'accorde. N empêche, ça fait beaucoup.

Lucie acquiesça sans conviction.

— C'est quand même un peu gros… On le suspecte de quoi, au juste ? D'avoir assassiné Dubreuil ? D'être le Professeur ? C'est rigoureusement impossible.

— Pas d'avoir assassiné Dubreuil, ni d'être le Professeur, mais d'être impliqué dans ce merdier, d'une façon ou d'une autre. Manon a été enlevée ici même… Sans résistance… Puis relâchée à peine quelques heures plus tard… On la manipule… Peut-être au point de l'avoir « forcée » à prendre des cours de tir, de *self-defense*, avant de tout effacer de son appareil.

Pour une fois, ils avançaient sur la même longueur d'onde. Lucie prolongea la pensée de Turin :

— Peut-être en prévision de la campagne de pub de N-Tech et MemoryNode. Frédéric savait qu'un jour ou l'autre, Manon s'exposerait médiatiquement, et que le Professeur pourrait réagir de nouveau. Il lui a fourni une arme pour qu'elle puisse se défendre…

Elle marqua une pause, avant de s'objecter à elle-même :

— Ceci dit, ça peut aussi bien être Vandenbusche, ou n'importe qui d'autre. En fait, tous ceux qu'elle a croisés depuis qu'elle utilise cet engin. Des patients de MemoryNode, des commerciaux de N-Tech… Ou bien même vous… Il suffisait de gagner sa confiance…

Le lieutenant parisien ne tint pas compte de la dernière pique. Il s'affaissa sur la table du salon, la tête rentrée dans les épaules.

— Le putain de calvaire recommence… À peine une journée d'enquête, et nous voilà autant largués qu'il y a quatre ans… Manon est le point central de cette affaire, elle l'a toujours été. Et c'est pour cette raison qu'on essaie de l'éliminer.

— Et de la protéger.

— Et de la protéger…

Un bruit derrière eux. Manon se dressait dans l'embrasure de la porte, toute tremblante. Elle écarta le bas de sa serviette éponge.

Sa nouvelle plaie, en lettres de sang.

La mathématicienne indiqua du bout de l'ongle les signes incrustés dans sa peau, à côté de son ancienne cicatrice.

Toujours en miroir, les lettres BERNOULLI.

« Trouver la tombe de Bernoulli. »

— Quand ? Dites-moi quand j'ai écrit cela ! s'écria Manon. Dites-moi !

— Pendant que je coursais votre agresseur, répondit Lucie, interloquée. Quand… Quand je suis entrée chez vous, vous aviez les mains autour de la gor…

Elle s'interrompit net, soudain traversée par un souvenir : d'après Frédéric, Manon avait inscrit « Trouver la tombe d » au cours d'une crise dans sa salle de bains, où elle étouffait, la main sur le cou. Précisément comme aujourd'hui. L'amorce dont avait parlé Vandenbusche, le geste ou la parole capable de solliciter la mémoire du corps, était cet acte d'étranglement.

Chez Frédéric, quelques heures plus tôt, Lucie avait visé juste. En subissant la même agression, Manon venait de revivre le jour du cambriolage. L'ambiance, les odeurs, les sons cachés quelque part dans sa mémoire à long terme… Son agresseur, voilà trois ans, avait dû lui chuchoter un message à l'oreille, peut-être lui avait-il délivré la clé de l'énigme, alors qu'il la privait d'air en lui écrasant la trachée.

— Ça va pas ? fit Turin.

— Si, si, excusez-moi, répondit Lucie.

Elle reprit, s'adressant à Manon :

— … Vous aviez les mains autour de la gorge, et vous murmuriez ce nom, ce Bernoulli…

Manon se mit à tamponner les zébrures pourpres. La voix fiévreuse, elle affirma :

— La réponse se cache à Bâle, en Suisse.

— En Suisse ?

— Sur la tombe de Bernoulli !

Turin et Lucie échangèrent un regard.

— Qui est Bernoulli ?

Manon se dirigea vers une armoire pour y récupérer des vêtements.

— Bernoulli ! Bernoulli ! C'était donc cela !

— Mais qui est-ce ?

— Bernoulli était l'un des plus illustres mathématiciens du XVIIe siècle, contemporain de Leibniz, Boyle ou Hooke ! Il s'est intéressé au calcul infinitésimal et intégral, sans…

— On s'en fiche ! l'interrompit Turin. Va au fait ! Pourquoi Bernoulli ?

La réponse fusa :

— Il a passé la moitié de sa vie à percer un mystère qui est le cœur de toute cette affaire ! Le mystère des spirales !

Elle désigna le nautile tatoué sur son épaule, avant d'ajouter :

— Bon sang de bon sang. C'était là, sur mon corps, depuis des années. Et c'était une évidence.

29.

— C’est moi qui aurais dû partir là-bas avec elle ! Mince, commandant !

Kashmareck grillait sa cigarette au bout de l’impasse, à proximité d’une ambulance. Les poings solidement plongés dans les poches de son blouson, furieuse, Lucie shoota de la pointe du pied dans un caillou.

— Tu as entendu ce qu’a dit notre médecin ? grogna Kashmareck. Tu as sans doute une tendinite !

— Non, non ! Je vais faire des étirements, je suis sûre que…

— Écoute Henebelle ! Turin ct Moinet ont déjà travaillé ensemble par le passé, il connaît son affaire et en plus il a autorité sur toi concernant ce genre de décisions. Alors tu devrais passer à autre chose… Je te rappelle que tu dois te farcir le rapport sur ce qu’il vient de se passer.

Lucie ouvrit grand ses mains devant elle, en signe de désapprobation.

— Mais Manon refusait quasiment de partir avec lui ! Vous savez ce qui est noté dans son N-Tech ? « Ne plus jamais travailler avec ce pervers » ! Ce pervers !

Kashmareck regarda autour de lui, s’assurant que personne n’entendait.

— Je t'interdis de cracher sur un collègue, d'accord ? Moinet est partie de son plein gré, personne ne l'a forcée !

Lucie ne voulait pas en démordre. Elle insista :

— Vandenbusche a clairement signalé le danger si Manon quittait son environnement familier ! Elle pourrait avoir des réactions inattendues !

Elle désigna son arcade sourcilière.

— Rappelez-vous, le coup de bâton qu'elle m'a flanqué chez Dubreuil ! Comment va-t-elle réagir si elle se trouve loin de chez elle, aux côtés d'un type qu'elle déteste ? Vous imaginez le traumatisme ?

— Je vois pas trop le traumatisme, puisqu'elle oublie dans la minute.

— Vous n'avez…

Kashmareck ferma les yeux en soufflant. La jeune flic commençait à l'agacer sérieusement. Il l'interrompit :

— Elle a beau être amnésique, elle n'en est pas moins responsable, et leurs histoires de cœur ne m'intéressent pas, compris ? Turin est un gars réglo. Il a travaillé six ans aux Mœurs et bosse depuis huit ans à la Crim sur des dossiers sérieux. Il vient de la rue, il vit sur le terrain en permanence… Avec lui, loin d'ici, elle est en sécurité. Parenthèse close, OK ?

Lucie eut un petit rire cynique.

— Six années à côtoyer les prostituées. Quand je vois sa façon de regarder les femmes, je comprends. Ce gars n'est pas clair, croyez-moi. Qu'est-ce qu'il fichait ici si tard, à votre avis ?

— Et toi ?

— J'avais besoin de discuter avec Manon. Mais lui…

Le commandant s'attarda sur les deux policiers qu'on embarquait sur des civières. Il reprit finalement :

— Dans six ou sept heures, ils arriveront à Bâle. De toute façon, tu n'as rien raté, on ne résout pas une affaire avec un truc pareil… Une cicatrice vieille de plusieurs années… Je ne vois pas ce qu'il y a à récupérer sur une tombe perdue en Suisse.

— Peut-être qu'il…

— Bon, du concret maintenant ! Parle-moi plutôt de l'agresseur !

Lucie haussa les épaules, vexée par l'attitude de son supérieur.

— Que dire ? J'ai poursuivi une ombre.

— Mais encore ?

— Il courait vite, le dos bien droit, signe d'une certaine jeunesse. Trente, quarante ans maximum. Il me semble qu'il portait un jean avec un long imperméable… Un sac à dos et aussi un bonnet. Taille et corpulence moyennes… Genre Turin. Les fers de ses chaussures claquaient sur les pavés, le type de fer qu'on trouve sous des bottes. Mais… je n'ai rien d'autre… Faudra essayer de voir avec les témoins qu'on pourra retrouver.

Elle marqua une pause, avant de reprendre :

— En tout cas une chose est certaine, on n'utilise plus Manon comme l'objet d'un rituel ou l'élément d'une mise en scène, comme c'était le cas dans la cabane des chasseurs, mais on cherche bien à l'éliminer.

— Qui ça, « on » ?

Des gyrophares teintèrent les murs de l'impasse de reflets bleutés. L'ambulance démarra et disparut rapidement dans les ruelles du Vieux-Lille.

— Je sais pas, mais je suis sûre qu'il ne s'agit pas du Professeur. Et là-dessus, Turin est d'accord avec moi. On en a parlé avant l'arrivée des secours.

— Précise, s'il te plaît…

— L'agresseur a endormi les collègues au pistolet hypodermique, il aurait très bien pu agir de même avec Manon pour ensuite préparer son rituel, stimuler ses fantasmes. Mais là ? Il entre et essaie directement de la tuer en l'étranglant. Il était venu l'exécuter à la va-vite, comme par le passé.

— Le passé ? Tu vois un lien avec le cambriolage de l'époque ?

— Ça me paraît être une sérieuse hypothèse. Quoi qu'il en soit, s'il s'était agi du Professeur, pourquoi ne l'aurait-il pas éliminée dans la cabane de chasseurs ? Notre tordu de maths ne se serait pas exposé de la sorte, ici, dans cette impasse, avec des flics en faction. Trop, bien trop risqué pour un individu si méticuleux, si calculateur.

Kashmareck réajusta le col de son blouson bleu nuit « Police nationale ».

— Alors tu crois qu'on a en face de nous deux personnes différentes ?

— C'est clair. D'un côté, le Professeur, monstre de vice et de perversité, infligeant la souffrance absolue à ses victimes selon un cérémonial millimétré, programmé des semaines à l'avance. Le ravisseur de Manon, le meurtrier de Dubreuil. De l'autre, un individu qui a peur de ce qu'elle pourrait découvrir. Probablement le même individu qui l'a déjà agressée à Caen pour la même raison. Et qui se croyait hors de danger parce que Manon avait perdu la mémoire et qu'elle était donc, à ses yeux, comme morte.

— L'homme aux bottes se serait réveillé parce que le Professeur est de retour ? Parce que l'affaire est sous les projecteurs ? Et que Manon se voit propulsée au centre de tout ce micmac ?

— Exactement, c'est le mot, « réveillé ». Imaginez-le tranquillement installé chez lui à regarder la télé ou à lire le journal. Il découvre l'info sur le Professeur, l'assassinat de Dubreuil et l'enlèvement de Manon… Avec en plus le visage de Manon placardé sur tous les murs de France… Il commence à douter, à prendre terriblement peur. Et si Manon avait retrouvé ses capacités ? Et si elle pouvait maintenant se souvenir d'un détail le mettant en danger, lui ? Ou aider la police, comme à l'époque ? Tout simplement, il se met à craindre qu'on remette le nez dans cette vieille affaire, et qu'on découvre enfin ce qui nous avait échappé alors.

— Mais quel rapport avec le Professeur ?

— Ça, c'est la grosse inconnue. Cet homme est peut-être l'élément que Turin et ses équipes n'ont jamais réussi à dénicher.

Lucie avait une terrible envie de se masser le mollet. Son muscle lui brûlait horriblement. Elle garda cependant un air détaché. Elle devait rester sur le coup, à tout prix.

— Ce qu'il se passe autour de Manon, de sa mémoire, est vraiment bizarre. Depuis quelques mois, elle suit des cours de tir et d'autodéfense, de manière intensive. Ce qui lui a évité de se faire égorger, ce soir. Nous avons fouillé dans son organiseur, rien ne concerne ces activités, le néant !

— Effacé ?

— Vraisemblablement. Par contre on a retrouvé un message concernant le Beretta, programmé il y a près de deux mois et qui s'est déclenché ce midi. Il lui disait d'aller le chercher au-dessus de son armoire et de ne jamais s'en séparer.

— C'est quoi ce bordel, encore ?

— Quelqu'un a déposé le flingue à cet endroit, lui a fait prendre des cours de tir, et a programmé ce message, sûrement pour la protéger. Son N-Tech a été trafiqué, j'en suis persuadée.

— Son frère ?

Lucie se pinça les lèvres, dubitative.

— D'instinct, on pense tous à lui, bien évidemment, mais en réfléchissant… je suis pas si sûre.

— Je crois quand même qu'il va falloir cravacher Frédéric Moinet plus sérieusement, dit Kashmareck.

Lucie acquiesça.

— Cette affaire prend vraiment des proportions démentes. D'abord, le Professeur… Ensuite un autre type, ce faux cambrioleur d'il y a trois ans, qui cherche aujourd'hui à tuer Manon… Puis un troisième individu, qui manipule son N-Tech et dirige son existence…

Le commandant l'interrompit :

— Moi, j'ai une autre hypothèse, pas plus stupide que toutes les autres. Le Professeur, OK avec toi. L'agresseur de Manon, OK avec toi. Mais pour le N-Tech… Est-ce qu'il serait pas possible que notre mathématicienne simule parfois son amnésie ? Qu'elle prétende ne pas se souvenir, alors que sa mémoire fonctionne ? Qu'elle n'ait pas besoin de tout noter pour se rappeler ? Qu'elle nous bluffe, en quelque sorte ?

Lucie secoua la tête, catégorique.

— Vandenbusche est formel, rien ne se fixe dans sa mémoire sans un pénible apprentissage. Les IRM et une batterie de tests neuropsychologiques prouvent un réel déficit. Ces tests sont fiables à cent pour cent.

— On a déjà vu des gens suffisamment habiles pour tromper les tests consciemment, voire inconsciemment.

— Peut-être, mais certainement pas les IRM. Et puis j'ai bien vu le comportement de Manon. La première nuit, quand elle errait dans Lille, puis à Hem, et au lac de Roeux. Et même ce soir, dans sa salle de bains ! Ses yeux ne mentaient pas, elle me voyait bel et bien pour la première fois à chaque rencontre !

Sous l'effet d'une soudaine bourrasque, les boucles blondes de Lucie ondulèrent devant le bleu de ses yeux.

— Tout compte fait, l'homme aux bottes a tout raté, enchaîna-t-elle en boutonnant son blouson jusqu'au cou. En étranglant Manon voilà trois ans, il lui a probablement révélé une information en relation avec la tombe de Bernoulli, peut-être lui a-t-il livré par orgueil la clé de toute cette énigme… Et aujourd'hui, il a réveillé involontairement la mémoire de son corps. Contrairement à vous, je pense que ce déplacement en Suisse n'est pas inutile. Que sur la tombe de ce mathématicien nous apparaîtra un élément déterminant pour l'enquête. Un secret préservé jusqu'à aujourd'hui…

— Peut-être, oui, espérons…

— Bon, je vais rentrer chez moi maintenant, fit Lucie, je veux être d'attaque demain. Ah ! Un dernier truc. Vous avez lu le rapport du paléontologue ?

— Oui. Intéressant.

— Deux des appartements de Frédéric Moinet sont en travaux. Peut-être y aurait-il un burin à y ramasser… Même si… je sais que ça peut pas être lui, c'est impossible.

— Et pourtant, tu me demandes de vérifier.

Lucie lui répondit par un sourire. Puis elle le salua avant de s'éloigner.

— Au fait… demanda Kashmareck.

Il se racla la gorge.

— … le médecin… Ta prise de sang…

Elle se retourna.

— C'est bon. Négatif. Pour l'instant… Parce qu'il faudra faire un nouveau dépistage dans six mois…

30.

Les paupières baissées, un casque sur les oreilles, Manon écoutait inlassablement les conversations enregistrées dans la journée. Lucie Henebelle, la flic aux boucles blondes, venue la rencontrer à Swynghedauw pour lui parler du Professeur… Turin, de nouveau sur l'affaire… Sa récente agression, dans l'appartement… Cette cicatrice incomplète, dont elle avait si longtemps cherché la signification… La tombe de Bernoulli… Elle se rapprochait de la solution, elle le sentait.

Manon ouvrit soudain les yeux.

Elle s'affola. Une voiture inconnue ! Turin, à ses côtés ! Que se passait-il ? Sa main se porta immédiatement sur la poignée de la porte, mais la feuille A4 scotchée dans l'angle du pare-brise interrompit son geste. Son écriture :

« Direction la cathédrale de Bâle, pour la tombe de Bernoulli.

Tu redouteras ma rage — *Eadem mutata resurgo*.

Il est normal que tu te trouves dans cette voiture avec Turin. Il s'occupe de l'affaire. Ne réponds pas à ses questions. Bernoulli. Juste Bernoulli… »

— C'est au moins la dixième fois que tu attrapes cette putain de poignée de portière, cracha le lieutenant parisien sans quitter la route des yeux. J'ai verrouillé, pour éviter que tu fasses une connerie. T'es pire qu'un gosse.

Il vida sa canette de Coca, qu'il écrasa d'une seule main et jeta par la fenêtre.

— Pourquoi je m'acharne à te le répéter ? Dans une minute, tu auras oublié, et il faudra tout recommencer. Je ne sais pas comment tu supportes ton état. Ou si, je sais. Tu ne le supportes pas, mais même ça, tu l'oublies.

Un panneau vert « Bruxelles-Luxembourg-Namur ». Il s'engagea sur l'autoroute E411, puis observa sa passagère du coin de l'œil. Les traits d'ange d'abord, la poitrine ensuite, dont les formes bombées arrondissaient son pull.

— Je croyais être guéri de toi, confia-t-il dans un souffle. Je croyais t'avoir oubliée. Du moins, j'ai essayé, j'ai vraiment essayé. Mais… Manon… Te revoir… Tout se réveille… C'est quand même un hasard formidable, non ? Je veux dire là, nous deux, arpentant le bitume, comme à la vieille époque. Au temps où nos journées étaient pleines de rebondissements.

Manon tourna la tête vers la vitre passager, la gorge nouée. Comment avait-elle pu accepter de partir seule avec lui ? Pourquoi n'était-ce pas cette Lucie Henebelle qui l'accompagnait ? Elle effleura discrètement le métal de son téléphone portable dans sa poche. Un malaise grandissant lui serrait le cœur.

— Quand tu m'as abandonné, tu m'as rendu fou, poursuivit-il. Tu…

Elle se tourna vers lui, incapable de contenir le feu de sa colère.

— Abandonné ? Mais de quoi tu parles ? Je n'ai jamais éprouvé le moindre sentiment pour toi, j'ai toujours été claire ! C'est toi qui ne me lâchais pas, qui me harcelais ! À l'époque, j'aurais dû porter plainte ! J'aurais dû raconter que le grand lieutenant Turin n'était qu'un pervers, un voleur de sous-vêtements et un client régulier des prostituées !

Il ricana.

— Mais tu ne l'as pas fait, parce que je continuais à te fournir des informations sur le Professeur. Tu étais pire qu'une droguée. Donnant-donnant, tu te rappelles ?

— Donnant-donnant, répéta-t-elle. Échange de bons procédés.

Elle le regarda fixement.

— Tu t'es fait soigner ?

— Je vais bien, merci de te soucier de ma santé sexuelle.

— Ta maladie des femmes se guérit, tu sais… Tu aurais dû…

Elle vit ses mâchoires se contracter.

— Garde tes leçons pour toi. Les psys, c'est pas mon truc. Ni aujourd'hui, ni jamais. Ne parle plus de ça, t'as compris ?

Manon sentit un tressaillement sous sa peau. Elle avait oublié à quel point ce type était volcanique. Et dangereux.

— Aujourd'hui, les compteurs sont remis à zéro, rétorqua-t-elle sèchement. Ne t'avise surtout pas de me toucher ou je déballe tout. Contente-toi de regarder la route, et emmène-nous là-bas. D'accord ?

Il reprit un ton conciliant, et même étonnamment calme.

— En tout cas, je vois que tu as sérieusement progressé. On pourrait presque te croire normale…

— Je suis normale !

— Si on veut… Au fait, j'ai aperçu ce poster de toi, cette publicité pour les N-Tech…

— Des photos de moi ? Où ça ?

— Tu dois avoir plein d'admirateurs, des tas de gens qui veulent te rencontrer. Tu as bien réussi ta reconversion, loin des mathématiques.

Elle le considéra avec mépris. Décidément, en quatre ans, rien n'avait changé.

— Ma reconversion ? Sais-tu seulement à quoi ressemble mon quotidien ? Sans MemoryNode, je ne suis plus rien ! Mes voisins pensent que je suis folle ou que je me fiche d'eux parce que je ne les reconnais pas ! On me prend pour un être creux, vide, alors que… que tout est encore en moi ! Je bouillonne, Hervé ! Je bouillonne de vie ! Mais que faire, moi qui ne peux même plus ouvrir le gaz sans prendre le risque de faire exploser mon appartement ? Je ne sais jamais ce qu'il se passe autour de moi ! Quel jour sommes-nous ? Matin, soir ? Quel mois ? Est-ce que j'ai déjà mangé, ou ramassé le courrier ? Voilà mes éternelles obsessions. Je n'ai plus d'envies, voyager ou acheter de jolies choses ne me sert à rien. Je vis dans une boîte hermétique ! C'est cela que tu appelles une reconversion réussie ?

Il tenta de lui caresser le visage, mais elle le repoussa vivement. Il retint son bras pour ne pas la cogner.

— Puisque tu t'es enfin décidée à me parler, lui envoya-t-il, tu pourrais peut-être m'expliquer ce qu'on va foutre en Suisse ?

Elle pointa la feuille A4.

— « *Eadem mutata resurgo.* » « Changée en moi-même, je renais. »

— Me voilà super avancé.

— Si tu pouvais rester agréable, cela faciliter ait les choses. « *Eadem mutata resurgo* » est une citation très connue dans les communautés mathématiques, inscrite sur la tombe de Jacques Bernoulli. Elle concerne les spirales.

— Encore ces fichues spirales ?

— Qu'on leur fasse subir une rotation, qu'on les agrandisse ou qu'on les rapetisse, elles restent toujours identiques à elles-mêmes, elles renaissent à l'infini. C'est le sens de « *Eadem mutata resurgo* ». Ces figures parfaites ont fasciné le mathématicien suisse jusqu'à sa mort, il leur a même consacré un traité, *Spira mirabilis*.

— C'est bien beau tout ça. Et alors ?

— Et alors ? Rappelle-toi le message, inscrit dans la maison hantée de Hem !

— Parce que tu te rappelles maintenant, toi ?

— J'ai appris, je…

— Je n'y étais pas dans ta maison, je te signale.

— « Si tu aimes l'air, tu redouteras ma rage ». « Tu redouteras ma rage » est l'anagramme exacte de « *Eadem mutata resurgo* », sauf qu'il faut changer l'un des « r » en un « m ». « Si tu *m* l'r ». D'une manière ou d'une autre, même sans cet… étranglement, le Professeur savait que je résoudrais cette énigme. Il cherche à nous conduire là-bas. Il a quelque chose à nous montrer.

Turin émit un sifflement d'admiration.

— Décidément, tu m'en boucheras toujours un coin. T'es une nana prodigieuse.

Il réfléchit un temps, se remémorant sa conversation avec Henebelle. L'hypothèse du Professeur d'un côté, de l'agresseur de l'autre, avec le protecteur, au centre. Trois individus qui se tiraient apparemment dans les pattes.

— Mais… quel serait l'intérêt pour le Professeur de nous emmener là-bas ? Pourquoi il se mettrait volontairement en danger en nous aidant quatre ans plus tard ?

— Je l'ignore. Mais en tout cas, il n'agit certainement pas pour notre bien ou notre confort. Le message dit bien : « tu redouteras ma rage ». Cherche-t-il à nous entraîner dans l'un de ses pièges ? À nous mener vers une autre victime ?

Manon bâilla et plaqua l'arrière de son crâne contre l'appuie-tête.

— Et maintenant, si tu permets… Je ne sais pas depuis quand je n'ai pas dormi, mais je suis fatiguée. Et quand je suis fatiguée, je dors.

— Parlons encore un peu… Tu ne veux pas connaître ma vie de ces quatre dernières années ? Savoir comment j'ai évolué dans ma carrière ?

— Tu peux parler des heures et des heures, je ne noterai rien. Je me fiche royalement de ta vie.

De nouveau les écouteurs, les conversations enregistrées. Turin serra le poing. Cette garce se foutait de sa gueule.

Les rayonnements orangés des lampadaires explosaient sur le pare-brise en étoiles diffuses. Les bandes blanches défilaient sous les roues. Soudain, à droite, un panneau.

Une aire de repos, à dix kilomètres.

Turin s'attarda sur le visage de Manon. Tout remontait à la surface. L'objet de ses rêves les plus secrets, de sa douleur, de ses obsessions nocturnes se tenait là, à ses côtés. Il se mit à l'imaginer nue, la poitrine offerte, oscillant contre lui.

Un torrent brûlant se déversait dans ses artères. Oui, il était malade. Malade des femmes, de la baise, des putes. Malade de Manon. Du sexe. Toujours plus. Il avait voulu se guérir, ou tout au moins freiner ses élans en intégrant la Crim. S'éloigner de la tentation qui plane sur les flics des Mœurs. Travailler sans cesse, affronter le pire, jusqu'à ne plus distinguer la nuit du jour. Mais tout cela n'avait servi à rien. Les pulsions enflaient, là, en lui, toujours plus violentes.

Il la contempla encore, sans se lasser. Il pouvait la posséder si facilement. Maintenant, sur cette aire d'autoroute. Aller jusqu'au bout, sans aucun risque. Pourquoi se priver ? Il n'y aurait pas une âme. Ou peut-être un ou deux voyageurs qui, d'ici quelques minutes, découvriraient un couple enlacé dans une voiture. Entités anonymes qui repartiraient vers nulle part, sans chercher à comprendre.

Le changement de direction éveilla Manon. Turin, à sa gauche… La peur… Le geste vers la poignée… La feuille A4, qui freine son mouvement et la rassure. Ainsi, ils allaient en Suisse… à Bâle. Bernoulli. Elle ôta son casque.

— Qu'est-ce que tu fais ? Depuis combien de temps roule-t-on ?

— Deux heures. Pause pipi, si tu veux.

— Ça va aller…

Dans un ronflement tranquille, le véhicule dépassa une station-service qui paraissait flotter dans l'air, tel le vaisseau de lumière de *Rencontre du troisième type*. Ils s'avancèrent vers le parking destiné aux véhicules légers.

Manon fronça les sourcils.

— Les toilettes sont de l'autre côté, me semble-t-il.

— Pas besoin, un arbre me suffira. Si ça te tente, il y a des biscuits dans le coffre, fit Turin en enfilant son cuir. J'arrive…

Manon se frotta les mains l'une contre l'autre et regarda longuement autour d'elle à travers les vitres. Le parking était presque désert, seuls quelques camions au loin. Un décor sordide. Elle se mit à frissonner.

Le coffre se rabattit violemment. La jeune amnésique sursauta. Panique instantanée.

La main sur la poignée, la feuille A4. Direction Bâle, avec Turin. Turin ? Pourquoi lui ?

Elle jeta un œil dans le rétroviseur. Personne. Elle défit sa ceinture de sécurité et se retourna. Le bitume, les camions immobiles sur la gauche, la masse noire des arbres sur la droite, et deux ou trois points lumineux s'éloignant sur l'asphalte.

Où était Hervé Turin ?

— Hervé ? se surprit-elle à crier, soudain en proie à des bouffées d'angoisse.

Peut-être parti aux toilettes, ou en train de fumer une cigarette. Sûrement même.

Elle voulut allumer la radio pour se rassurer, mais l'appareil n'émit aucun son. Pas de clé sur le contact. Cela était-il normal ? Pourquoi se trouvait-elle seule dans une voiture inconnue, en pleine nuit ? Où s'était-elle encore échouée ? Comment ? Pourquoi ?

Tout se mit à tourner. Elle plaqua ses mains sur ses oreilles.

Au moment où elle se décida à ouvrir la portière, à courir en direction des camions, le lieutenant réapparut, le perfecto sous le bras, et pénétra dans l'habitacle.

— Qu'est-ce que je fiche ici ? grogna Manon. Tu aurais dû me laisser un mot ! Je croyais que… Ne recommence plus jamais !

Il ébouriffa ses cheveux noirs. Manon aperçut une lueur malsaine dans ses yeux.

— Je pourrais recommencer dans cinq minutes, si je voulais. Puis dans dix. Sortir me cacher, t'observer, comme à l'instant, et revenir t'effrayer. M'amuser avec toi.

— M'observer ? Qu'est-ce que…

— Je pourrais rester ici des plombes, et te dire que nous venons d'arriver, à chaque fois. Je pourrais te raconter les pires saloperies. Te traiter de sale pute, par exemple, ou alors…

Il fouilla dans sa poche et agita un morceau de dentelle noire.

— Te forcer à bouffer ta propre petite culotte, mais…

D'un geste très vif, il claqua son poing sur le tableau de bord.

— Bouh ! hurla-t-il en cachant le sous-vêtement.

Manon bondit sur son siège, haletante.

— Qu'est… Qu'est-ce qu'il se passe ? Que fait-on ici ?

— Pipi. Tu ne te souviens pas ?

Elle se retourna dans tous les sens. Pourquoi son cœur battait-il si vite ? Et cette suée, partout sur son corps ?

— Où sommes-nous ?

Il se mit à lui caresser la cuisse. Elle lui attrapa fermement le poignet.

— À quoi tu joues ? N'essaie même pas !

— Tu ne peux pas savoir ce que je ressens. C'est… pire que la gangrène. Ce besoin de… posséder la chair des femmes. Tu sais, je crois qu'il manquait peu de chose pour que je bascule de l'autre côté. Du côté sombre…

Il dégagea sa main et lui agrippa la nuque.

— La limite est tellement fragile. Je comprends si bien ces enfoirés que je traque… Je me sens si proche d'eux, parfois…

— Lâche-moi !

La crainte filtrait dans le vibrato de sa voix. Elle, seule avec un obsédé qui avait déjà tenté de la violer. Cela lui paraissait hier.

Tout recommençait. Le monstre Turin se réveillait. La face noire de l'être.

Sans qu'il puisse réagir, elle lui envoya un coup de coude en pleine figure et se jeta sur la portière.

Tous ses sens se braquèrent sur un seul objectif : la fuite.

Brusquement, sa main se figea sur la poignée.

Ses veines saillirent sur ses bras, ses globes oculaires se révulsèrent tandis que ses muscles se contractaient avec une tension inimaginable.

Une forte lumière bleue. Des crépitements électriques.

Elle voulut hurler. Mais pas un cri ne parvint à franchir ses lèvres.

Malgré ses efforts, elle se sentit subitement incapable de remuer le petit doigt. Sa langue pendait légèrement entre ses dents. Impossible de la rentrer dans la bouche.

Paralysée.

Mais consciente.

De nouveau le noir, l'isolement.

— Le dernier Taser, murmura Turin en essuyant le sang qui coulait de son nez. 50 000 volts pour une paralysie d'un bon quart d'heure. Ni traces, ni séquelles physiques. Pas mal comme joujou, non ?

Aucun mouvement du côté des camions. Pas de lumière, pas un bruit, rien.

Il sortit, réapparut côté passager et allongea Manon sur la banquette arrière.

— Tu m'as fait mal, sale pute. Tu m'as vraiment fait mal !

Il alla ensuite récupérer une trousse de secours dans le coffre et se colla un pansement sur le nez. Puis il revint se coucher sur Manon, verrouilla les portières, et lui ôta son pull, avant de plonger sa langue dans la bouche immobile de la jeune femme.

Manon ne put même pas fermer les yeux.

— Je ne vais pas te pénétrer, lui chuchota-t-il en lui léchant le lobe de l'oreille, mais juste faire un truc entre les seins. Me déverser sur toi…

Il déboutonna sa braguette, lentement, semblable au bourreau préparant son office.

— Puis je te rhabillerai, te remettrai devant, et je quitterai cette aire tranquillement. Tu ne te souviendras de rien.

Une larme coula sur la joue de Manon et vint mourir sur la banquette. Le tissu l'absorba, comme si elle n'avait jamais existé. Bientôt, rien n'aurait existé. Turin allait posséder sa chair, engloutir cette partie intime de son esprit qu'on protège jusqu'à la mort, et qui a le pouvoir de briser l'être au moment où elle se brise elle-même. La définition amère d'un viol.

Deux minutes durant lesquelles Manon prendrait la mesure de chaque geste, de chaque frottement. Elle oublierait, certes, mais rien ne pourrait empêcher que l'enfer du moment n'ait existé.

— Je sais où tu habites maintenant, et j'ai le prétexte du Professeur pour rentrer chez toi aussi souvent que je le souhaite. Quel fantastique coup du sort…

Il lui retira son chemisier, son pantalon, puis dégrafa son soutien-gorge, qu'il attrapa avec les dents. Il caressa ses seins avant d'y plonger son visage en feu et se mit à lui sucer les tétons. Puis, lentement, sa langue effleura les scarifications.

— Tu n'as jamais voulu de moi, ma puce… Tu t'es bien foutue de ma gueule à l'époque. Mais à partir d'aujourd'hui, tu seras le plus parfait des objets sexuels. Le chemin de ma guérison.

31.

La monotonie de la nuit, avant que Bâle ne se dévoile sous leurs yeux. 7 heures à peine sur l'horloge du tableau de bord, mais les longs boulevards rectilignes se gorgeaient déjà de véhicules. La Suisse se réveillait sous les nuages.

Très vite, les hauts buildings de la périphérie et les routes bordées de concessionnaires automobiles firent place à des bâtiments d'une autre époque. Près du coude formé par le Rhin qui coupait la ville en deux, le quartier médiéval, avec ses églises et ses ruelles étriquées, abritait les boutiques de luxe. Les marques prestigieuses derrière les vitrines – Breitling, Bulgari, Cartier, Chopard – rappelaient qu'à chaque printemps se tenait à Bâle le salon mondial de l'horlogerie et de la bijouterie.

Turin se gara à proximité du fleuve – le pont à franchir indiqué par le GPS se trouvait en travaux –, Manon récupéra son sac à dos dans le coffre, puis ils embarquèrent sur le bac en direction du Petit-Bâle.

Quelques minutes plus tard, ils se dirigeaient à pied vers la colline où se dressait la cathédrale. Manon regrettait de n'être jamais venue dans cette ville, ni même en Suisse, d'ailleurs. Les mathématiques, les colloques, les groupes de travail sur les systèmes d'équations différentielles l'avaient plutôt portée vers l'Amérique ou l'Angleterre.

Dans le Vieux-Bâle, on entendait encore le raclement des épées sur la pierre, les longues allocutions de Nietzsche ou Burckhardt, ou le claquement du bâton pastoral du prince-évêque. Tout en pressant le pas, Manon se plaisait à détailler chacune des façades, dont l'image s'évanouirait pourtant en elle avec la légèreté d'un songe. Elle aurait tant aimé s'y être promenée avant « l'accident »…

— C'est là, dit-elle en relisant pour la énième fois ses notes. La Münsterplatz.

Turin palpa la blessure sur son nez. Cette garce l'avait quand même sérieusement amoché.

— D'après le plan, le cloître se trouve derrière la cathédrale, maugréa-t-il. On se dépêche, il va bientôt flotter. À croire que ce putain d'orage nous traque, c'est pas possible !

Manon tenait sa feuille A4 devant elle et prenait une photo de temps en temps avec son N-Tech. Elle considéra le pansement sur le visage de Turin. Puis sa main bandée. D'un geste rapide, elle photographia le lieutenant sans qu'il s'en aperçoive.

Au fur et à mesure qu'ils avançaient, son cœur battait plus fort dans sa poitrine. Ses paumes se mirent à suer lorsqu'ils s'engagèrent sur la gauche de l'édifice. Que se passait-il ? Pourquoi ces alertes en elle ? Elle inspecta autour d'elle, soudain angoissée. Ses yeux avaient-ils croisé un individu qu'elle connaissait ?

— Y se passe quoi, là ? l'interrogea Turin. Tu cherches quelqu'un ?

— Non…

Le flic s'arrêta, puis se retourna. Des passants allaient et venaient, le front baissé. Nul ne semblait se soucier de la présence des deux Français. Ils étaient partis précipitamment de Lille. Comment aurait-on pu…

Sur les terrasses du Pfalz, derrière la cathédrale, s'étendaient au loin les premiers coteaux des Vosges. Avec le Rhin en contrebas, même sous ce ciel écrasant, la beauté de la nature se faisait éclatante. Pour le geste, Manon tira une photo. Cliché inutile qui s'amoncellerait au-dessus des milliers d'autre.

Turin la regarda faire. Cette escapade, aux côtés de l'objet de tous ses désirs, lui faisait du bien. Il se sentait comme revenu quatre années en arrière. Ils auraient pu former un couple épanoui, s'évader pour un week-end en amoureux, profiter des grands hôtels et des bières suisses-allemandes. Pourquoi l'avait-elle sans cesse repoussé, lui qui avait sacrifié ses nuits à pourchasser le meurtrier de sa sœur ?

Cette salope n'avait jamais voulu coucher. Et son refus lui coûterait cher.

Une faim insatiable de sexe grondait en lui. Dans la voiture, il aurait dû aller plus loin. Prolonger l'acte, jusqu'au petit matin. Explorer chaque recoin de ce parchemin de chair. Il avait déshabillé Manon, l'avait touchée, baisée, et elle ne s'en souvenait même pas. Son pouvoir sur elle était total. Mais il avait fallu bâcler. Ne pas prendre trop de retard, ne pas attirer l'attention. La prudence, le chantage, le sang-froid, les relations lui avaient toujours permis d'éviter les problèmes.

Ils contournèrent l'édifice. Les portes en chêne, massives, étaient ouvertes, comme une invitation au recueillement. Le sacristain, chauve et râblé, veillait derrière un bureau, à gauche de l'entrée. Il leva rapidement la tête avant de se replonger dans sa lecture.

Manon boutonna le col de son manteau en peau. Le froid des lourdes pierres de taille la pénétrait. À travers les voûtes d'une hauteur prodigieuse soufflait un air humide et glacial. La lente et inquiétante respiration des ténèbres.

Elle se dirigea lentement vers le cloître. Dans les bas-côtés s'alignaient les tombeaux des plus illustres familles bâloises. Il se dégageait de cette immobilité, de ces blocs gigantesques, quelque chose de spirituel. Et aussi de maléfique.

Turin progressait de son côté. Il passa devant le tombeau d'Érasme de Rotterdam sans même s'en apercevoir. Il suivait Manon du coin de l'œil.

Un léger bruit de pas derrière lui troubla son attention. Il se retourna subitement, les sens aux aguets.

Rien, juste les colonnes, les nefs sombres… Dix mètres devant lui, Manon effleurait du bout des doigts la pierre usée. Des lueurs de cierges vacillaient sur ses rétines, sa bouche un peu ouverte absorbait chaque vibration, comme si sa présence ici était un aboutissement. Que ressentait-elle ?

— T'as quelque chose ? lança-t-il en sortant discrètement un petit instrument de sa poche.

Sa voix se répercuta contre les parois. Des rais de lumière inclinés isolaient des diamants de poussière.

— Pas encore, répliqua-t-elle. Pas encore.

Elle obliqua dans un renfoncement et disparut. Turin continuait à avancer lentement, l'œil dans le miroir circulaire de son ustensile.

Au pied de la troisième colonne, derrière lui, dépassait la pointe d'une chaussure.

On le suivait.

Comment avait-on pu les tracer jusqu'ici ?

Le Professeur... Les avait-il attendus, tapi dans les boyaux de la ville ?

Il profita de la protection d'un épais pilier pour sortir son arme de service.

— Je l'ai ! s'écria Manon. L'épitaphe de Bernoulli !

— J'arrive, répliqua Turin en essayant de garder un ton naturel. Juste une petite chose à vérifier...

Il se décala sur la gauche et se dirigea calmement vers un escalier latéral qu'il grimpa en accélérant, avant de se volatiliser sur la droite.

Quelques instants plus tard, une silhouette, le dos courbé, escaladait silencieusement les marches en pierre.

À l'étage, le canon d'un Sig Sauer s'écrasa sur sa tempe.

— À terre ! cria Turin. Dépêche-toi !

L'homme se recroquevilla, les mains autour du crâne.

— Ne me faites pas de mal ! gémit-il.

Du genou, le lieutenant lui écrasa la joue sur le sol.

— Bouge d'un millimètre, et je te troue ! Pourquoi tu me suis ?

— Je... Je suis le gardien de la cathédrale... Je vous ai vus entrer et...

Le type avec le livre, songea Turin.

Il releva son arme, l'enfonça dans son holster et prit un ton plus conciliant :

— Vous m'avez vu entrer, et... ? s'intéressa-t-il en tendant le bras pour l'aider.

Le gardien se redressa seul, pas très rassuré, tandis que l'officier sortait sa carte de police.

— La police française ? Mais pourquoi ?

— C'est moi qui pose les questions. Pourquoi vous m'avez suivi ?

Le sacristain regroupa ses mains devant lui et entrecroisa ses doigts.

— Je voulais comprendre ce que vous veniez encore faire ici, à Bâle.

— Comment ça, encore ? Je n'ai jamais fichu les pieds en Suisse de ma vie !

— Vous non. Mais la dame, en bas, oui, répondit le gardien en faisant un signe du pouce par-dessus son épaule.

Turin sentit l'adrénaline se déverser dans son organisme. Il se rappela ces drôles de sensations éprouvées par Manon, sur la Münsterplatz. Les réminiscences d'un précédent voyage en Suisse ?

— Qu'est-ce que c'est que ce bordel ? Vous vous trompez !

— Non, j'en suis absolument sûr ! On n'oublie pas une histoire pareille. Cette nuit-là, j'ai même dû appeler la police.

Turin fit un geste rapide de la main pour inciter le sacristain à poursuivre. Ce dernier expliqua :

— Jusqu'aux derniers jours de l'été, la cathédrale reste ouverte jusqu'à minuit. Ils sont entrés très tard, aux alentours de 22 heures. Ils croyaient être seuls, ils ne m'avaient pas vu.

— Ils ? Qui ça, ils ?

— Cette femme, et puis un homme. Ici, la nuit, la luminosité est faible, mais j'ai gardé de bons yeux. Celui qui l'accompagnait lui ressemblait comme deux gouttes d'eau. Même regard, mêmes traits caractéristiques. Son frère, je suppose.

Frédéric Moinet... Cette fois, c'était sûr...

— Quand ? Quand sont-ils venus ?

Le gardien se gratta le menton d'un air dubitatif.

— C'était… l'année dernière… En septembre je crois, je ne sais plus exactement.

Turin prit des notes sur un bout de papier. Entre ses doigts, la feuille tremblait. Trop d'éléments nouveaux, après un vide long de quatre années.

— Et… Vous avez parlé de la police… Pourquoi ?

— Parfois, des visiteurs viennent la nuit. Pour prier, s'imprégner de l'ambiance religieuse ou simplement respirer le frais. Ces deux-là, ils sont restés très, très longtemps. Alors, ça m'a intrigué. Un moment, j'ai même cru qu'ils étaient partis sans que je m'en rende compte, mais… j'ai entendu des bruits de voix qui provenaient du fond du cloître, alors je… je me suis avancé discrètement. Ils… Ils s'étaient glissés dans une petite pièce latérale. Il n'y avait pas de lumière, hormis celle de leur lampe de poche. Et c'est là que j'ai vu… le sang.

Le lieutenant se raidit légèrement.

— Le sang ?

— À mon arrivée, l'homme était penché sur elle. Il… tenait un bistouri, ainsi que des pansements. Et il était en train de… de la charcuter !

— Sur le bassin, c'est ça ?

Le sacristain écarquilla les yeux.

— Comment savez-vous ?

— Ne cherchez pas. Continuez, s'il vous plaît.

L'officier de police s'approcha de la rambarde en pierre et jeta un œil dans la cour rectangulaire du bas. Il ne parvenait pas à voir Manon. Des ombres fantomatiques provoquées par la procession des nuages dansaient sur les parois du cloître.

— Cette scène était vraiment surréaliste, expliqua le gardien. La femme était surexcitée, elle tenait une carte routière de la France dépliée entre les jambes, et n'arrêtait pas de parler de moines. Oui, c'est cela. Des moines. J'ai voulu intervenir, parce qu'elle... elle essayait de repousser l'individu. Il l'immobilisait ! Il l'immobilisait pour lui amocher le ventre !

Hervé Turin n'en pouvait plus. Il aurait aimé tenir Frédéric Moinet sous la main, là, maintenant. Et lui faire cracher la vérité, jusqu'à sa dernière dent.

Le sacristain désigna son front.

— Puis, d'un coup, quand je me suis approché, l'homme m'a cogné avec sa torche et ils ont pris la fuite, main dans la main.

Turin resta perplexe, limite abasourdi. Moinet n'avait pas hésité à frapper le sacristain. Parlait-on bien du même homme ? Qu'est-ce qui pouvait bien justifier un acte pareil ? Jusqu'à quel point avait-il manipulé sa sœur ?

— Mais... continua le gardien, dans leur précipitation, ils ont laissé tomber un morceau de papier. Un papier avec la reproduction exacte de la spirale située sur la tombe de Bernoulli. La spirale et... ces croix bizarres... Je n'ai plus le papier, malheureusem...

— Quelles croix bizarres ?

— Sept croix, en plein sur la spirale, qui ont été gravées par des délinquants, je suppose, voilà cinq ou six ans. Pourquoi ? Allez savoir. Les gens n'ont plus de respect pour rien.

— Sept croix, depuis cinq-six ans ? Vous êtes sûr ?

— Absolument.

— C'est pas vrai ! Je dois voir ça !

Sans plus réfléchir, Turin se rua dans l'escalier, puis se précipita sur la gauche.

Un choc dans sa poitrine.

Le renfoncement où se trouvait Manon... Vide... Elle avait disparu.

— Manon !

Pas de réponse. Juste l'écho de son propre désespoir. Il courut vers l'entrée, le souffle court, les mains moites.

La Münsterplatz, qu'il balaya d'un regard fiévreux. Quelques silhouettes pressées. Les premières gouttes de pluie explosant sur le pavé. Aucune trace de Manon ni à droite, ni à gauche, ni en face.

— C'est pas possible ! Merde !

Il retourna à l'intérieur et se dirigea précipitamment jusqu'à la sculpture ovoïde de métal noir, ornée d'un globe terrestre, de feuilles de vigne, d'emblèmes et d'inscriptions latines. Vers le bas se déroulait une spirale, autour de laquelle se déployaient les lettres du fameux : « *Eadem mutata resurgo.* » Changée en moi-même, je renais.

Le sacristain pénétra dans le renfoncement. Il s'approcha et désigna la forme mathématique du bout de son ongle.

— C'est encore cette spirale qu'elle est venue recopier aujourd'hui, je présume. Regardez, les croix sont là…

Hervé Turin s'appuya contre le mur, désespéré.

Sur la plaque, six croix se succédaient sur le serpentin et une septième était inscrite au bout de la spirale.

Sept meurtres commis par le Professeur. Six rapprochés, et un dernier plus éloigné. Y avait-il un lien ? N'y avait-il que cela à lire ? Tout ce voyage pour des gravures sur une spirale ?

Pourquoi Frédéric Moinet avait-il agi de la sorte ? Pourquoi tant de violence ? Quel secret cherchait-il à dissimuler, à sa sœur, aux autres ?

Aujourd'hui, pourquoi le Professeur les guidait-il ici ? Qui était l'agresseur de Manon ? Qui était son protecteur ?

Après avoir pris une photo avec son appareil numérique, Turin se mit à ausculter chaque forme, chaque terme de l'épitaphe. Du latin : « *C. S. Iacobus Bernoulli, mathematicus incomparabilis, acad. basil.* », etc.

Il se retourna vers le gardien, l'air soucieux.

— Ces moines dont elle parlait, ça vous suggère quelque chose ? Parce que, cette fameuse nuit, son frère lui a gravé sur le ventre : « Rejoins les fous, proche des Moines. »

— Non, cette phrase ne me dit absolument rien. Je ne comprends pas ce que des moines peuvent avoir à faire avec cette spirale, ni avec de quelconques fous. Je crois plutôt qu'il faudrait chercher un lien avec la carte de France qu'elle tenait entre les jambes, mais je serais bien incapable de dire lequel. Peut-être cherchait-elle un endroit particulier ? Un endroit en rapport avec la spirale de Bernoulli ?

— Oui mais quel rapport, bon sang ? Et quel endroit ?

— Ah, ça…

— Putain de mathématiques de merde !

Hervé Turin s'en voulut d'avoir laissé Manon seule. Dans son état, elle était pire qu'un gamin qu'on abandonne à proximité d'une chaudière à gaz.

Cette crétine s'était évanouie dans les profondeurs de Bâle.

Seule, sans mémoire, et peut-être avec la solution de l'énigme.

De toute évidence, le Professeur lui avait tendu un piège.

Et elle allait se jeter dans la gueule du loup.

32.

— Lieutenant Turin ?

— Oui.

— Henebelle à l'appareil. J'ai essayé de joindre Manon, mais elle a dû éteindre son portable. Je venais aux nouvelles.

Lucie s'engagea dans la cuisine, le téléphone calé entre l'oreille et l'épaule. Elle sortit les bols du micro-ondes, les plaça devant Clara et Juliette, déjà habillées, et tira un paquet de céréales de l'étagère.

— On a eu un petit… problème ici, avoua Turin entre deux respirations.

Lucie s'immobilisa, les biberons sales de la veille dans les mains. Quelque chose, dans la voix de Turin, laissait présager le pire.

— Quel genre de problème ?

— C'est Manon… Elle a… disparu.

Lucie lâcha brusquement les biberons dans l'évier et crispa ses doigts autour du portable.

— Qu'est-ce que vous me racontez ?

Au bout de la ligne, la voix du flic, rauque, saccadée, caractéristique d'une gorge goudronnée.

— Juste un moment… d'inattention. Elle est pire qu'un gosse. Je fonce… en direction de la gare, on ne sait jamais. Écoutez… il faut à tout prix mettre la main sur… Frédéric Moinet.

— Frédéric Moinet ? Qu'avez-vous découvert ?

— Manon et lui sont déjà venus sur la tombe de Bernoulli.

La nouvelle fit à Lucie l'effet d'un coup de poing sur la tempe.

— Bon sang Turin ! Vous êtes sûr ?

— C'est là qu'il l'a scarifiée… Le message concernant les moines… en septembre dernier… dans la cathédrale.

Juliette profita de l'inattention de sa mère pour bombarder le bol de Clara de corn flakes. Lucie les laissa se débrouiller et se précipita hors de la cuisine, une main sur l'oreille.

— Incroyable ! Il a prétendu que ça s'était passé ici, dans son appartement ! Avec une histoire démente de boule de feu ! J'ai vu les journaux !

— Il vous a roulée dans la farine. C'est un putain de menteur… C'est lui qui manipule sa sœur… Il manipule… tout le monde.

— Mais…

— Écoutez-moi attentivement ! La spirale de Bernoulli comporte sept croix, des croix qui auraient été gravées… voilà cinq ans environ, par le Professeur en personne, je pense…

— Des croix qui représenteraient les meurtres ? Les six meurtres passés et celui de Dubreuil ?

— Peut-être… La première fois où Manon est venue ici, elle a dû comprendre la signification de ces signes, et… je sais, c'est dingue, mais je suis persuadé que face à sa découverte elle a voulu sur-le-champ l'inscrire dans sa chair. Elle avait sûrement des soupçons… La peur qu'on efface les données de son N-Tech, ou qu'on lui… vole ses notes écrites… Ça devait être une information primordiale… Et je crois que… le frère l'en a empêchée… Ou, plutôt, il a… comment dire…

— Trafiqué le message !

— Exactement… Le sacristain qui gardait la cathédrale a affirmé que Frédéric agissait contre la volonté de Manon… Cet enfoiré n'a d'ailleurs pas non plus hésité à cogner le pauvre gars…

Tout s'éclaira dans l'esprit de Lucie.

— Et c'est pour cette raison que Manon ne comprend pas cette phrase ! Il fallait qu'elle reparte de Bâle avec quelque chose, une piste, alors… il l'a charcutée pour lui donner le sentiment qu'elle avait accompli sa mission ! Il l'a trompée ! Il nous a tous trompés !

— Vous avez sans doute raison. Mais je crois qu'aujourd'hui… Manon a de nouveau pigé le sens de ces croix… Et qu'elle est partie se fourrer directement dans les embrouilles…

— C'est pas vrai !

— Il y a un autre truc curieux…

— Quoi encore ?

— Cette phrase… inscrite dans la maison de Hem. « Si tu aimes l'air, tu redouteras ma rage »… Je crois que Manon en a compris le sens. « Tu redouteras ma rage » est l'anagramme presque exacte de « *Eadem mutata resurgo* », « Changée en moi-même, je renais », l'épitaphe gravée sur la tombe de Bernoulli. Ce qui implique que… le Professeur voulait la conduire à Bâle…

Lucie se posa la main sur le front et la retira aussitôt à cause de son arcade sourcilière douloureuse.

— Mince ! Y a rien de logique là-dedans !

— En effet… Si on suit notre idée, alors ça signifie que le Professeur aide Manon, et que le frère brouille les pistes. Dites-moi… le type que vous avez poursuivi dans le Vieux-Lille… Il pouvait s'agir de Frédéric Moinet ?

Lucie répliqua immédiatement :

— Non, non… il était bien plus petit. Comme vous. Enfin, je crois… Il faisait très sombre…

Elle jeta un œil sur sa montre. Bientôt 8 heures du matin. Plus qu'un quart d'heure avant le départ pour la maternelle.

À l'autre bout du fil, coups de klaxon et fracas de pluie.

— Je vous laisse ! hurla Turin. On se tient au courant… Mais… retrouvez le frère… avant qu'il ne soit trop tard.

— Attendez ! Vous n'avez pas tenté de comprendre ? Ces croix ? La spirale ? Donnez-moi un indice !

— Le sacristain disait que Manon tenait une carte routière de France entre les jambes, cette nuit-là. Je pense qu'aujourd'hui elle a de nouveau repéré l'endroit où elle voulait se rendre… Et elle est probablement partie y rejoindre le pourri qui cherche à l'éliminer… Trouvez le frère !

Il raccrocha.

Lucie resta figée, secouée, le portable à la main.

Frédéric Moinet, son profil Meet4Love idéal, s'était moqué d'elle en beauté. Elle se rappelait encore sa voix calme et tranquille, ses mots en apparence si sincères…

Trahir sa propre sœur, la tromper, des années durant. Aller même jusqu'à la mutiler pour l'éloigner de la vérité… Pourquoi ?

La flic essaya une nouvelle fois le numéro de Manon. Elle abandonna un message sur le répondeur :

« Ici Lucie Henebelle, le lieutenant de police qui vous aide dans cette enquête. Ma photo se trouve dans votre N-Tech. Rappelez-moi le plus vite possible, je vous en prie ! C'est très urgent ! »

Les filles piaillaient dans la cuisine. L'un des deux bols venait de se déverser sur la table.

— Juliette ! Bon sang !

— C'est pas moi ! C'est Clara !

— C'est toujours ta sœur ! Et c'est elle aussi qui tient des céréales dans sa main ?

Lucie s'empara du pack de lait et en versa dans un mug propre.

— Eh bien, tu boiras ton lait froid ! Tu ne connais pas ta chance d'avoir une sœur ! Je veux que tu arrêtes de la diriger, de l'accuser ! D'accord ?

— D'accord maman.

— Dépêchez-vous, on va encore se mettre en retard ! On part dans cinq minutes !

Les petites s'écrasèrent et obéirent instantanément. Après un rapide coup d'éponge, Lucie vérifia le contenu des sacs d'école, les plaça devant la porte d'entrée, avec les deux blousons, et resta là quelques secondes, coupée du monde, à réfléchir.

La première fois, en s'emparant du couteau, Frédéric n'avait pas cherché à protéger sa sœur de l'automutilation ou du suicide, il avait en fait voulu l'empêcher d'inscrire « Bernoulli » sur son corps, pour éviter qu'elle n'aille en Suisse.

Cependant, d'une manière ou d'une autre, Manon était parvenue à remonter la piste jusqu'à Bâle. Peut-être à la suite d'une autre crise d'étranglement. Alors, face à sa détermination, sa hargne, Frédéric s'était rendu compte qu'il n'était plus possible de l'empêcher d'agir et il avait décidé de l'accompagner pour la surveiller.

Et là, après la découverte de la spirale avec ses croix, elle avait probablement compris quelque chose d'important qu'elle avait voulu marquer dans sa chair. Frédéric avait alors essayé de maîtriser la situation, il lui avait pris le scalpel des mains pour transformer le message. « Rejoins les fous, proche des Moines » : une formule assez intrigante pour détourner sa sœur de la tombe de Bernoulli et assez floue pour qu'elle ne puisse pas en saisir le sens.

Mais la mémoire du corps, l'étranglement l'avaient de nouveau conduite à Bâle. Et, apparemment, elle avait compris pour la seconde fois.

Frédéric Moinet avait voulu contrôler le destin de sa sœur. Lui faire ignorer la mort de sa propre mère. La ramener à Lille. Vivre dans l'appartement juste à côté, pour mieux la surveiller, la manipuler. Rentrer et sortir de chez elle au gré de ses envies. Trafiquer les données de son N-Tech. Effacer, ajouter, modifier. Tout mettre en œuvre pour la protéger. Et, aussi, l'empêcher d'approcher la vérité. Manon avait sans doute senti cela, sans réellement le savoir. D'où la raison de la *panic room* et du coffre-fort avec les codes secrets.

En tout cas, cette vérité effrayait Frédéric. Une vérité que le Professeur cherchait à exposer en aidant Manon. Ou en se servant d'elle.

Incompréhensible. Et plus incompréhensible encore si on tenait compte de l'homme aux bottes, ce cambrioleur de retour trois années plus tard…

Une seule certitude dans cette histoire : la mathématicienne amnésique, où qu'elle se cache, se trouvait en très grand danger.

Et en était parfaitement inconsciente.

33.

La commission rogatoire pour perquisitionner l'appartement de Frédéric Moinet n'avait pas tardé. D'après la direction générale d'Air France, un rendez-vous avait bien été fixé avec la société Esteria, mais Frédéric Moinet ne s'y était pas rendu. Il n'avait pas non plus séjourné dans la chambre d'hôtel qu'il avait réservée et ne répondait pas sur son portable. Depuis 21 heures la veille, il s'était purement et simplement volatilisé.

Dans l'appartement du jeune chef d'entreprise, Lucie s'approcha de l'expert en informatique affairé devant l'ordinateur. L'homme paraissait préoccupé. Il fit claquer ses gants en latex et repositionna le boîtier de l'unité centrale.

— Plus de disque dur. Il a été arraché. Impossible de faire parler cette machine.

Lucie bâilla discrètement.

— Et il n'y a pas de sauvegardes ? Sur des clés USB ou des DVD ?

L'expert ouvrit plusieurs tiroirs, la mine déconfite.

— Regardez. Tout a été raflé. Je vais voir auprès de son fournisseur d'accès Internet si on peut récupérer ses emails. Ça ne posera en tout cas aucun problème pour ceux qu'il n'a pas encore lus et qui sont, de ce fait, sur le serveur SMTP. Mais on arrive un peu tard, semble-t-il.

Le commandant Kashmareck s'avança. Il avait avalé le dossier Professeur toute la nuit, incapable de trouver le sommeil.

— D'après notre serrurier, la porte avait été forcée, expliqua-t-il en se passant vigoureusement les mains sur les joues. Du travail propre et discret. Un type qui s'y connaît.

— De toute évidence l'individu qui a essayé d'éliminer Manon, répliqua Lucie. Il a dû venir ici faire le ménage avant de s'occuper de la sœur. Pourquoi ? Que pouvait bien cacher Frédéric Moinet ?

Kashmareck se crispa. Un technicien du LPS relevait des empreintes à proximité de l'ordinateur, d'autres flics fouillaient tiroirs et armoires.

— On a intérêt à éclaircir ce merdier avant qu'on nous tombe dessus. Cette histoire commence à faire grincer des dents dans la hiérarchie.

— Si Turin n'avait pas foiré en perdant Manon, on n'en serait pas là. Vous avez remonté l'incident à Paris, j'espère ?

— Pas encore.

— Mais pourquoi ? Il a fait une bourde ! Il était responsable de Manon !

Il la fixa durement.

— T'en mêle pas, d'accord ?

Lucie soutint l'orage de son regard, sans ciller.

— Le Parigot a des relations, c'est ça ?

— N'oublie pas que tu t'adresses à ton supérieur hiérarchique, alors ferme-la !

Kashmareck enchaîna immédiatement sur un autre sujet. Un don, chez lui.

— Bon ! Concentrons-nous plutôt sur l'enquête au lieu de perdre notre temps ! Qu'avons-nous précisément ? *Primo*, un gars, probablement le faux cambrioleur d'il y a trois ans, qui s'introduit chez le frère et tente à nouveau d'étrangler la sœur, évaporée dans la nature. *Secundo*, le frère, menteur, manipulateur, qui dissimule des informations primordiales pour notre affaire, lui aussi injoignable. Et *tertio*, cerise sur le gâteau, un taré qui donne des coquilles de nautiles à manger à ses victimes, de retour ici, chez nous, après quatre années de veille.

Kashmareck se mit à énumérer en dépliant ses doigts un à un :

— L'agresseur, le frère, le Professeur. Sans oublier la sœur, volatilisée. Et qui a hérité de ce fantastique quarté gagnant ? Moi, brillant et passionné commandant de la brigade criminelle de Lille !

— Même si on a l'impression d'un sac de nœuds, je suis persuadée que tout va se délier brusquement. C'est trop… bouillant.

— Tu parles ! Tout va nous exploser à la figure, oui ! Si le frère et Manon disparaissent définitivement, on retourne à la case départ. Et on se retrouve tous au placard.

Le major Greux apparut à l'entrée, le téléphone portable à la main. Derrière lui, des policiers en uniforme circulaient dans le couloir.

— J'ai deux infos importantes à vous communiquer !

Il s'intercala entre Lucie et le commandant.

— La première : on vient de dénicher quatre burins dans les apparts en travaux. L'un d'entre eux semble correspondre à celui décrit par le paléontomachin. Trois centimètres de large environ, l'extrémité coïncide parfaitement avec la trace sur le morceau d'ammonite. On va l'amener au labo pour comparer les défauts.

La nouvelle laissa Lucie sans voix. Kashmareck se mit à arpenter la pièce de long en large avant d'exposer son raisonnement :

— Supposons une fraction de seconde, je dis bien supposons, que Frédéric Moinet soit le Professeur. Comment aurait-il pu tuer sa sœur Karine alors qu'il se trouvait aux États-Unis avec Manon ? Nous avons vérifié de nouveau tout cela, ses alibis sont irréfutables, y compris pour d'autres victimes du Professeur. Physiquement, ça ne peut pas être lui ! Mais allons au-delà des lois de la physique, et considérons qu'il soit dix fois meilleur que David Copperfield. Pourquoi revenir quatre années plus tard tuer une vieille sadique et enlever sa propre sœur, sachant que cela attirerait forcément l'attention sur lui ? Pourquoi kidnapper cette sœur qu'il cherche à protéger en la contraignant à suivre des cours de tir ou de *self-defense ?* Ça n'a absolument aucun sens !

Lucie fit claquer ses doigts.

— Ou alors, peut-être que quelqu'un d'autre voulait braquer les projecteurs sur Frédéric Moinet…

— Qui ?

— Le Professeur en personne, qui cherche à nous montrer quelque chose. Quelque chose que le troisième larron, le faux cambrioleur, veut à tout prix dissimuler. Rappelons-nous que le Professeur a enlevé Manon, qu'il pouvait la tuer, et pourtant, il ne lui a pas fait de mal, ne l'a pas violée. Et aujourd'hui, il l'aiguille vers Bâle, piste que le frère cache depuis le début. Le Professeur, le cambrioleur et le frère sont liés par… un chaînon manquant. Et ce chaînon manquant, c'est la mémoire de Manon. Je ne vois pas d'autre explication.

Kashmareck s'appuya sur une chaise, sans rien répondre. Greux se racla la gorge. Le commandant lui fit un signe du menton pour l'inciter à parler.

— L'autre info nous vient du graphologue qui analysait ces décimales de π, dans la maison hantée de Hem. Un truc vraiment louche, mais qui pourrait concorder avec vos dires. Enfin, d'après ce que j'ai compris.

Kashmareck poussa un long soupir.

— Vas-y, annonce.

Le major sortit un papier de sa poche.

— Deux mille quatre cent quatre décimales de π ont été peintes sur les murs du hall. Au passage, deux mille quatre cent quatre, c'est 24/04, date de la mort de Dubreuil, mais passons sur ce détail. Le graphologue avait d'abord affirmé que nous avions affaire à un gaucher, vous vous rappelez ?

— Exact…

— Mais il a découvert, dans la séquence, des séries de chiffres peintes de la main droite. Ça s'est reproduit neuf fois exactement, à des endroits différents et éloignés. À chaque fois, six ou sept chiffres consécutifs…

Lucie et le commandant échangèrent un regard intrigué. Ils prononcèrent en même temps la même question :

— Et alors ?

— On a fait l'essai. En trempant un pinceau de taille identique dans la peinture, on réussit à tracer six ou sept chiffres, justement, avant d'avoir à le plonger de nouveau dans le pot. Le graphologue est maintenant certain à cent pour cent qu'en réalité, notre homme est droitier ou ambidextre. Les chiffres inscrits de la main droite sont plus naturels. Il pense qu'à plusieurs reprises, le Professeur a dû « oublier » de peindre avec sa main gauche et ne s'en est aperçu qu'en trempant de nouveau son pinceau.

Lucie se tira les cheveux vers l'arrière et lança :

— Et donc… Le Professeur a voulu se faire passer pour un gaucher. Encore une fois, il a voulu nous rapprocher de Frédéric Moinet !

Elle ne tenait plus en place.

— Je vais peut-être pousser le vice un peu loin, ajouta-t-elle mais… pourrait-on imaginer que le Professeur soit venu déposer le burin ici, pour qu'un nouvel élément accuse Moinet ?

— Tu le vois venir piquer ce burin, décrocher son ammonite et le remettre à sa place ? intervint Kashmareck. Et, en plus, deviner que notre paléontologue nous aiguillerait vers cette piste ? Allons Henebelle ! Sois quand même un peu cohérente !

Lucie triturait maintenant ses boucles blondes.

— J'ai pire à proposer… Et si c'était le Professeur qui avait « forcé » Manon à suivre des cours ? Et s'il avait manipulé son N-Tech pour qu'elle puisse se protéger du cambrioleur et remonter vers la vérité ?

— Mais tu délires !

— N'empêche que c'est une hypothèse qui se tient. Peut-être approche-t-il Manon comme bon lui semble. Il suffit que sa photo se trouve dans le N-Tech. Et même… S'il avait accès à la machine, à l'heure qu'il est, il peut très bien l'avoir effacée… Il éprouve sans doute le besoin de nous parler. Pour se mettre en lumière, pour briller. Ou nous montrer à quel point nous sommes stupides. On a déjà traité des dossiers tordus, mais je dois dire que celui-là détient sans aucun doute la Palme d'or.

Le portable de Lucie vibra. Numéro inconnu. Elle s'excusa et s'éloigna au fond de la pièce.

À l'autre bout de la ligne, une voix féminine :

— Ne prononcez surtout pas mon nom, et répondez par oui ou par non. Vous vous nommez bien Lucie Henebelle ?

Lucie connaissait cette intonation. Ses joues s'empourprèrent sur-le-champ.

— Oui.

Un silence, puis :

— Vous êtes seule ?

— Non.

— Arrangez-vous pour l'être. La moindre entourloupe, et je raccroche. Je vous laisse dix secondes. Allez !

— Un instant…

Lucie fit comprendre au commandant qu'il s'agissait d'un appel personnel et sortit dans l'impasse.

— Manon ! Dites-moi si vous allez bien !

— Je vais bien. Vous avez promis de m'aider, vous vous rappelez, n'est-ce pas ?

— Oui, je me rappelle.

Le raclement du métal, le deux-temps modéré d'une masse fendant l'air. Pas de doute, Manon se trouvait dans un train.

— J'ai inscrit dans mon N-Tech que je pouvais vous faire confiance. Dites-moi que je ne me trompe pas. Dites-le-moi.

— Vous ne vous trompez pas.

— Vous pouvez noter ? demanda Manon.

— Deux secondes…

— Dépêchez-vous !

Lucie sortit son carnet de la poche de son caban. Elle tremblait jusqu'à la dernière phalange.

— Je… Je vous écoute.

— Très bien. Soyez attentive, parce que je ne répéterai pas. Vous allez vous rendre dans un village qui s'appelle Trégastel, sur la côte nord de la Bretagne. Une fois là-bas, vous vous dirigerez vers la plage et chercherez un gigantesque rocher en forme de tête de mort. Il est assez avancé dans la mer, vous l'atteindrez en marchant sur d'autres rochers. Il faudra aller tout au bout. Un conseil, enfilez des chaussures antidérapantes. Vous…

— Laissez-moi le temps d'écrire !

— Dépêchez-vous ! Dépêchez-vous !

— Bretagne… Trégastel… La plage… Rocher en forme de tête de mort… C'est bon.

— De Lille, vous aurez à peu près sept heures de route, en roulant à bonne allure. Trouvez un prétexte auprès de votre hiérarchie et filez vers la Bretagne. Vous m'y attendrez à 20 heures. J'ai votre photo, c'est vous que je veux voir, et uniquement vous. Si je m'aperçois que vous n'êtes pas venue seule, ou qu'on vous a suivie, je détruirai sur-le-champ les nouvelles informations que j'ai collectées, et tout s'évanouira. Ai-je été suffisamment claire ?

— Mais pourquoi ? Mes collègues pourraient vous aider !

Manon se mit à chuchoter :

— Non ! Je ne veux pas qu'on m'empêche d'agir, ni qu'on me pose des questions. Je veux la peau du Professeur. Le tuer de mes propres mains.

— Vous vous rendez compte de ce que vous me demandez ? Je ne peux pas !

— 20 heures. Ne soyez pas en retard. Si vous manquez notre rendez-vous, ou si je me rends compte que vous me jouez un mauvais tour, je m'aventurerai seule là-bas. Dans… les ténèbres…

— Ne faites pas ça ! Ce serait du suicide !

— Alors rejoignez-moi. Mon avenir, ma vie dépendent de vous. De vous seule. Et rapportez-moi mon Beretta, je sais que c'est la police qui l'a, c'est enregistré dans mon N-Tech. Ne l'oubliez pas.

Elle raccrocha.

Lucie sentit son estomac se resserrer. « Mon Dieu, Manon, qu'est-ce que tu me fais faire ? » se dit-elle en se massant les tempes.

Pour aider Manon, elle devait aller à l'encontre de toutes ses convictions. Mentir à ses supérieurs. Tromper ses filles.

Elle se retourna et vit Kashmareck devant l'entrée de la maison. Il s'approcha, le front soucieux, cigarette aux lèvres.

— Tu n'as pas l'air dans ton assiette. Blanche comme un cachet d'aspirine. Mauvaise nouvelle ?

Lucie ne prit pas le temps de réfléchir et improvisa :

— C'est… ma mère… Elle… est à l'hôpital… Un… accident de voiture…

— Merde ! Et c'est grave ?

Lucie était au bord des larmes. Pas besoin de simuler, son comportement la répugnait.

— Les médecins ne savent pas encore…

Elle sortit un mouchoir et se frotta le coin de l'œil.

— Je dois partir sur Dunkerque… Tout de suite…

Kashmareck lui posa la main sur l'épaule.

— Ce n'est pas le meilleur moment pour moi, tu sais ?

Il la secoua, la forçant à se ressaisir. Il l'avait rarement vue dans un tel état.

— Tu ne te laisses pas abattre, OK ? Vas-y. On va essayer de se débrouiller sans toi.

— Merci commandant.

— Tiens-moi au courant. Et profite de ton passage à l'hôpital pour faire soigner ce fichu mollet.

Lucie acquiesça et s'éloigna d'un pas pressé, boitillant légèrement.

Qu'avait-elle fait ? Quelle frontière avait-elle franchie ? Elle, lieutenant assermenté de la police judiciaire ? Elle, censée combattre le crime ?

Et si ça se passait mal ? Si le sang coulait ? La justice ne la raterait pas. La taule, direct.

Elle se convainquit d'avoir fait le bon choix, alors qu'elle s'enfonçait avec sa vieille Ford dans les artères de Lille. Il fallait passer chercher les jumelles à l'école, remonter les déposer chez sa mère à Dunkerque, avant de foncer vers les côtes déchiquetées de la Bretagne. Abandonner les petites, une fois encore.

Quand donc les éduquerait-elle comme une mère « normale » ? Ce métier finirait par la briser, elle aussi. Comme il avait démoli tant de familles et de couples. Lucie risquait sa place, sa carrière, peut-être même sa vie. Mais Manon lui accordait sa confiance. Sans oublier sa promesse…

Manon, ses filles… Ses filles, Manon…

Elle freina brusquement à un feu rouge, évitant de justesse la collision.

Demain, c'était son anniversaire. Trente-trois ans. Où le fêterait-elle ? Dans quel endroit sordide ?

Trop tard. Sa décision était prise. À présent, il fallait aller au bout. Vers une destination inconnue et assurément dangereuse.

Les ténèbres, avait chuchoté Manon.

Elle mit la radio à fond et s'efforça de ne plus songer aux conséquences de son acte.

Pas avant d'avoir déposé les petites.

Les seuls êtres capables de lui faire tout abandonner.

34.

Ce fut au niveau de Saint-Brieuc que se déroula le front de la dépression. Une puissante spirale noire happant la clarté du jour à une vitesse prodigieuse. Des bulletins d'alerte météo avaient été lancés dans toute la France : des précipitations historiques, accompagnées de vents effroyables, allaient balayer le pays d'ouest en est. Du jamais vu.

Lucie se frotta les paupières. La fatigue, la route, la pluie et les soucis se mélangeaient en un amer bouillon. Elle considéra de nouveau la photo de ses filles, sur son porte-clés. Clara et Juliette. Son unique réussite, en définitive, dans cette fichue vie de flic. Dire qu'à cet instant précis, elle aurait dû se trouver à leurs côtés, passer ses doigts dans leurs chevelures et les cajoler, au lieu d'aller s'enfoncer dans ces histoires.

Un jour, il faudrait que tout cela cesse. Pour elles, pour qu'elles grandissent heureuses et équilibrées, et non pas privées de leur mère retrouvée morte au détour d'une rue sans nom. Mais elle ne savait rien faire d'autre. Traquer le crime, c'était sa vie.

Sous la lumière blanche d'un éclair lointain, elle jura fermement de brûler les livres, les témoignages, les documents horribles, les DVD, le contenu de son armoire secrète. Agir dès son retour à l'appartement, sans se poser de questions, sans réfléchir. Embraser la Chimère.

Et arrêter Meet4Love. Pourquoi absolument chercher quelqu'un ? Pour souffrir encore ? Les hommes n'étaient que fausseté et mensonges. Frédéric Moinet en était l'exemple le plus flagrant.

Elle quitta la D767 en direction de Lannion. Personne sur les routes. Les Bretons semblaient s'être calfeutrés derrière leurs lourdes façades en pierre, en prévision de la tempête à venir.

Presque 19 heures, déjà. Plus qu'une heure avant le rendez-vous.

Elle pénétra enfin dans Trégastel avec le sentiment étrange qu'un malheur était sur le point de se produire. Pourtant, il devait être agréable de se promener dans ce village côtier en plein été, profiter des baignades, de l'air iodé, des marchés typiques, avec leurs kouign-amanns et leur cidre brut. Mais là... la station balnéaire fichait plutôt le cafard. Et la trouille.

Lucie se gara face à la mer. Dehors, des trombes d'eau lui fouettèrent le visage. Heureusement, elle s'était habillée en conséquence, une tenue imperméable kaki qui la couvrait des rangers à la tête.

La jeune femme descendit sur la plage et se dirigea vers un amas chaotique de roches. Le front baissé, la lampe torche à la ceinture et le Sig Sauer sous l'aisselle, elle remonta un sentier enfoui au cœur des immenses blocs de granit rose. Les longues houles déchaînées se déroulaient sous ses yeux en nappes maléfiques. Au loin se dressait une masse gigantesque, la tête de mort.

La nuit allait bientôt tomber. Il ne s'agissait pas de traîner.

Parvenue au bout du sentier, transie, secouée par les bourrasques, Lucie s'engagea sur les rochers. Elle glissa plusieurs fois. Autour d'elle, les vagues s'écrasaient sur la pierre, libérant des gerbes blanchâtres dans un fracas assourdissant. Le moindre faux pas, et c'était la chute, la déchirure des chairs, puis la noyade.

Au bout, avait dit Manon. Aller tout au bout. Lucie poursuivit sa progression, le mollet en feu. Elle crut bien, à de multiples reprises, y laisser sa peau, mais finit par atteindre le bloc d'une hauteur immense et creusé de deux cavités pareilles à des yeux. Sa forme rappelait celle d'un crâne, un crâne et équilibre sur un autre rocher titanesque. Lucie se réfugia sous cet ensemble étonnant et s'assit enfin, les deux mains autour de son muscle douloureux.

Et la mer, qui continuait à grogner, affamée, rageuse.

20 h 10. Malgré son pull en laine, sa polaire, son K-way, elle tremblait de froid. Le vent et les embruns lui cinglaient la figure. Et si Manon ne venait pas ? Et s'il lui était arrivé malheur ? « Ne soyez pas en retard », avait-elle prévenu.

Lucie observa la nature ensorcelante autour d'elle, peu à peu gagnée par l'obscurité. Dans cinq minutes, il faudrait absolument repartir vers la côte. Traverser ces écueils dans le noir relevait du suicide.

Au milieu du vacarme, la flic perçut des claquements sur sa gauche. Une silhouette ruisselante se détacha dans la pénombre.

— Manon !

Lucie se releva. Elle sentit soudain une chaleur envahir l'ensemble de son corps. Manon se dressait là, face à elle. Enfin…

La mathématicienne jeta un œil sur son N-Tech, protégé par une housse hermétique suspendue à son cou, avant de s'approcher. Le rétroéclairage illumina ses traits éprouvés d'un halo fluorescent.

— Merci d'être venue, fit-elle en reprenant sa respiration. Je ne pensais pas que les éléments se déchaîneraient comme ça contre nous. Mais au moins… je suis certaine que vous êtes seule…

Sans réfléchir, Lucie l'enlaça et la serra contre elle de toutes ses forces. Elle sentit la main de Manon dans son dos répondre à son étreinte.

— Manon… J'ai eu si peur pour vous…

Elles s'abritèrent et la jeune amnésique considéra une nouvelle fois son organiseur.

— Rendez-moi mon Beretta.

— Désolée, impossible de le récupérer, il s'agit d'une pièce à conviction.

— Je vous avais prévenue !

— Je ne pouvais pas, vous devez me croire !

Manon tira sur les sangles de son petit sac à dos et se pinça les lèvres.

— Bon… Je… Je pensais que nous pourrions prendre la mer ce soir, mais… pas un seul marin n'a accepté avec une météo pareille…

— Prendre la mer ? Mais…

Manon posa son index sur la bouche de Lucie.

— Chut ! Je vous raconterai tout quand nous serons au sec… L'un de mes amis nous a prêté sa maison de vacances, là où je passais la majeure partie de mes étés, autrefois. C'est à Trébeurden, à quelques kilomètres d'ici. Un marin, Erwan Malgorn, nous embarque demain, à 6 h 30, à partir de Perros-Guirec. Qu'il pleuve ou qu'il vente, il le fera, il nous conduira là-bas… même si l'endroit où nous allons est interdit.

— Interdit ?

Manon fixa Lucie et son visage s'adoucit.

— En route… Nous avons toutes deux besoin d'un bon bain chaud et de repos…

Elle embrassa soudain Lucie sur la joue.

— Je sais que nous nous connaissons, Lucie. Même si je n'en garde qu'un souvenir artificiel, je sais que nous nous connaissons. Et je crois… non, je suis certaine, que vous êtes quelqu'un de bien. Parce que vous vous trouvez ici, au milieu de nulle part, avec moi…

35.

Frédéric Moinet quitta le véhicule immatriculé dans le Maine-et-Loire et courut en direction d'une poissonnerie, son imperméable au-dessus de la tête. À l'intérieur du magasin, le propriétaire était occupé à baisser les grilles. Frédéric tambourina sur la vitrine.

— Attendez !

Le commerçant haussa les sourcils et désigna une pancarte.

— 20 h 20 ! On est fermés depuis une heure !

— Juste une minute, je vous en prie ! fit Frédéric d'un ton nerveux avant de se retourner.

Le poissonnier aperçut une ombre immobile qui se tenait plus loin, appuyée contre une voiture. Un autre gars qui attendait sous un parapluie et qui faisait jaillir la flamme de son briquet de façon compulsive. Ça sentait le coup fourré. Le commerçant ne lâcha pas le bouton de fermeture des grilles et dit, la gorge serrée :

— Fi… Fichez le camp !

Frédéric regarda rapidement autour de lui et sortit un revolver de la poche de sa veste. Il plaqua le canon contre la vitrine, tandis que sa cravate volait dans le vent.

— Ouvre ou je tire ! C'est pas une vitre qui m'empêchera de te trouer la cervelle !

Le poissonnier leva les mains. Le mouvement de la grille s'interrompit à mi-descente.

— Je t'ai pas dit de lever les mains, je t'ai demandé d'ouvrir ! Tu le fais exprès ou quoi ? C'est la dernière fois !

Tétanisé, le commerçant inversa le mécanisme puis déverrouilla la porte. Frédéric s'avança dans la boutique. Ses doigts tremblaient autour de la crosse.

— Je… Je n'ai pas d'argent… fit le propriétaire. Je vous en prie… Il n'y a rien à voler ici.

Les traits de Frédéric trahissaient une grande fatigue et, en même temps, une tension extrême. Les cheveux en bataille, sa chemise pendant hors de son pantalon, il n'était plus que l'ombre de lui-même.

— Si ! affirma-t-il. Il y a exactement ce qu'il me faut dans votre poissonnerie.

Il pointa les étals du doigt. Le commerçant se retourna, surpris.

— Des poissons ? Ne me dites pas que vous… me braquez pour me voler des poissons ?

— Je ne vais pas vous les voler, mais les acheter. Et ce ne sont pas des poissons que je veux…

— Quoi alors ?

— Des calamars.

— Des calamars ?

Frédéric soupira en baissant son arme.

— Oui, des calamars ! Des putain de calamars ! Alors tu vas me les servir avant que je m'énerve sérieusement, d'accord ?

L'homme se dirigea vers les étals, abasourdi. Ce type l'avait contraint à ouvrir, avait pointé un flingue sur lui pour acheter des calamars.

— Combien vous en voulez ?

— Tout ! Mettez-moi tout ce que vous pouvez.

Le poissonnier écarquilla les yeux.

— Mais il y en a au moins quinze kilos !

— Eh bien dans ce cas, mettez-moi les quinze kilos ! J'ai été suffisamment clair, non ?

— Très clair…

L'homme fourra les mollusques dans plusieurs sacs plastique. Une odeur de sel, d'algues, de tout ce que la mer pouvait charrier, envahit l'espace.

Frédéric s'empara des sacs et fit demi-tour.

— J'ai laissé cent euros sur votre comptoir, je pense que cela suffira. Merci pour le service, Perros-Guirec est une chouette ville.

Et il disparut sous le déluge, aussi vite qu'il était arrivé.

36.

La maison aux pierres centenaires n'était pas chauffée. Le propriétaire des lieux avait caché les clés sous un pot de granit, comme au temps où Manon venait y passer ses vacances. C'était une bâtisse de plain-pied d'une dizaine de pièces, aménagée en appartements, aux volets attaqués par les rudes pluies de l'Ouest. Un endroit magique, d'où l'on dominait les déchirures de la côte.

Grelottant sous une couverture, Lucie massait son mollet pour tenter d'apaiser sa douleur. Manon s'empara de quelques feuilles et d'un marqueur qu'elle sortit de son sac à dos.

— Je vais devoir noter et afficher sur ces murs des choses qui risquent de vous paraître bizarres, mais… si je ne le fais pas, je pourrais…

— Péter les plombs, un câble, une durite ?

Lucie désigna son front.

— Ou me frapper à coups de batte jusqu'à ce que mort s'ensuive ?

Manon s'approcha et palpa délicatement l'arcade sourcilière suturée.

— Oh ! Ne me dites pas que…

— Si, si, c'est bien vous. Mais ça va, ne vous inquiétez pas.

Les doigts de Manon étaient chauds, ses gestes d'une tendresse enfantine. Elle avança ses lèvres à quelques centimètres de celles de Lucie.

— Vous êtes sûre ?

— Pas de soucis…

Lucie détourna imperceptiblement la tête, un peu gênée, et demanda :

— Et maintenant, vous pouvez bien m'expliquer pourquoi nous sommes ici ?

— Deux minutes. Deux minutes, OK ?

Après avoir noté sur des feuilles le récit de ses heures passées, après avoir affiché partout que Lucie l'accompagnait pour l'aider, Manon s'empara d'une bouteille de Martini dans un bar en forme de tonneau, traça au marqueur un trait indiquant le niveau d'alcool et remplit deux verres.

— Le trait, c'est pour quoi ? questionna Lucie.

— À votre avis ?

— Éviter que vous vidiez la bouteille sans vous en rendre compte ?

— Eh oui, voilà à quoi j'en suis réduite…

— N'empêche, vous savez très bien vous débrouiller. Revenir de Bâle toute seule et avancer si loin dans une enquête criminelle sans aucune aide… Je dois admettre que le docteur Vandenbusche est un excellent professeur, et vous la meilleure des élèves.

— Vous le connaissez ?

— Un peu, oui.

Manon abandonna sur la moquette les quelques punaises rouges qu'elle tenait encore dans sa main blessée.

— Cela doit faire deux ans qu'il me soigne, et je ne sais même pas à quoi il ressemble. J'entends parfois le son de sa voix, au fond de ma tête. Je l'imagine la cinquantaine, grisonnant, un peu trapu. Mais très propre sur lui, et distingué. Je me trompe ?

— Non, vous voyez juste. Comme souvent.

Manon tendit le verre à Lucie et s'installa dans une banquette.

— Vous êtes une très jolie femme, Lucie. Un peu… comment dire… sévère dans votre manière de vous habiller ou d'observer, mais très mignonne.

— Je… Que répondre ? Je vous remercie…

La flic changea de sujet, mal à l'aise.

— Que fait-on ici, au fin fond de la Bretagne ?

La jeune amnésique relut pour la dixième fois de la soirée les informations mémorisées dans son N-Tech.

— Je ne vous l'ai pas encore dit ?

— Non.

— Absolument rien ?

— Absolument rien. De peur peut-être que… que je continue sans vous. Mais je ne vous abandonnerai pas. Ma promesse… Vous vous rappelez ?

— Je me rappelle. Quoi que vous en pensiez, je me souviens de… certaines choses de vous. Comme si… C'est assez curieux. C'est différent de la vision que j'ai des autres personnes…

Manon se releva et s'empara d'une carte routière.

— Revenons à nos moutons. Avant mon… accident, j'ai observé des cartes de France des nuits et des nuits. Je cherchais à percer le cheminement logique suivi par le Professeur. Comment choisissait-il ses victimes, selon quels critères ? Pas socioprofessionnels, ils étaient extrêmement variés. Ni physiques, puisqu'il s'en prenait à des hommes, des femmes, des jeunes, des moins jeunes, indifféremment. Alors je me suis demandé : pourquoi ces victimes-là, si éloignées géographiquement les unes des autres ? Pourquoi se donner tant de mal, alors qu'il suffisait de frapper dans un même département ou dans une même région ?

— Pour qu'on ne puisse pas cerner ses habitudes, son environnement. Il s'agit d'un itinérant. Il sélectionne peut-être ces agglomérations au hasard, tout simplement, comme certains tueurs en série américains qui sévissent sur plusieurs États. Des suspects zéro.

Manon secoua la tête avec détermination.

— Non ! Le hasard n'a pas sa place dans cette histoire, pas pour un esprit aussi rigide que celui du Professeur. Songez à la spirale, à l'élaboration des scènes de crime mettant en jeu les lois les plus strictes des mathématiques. Avec… Turin, nous n'avons jamais trouvé de relation entre ces personnes, alors, j'ai cherché s'il pouvait en exister une entre les lieux qu'il choisissait. Quelque chose de… géographique.

Elle dessina un triangle dans l'air avec son index.

— Rappelez-vous, le triangle équilatéral, entre Hem, Roeux et Raismes. Une figure géométrique parfaite, nouveau signe de sa maîtrise. À l'époque, nous avons échoué. Quand vous regardez les villes des six premiers meurtres, elles semblent disposées complètement au hasard dans l'espace, rien ne les relie entre elles. Pas de pentacle, de carré, ni la moindre figure cabalistique…

Lucie avala une gorgée de son Martini.

— En effet… Juste des points sur une carte, semble-t-il.

— Jusqu'à ce que je découvre les croix, sur la spirale de Bernoulli. Les sept croix.

— Vous pensez que… Elles représenteraient les villes des sept assassinats ?

— Oui et non…

Manon s'excitait de plus en plus.

— Les six premières croix représentent bien les villes des six premiers meurtres. Mais Roeux n'appartient pas à la spirale. Elle est totalement en dehors.

Elle engloutit son verre d'un trait, déplia la carte devant elle, et vint s'asseoir en tailleur sur la moquette. Lucie l'imita.

— Regardez, regardez ! Cela m'a fait tilt face à la spirale de Bernoulli. Rappelez-vous : « *Eadem mutata resurgo* », « Changée en moi-même, je renais ». Il… Il suffisait juste de reproduire cette spirale sur une carte de France et de l'agrandir, pareille à elle-même, jusqu'à… jusqu'à ce que la courbe passe sur les villes des assassinats ! Les croix correspondent parfaitement ! Regardez !

Un éclair traversa ses grands yeux bleus.

— Bernoulli était la clé ! Sans cette clé, impossible de déceler le rapport entre ces lieux !

Lucie fixait la spirale dessinée sur la carte qui chevauchait les points gris des agglomérations. Son ongle suivit la courbe, jusqu'à la septième et dernière croix perdue dans la mer, ici, en Bretagne. Elle recouvrait des petits points clairs représentant des îles.

Roeux se trouvait complètement en dehors de la figure, tout là-haut, au nord. Pourquoi ?

La mathématicienne se servit un nouveau Martini et remplit le verre de Lucie. Elle commençait déjà à sentir les effets de l'alcool. Elle regarda son interlocutrice dans les yeux et souleva légèrement son pull, puis son chemisier.

— « Rejoins les fous, proche des Moines. » Tu te rappelles, Lucie ?

La jeune flic s'étonna de la soudaine proximité de Manon. Combien de temps cela allait-il durer ? Quelques minutes, quelques secondes ? Quand se remettrait-elle à la vouvoyer ? Il suffisait juste d'une distraction, avait expliqué Vandenbusche, un coup de tonnerre, la chute d'un objet, un cri, et cette complicité naissante s'évanouirait. Ne resterait alors entre elles que la froideur de l'enquête. Et la terreur d'une femme découvrant une inconnue dans la même pièce qu'elle.

— Lucie ?

— Je me souviens, oui… « Rejoins les fous, proche des Moines. »

Manon pointa Perros-Guirec sur la carte, puis fit lentement glisser son doigt vers le haut.

— La septième croix que tu vois ici indique l'emplacement de sept îles, situées au large de Perros-Guirec. L'une d'elles s'appelle…

— L'île aux Moines ! compléta Lucie en plissant les paupières.

— Exactement ! Et il y a une autre île, proche de l'île aux Moines, Rouzic, sur laquelle il est formellement interdit de se rendre. Une terre de rochers et de falaises qui abrite la seule colonie de fous de Bassan de France. Plus de dix-sept mille couples y nidifient chaque année, de janvier à septembre. Un véritable rempart de plumes et de becs, qui fait ressembler l'île à une gigantesque boule de coton.

Lucie frissonnait. Elle se frotta les épaules.

— Rejoins les fous… Les fous de Bassan… C'est donc là où nous devons nous rendre, sur Rouzic, proche des Moines… Votre frère vous a sous-estimée en inscrivant ce message…

— Pardon ?

— Non, rien… Je pensais tout haut. Et vous savez ce que nous allons chercher là-bas ?

— Malheureusement, non. Je n'en ai aucune idée. Il n'y a rien d'autre que des oiseaux sur cette île.

Soudain nostalgique, Manon se mit à raconter, alors que ses yeux se perdaient sur les motifs de la tapisserie :

— Je connais bien l'endroit. Adolescents, nous venions en vacances dans cette maison. J'ai toujours aimé la Bretagne. Sa beauté sauvage, son atmosphère féerique… J'ai beau être une scientifique, je suis pourtant très intriguée par les contes celtes, l'ambiance ésotérique, où tout ne s'explique pas par la rigueur d'une démonstration.

— Moi aussi, approuva Lucie. Je crois en effet que… que certaines manifestations ne s'expliquent pas…

Manon termina son verre et continua :

— Avec mon frère et des amis du coin qui avaient un bateau, nous allions en cachette sur l'île Rouzic. Frédéric et moi, on a toujours aimé braver les interdits, être différents des autres…

Elle se racla la gorge.

— Je suis différente des autres, Lucie.

— Je sais.

— Je ne te parle pas de mon handicap… Mais de… de ce que je ressens… À l'égard des hommes, par exemple… Je ne suis pas homo mais… je ne sais pas… ils ne m'attirent pas.

Il y eut un court silence, avant que Manon poursuive :

— Parce que j'ai des sentiments, tu sais ? Je ne suis pas juste une machine. Moi aussi j'ai des envies, des besoins, des goûts particuliers… J'aime les glaces, le thé à la menthe, les promenades à cheval… J'aime porter de beaux vêtements, me parfumer, comme n'importe quelle autre femme.

— Je sais Manon. Je commence à te connaître.

Une douleur sourde brillait dans les yeux de la jeune amnésique.

— Parfois, quand je vois comment les autres me regardent, je me sens tellement inutile… C'était déjà comme ça avec mon métier. On imagine toujours les mathématiciens comme des calculateurs acharnés, des individus asociaux qui brassent du vent… Pourtant c'est absolument faux ! Ils s'interrogent sur des structures, des théories, des configurations qui peuvent changer le mode de pensée ! Il suffit de se souvenir qu'au Moyen Âge, c'était la religion qui définissait le cadre de la réalité ! Quand les savants ont réussi à expliquer l'origine d'un éclair ou d'une comète, tout a changé, ces événements sont devenus scientifiques et on s'est rendu compte, en définitive, que la science faisait avancer l'humanité. Crois-moi, toutes les branches des mathématiques, si abstraites soient-elles, trouvent toujours une application très concrète dans le monde réel.

Ses prunelles s'embrasèrent.

— Le seizième problème de Hilbert par exemple, sur lequel je travaillais, l'un de ces fameux problèmes du millénaire, permettrait de comprendre, s'il était résolu, le comportement d'un écosystème proies-prédateurs. Que se passerait-il si on laissait sur une île des moutons et des loups en nombre égal, Lucie ?

— Eh bien… Je suppose que les loups mangeraient les moutons ?

— Et ces derniers se feraient moins nombreux. Et, de ce fait ?

— À mon avis, la pénurie de proies entraînerait une diminution du nombre de prédateurs, qui mourraient affamés ou se dévoreraient entre eux.

— Tout à fait. Et cette diminution impliquerait par conséquent un nouvel accroissement du nombre de proies, qui, de nouveau, permettrait le développement des prédateurs, et ainsi de suite. Mais après, au bout d'un an, dix ans, mille ans ?

Lucie haussa les épaules, intriguée. Manon termina son explication.

— La résolution d'un tel système d'équations différentielles permettrait de comprendre l'évolution démographique des espèces dans le temps, ou l'extinction de certaines d'entre elles. Alors tu vois… Je ne suis pas juste… un objet inutile…

Lucie aurait aimé lui prendre la main, la caresser, la réconforter, mais elle se contenta de dire :

— Manon. Je sais à quel point les gens sont intolérants et superficiels. Ils… se limitent à juger sur les apparences, sans chercher à voir plus loin. Pourtant, chaque histoire sur cette Terre mérite d'être vécue. Et racontée…

— Alors raconte-moi la tienne. Celle qui te donne ce regard si déterminé et te force à te cacher derrière des tenues de mec, alors que… tu me parais si tendre… si attentionnée.

Lucie fixa ses pieds.

— À quoi bon Manon ? Dans une minute, tu ne te souviendras de rien.

Manon se recula brusquement et s'immobilisa. Les larmes lui vinrent aux yeux.

— Comment oses-tu ?

— Manon, je…

— En te parlant, j'avais oublié mon amnésie ! Cela n'a duré que peu de temps, mais je l'avais oubliée ! J'avais… une conversation normale, des émotions, je me sentais bien ! Oui, j'aurais oublié ton histoire, et alors ? Je t'aurais écoutée, au moins ! J'aurais partagé des secrets avec toi, même un court instant ! Qui sait ? Parler t'aurait peut-être soulagée ? Tu… Tu as tout gâché ! Je te l'ai dit, je ne suis pas qu'une machine ! Mais apparemment, tout ceci t'échappe !

Folle de rage, elle se leva et donna un coup de poing dans le mur.

Alors, elle se mit à observer autour d'elle. Les papiers accrochés, les Post-it. « Lucie, le lieutenant aux boucles blondes, m'accompagne pour m'aider. » Puis elle regarda ses mains. Pourquoi tremblaient-elles ? Pourquoi ces sentiments violents, au plus profond de son cœur ? Elle se retourna, l'air grave. Une femme, assise sur le sol, la fixait étrangement. La femme aux boucles blondes.

— Que s'est-il passé ? Pourquoi suis-je en colère ? C'était contre vous ?

Elle vit la carte sur la moquette, la spirale de Bernoulli. Elle reconnut la maison de son adolescence. La Bretagne. Qu'est-ce qu'elle faisait là ?

Lucie se releva, déconcertée.

— Oui, tu étais en rage contre moi. Mais c'est sans importance à présent…

— On se… tutoie ? Dites-moi ? Pourquoi sommes-nous ici ?

— Nous devrions aller nous coucher. La journée de demain risque d'être éprouvante. Le rendez-vous avec Erwan Malgorn est à 6 h 30… Direction l'île Rouzic…

— Erwan ? Qu'est-ce qu'il vient faire dans cette histoire ? Et comment vous savez tout ça ? Pourquoi nous rendons-nous là-bas ?

Lucie vint lui saisir le bras.

— Fais-moi confiance, se contenta-t-elle de répondre. Essaie de prendre les choses comme elles viennent, tu reliras tes notes plus tard. Mais pour l'heure, par pitié, allons nous coucher. Si tu veux bien, je vais dormir à tes côtés, comme ça je pourrai veiller sur toi. Ça me paraît plus prudent.

La jeune mathématicienne la dévisagea longuement avant d'acquiescer :

— D'accord... Merci... Merci beaucoup...

À peine Manon avait-elle allumé dans la chambre que Lucie vint s'écraser sur le lit. Elle resta là quelques secondes, sans bouger, le temps pour Manon d'ouvrir les volets et d'aérer la pièce. Puis Lucie se redressa et jeta un rapide coup d'œil sur une aquarelle accrochée au mur. Soudain, elle fronça les sourcils et s'approcha. Juste à côté... une punaise rouge plantée dans la tapisserie épinglait un minuscule morceau de papier arraché. Une punaise semblable à celles que Manon venait d'utiliser pour fixer ses mémos.

— Depuis quand tu n'es plus venue dans cette maison ? demanda Lucie.

— Depuis l'adolescence. Pourquoi ?

— Et après ton agression ? Après ta perte de mémoire, tu penses que tu as pu revenir ?

— Cela m'étonnerait beaucoup. Pour quelle raison l'aurais-je fait ?

— Pour tes vacances ?

— Mes vacances ? Mais à quoi ça me servirait de prendre des vacances ?

Lucie ôta son pull, sceptique. De toute évidence, Manon était déjà revenue ici. Et elle ne s'en rappelait pas…

Manon s'assit sur le matelas.

— Une fois tout ceci terminé, je crois… je crois que je retournerai habiter à Caen, auprès de ma mère. J'ai besoin d'une présence féminine. Vous comprenez ?

Lucie ne sut que répondre. Sa pauvre mère reposait six pieds sous terre depuis tellement longtemps…

Manon se déshabilla en face d'elle sans éprouver la moindre gêne. Elle sentait qu'elle pouvait accorder sa confiance à la jeune flic, avec, toujours, cette impression tenace de la connaître, sans vraiment l'avoir déjà vue. En enlevant son pantalon, elle releva une petite tache sur le côté de sa culotte. Elle fronça les sourcils et se tourna vers Lucie.

— Dites-moi ! Comment sommes-nous arrivées ici ? En Bretagne ?

Lucie soupira. Toujours la même rengaine.

— Je viens de Lille en voiture, et tu arrives de Bâle, en train je suppose.

— Bâle, Bâle. Bernoulli. Je suis allée là-bas seule ? Vous n'êtes pas venue avec moi ?

— Non, c'est Hervé Turin qui t'a accompagnée.

Manon devint blême, paniquée.

— Impossible ! Je ne serais jamais partie avec lui ! C'est faux !

— Et pourtant, crois-moi, tu l'as fait… Il t'a convaincue en te parlant du Professeur, en prétendant être le seul à pouvoir te guider. Et tu as mordu à l'hameçon.

Manon se jeta sur son N-Tech, consulta les derniers événements, déclencha les monologues et bilans enregistrés depuis la veille. Lucie s'avança vers elle.

— Manon… Ne t'inquiète pas… Ça va aller…

— Non, non, ça ne va pas ! Il s'est produit quelque chose ! Cette tache ! Cette tache sur ma culotte ! C'est du sperme !

La jeune amnésique gardait les yeux rivés sur son petit écran. Des photos défilèrent. Bâle, le Rhin, la cathédrale, Turin.

— Attends ! s'exclama soudain Lucie.

Elle s'approcha de l'appareil.

— Le pansement, sur son nez…

— Quoi le pansement ? demanda Manon.

— Il ne l'avait pas en partant de Lille…

Elles échangèrent un lourd regard. La blessure au nez, la tache sur le sous-vêtement de Manon. Turin aurait pu si facilement abuser d'elle. Lucie revit alors la main du flic abîmée, ce morceau de chair arraché quand ils avaient découvert les collègues endormis. Que fichait Turin aux abords de l'impasse du Vacher à la nuit tombée ?

Elle tendit le bras pour caresser les cheveux de la jeune femme. Mais Manon la repoussa, se leva, hors d'elle, terrorisée, et se mit à longer les parois, à cogner, avec une régularité mesurée, tandis que ses ongles s'enfonçaient dans sa chair, tant elle serrait les poings. Et elle continua ainsi jusqu'à ce que ses traits se détendent, que la colère s'éloigne pour laisser place à l'étonnement de se retrouver ici, en Bretagne.

Toujours les mêmes gestes. Le N-Tech, la lecture des informations.

Lucie resta perplexe. Manon venait d'oublier tout l'épisode.

Volontairement. Pourquoi ? Pour éviter d'affronter la violence d'un viol ?

La flic se rapprocha de la mathématicienne et, d'un geste timide, lui ôta sa petite culotte. Il fallait la récupérer, la porter au laboratoire d'analyse. Savoir si Turin avait franchi la limite.

Manon la laissa faire. Sans réfléchir, elle embrassa Lucie sur la bouche. Elle ne ressentit ni dégoût, ni colère contre elle-même. Juste de la tendresse. Et une simple envie.

— Désolée... Je...

— Ne le sois pas, dit Lucie.

Elle tira Manon vers le lit et la glissa sous les draps.

— Il faut que tu dormes, chuchota-t-elle. Demain, une grosse journée nous attend. Je serai à tes côtés quand tu te réveilleras.

Manon se sentit bien. Vivre le présent. Ne pas chercher à affronter le passé ou le futur. Pas ce soir.

— Ce baiser, euh...

— Lucie, je m'appelle Lucie...

— Lucie... Il m'a fait du bien... Cela fait longtemps que je n'ai pas ressenti une telle douceur... Même si je ne me rappelle plus, il y a des choses que je sais...

Lucie s'éloigna sans répondre, rangea le sous-vêtement dans la poche de son sac et fixa son reflet sur la fenêtre de la chambre. Elle resta là, longuement, sans bouger.

Que lui arrivait-il ? Était-ce bien son image sur la vitre ?

— Tu crois que je devrais avoir un enfant ? demanda soudain Manon.

— Pardon ?

Manon regardait le plafond.

— Un enfant... Sa naissance... Je m'en souviendrais forcément... Cela... Cela ouvrirait peut-être une porte... Une porte vers l'avenir...

— Peut-être Manon… Peut-être…

Sans plus un bruit, Lucie éteignit la lumière et resta debout dans la chambre.

Elle fixa Manon dans l'obscurité. C'était sûr, cet enfoiré de Turin l'avait violée !

Combien étaient-ils à abuser d'elle ainsi ?

Elle en voulut à la planète entière. Ce monde était vraiment un monde de crasse. Ses jumelles lui manquèrent terriblement.

Le cœur lourd, elle se faufila sous les draps et se serra contre ce corps qui l'attendait. Les lèvres de Manon vinrent cueillir les siennes. Une nouvelle fois, elle ne chercha pas à les éviter. Cela faisait si longtemps…

Elles disparurent toutes deux sous les draps. La chaleur des caresses. La folie de l'instant. L'échange forgeant définitivement la promesse d'un demi-tour impossible. À partir de maintenant, c'était à deux. À deux jusqu'au bout…

Une heure plus tard, à l'extérieur, de l'autre côté de la fenêtre, une ombre s'avança secrètement. Et plaqua son front sur la vitre, un briquet à la main.

La flic était assise dans un fauteuil à proximité de son arme.

Il allait falloir trouver un autre moyen…

37.

— Manon ? Tu dors ? C'est Lucie. Lucie Henebelle.

— Lucie Henebelle ?

Le bruit des respirations au creux du lit. L'obscurité. Dehors, le vent dans les branches.

— Chut… Nous sommes en Bretagne, nous approchons du Professeur, des spirales.

— Les spi…

— Ne bouge pas. Ne pose pas de questions, je t'en prie. Fais-moi confiance. Tu sais que tu peux m'accorder la confiance ? Tu le sais ?

Manon s'agita, prête à jaillir hors du lit. Mais elle retrouva rapidement son calme. Lucie Henebelle…

— Oui… Oui, je le sais. Enfin, je crois. Lucie Henebelle. On se connaît, Lucie. On enquête à deux, c'est cela ?

— Écoute, j'ai… j'ai juste besoin de te parler. Je ne parle jamais à personne. Et j'ai mal Manon, j'ai mal tout au fond de moi.

— Lucie, je… On est dans un lit… En Bretagne ? Comment se…

— Chut… Il y a quelques heures, tu m'as dit que… que tu voulais entendre mon histoire.

Manon se rapprocha.

— Si je vous l'ai dit, c'est que j'étais sincère. Je…

— Tutoie-moi Manon. Tutoie-moi comme tout à l'heure, s'il te plaît.

— Je t'écoute.

Lucie chercha ses mots avant de se lancer :

— Depuis dix-sept ans, je n'ai jamais raconté mon histoire à personne. Ou plutôt si, mais ceux à qui je l'ai fait sont partis loin de moi… Ce que je vais te confier n'est pas très… rationnel…

— Vas-y, parle. N'hésite pas.

— Tout a commencé quand j'avais seize ans. Je venais d'entrer au lycée Jean Bart, à Dunkerque. Je me suis mise à avoir des maux de crâne, de plus en plus fréquents. Au début, je supportais, je la jouais discrète, parce que… parce que je ne voulais surtout pas aller à l'hôpital. Mon… Mon père est mort d'un cancer du poumon, et j'ai pu voir toutes les étapes par lesquelles il est passé… La chimio, les traitements… Je ne supportais pas la vue du sang, je détestais cette atmosphère… morbide… C'était à en vomir… Tant de choses ont changé depuis…

Lucie soupira avant de poursuivre :

— À cause de ces douleurs dans ma tête, je ne sortais plus avec mes copines, je restais enfermée chez moi. J'étais même devenue incapable de suivre un cours. Ça a peut-être duré… quatre ou cinq mois, sans que personne ne s'aperçoive de rien.

— Jusqu'à ce que ta mère s'en rende compte, je suppose. N'est-ce pas ?

— Oui… Et là, j'ai dû faire tous les examens. Scanners, radios, prises de sang… Ils ont finalement détecté une anomalie sous mon crâne, plaquée contre la dure-mère, juste à côté de mon cerveau. Et très mal placée.

— Une tumeur ?

Lucie se recroquevilla sur elle-même.

— Quand on m'a annoncé qu'on allait m'ouvrir la tête pour tenter d'extraire cette… cette chose, je… je me suis mise à hurler. D'où venait cette horreur ? Comment avait-elle réussi à se loger là, au plus profond de mon être ? Pourquoi une telle injustice, pourquoi moi ? J'ai voulu savoir, mais on ne répondait jamais à mes questions, comme si… on cherchait à me cacher la vérité.

Elle serra les draps dans ses mains. Doucement, Manon vint se blottir contre elle.

— Et donc… Tu t'es fait opérer quand même ?

— Avais-je le choix ? On m'a rasé les cheveux, mes beaux cheveux blonds, l'opération a duré plus de quatre heures, parce que cette saloperie s'était logée dans un endroit critique, au niveau de la ligne médiane de l'os frontal… Quand je me suis réveillée, quand j'ai demandé de quoi il s'agissait, on m'a répondu qu'on ne savait pas, que… la « chose » était partie pour analyse au laboratoire médical de Dunkerque. Mais, dans les yeux de ma mère, j'ai lu qu'elle savait…

— Et que savait-elle ?

— Elle n'a pas voulu me le dire. Elle a toujours été surprotectrice, elle voulait me couver. Alors, j'ai contacté mon parrain…

— Ton parrain ?

— Il se trouve qu'à l'époque il bossait dans le labo médical comme stagiaire. Je l'ai appelé et je l'ai supplié de me dire ce qu'ils avaient reçu… Un kyste, une tumeur ? Aujourd'hui, plus que tout au monde, je souhaiterais ne jamais avoir su. Ça a parfois du bon de ne pas savoir.

— Cela dépend des cas…

— Un soir où il était de garde au labo, quelques semaines après mon opération, il m'a fait entrer en cachette.

J'avais dit à ma mère que j'allais au cinéma… Il risquait sa place, mais il l'a fait, pour moi… Et là, j'ai découvert l'endroit le plus… traumatisant qu'il m'ait été donné de voir… On est descendus dans une espèce de sous-sol, il y avait… des niches semblables à des nids d'abeilles, avec… des choses hideuses… dans des bocaux étiquetés. Des kystes, de la matière visqueuse, des morceaux de chair… Je me rappelle le plafond, de plus en plus bas, la fraîcheur sur mon visage, l'odeur des produits conservateurs et le vrombissement des congélateurs… Quand Luc a ouvert l'un d'entre eux, j'ai vu un bocal, avec une grosse étiquette sur laquelle était inscrite mon…

— Ton nom ?

— Mon numéro de sécu… Celui qui nous identifie tous, dès la naissance, comme tu disais dans la maison hantée de Hem… Mon morceau de π à moi…

Lucie fit glisser ses mains sur ses joues. Elle transpirait.

— Tu sais Manon, un embryon produit plusieurs milliers de cellules toutes les secondes. Et par une magie qu'on est aujourd'hui incapable d'expliquer, il existe des cellules dites cellules-souches totipotentes, capables de se transformer en n'importe quel type de cellule. Au bout de quelques jours, ces cellules-souches commencent peu à peu à se différencier et à se spécialiser, en utilisant les mêmes gènes de manière différente. Les cellules cardiaques se mettent à pulser d'elles-mêmes, toutes en même temps. Et là, la vie explose dans le ventre maternel.

— Où veux-tu en venir ? J'ai du mal à te suivre… Dis-moi vite Lucie. Dis-moi vite…

— Aujourd'hui, cette nuit, c'est… mon anniversaire… Trente-trois ans que je suis sortie du ventre de ma mère… Et il y a de cela quatre ans, j'ai donné naissance à deux jumelles, Cl…

— Clara et Juliette… J'ai appris…

Lucie éprouva une soudaine envie de pleurer, mais elle se contrôla. Il fallait parler, parler encore, se libérer de toute cette crasse en elle.

— Connais-tu ce qu'on appelle le « baiser des jumeaux » ?

— Non. Lucie… Je perds le fil. Dépêche-toi.

— Des spécialistes parviennent à connaître le comportement intra-utérin des jumeaux, grâce à des échographies et aux derniers procédés technologiques permettant de filmer dans le corps humain. Ils ont constaté que, dès le troisième mois, les jumeaux se touchent, avec leurs bras et leurs jambes, puis entrent en contact par la bouche au cinquième mois. Cet instant émouvant est appelé le « baiser des jumeaux ».

— Je ne savais rien de tout ça. C'est stupéfiant.

— C'est stupéfiant, oui. Certains chercheurs sont persuadés que ces comportements fœtaux ont un effet sur tout le développement postnatal de l'enfant. Que ces premiers instants, ces tout premiers gestes et réactions le suivent, le soutiennent ou le harcèlent jusqu'à sa mort.

— Mais… On ne peut pas se souvenir de ce baiser, des événements avant la naissance !

— Je suis au contraire persuadée que tout ce qui s'est passé dans l'utérus maternel est profondément ancré en nous, comme… comme ces cicatrices que tu portes sur toi, qui t'accompagneront jusqu'au dernier jour. Pourquoi ton corps se souvient parfois ? Pourquoi les bébés, juste après leur naissance, réagissent à la voix de leur maman ?

Manon ne conservait qu'une vague idée du début de la conversation, mais ce n'était pas important. Là, dans le noir, elle se sentait apaisée. Celle qu'elle osa appeler mentalement son amie voulait lui avouer un secret. Une « chose », sous son crâne.

— Continue, Lucie. Je t'écoute, crois-moi, je t'écoute.

— Des… Des deux jumeaux, il en est très souvent un qui prend le dessus sur l'autre.

— La théorie du jumeau dominant.

— Ce n'est pas une théorie, il ne s'agit pas de mathématiques cette fois. Chez les jumeaux, il est fréquent que l'un des deux naisse plus gros parce que, déjà dans l'utérus, il s'accapare plus de nourriture et occupe plus de place… Dans cet endroit, certainement un des plus mystérieux qu'on connaisse, les instincts de prédation existent. Tu parlais de l'écosystème proies-prédateurs chez les animaux… Mais c'est déjà la même chose dans le ventre maternel.

Lucie inspira.

— Je cache une petite armoire dans mon appartement, une armoire aux vitres teintées qui contient… mon histoire. Qui fait que je ne peux plus m'empêcher d'assister aux autopsies… que je cherche, Manon, que je cherche…

— De quoi tu parles ? Qu'est-ce que tu cherches ?

— La réponse au pourquoi…

— Mais Lucie… Qu'est-ce que tu racontes ? Cela ne veut rien dire !

— Je… Je ne sais plus. Je suis une Chimère Manon… Une Chimère…

— Une Chimère ? Le monstre mythologique ?

— Pire que ça…

Du bout des doigts, Manon caressait les boucles de Lucie.

— Dis-moi ce qu'on trouve dans ton armoire.

— Il y a d'abord deux échographies. Sur la première, des sœurs jumelles, âgées de quatorze semaines.

— Clara et Juliette. Et sur la deuxième échographie ?

— Je…

Lucie se redressa brusquement, ses sens en alerte.

— Tu as entendu ? chuchota-t-elle.

— Entendu quoi ?

— Des bruits, à la porte !

La flic sauta hors du lit, enfila rapidement son pantalon, son tee-shirt, ses rangers, et s'empara de son Sig Sauer sans un bruit.

— Reste là…

Elle se faufila dans le noir en direction de l'entrée.

D'un coup, un gros boom sur la porte, puis le gravier qui crisse, des bruits de pas… On courait.

Elle se précipita dehors, dans le froid, les deux mains sur son arme. Ses muscles se crispèrent.

Une ombre disparut au-dessus de la barrière du jardin.

— Pas cette fois, sale enfoiré…

Lucie se rua vers l'obstacle, soigna son atterrissage et se lança à sa poursuite à grandes foulées.

Le sol boueux atténuait les vibrations dans le mollet. Le muscle gorgé de sang tenait. Pour l'instant.

Dérapant à plusieurs reprises, l'ombre s'enfonça sur la gauche dans un sous-bois.

Très vite, Lucie parvint à gagner du terrain. L'homme, devant elle, chuta encore. Sa poitrine se levait et s'abaissait. Il se retourna en crachant des nuages de buée dans l'air glacial. Puis il essaya de se redresser à l'aide d'une grosse racine.

— Tu bouges et je tire ! hurla Lucie en le braquant, une dizaine de mètres en retrait. J'te jure que je vais le faire ! Un seul pas ! Ose faire un seul pas !

Le fuyard se figea, à quatre pattes, pareil à un loup acculé.

— Non ! Non ! s'écria-t-il. Ne me faites pas de mal !

Lucie inclina la tête et s'approcha avec prudence. Cette silhouette frêle. Cette voix aiguë. Était-il possible que…

— Tourne-toi !

Face à elle, les traits déconfits d'un adolescent. Seize, dix-sept ans maximum. Lucie ne relâcha pas son attention.

— Qu'est-ce que tu es venu faire à la porte ? Pourquoi tu cherchais à entrer ?

— Je… Je ne cherchais pas à entrer ! On… On m'a juste dit de… de faire du bruit ! Rien de plus ! Juste faire du bruit et me tirer !

— Qu'est-ce que tu racontes ?

Le jeune garçon se mit à pleurer.

— C'est… C'est la vérité ! Un homme est venu me parler… près du port. Il m'a donné du fric en me demandant de venir ici à 1 heure, et de faire du bruit ! Il… Il puait le calamar !

Lucie eut soudain l'impression que ses forces allaient l'abandonner.

Piégée.

Elle fouilla ses poches. Pas de menottes.

— Tu restes là ! Parce que sinon, je te retrouverai !

Elle savait qu'elle ne le reverrait jamais. Mais c'était lui ou Manon.

Sans plus réfléchir, elle fonça en direction de la maison. Le sous-bois. La mer de boue. La barrière. Le gravier de l'allée.

La porte d'entrée battait contre le mur.

À l'intérieur, des traces de boue sur la moquette. Des empreintes qui n'étaient pas les siennes.

La chambre était vide.

Le N-Tech gisait sur le sol, l'écran brisé…

38.

— Erwan ? Erwan Malgorn ?

Dans les lueurs de l'aube, l'homme patientait sur le port, vêtu d'une veste imperméable rouge et d'un pantalon de pêche jaune. Lucie avait imaginé un vieux loup de mer à l'épaisse barbe grasse et au visage buriné, mais il n'en était rien. Erwan, les traits fins, deux longues pattes noires sur les joues et la coiffure soignée, devait avoir une trentaine d'années. Pêcheur nouvelle génération.

— Où se trouve Manon ? s'inquiéta-t-il en regardant avec méfiance par-dessus l'épaule de Lucie.

Des cernes sous les yeux, les lèvres crevassées par l'air marin, la flic contracta ses poings sous son K-way.

— Je ne sais pas. C'est moi qui irai là-bas.

Les mâchoires serrées, Erwan se frotta les mains l'une contre l'autre. Au loin, le jour s'épaississait à peine, d'un rouge de lave virant au noir au-dessus des eaux.

— Elle m'a parlé d'une femme blonde aux cheveux bouclés ! cria-t-il pour couvrir une violente bourrasque. Au cas où elle ne viendrait pas !

Lucie baissa puis remit sa capuche.

— Femme blonde aux cheveux bouclés ! répéta-t-elle.

— Dans ce cas, ne perdons pas de temps ! Le chalutier est amarré le long du quai, à une centaine de mètres.

Il remonta le col de sa veste.

— La mer est mauvaise mais navigable. J'espère que vous ne serez pas malade.

— On verra bien !

Sans plus un mot, ils s'engagèrent sur la jetée, courbés contre le vent. Dans le port, les bateaux tanguaient dans un mouvement désordonné. Les drisses fouettaient les mâts et les coques de métal s'écrasaient sur la surface de l'eau. Au large, la mer était littéralement déchaînée.

Erwan monta à bord de son bateau puis aida Lucie à le rejoindre.

— Rouzic est à quelques miles, nous l'atteindrons d'ici un quart d'heure ! dit-il en lui plaquant un gilet de sauvetage contre la poitrine.

— Vous savez quelle taille fait l'île à peu près ?

— C'est tout petit ! Et y a que dalle là-bas ! Juste des falaises et des oiseaux ! Dites ! Qu'est-ce que vous allez y faire ?

— J'en sais rien !

— Vous n'avez pas l'air de savoir grand-chose !

Ils se réfugièrent dans la cabine. Erwan déclencha les témoins lumineux, activa l'écran radar, puis tourna une clé.

Le moteur se mit à gronder, libérant une épaisse fumée noire. Les carreaux tremblaient, la lumière du plafonnier vacillait. Partout ça vibrait, dessous, dessus. Lucie se sentit envahie par une étrange sensation de puissance. Une énergie invisible la propulsait vers l'avant, le large, les ténèbres. Le bateau de pêche s'engagea dans le chenal, dépassa deux bouées clignotantes puis se jeta dans les vagues avant de s'évanouir à l'horizon.

Lucie s'installa sur un rebord en métal. Elle se recroquevilla, la tête entre les mains, épuisée. Des larmes se mirent à couler lentement sur son visage. Son cœur s'embrasait à chaque fois qu'elle imaginait le sourire rayonnant de Manon, ses yeux avides de connaissance. La jeune femme avait surgi si brusquement dans sa vie… Elle essaya de refréner ses pensées, de ne pas se répéter qu'elle ne reverrait peut-être plus jamais son amante d'une nuit, sa confidente, celle devenue, en définitive, une amie rare…

Elle essuya maladroitement ses joues. Et elle ? Elle, lieutenant de police ? Qu'allait-elle devenir ?

Avant de rejoindre Erwan, elle s'était convaincue de cacher à ses supérieurs toute trace de ses retrouvailles avec la jeune amnésique et, surtout, de sa nouvelle disparition. Elle avait décroché les punaises et les feuilles dans chacune des pièces de la maison, avait plié avec soin les vêtements de Manon et avait rangé le tout dans le coffre de sa Ford. Quant à la clé de la porte d'entrée, elle l'avait simplement replacée, sous son pot de granit, à l'extérieur.

Personne n'était jamais venu dans cette maison bretonne, ce soir-là. Ni elle, ni Manon.

Lucie ne voulait pas perdre son boulot. Elle ne le pouvait pas, question de survie. Ce job qu'elle aimait plus que tout au monde. Ce job qu'elle détestait.

Qui détenait Manon ? Le Professeur ? L'homme aux bottes ? Le protecteur ? Où était-elle retenue ? Où retrouverait-on son cadavre ?

La flic promena ses doigts tremblants sur le N-Tech à l'écran brisé, essaya encore de l'allumer, sans succès.

— Attention ! hurla Erwan.

Lucie fut projetée au sol dans un fracas assourdissant. Elle s'agrippa à une poignée, chancelante, tandis qu'Erwan, les mains fermement serrées sur le gouvernail, maintenait le cap. Des vagues s'écrasaient dans l'axe, rabattant cruellement leurs étaux mortels sur l'étrave du bateau.

— On s'est pris une déferlante ! cria le pêcheur. J'vous avais avertie que ça secouerait ! Ça va ?

— Si on veut… répondit Lucie en ramassant l'organiseur éclaté en deux morceaux.

— On arrive ! fit Erwan.

Sur la surface verte de l'écran radar se dessinaient sept masses immobiles, qui se matérialisèrent bientôt devant eux, apparaissant puis s'évanouissant derrière les renflements liquides. Le chalutier obliqua vers l'ouest, le moteur changea de régime à l'approche des premiers écueils. Erwan manœuvrait avec des gestes précis, les yeux braqués sur l'écran, alors qu'un puissant projecteur déchirait un cône minuscule dans l'obscurité.

— Je vais m'approcher au maximum d'une plage de galets, là où ça remue le moins ! Faudra mettre le pneumatique à flots et ramer ! Vous y arriverez ?

— J'y arriverai !

Il la considéra d'un air affligé.

— Encore une fois, je crois que c'est du suicide ! Si ça se passait mal, je…

— Vous ne m'auriez jamais vue, je sais !

Erwan tourna le gouvernail, le navire vira dangereusement et s'approcha de la côte.

— Je ne peux pas rester, rappela le marin. Rendez-vous sur cette même plage dans trois heures. Je reviendrai vous chercher. Soyez là, parce que je ne vous attendrai pas.

Erwan coupa les moteurs et se précipita hors de la cabine pour décrocher l'ancre. Lucie le suivit en titubant.

— Montez dans le canot ! ordonna-t-il en lui collant une rame dans les mains. Je vais le descendre ! Vite ! Les vagues vont vous porter à terre, mais ne cessez jamais de ramer ! Ou elles vous écraseront comme un insecte !

Lucie lança un regard apeuré vers le rivage. Elle serra la rame contre sa poitrine. La plage l'attendait à cinquante mètres. Cinquante mètres… Elle finit par embarquer.

« Où m'entraînes-tu, Manon, dans quel enfer ? » pensa-t-elle tandis que le canot pneumatique frappait la surface de l'eau.

— Dites ! hurla-t-elle soudain. Manon ! Est-ce qu'elle est déjà venue vous voir ? Ces derniers mois ?

— Quoi ? s'écria Erwan en activant la manivelle du treuil pour remonter les chaînes.

— …anon ! …nue… voir…

— Je comprends rien ! Ramez ! Ramez jusqu'à la côte sans jamais vous arrêter !

Et la frêle embarcation se laissa emporter par les flots.

La flic s'épuisa dans sa lutte contre les éléments. Les embruns glacés lui fouettaient le visage. Partout autour d'elle les masses liquides s'entrecroisaient, se fracassaient, s'épousaient en gerbes monstrueuses. Elle était sur le point de craquer quand, enfin, un dernier rouleau vint projeter le canot sur les galets. Étourdie,

Lucie se redressa et tira le bateau pneumatique hors de l'eau dans un effort désespéré. Elle s'écroula de fatigue, le dos contre le sol, les bras en croix, alors qu'au loin le projecteur du chalutier disparaissait peu à peu.

Seule, au cœur de l'enfer.

Elle resta ainsi de longues minutes sans bouger, avant d'ouvrir de nouveau les yeux.

Alors ils apparurent, perchés sur les roches, pareils à des flocons improbables.

Des milliers d'oiseaux. Fresque infâme d'yeux braqués dans sa direction. Ils lui glacèrent le sang.

Et maintenant ? Que faire ? Où chercher ? Et surtout, *que* chercher ? Une croix sur une spirale ?

Face à cette nature hostile, aux éléments déchaînés, aux falaises déchiquetées, elle se rendit compte de la stupidité de cette équipée. Qu'espérait-elle découvrir en ces terres désolées ?

Joyeux anniversaire Lucie, songea-t-elle en se relevant.

Les doigts gourds, elle fouilla dans sa poche et en sortit le N-Tech en miettes, gorgé d'eau, de sel, de sable. Dans un hurlement de rage, elle le jeta aussi loin qu'elle le put.

Personne ne saurait jamais qu'elle, Lucie Henebelle, était venue en Bretagne. Même pas la pauvre amnésique, si on la retrouvait vivante.

Préserver son métier. Pour ses filles. Elle s'en voulait terriblement.

Trois heures… Trois heures devant elle, avant de reprendre la route vers Dunkerque, récupérer les jumelles, et continuer à faire semblant.

Elle n'y parviendrait jamais. Qu'était-elle devenue ? Quel monstre ?

Tout brûler en rentrant. La Chimère. Elle devait le faire, impérativement.

Frigorifiée, plantée là avec son gilet de sauvetage orange, elle se décida à marcher. Il fallait faire le tour de l'île, chercher en attendant le retour d'Erwan. Trois heures…

Elle avança, escalada des rochers, traversa des criques de galets, craignant à chaque instant de se faire attaquer par les fous de Bassan… Mais les hordes de plumes restaient figées, impassibles. Pourquoi ces oiseaux traversaient-ils les frontières pour se rendre spécialement ici ? Quelle force mystérieuse les motivait ?

Les pierres étaient glissantes, les obstacles nombreux, néanmoins Lucie progressait. Laborieusement, mais elle progressait. Elle s'arrêta soudain. Face à elle, dans un renfoncement abrité, il lui sembla apercevoir des inscriptions sur les parois. Elle s'avança avec prudence.

Elle n'avait pas rêvé. Il s'agissait bien de marques dans la roche.

Des chiffres, des lettres.

Elle lut et ressentit un coup terrible dans la poitrine. Incapable de tenir sur ses jambes, elle s'effondra à genoux.

Elle venait de comprendre.

Toute cette aventure n'avait été qu'une vaste mascarade. La tombe de Bernoulli, les spirales, la septième croix…

Elle lut de nouveau, abasourdie. Le premier message indiquait :

« 4/6/2006. Ai tourné des heures et des heures. Rien. Il n'y a absolument rien. MM »

Et le second :

« 18/10/2006. Me retrouve encore ici. Désespoir. Je brasse du vent. MM »

Manon Moinet, MM, s'était déjà aventurée deux fois sur l'île, à quatre mois d'écart, et s'apprêtait à s'y rendre une troisième fois.

Elle tournait en rond.

La jeune amnésique avait cru progresser, se rapprocher du Professeur, mais avait en fait reproduit un même scénario : les crises d'étranglement qui éveillent la mémoire du corps et révèlent la signification de la cicatrice, l'itinéraire vers Bâle et la tombe de Bernoulli, la spirale avec les croix sur la carte de France, et enfin, Rouzic, point de chute vers le néant.

Mais pourquoi Manon n'avait-elle pas noté ses avancées, ses échecs, dans son N-Tech ni ailleurs ? Pourquoi ne savait-elle pas pour Bernoulli, ou l'île Rouzic ? Pourquoi repartait-elle à chaque fois de zéro ?

Elle avait forcément dû prendre des notes. Mais son « protecteur » avait effacé les informations avant qu'elle ne les mémorise. Sans doute n'avait-il pas pu l'empêcher de venir ici, alors il avait supprimé sa mémoire à chaque fois. Quoi de plus facile ?

Toujours la même question : le frère ?

Lucie se releva, puis ramassa un coquillage qu'elle éclata contre la paroi. Encore une saloperie de coquille en spirale. Les spirales, les spirales, dans le ciel, sur Terre. Partout, comme une malédiction.

Hors d'elle, elle reprit sa marche. Manon avait beau tourner en rond, si le frère ou un mystérieux individu avait agi ainsi, c'est qu'il voulait cacher quelque chose. Cette île dissimulait réellement un secret.

Elle réussirait là où Manon avait échoué. Aller au bout. Tenir sa promesse.

Mais après une nouvelle heure de recherche, elle sentit son courage lui échapper. Rien, rien, rien ! Embruns, rochers, vagues ! Elle aussi brassait du vent. Elle était sur le point de rebrousser chemin quand, à l'extrémité d'une plage de galets, elle releva un phénomène étrange.

Les oiseaux.

Ils plongeaient par centaines au pied de la falaise, volaient dans tous les sens, mêlant leurs cris stridents en un concert insupportable.

Quelque chose les attirait.

Lucie se rapprocha pour comprendre. Les fous de Bassan disparaissaient dans une grotte aux trois quarts immergée. Une cavité qui semblait s'enfoncer loin sous la roche. Une entrée facilement accessible avec une embarcation légère, un Zodiac par exemple, mais probablement impraticable à marée haute.

Peut-être un banc de poissons, songea Lucie. Oui, simplement des poissons.

D'un coup, elle s'immobilisa.

Un fou de Bassan venait de passer juste sous son nez.

Avec un œil dans le bec.

Un œil humain, suspendu au bout de son nerf optique.

Manon.

Lucie se plaqua contre un rocher et se mit hurler. Cris désespérés. Elle était seule, et bien seule dans le chaos de ces espaces infinis.

Ce n'était pas possible. Un mauvais rêve. Juste un mauvais rêve…

Elle s'avança au-dessus de la grotte et se pencha. Les eaux étaient sombres, bleu-noir, profondes. Les vagues éclataient plus loin, laissant la crique dans un calme relatif.

Plus le temps d'aller chercher son canot. Il fallait un brin de folie pour faire ce qu'elle allait faire. Une folie enfantine, une folie de flic, une folie de tête brûlée. Elle fit un pas en direction du vide, un autre. Ses paupières se baissèrent lentement. Elle embrassa mentalement ses petites, de toutes ses forces, et, les bras le long des hanches, elle sauta.

Le choc. Le froid. Le poids mort de son corps qui l'entraîne vers les abysses.

Son gilet de sauvetage la tira vers la surface. Quand elle respira enfin, haletante, régurgitant l'eau salée, elle sut qu'elle était vivante. Elle se laissa entraîner par le courant en direction de la grotte.

Soudain, une pensée terrible lui traversa l'esprit et si la marée montait ? Comment s'échapperait-elle de ce trou à rats ?

Alors, elle céda à la panique. Elle, qui pourtant était une bonne nageuse, tenta de combattre le cours naturel de l'eau en agitant ses bras dans tous les sens. Trop tard, elle pénétrait déjà dans la grande gueule sombre.

Les fous de Bassan volaient à ses côtés, ignoble escorte pour une destination sans retour.

Lucie extirpa sa torche étanche d'une poche. Dans le faisceau de sa lampe, elle vit le boyau se séparer en trois galeries lugubres. Elle prit la même direction que les oiseaux, qui tous disparaissaient vers la gauche. Plus loin, la galerie se divisait en d'autres tunnels. L'endroit explosait en un véritable labyrinthe. L'eau était froide, mais supportable. Pourtant, Lucie sentait ses muscles se tétaniser un à un. Bientôt, elle ne tiendrait plus. D'autres ramifications encore, un dédale qui risquait de la garder prisonnière à jamais.

Elle s'accrocha à une anfractuosité de la paroi et regarda derrière elle. Il fallait faire demi-tour. La pierre était lisse, repartir en se cramponnant à la roche s'avérait impossible. Et même si elle parvenait à l'entrée, là où la mer tout entière s'engouffrait, le flux la fracasserait sur les rochers.

Désespérément, elle se mit à nager contre le courant, en sanglots. Ne pas mourir. Ses filles…

Mais très vite elle perdit du terrain, des papillons imaginaires se mirent à danser dans son champ de vision. Premiers symptômes de l'hypothermie. Bientôt suivraient des pertes de conscience partielles. Avant l'évanouissement total. Lucie battit des mains, ses ongles glissèrent sur la roche, sans trouver d'aspérités auxquelles s'accrocher. La terreur l'envahit. Elle avala des gorgées et des gorgées d'eau salée.

D'un coup, il lui sembla percevoir un vacillement lumineux dans les épaisseurs opaques. Il ne s'agissait pas d'une hallucination, elle en était certaine. Là, au cœur des ténèbres, c'était bien de la lumière.

Elle vit alors un oiseau qui filait dans l'autre sens, vers la sortie, un calamar dans son bec empourpré.

Le courant la rejeta enfin contre un rebord large et plat où elle grimpa difficilement, dérapant et buvant encore la tasse. Les lèvres bleues, elle se redressa, dégoulinante, anéantie. Marcher, il fallait absolument marcher pour ne pas geler sur place. Elle se dirigea vers l'endroit où les fous de Bassan se regroupaient.

Là, elle porta sa main devant sa bouche.

Devant elle, un corps.

Un corps entouré de bougies qui finissaient de se consumer. Un corps qu'elle peinait à reconnaître.

Elle fit encore quelques pas, l'estomac retourné. C'était bien lui. Frédéric Moinet.

Il avait été suspendu au bout d'une corde, les poignets attachés dans le dos.

Le poitrail ouvert et débordant de calamars.

Lucie chancela. Le bronzage de Moinet avait intégralement disparu. Même un cadavre ne pouvait être aussi blanc.

Il avait été littéralement… dépigmenté…

Inlassablement, des oiseaux fondaient sur lui et arrachaient des petits morceaux de chair à coups de bec incisifs.

Ils étaient en train de le dépecer.

Lucie détourna la tête. Elle mit quelque temps à retrouver ses esprits.

Elle s'avança en boitillant, complètement ahurie. Les parois qui l'encerclaient étaient recouvertes de formules mathématiques, d'équations, de chiffres peints en rouge et en partie brûlés. Des centaines et des centaines de démonstrations incompréhensibles. Pire, bien pire que dans la maison hantée de Hem. L'aire de jeu d'un sacré malade mental.

Dans un recoin, Lucie aperçut un monticule de calamars. Au-dessus, un par un, des oiseaux semblaient sortir de la roche. Elle s'approcha, prudente, et leva la tête. Un rai lumineux, très lointain, très faible, perçait la paroi : la lumière du jour. Un long goulot naturel, mesurant peut-être vingt ou trente mètres de long et à peine quelques centimètres de large, reliait cette grotte à l'extérieur. Et les calamars entassés à ses pieds paraissaient provenir de là-haut.

Alors, Lucie comprit qu'en utilisant les calamars et les fous de Bassan, il y avait moyen d'arriver au cœur du dédale. En effet, les oiseaux pouvaient se laisser glisser dans le goulot, attirés par la forte odeur, mais ne parvenaient pas à remonter dans l'autre sens. Pour ressortir, ils devaient donc nécessairement trouver leur voie dans le labyrinthe, alertant d'autres oiseaux qui s'introduisaient par la côte et faisaient le chemin inverse. Une sorte de fil d'Ariane menant à la nourriture, qu'il suffisait dès lors de suivre.

Comment pouvait-on avoir inventé un système aussi tordu ?

La flic regarda de nouveau en direction du cadavre de Frédéric. Elle osa affronter le visage inerte. L'œil restant avait totalement blanchi, l'iris était transparent, pareil à celui d'un albinos. Dépigmentation, là encore.

Lucie se laissa choir, brisée. Voilà six ans, le Mal avait dû prendre naissance ici, dans les ténèbres. Avant de se repaître des vies de pauvres innocents. Pourquoi, pourquoi, pourquoi ?

Elle sortit son Sig Sauer et tira plusieurs coups de feu en l'air, provoquant une volée de plumes.

— Fichez-lui la paix, putain de piafs ! Fichez-lui la paix ! Je vous en prie…

Alors Lucie plaqua ses mains sur ses oreilles. Encore une fois, elle hurla à en vomir ses tripes.

Le cauchemar n'était pas terminé.

Derrière Frédéric. Sur une pierre parfaitement plate…

Des scalps. Six scalps carbonisés, placés sur des têtes de mannequins en plastique rétractées sur elles-mêmes sous l'effet d'une flamme.

Le Professeur était venu pour effacer les preuves. Se débarrasser de ses trophées. Ce qui expliquait également pourquoi les équations sur les parois étaient en partie brûlées.

Lucie resta là de longues minutes, pétrifiée. Autour d'elle, les oiseaux continuaient à attaquer la carcasse qu'elle s'était résignée à ne plus défendre. Bientôt, les calamars manqueraient, les fous de Bassan disparaîtraient, et il deviendrait donc vraiment impossible de sortir. Alors elle se releva, titubante, et se dirigea vers la surface liquide, qui paraissait plus froide encore. Jamais… Jamais elle n'y parviendrait… C'était fichu. Pourtant, il fallait essayer, combattre, affronter l'adversité comme elle l'avait toujours fait. Elle ne pouvait pas crever ici, dans les sous-sols du monde.

La jeune femme se glissa dans l'eau glaciale et, devancée par une nuée d'oiseaux, se mit à nager. Mais très vite elle se sentit gagnée par l'épuisement. Seule la rage lui donnait l'énergie de poursuivre. À peine avançait-elle d'un mètre qu'elle reculait de deux. Sans son gilet, dernière bouée l'accrochant au monde des vivants, elle aurait déjà sombré.

C'était à présent une question de secondes. Elle partirait dans le sommeil, sans souffrance… Mais avec tellement de regrets.

Elle bataillait, puis se laissait dériver, tentait désespérément de reprendre son souffle, bataillait de nouveau… Elle allait enfin rejoindre un boyau plus large quand, soudain, une masse noire surgit devant elle.

Une barque, qui venait droit à sa rencontre et allait la percuter de plein fouet.

Il revenait…

39.

Lucie s'effondra sur le sol, transie. Elle toussait à s'en arracher les poumons. À côté d'elle, Hervé Turin peinait à remonter sa barque sur le bord, sidéré par le spectacle qui s'offrait à lui : le cadavre de Frédéric Moinet au poitrail béant et à la blancheur de nacre, ces becs à l'assaut des chairs, ces chevelures carbonisées… Un décor que même le plus tordu des romanciers n'aurait pu imaginer.

— Bordel de bordel de bordel ! Henebelle ! Qu'est-ce que ça veut dire ?

Lucie claquait des dents, complètement tétanisée. Elle s'enroula sur elle-même, tremblante, crispée, incapable de parler. Turin lui balança son perfecto. Elle le regarda avec mépris, même si elle était forcée d'admettre qu'il lui avait sauvé la vie. Entre deux quintes de toux, la flic parvint enfin à prononcer :

— Je… Je suis arrivée trop tard… Il… était dé… déjà dans cet état. Co… Comment vous avez pu… arriver… jusqu'ici ?

— Et vous ? Vous, avec votre putain de tendinite ! Vous, censée vous trouver à l'hôpital auprès de votre mère ! Mon cul ! Vous vous êtes bien foutue de notre gueule ! C'est Manon qui vous a appelée, c'est ça ? Moi, j'ai fait comme elle, j'ai tout simplement appliqué la spirale de Bernoulli sur une carte ! J'ai roulé de Bâle jusqu'ici et j'ai croisé votre marin sur le port ! Il m'a pas fallu longtemps pour le faire craquer. C'est lui qui m'a amené ici et qui a repéré ce truc bizarre avec les oiseaux. Il nous attend devant l'entrée de la grotte sur son chalutier. Et maintenant, où est Manon ?

— Je crois que… le Professeur la retient…

Dans une rage aveugle, Turin frappa du plat de la main contre la roche. Puis il se dirigea vers le corps, aux orbites oculaires totalement déchiquetées. Frédéric Moinet… Peut-être le seul détenteur de la clé de l'énigme.

Il observa les équations mathématiques noircies, ces signes posés sur la pierre, par centaines, par milliers. Racines carrées, polynômes, variables complexes. Mais qu'avait-on cherché à démontrer ? Et, surtout, à brûler ?

Lucie se débarrassa avec difficulté de son gilet et de son K-way, ôta son pull de laine, posa le perfecto sur ses épaules et se frotta énergiquement les bras. Turin piocha une cigarette dans son paquet mais la rangea aussitôt. Ne pas fumer ici. Pas avant l'arrivée des experts de la scientifique. Il aperçut alors le tas de calamars.

— Putain ! C'est quoi ça ? On est dans un cauchemar, c'est pas possible !

Le flic attrapa un oiseau par le cou au moment où ce dernier pointait le bec hors du goulot au-dessus des encornets. L'animal émit un long cri rauque. Turin se tourna vers la jeune femme et la menaça :

— Je vais pas vous rater ! Regardez-moi ce fiasco ! Vous avez menti à vos supérieurs, transgressé toutes les lois, en plus vous avez perdu Manon ! Vous êtes grillée !

Le fou de Bassan se débattait avec ardeur, jouant de toute sa puissance. Les mâchoires serrées, Turin le propulsa devant lui. Difficilement, l'oiseau finit par se redresser sur l'eau. L'une de ses ailes s'était brisée dans la lutte.

— Pourquoi vous voulez ma peau ? demanda Lucie dans un souffle. Vous… Vous êtes la pire des ordures !

— Les femmes ne devraient pas travailler dans la police ! Toutes des garces ! Vous vous croyez tout permis, alors que vous n'êtes que des boulets !

Il ricana.

— Vous vous en tirerez pas, Henebelle. Pas cette fois. Dites bye-bye à votre insigne…

Sous l'effet de la colère, Lucie sentit qu'elle reprenait des forces. Elle le regarda fixement et répondit avec une soudaine fermeté dans la voix :

— On va sortir d'ici… Vous allez contacter les collègues du SRPJ de Brest et leur demander de venir dans cette grotte avec un légiste et une équipe de scène de crime… Et vous allez aussi trouver un mathématicien.

— Je sais ce que j'ai à faire, ne vous souciez pas de ça. Ne vous souciez *plus* de ça.

— On doit comprendre la signification de ce baratin. Il faut réfléchir à ce qu'il s'est passé… Comment Frédéric Moinet et le Professeur ont pu se retrouver dans cet endroit.

Turin eut un petit rire cynique.

— « On » ? Vous n'avez toujours pas pigé ? Vous n'êtes plus dans le coup ! Ni maintenant, ni jamais !

— Vous raconterez aussi à Kashmareck que vous m'avez appelée sur mon portable et que je vous ai rejoint en Bretagne… dans la nuit… pour vous assister. Vous allez me couvrir.

— Vous couvrir ? Vous vous foutez de ma gueule ?

— Vous direz que… ni vous, ni moi n'avons vu Manon depuis Bâle… Que nous ne savons pas où elle se trouve…

Turin inspira.

— Pauvre fille.

Lucie ne se laissa pas démonter. Elle continua calmement :

— Votre nez…

— Quoi mon nez ?

— Ce pansement… Vous avez… reçu un coup ?

Le flic promena son index sur le sparadrap.

— Qu'est-ce que ça peut vous foutre ?

Lucie le dévisagea avant d'envoyer :

— La pauvre fille, comme vous dites, elle a gardé une petite culotte appartenant à Manon, sur laquelle on aperçoit du… du sperme. Et cette culotte est quelque part, bien en sécurité.

— Quoi ?

— Je pense que ce sperme est le vôtre. Vous avez profité de sa faiblesse, vous l'avez violée, espèce de fumier !

Turin mit du temps à répondre. De toute évidence, il encaissait le coup.

— Vous êtes une tarée !

— Peut-être… Nous verrons bien les résultats des analyses ADN. Et je crois qu'en fouillant un peu dans votre passé aux Mœurs, on dénichera des choses intéressantes…

— Sale petite garce…

Lucie se releva, dégoûtée par ce monstre, par elle-même. Elle avait franchi un point de non-retour dès son arrivée en Bretagne.

— Je veux la culotte… cracha le Parisien.

Il aurait dû la laisser se noyer. Même lui enfoncer la tête sous l'eau, pour aider un peu.

— Vous allez d'abord appeler Kashmareck pour lui expliquer exactement ma version des faits… À ce moment-là, je vous la donnerai… Pas avant.

— Vous êtes prête à tout pour aller au bout, hein ?

— Comme vous. Nous sommes tous deux des prédateurs.

40.

Il fait chaud. À crever.

Je vis, je suis en vie. Je m'appelle Manon Moinet, experte en mathématiques appliquées et je suis en vie !

Combien de temps ? Depuis combien de temps suis-je là-dedans ? Je n'ai pas faim, juste soif. J'ai les lèvres sèches, ma gorge me fait mal, ça me brûle dans tout l'intérieur… J'ai probablement dû hurler. Et cela n'a servi à rien.

Il fait chaud. Chaud à crever. Ma peau dégouline de sueur. Nous sommes… en été, non… au printemps. Avril. Ou peut-être mai. Pourquoi ai-je si chaud alors ? Mon Dieu ! On m'a déshabillée, je suis nue ! Où suis-je ?

Je ne sais pas, je ne sais pas ! Lucie Henebelle… Un flic. Le Professeur. Un enlèvement. Le mien ! C'est ça ! Le Professeur ! Le Professeur me retient !

Vite, vite, réfléchir. Vite.

Il faut que je me calme.

Le noir, partout. Mes bras sur mes cuisses, impossible de les bouger. Me relever. Aïe ! Du bois, non, du métal. Dessus, dessous, sur les côtés. Un cercueil ! Je suis dans un cercueil ! Quelle horreur ! Sous combien de tonnes de terre ?

J'ai les yeux en feu, la gorge en lambeaux. Je ne peux même plus crier.

Me débattre, me retourner. Serrer les poings et frapper. Des aspérités sur les parois. Des trous, des centaines de petits trous. Pour me laisser respirer ? Non, non, je ne suis pas dans un cercueil. Il s'agit d'autre chose.

Lucie ! Lucie, aidez-moi ! Je vous en supplie ! Manon ! Je m'appelle Manon Moinet et je suis en vie !

Si ça se trouve on ne me recherche même pas. A-t-on seulement signalé ma disparition ?

Un sifflement. Et maintenant de la lumière, une lueur bleue, on dirait que ça vient d'en dessous. Qu'est-ce qu'il se passe ? Qu'est-ce que c'est que ce truc au-dessus de mon front, sur la tôle ? On dirait de la graisse et… des ongles ? Des bouts d'ongles collés contre la tôle. Carbonisés… D'autres ont déjà dû être enfermés ici. Ça y est, tout s'embrouille en moi… Je sens que… que je vais partir… Le bleu vire au jaune. Ça brûle ! Ça brûle sous moi !

Le noir à nouveau.

Il fait chaud. À crever.

Je vis, je suis en vie. Je m'appelle Manon Moinet, experte en mathématiques appliquées et je suis en vie !

41.

Jamais les équipes de police de Brest n'avaient tant peiné à investir une scène de crime. Il avait fallu affronter la mer démontée, puis transporter le matériel – halogènes à batterie, crimescope, kits de prélèvement, pistolets à sceller – en ramant dans les galeries sur plusieurs centaines de mètres avec pour seul repère les ondes du portable que Turin avait laissé allumé près du cadavre.

Un peu plus tôt, sur le quai du port de Perros-Guirec, après s'être changée, Lucie avait remis à Turin la culotte de Manon. Ce salaud avait fait jaillir la flamme de son briquet et, sous le regard haineux de sa collègue, y avait mis le feu. Un sourire malsain, plein de méchanceté et de sadisme, avait alors tordu les traits de son visage.

Tel était le prix de son silence. Lucie venait de pactiser avec le diable.

Puis, après un bon café et quelques biscuits, il avait fallu revenir ici, dans ces tunnels immergés, aux côtés d'un type qui la dégoûtait, sur qui elle avait envie de cracher.

Un seul objectif lui permettait de tenir. Sauver Manon. Sauver Manon. Sauver Manon.

Les fous de Bassan avaient définitivement déserté les lieux. La jeune flic se tenait à présent à proximité des scalps carbonisés en compagnie du commissaire Menez, personnage aux traits rugueux et à la longue moustache. Durant le trajet, Turin avait longuement expliqué la situation à l'officier breton, qu'il avait déjà croisé par le passé. Face à eux, le légiste considérait le corps suspendu. Chacun des policiers intervenant sur la scène de crime grimaçait devant le spectacle de cet homme éventré et devenu aussi blanc qu'un sac de plâtre.

— Le Professeur, vous dites ? fit Menez d'un ton sceptique en se retournant vers Turin.

Sans dégoût apparent, il renifla le cadavre et plissa le nez.

— Non, non, je ne crois pas qu'il s'agisse là de l'œuvre du Professeur.

Turin écarquilla les yeux.

— Pardon ? demanda-t-il en haussant la voix. Et qu'est-ce qu'on fout ici, à votre avis ?

Le Parisien fit un mouvement du bras, rouge de colère.

— Regardez autour de vous, merde ! On est dans une grotte où chaque centimètre carré est couvert de formules mathématiques ! Les scalps arrachés aux six victimes sont là, derrière vous ! Qu'est-ce que c'est tout ça, si c'est pas son territoire ? Et que dire de Moinet ? Il est raide, je vous signale ! Qui l'a assassiné aussi cruellement, s'il ne s'agit pas du Professeur ? Qui lui a bourré le buffet de calamars ? Le boulanger du coin ?

Menez garda un calme déconcertant.

— Comment expliquez-vous sa dépigmentation partielle ? répliqua-t-il simplement.

— Sa dépigmentation ?

— Oui, sa dépigmentation. Toutes ces taches blanches sur sa peau.

— Et ses yeux… ajouta Lucie. Quand je suis arrivée, l'un d'eux était encore épargné… Et l'iris était quasiment transparent… Comme celui d'un albinos.

— Merde, j'avais complètement zappé ! s'exclama Turin. Vous voulez dire que…

Menez acquiesça.

— Je vois que ça vous revient en mémoire. Cette odeur caractéristique, sur sa peau. L'assassin l'a frottée avec plusieurs composés chimiques, qu'il a aussi probablement versés dans les yeux. Ces produits sont, j'en mettrais ma main à couper, un savant mélange de…

— De phénol et d'acide fluorhydrique, l'interrompit Turin. On n'oublie pas des trucs pareils…

Menez acquiesça de nouveau et s'adressa à Lucie :

— Le phénol possède cette particularité de dépigmenter la peau. On l'utilise, très dilué, pour le *peeling*, une technique de rajeunissement cutané. Mais là, il a été employé avec des concentrations beaucoup plus fortes, dans un tout autre dessein. Un dessein immonde.

Il désigna une des taches blanches au niveau du cou.

— Avec l'acide fluorhydrique, le phénol pénètre la peau sans l'abîmer, se glisse dans les couches profondes du derme et le détruit, provoquant des brûlures insoutenables. Une torture terriblement efficace, comme si on vous rabotait de l'intérieur avec du papier de verre. Avec le lieutenant Turin, nous nous sommes déjà rencontrés à ce sujet, voilà quelques années. Je travaillais sur Nantes, avant que… le dossier Chasseur ne soit traité par un autre collègue. Turin traquait le Professeur, et je traquais le Chasseur de rousses. Il était venu me voir afin de vérifier que l'un ne pouvait être l'autre. Ce que nous avions formellement exclu.

— Exact… marmonna Turin. Le Chasseur de rousses…

Le commissaire breton lut la surprise dans les yeux de Lucie.

— Eh oui, le Chasseur, cher lieutenant. Ces brûlures chimiques font partie des réjouissances qu'il inflige à certaines de ses victimes. J'avoue être autant dérouté que vous, mais cet homme suspendu au bout de sa corde n'est pas passé entre les mains de votre Professeur…

— Mais…

Lucie et Turin échangèrent un regard dépité. Ils cherchaient le Professeur, et c'est le Chasseur qu'ils trouvaient.

La jeune flic s'attarda sur les équations carbonisées. Les mathématiques, encore et toujours… Si seulement Manon pouvait être là !

— Quand est-ce qu'arrive le mathématicien ? demanda-t-elle en se tournant vers Menez.

— Sous peu, avec une autre navette.

— Commissaire, expliquez-moi comment le Chasseur fonctionne réellement. Les détails de son mode opératoire, ses habitudes, ses victimes…

Menez s'approcha des scalps en prenant garde à ne pas gêner le travail des techniciens occupés à sceller des échantillons – cheveux, cendres, poils – dans des sacs hermétiques.

— Les victimes sont toujours des jeunes femmes célibataires, rousses, mignonnes, qui habitent aux alentours de Nantes. On les retrouve, quelques jours après leur enlèvement, sur la côte Atlantique, entre Saint-Nazaire et La Rochelle, violées *post mortem*, couvertes de brûlures. D'après les légistes, tout y passe : le feu, les cigarettes, les liquides bouillants, l'électricité, les produits corrosifs… Il choisit à chaque fois des supplices qui lui permettent de faire durer… Comment dire…

— Sa jouissance…

— Oui, sa jouissance. Il s'arrange pour qu'elles restent en vie afin de pouvoir recommencer ses tortures, jour après jour. Nous pensons par ailleurs que certaines des victimes ont tenté de se suicider… Elles s'étaient lacéré les veines des poignets avec les moyens du bord… leurs propres ongles…

D'un hochement de tête, à la demande du légiste, le commissaire ordonna qu'on décroche le cadavre.

— Il a des connaissances évidentes en chimie mais malheureusement pour nous, cette piste n'a rien donné car on se procure assez facilement les composés qu'il emploie, dans les laboratoires scolaires, les instituts pharmaceutiques…

Il grimaça, puis ajouta :

— Et le séjour des corps dans l'océan ne nous aide pas non plus. Leur immersion efface toutes les traces – ADN, cheveux ou squames de peau – qu'aurait pu abandonner l'assassin. Sinon, le légiste a aussi à chaque fois noté un truc bizarre : une concentration sanguine très élevée dans le cerveau, et très faible dans les membres inférieurs. Ce qui semble indiquer que ces femmes sont mortes à l'envers… La tête vers le bas, si vous voulez…

Turin s'énerva d'un coup.

— Mais putain ! On est quand même bien chez le Professeur ici ! Et je ne peux pas imaginer une seule seconde que lui et le Chasseur soient une même personne ! Tout nous prouve le contraire ! Les études menées par les spécialistes, les modes opératoires, le profil des victimes, les lieux ! On n'aurait pas pu se gourer à ce point !

— Et pourtant, intervint Lucie avant de se tourner vers Menez, sans la moindre considération pour son homologue parisien, Karine Marquette s'est fait violer *post mortem* alors que le Professeur n'avait auparavant jamais violé personne. Elle n'était pas rousse, c'est vrai, mais elle correspondait quand même à la catégorie recherchée par le Chasseur : jeune, dynamique, jolie, célibataire. Après ce meurtre, le Professeur a arrêté toute activité, un acte contre nature chez les tueurs en série, et le Chasseur a pris le relais dans les mois qui ont suivi. Et aujourd'hui, de nouveau, le Professeur… A-t-on affaire à deux individus distincts qui se connaissent et se réunissent ici ? Ou à une seule et même personne qui agirait selon deux protocoles différents suivant ses motivations ?

— C'est complètement con ! dit Turin.

Ignorant la remarque, Lucie se mit à observer les équations sur les parois.

— On dirait qu'il n'a pas eu le temps de tout brûler. Peut-être la peur de se retrouver coincé ici, avec la marée montante, ou la crainte de se faire prendre… Regardez… Il a probablement supprimé les éléments essentiels, afin, je ne sais pas, qu'on… qu'on ne comprenne pas. Ces équations lui font peur… Elles doivent signifier quelque chose, ouvrir une piste capable de le compromettre.

— Mais pourquoi il se serait amusé à les inscrire dans ce cas ? demanda Menez.

— Sûrement un moyen pour lui d'exprimer sa domination. Sur les autres, sur le monde, sur nous. Rappelez-vous les croix sur la spirale de Bernoulli. La carte des meurtres, exposée au grand jour, sans que personne n'en saisisse le sens. Peut-il exister plus grande satisfaction que de se moquer de cette façon de ses poursuivants ? Et de prouver qu'il est le maître du jeu ? Il jouit de ce qu'il a fait ! Il en est fier ! À chaque minute, à chaque seconde, il revit ses crimes ! Et il n'y a aucune explication rationnelle à ça !

— C'est bon, Henebelle, c'est bon ! grogna Turin en levant les bras devant lui. Pas besoin de nous faire votre cinéma ni de vous mettre dans un état pareil !

Lucie chevaucha une flaque et effleura la roche sur sa droite. D'autres équations, aux trois quarts brûlées. Elle dut subitement s'asseoir, prise d'un vertige. Manque de sommeil, de nourriture.

— Vous allez tenir ? lui demanda Menez.

— Oui, oui, ça va… mentit-elle. C'est juste que cette enquête est en train de me mettre sur les rotules…

Turin s'éloigna d'un pas nerveux. Sa voix résonna contre les parois quand il cria :

— Mais qu'est-ce que Moinet vient encore foutre là-dedans ? Il ne peut pas être le Professeur, il n'était physiquement pas présent au moment du meurtre de sa sœur ! Ni le Chasseur, puisqu'il vient de se faire buter par le Chasseur ! Mais on est dans une foire ou quoi ?

Lucie se massait les tempes. Elle répondit :

— Il n'est peut-être ni l'un ni l'autre, mais on a toujours vu son spectre dès qu'on s'approchait un peu trop près de cette affaire. Il a trompé Manon depuis le début. Il l'a empêchée de fouiller le passé, il ne voulait pas qu'elle remonte jusqu'au Professeur. Il savait pour la tombe de Bernoulli, à Bâle, et jamais il n'a rien dit… Et puis… il y a ce burin, dans l'un de ses appartements, qui a probablement servi à décrocher l'ammonite ingurgitée par Dubreuil… Sans oublier qu'il n'était pas au bureau, quand la vieille sadique a été tuée…

Elle tourna la tête en direction du cadavre et ajouta :

— Et maintenant, le voilà ici, à proximité des scalps, dans une caverne couverte d'inscriptions mathématiques… Ces inscriptions qu'on a cherché à brûler, à dissimuler… Qui a fait ça ? Le Chasseur ? Le Professeur ? Ce fichu cambrioleur ? Frédéric Moinet ? Les quatre ? Dans tous les cas, il est évident que Frédéric, ainsi que le ou les meurtriers, se connaissaient, qu'ils partageaient des secrets, ou tout au moins le secret de cette grotte. Qui a enlevé Manon ? Qui a voulu l'étrangler ? Qui a volé le disque dur dans l'appartement de Frédéric ? Tout est lié…

Elle pointa l'index vers les parois.

— Ce que je vais dire n'aurait absolument aucun sens en d'autres circonstances, mais ces équations sont peut-être ce fameux maillon qui nous manque depuis le début…

Ils entendirent une barque qui arrivait derrière eux. Des policiers en uniforme encadraient un type recroquevillé, au visage creusé par les jeux d'ombre et de lumière. Il portait un imperméable dont le col montait par-dessus sa barbe grisonnante. Le commissaire Menez s'approcha et l'aida à sortir de l'embarcation.

— Merci de vous être déplacé si tôt et avec de telles conditions météo, dit le flic.

Il se positionna devant lui et expliqua :

— Tentez de faire abstraction de… ce qu'il s'est passé ici. Ne cherchez pas à comprendre la raison de ce carnage et concentrez-vous juste sur ce qu'il reste des formules épargnées par les flammes… Essayez de… nous expliquer ce qu'elles signifient.

Pascal Hawk, la quarantaine, acquiesça, l'air grave, les lèvres pincées. Se focaliser sur sa tâche, uniquement. Ne pas penser à… cette chose, couchée sur le sol, et ouverte de part en part… Ne plus voir le sang… Les parois, juste les parois…

— Il ne reste pas grand-chose d'intact, déclara-t-il après un coup d'œil circulaire.

— Essayez quand même. On nous a dit que… vous étiez l'un des meilleurs mathématiciens du coin.

Hawk sortit un carnet et un stylo de la poche de son imperméable et se mit à l'ouvrage.

Pendant de longues minutes, il partit dans son monde. Il se penchait, se relevait, prenait des notes, partait à droite, puis à gauche, revenait sur ses pas… Ses doigts effleuraient la pierre, caressaient les myriades de chiffres comme des trésors précieux.

— C'est absolument prodigieux, répétait-il. Sublime…

Soudain, alors qu'il se retournait pour étudier la fin d'une série d'équations, il se retrouva nez à nez avec la dépouille de Frédéric. Voyant sa détresse, Menez se précipita, le prit par l'épaule et l'entraîna plus loin.

— Qu'on me couvre ce corps, merde ! s'écria le commissaire.

Il regarda le mathématicien.

— Ça va aller ?

— Pas… Pas vraiment, non… Ce… C'est lui qui a rédigé cette démonstration ?

— Non. Enfin, j'en sais rien…

D'un coup, Lucie se leva et observa attentivement le délire mathématique. Pas les formules pour elles-mêmes, mais la manière dont elles avaient été tracées.

— C'est bien possible, lança-t-elle. Oui, c'est bien possible qu'il ait écrit tout ça ! Il est gaucher, et l'écriture des gauchers… penche toujours à l'opposé de celle des droitiers… Regardez !

— Moinet n'est pas le seul gaucher au monde… répliqua Turin. Et puis, il lui aurait fallu un temps fou pour écrire tout ce bordel ! Et pas juste quelques heures…

— Qui vous dit qu'il a fait ça récemment ?

Un silence, avant que le mathématicien reprenne :

— Seigneur… Comment peut-on en arriver à de tels extrêmes ?

— C'est ce que nous cherchons à comprendre, fit le policier brestois. Alors, je vous en prie, aidez-nous. Dites-moi ce qu'il y a de si prodigieux dans ce micmac.

— Tout ce travail est remarquable. Une seule et même démonstration qui débute… là-bas, tout en haut, et qui se poursuit…

Il décrivit un grand arc de cercle avec son index.

— … jusqu'à l'opposé… S'il fallait retranscrire cela sur un cahier, il y en aurait pour des dizaines et des dizaines de pages.

Hawk se recula un peu, pour appréhender l'œuvre dans son ensemble.

— Malgré les passages brûlés… certains signes ne trompent pas. Le plus dommage, c'est que ce raisonnement… est totalement faux…

Menez inclina la tête.

— Faux ? Comment ça, faux ?

— Il n'y est pas arrivé… Oh, il y avait de l'idée, une sacrée bonne idée, même ! Il est passé par les formes quadratiques binaires à coefficients, mais il a échoué.

— Les formes quadra machin, on s'en tape ! s'insurgea Turin. On veut juste savoir ce que cette merde signifie !

Le mathématicien tira sur sa barbe d'un geste précieux, considérant Turin d'un air pour le moins méprisant.

— Savez-vous au moins ce qu'est une conjecture ?

— Non, expliquez-moi parce que là, j'ai plus trop la tête à réfléchir !

— Une conjecture est une affirmation mathématique que l'on n'a jamais réussi à démontrer de façon formelle, mais dont on n'a jamais réussi à prouver non plus qu'elle était fausse. Vous avez face à vous une tentative de démonstration de la conjecture de Fermat, un problème mathématique très ardu qui a fait chauffer les esprits pendant près de trois cent cinquante ans. Des génies comme Euler, Gauss ou Kummer s'y sont cassé les dents. Pour faire réellement très simple, en prenant un cas particulier à trois dimensions, cette conjecture affirme qu'on ne peut pas partager un cube en deux autres cubes plus petits.

Il s'approcha de la paroi et désigna une équation.

— La formule originelle : $x^n + y^n = z^n$. Magnifique… Vous avez raison, toute cette démonstration n'a pas pu être rédigée en une seule fois, ou en quelques heures. Cela a dû prendre des mois, voire des années de travail et de réflexion, même si c'était une voie sans issue. Je pense que votre… type venait ici régulièrement, afin d'y inscrire ses différentes avancées… Et c'était un as en mathématiques.

Hawk se tourna vers Lucie.

— Mais pourquoi il venait précisément *ici*, dans un lieu si glauque ? Ça, je me le demande. Je sais qu'on est censés apprécier l'isolement, nous, les scientifiques, mais là… C'est quand même un véritable parcours du combattant pour accéder à cette caverne !

— Manon m'a confié avoir souvent visité l'île avec son frère quand elle était plus jeune, reprit Lucie en s'adressant à ses collègues. Il y a fort à parier que Frédéric a découvert l'endroit à l'époque, sûrement par hasard, et qu'il a alors mis en place le stratagème des fous de Bassan et des calamars… Il a certainement cherché à se constituer un univers intime, un endroit à lui…

Menez et Hawk acquiescèrent, tandis que Turin gardait une raideur de statue.

— Le fait que… l'accès soit très compliqué ne rend l'aventure que plus excitante, continua la jeune flic. Elle la transforme en une expérience unique… Peut-être Frédéric ne venait-il pas seul ici. Un peu à la façon de… du *Cercle des poètes disparus*… Vous vous souvenez de ce film ? Ces jeunes qui se réunissaient dans une caverne pour débattre sur la poésie, le monde, la société ? Ils se sentaient… exaltés, au-delà du commun des mortels. Peut-être Frédéric venait-il ici avec celui ou ceux qui ont tué tous ces gens… Peut-être le Chasseur et le Professeur se sont-ils construits en cet endroit même.

— *Le cercle des poètes disparus*… fit le mathématicien. Vous avez fichtrement raison, mademoiselle. Vous… Vous ne pouviez pas choisir meilleure image !

— C'est-à-dire ?

— Votre… cadavre… Ce Frédéric. Quel âge avait-il ?

— Aux alentours de trente-cinq ans. Pourquoi ?

Hawk garda le silence quelques secondes, avant d'annoncer :

— Aujourd'hui, la conjecture de Fermat n'en est plus une. Elle a été démontrée par Wiles, un mathématicien anglais, et s'est par conséquent transformée en théorème.

— Et alors ?

— Et alors ? La démonstration de la conjecture a été faite en 1994 ! Ce qui signifie que ces équations ont été inscrites là avant la résolution du théorème de Fermat-Wiles ! Que votre ou vos hommes venaient déjà ici voilà plus de treize ans ! Alors qu'ils étaient probablement étudiants !

42.

Assise sur un des sièges à l'intérieur du W26, la vedette de police, Lucie tentait désespérément de remettre de l'ordre dans ses idées. Mais elle sentait qu'elle ne parvenait plus à se concentrer. Elle était épuisée. Peu à peu, elle se laissa simplement envahir par le spectacle des éléments qui continuaient à se déchaîner autour du bateau. Au loin, elle aperçut enfin la côte, qui se confondait avec le ciel et les vagues en une même tonalité gris-noir.

Titubant, nauséeux, Turin s'approcha d'elle et lui tendit son téléphone portable.

— Kashmareck veut vous parler.

Lucie se leva et alla s'agenouiller dans un coin, calant son dos contre les parois.

— Oui ?

— Henebelle ! Je n'arrive pas à te joindre sur ton portable !

— Je l'ai oublié dans ma voiture, sur le port… On vient de quitter la scène de…

— Je sais, Turin m'a expliqué ! C'est fou !

— Écoutez commandant, il faut agir très vite ! Manon est… Je crois que Manon est vraiment en danger ! Depuis son départ de Bâle, elle est injoignable !

Peut-être que le Chasseur la retient ! Ou… le Professeur ! Ou… je sais plus…

— OK, je lance tout de suite les recherches sur Frédéric Moinet. Nous saurons bientôt quelle école il a fréquentée. Il faudra foncer là-bas, essayer d'obtenir des pistes le plus rapidement possible. C'est peut-être dans cette école que lui et le Professeur se sont connus. Ici, on va coordonner des actions avec les brigades de Nantes, Brest et Paris, tenter de recouper les infos des dossiers Chasseur et Professeur, voir comment… l'un peut être l'autre, ou connaître l'autre. On avance Henebelle ! À petits pas, mais on avance !

— Il faut plus que des petits pas !

Quelques grésillements dans l'appareil. Lucie comprit que Kashmareck était en train de bouger.

— Nous nous trouvons chez Manon, dit-il. Nos experts ont réussi à ouvrir sa *panic room*, et on est en train de fouiller son PC, ses paquets de notes… Il y en a pour des journées à tout déchiffrer, avec ces formules, ces textes en latin ! C'est dingue, il traîne sous son bureau des dizaines de vieux cahiers où elle inscrivait chacune de ses actions avant de se mettre à utiliser le N-Tech. Un tas de trucs insignifiants qui retrace chaque heure, chaque minute de sa vie. Une volonté démente de tout répertorier, seconde après seconde. C'est très mal écrit, et en tout petit, on va en chier… En gros, rien, absolument rien ne parle de ses recherches sur le Professeur, de ses avancées. Mais là aussi, je crois que notre manipulateur est intervenu. Parce que tiens-toi bien… certaines pages sont carrément arrachées ! Il n'a rien laissé au hasard !

— Et dans son ordinateur, vous avez trouvé quelque chose ?

Un court silence à l'autre bout du fil.

— Écoute Henebelle, si j'ai voulu te parler, c'est que… enfin… il y a deux points essentiels… qui te concernent ! Je sais qu'avec les pépins de ta mère, c'est pas trop le moment…

Lucie fronça les sourcils. Le commandant paraissait hésitant. Le ton de sa voix était très différent de d'habitude.

— Je… Je vous écoute ! répondit-elle avec appréhension.

Il se racla la gorge.

— Dans l'ordi… teur de Ma… On vient de dé… vrir qu… chose de… ment étrange…

Lucie plaqua le téléphone contre son oreille.

— Je vous entends vraiment très mal !

Deux secondes d'attente avant que les interférences sur la ligne s'estompent.

— Là, ça va mieux ? s'écria Kashmareck.

— Oui, c'est bon !

— Notre expert a cassé la protection d'un répertoire caché, abandonné au fin fond du PC de Manon ! Et… Et on y a découvert des photos de toi !

Lucie se recroquevilla un peu plus sur elle-même.

— Des photos de moi ?

— Oui, des instants volés. Toi devant le bâtiment de la brigade ! Toi devant ton appartement ! Toi avec l'une de tes jumelles dans les bras ! Toi en train de courir à la Citadelle ! Bref, toi partout !

— Bon sang… Mais… De quand datent ces clichés ?

— C'est là où ça devient vraiment bizarre. D'après les indications sur le disque dur, la plus récente remonte à six mois !

— Quoi ?

— Tu as bien entendu ! Six mois ! Au moment où Manon prenait ses cours d'autodéfense, où on lui a refilé le fameux Beretta au numéro de série limé, elle s'est aussi intéressée à toi !

Lucie plaqua sa main sur son front. Sa tête lui semblait peser des tonnes.

— Allô ? fit Kashmareck.

— Je… Je suis là. J'essaie juste de comprendre.

— Ce n'est pas tout. On a aussi retrouvé des photocopies de différents articles sur toi, du temps de ton enquête sur la « chambre des morts ». Bref, cette femme te suivait, savait qui tu étais et connaissait ton adresse bien avant que tout ceci commence !

— Mais… À quoi ça rime ?

— Je l'ignore. Je suis aussi paumé que toi. Mais j'ai repensé à un truc… Le premier soir…

— Quoi, le premier soir ?

— Manon s'était réfugiée dans une résidence d'étudiants juste à côté de ton appart… Comme par hasard ! Tu ne crois pas que… qu'elle l'a fait exprès ? S'échouer là, pour que ce soit toi ? Toi et personne d'autre qui s'occupe de l'affaire ?

— Non, non ! Je… Je vois encore son regard ! Je vous garantis qu'elle ne me connaissait pas !

— T'es sûre ?

— Je… Mince, je sais plus ! Mais elle était tellement terrorisée, tellement perdue…

— Comment expliques-tu les photos, alors ?

— Je… Je n'en sais rien… Ça me paraît complètement fou. Ou alors, c'est… ce manipulateur qui les a mises dans son PC. C'est lui qui dirige sa vie… Mais… Pourquoi moi ? Pourquoi, bon sang ?

— Le manipulateur ? Ouais, c'est peut-être une option. En tout cas, ce qui est sûr, c'est que tu joues un rôle plus important que tu ne le pensais dans cette histoire… Visiblement, tu y étais liée avant même qu'elle ne commence… Attends une seconde Henebelle !

Lucie perçut d'autres voix dans l'écouteur, entendit le commandant donner des ordres d'une voix ferme. Puis il revint vers elle.

— Henebelle ?

— Oui commandant.

— Malheureusement pour toi, c'est pas fini !

— Quoi encore ?

— Y a un autre truc. Cette fois totalement en dehors du dossier. Enfin, je suppose.

Lucie sentit soudain tout son organisme se contracter.

— Je vous écoute… Après ce que je viens de traverser, je vois pas vraiment ce qui peut m'arriver de pire…

— J'ai eu un appel de la sûreté urbaine. Ils ont reçu la plainte d'une concierge, de *ta* concierge !

— Que s'est-il passé, encore ?

— Ton appartement a été forcé.

Lucie encaissa le coup.

— Un… Un cambrioleur ? bafouilla-t-elle.

— Du travail de débutant, contrairement à chez Frédéric Moinet. Apparemment, il n'y a pas de dégâts. Ta télé, ton ordinateur, ta chaîne hi-fi, tout était là. Pas de bordel, pas de tiroirs retournés…

— Vous… Vous voulez dire que… les collègues sont venus chez moi ?

— Oui, enfin les gars du 88. Et on a fait changer ta serrure. Tu pourras récupérer la clé auprès de ta concierge.

Elle resta muette, incapable de décrocher un mot. Kashmareck poursuivit :

— Ah, juste un détail… C'est dans ta chambre… Une petite armoire avec la vitre brisée…

Lucie se sentit vaciller. Kashmareck, toute la brigade devaient savoir.

— Comm… andant… Il ne faut pas… Je… Il faut que… je vous explique… Ça n'est pas ce…

— J'entends plus bien ! Je vais te laisser ! Mais sache juste que l'armoire était vide. J'espère que… tu n'avais pas des choses trop importantes là-dedans ! Allô ? Allô ?

Le téléphone gisait sur le sol.

Lucie était partie vomir sur le pont…

43.

La vieille Ford était lancée sur la nationale, sous la pluie, au maximum de sa vitesse, un petit cent trente kilomètres-heure. Direction l'Institut des Hautes Études Scientifiques de Brest, l'IHESB. Là où, selon le dernier coup de fil de la brigade, Frédéric Moinet avait étudié après le baccalauréat, voilà plus de quinze ans. La seule piste concrète, pour le moment, en attendant les remontées des analyses de la police scientifique dans la grotte, ainsi que l'autopsie du corps de Frédéric.

Tout vibrait dans l'habitacle, le volant, les sièges, le rétroviseur, mais la voiture tenait bon. Lucie crispa sa main droite sur le caoutchouc du levier de vitesse. Si elle retrouvait Manon vivante, comment parviendrait-elle à lui annoncer que son frère, celui qui malgré tout l'avait soutenue, aidée à se reconstruire, venait de mourir, brûlé par des produits chimiques et transpercé de coups de bec ? Comment Manon réagirait-elle ? Est-ce qu'elle allait tout enregistrer dans son N-Tech ? Tout apprendre par cœur ? Ou choisirait-elle de rejeter ce décès, comme elle l'avait fait avec celui de sa mère ?

Trop de suppositions. Pour l'heure, Manon était aux mains d'un psychopathe et il fallait la retrouver. Absolument.

Les gouttes continuaient à s'abattre sur la carrosserie. Lucie regarda sa montre. À cette heure, dans sa puissante berline, Turin devait déjà être loin devant. La flic se remit à penser à ces photos d'elle, retrouvées dans l'ordinateur de Manon. Un véritable choc. Et toujours les mêmes questions : qui les avait prises ? Et pourquoi ? Comment avait-elle pu se trouver mêlée à une histoire qui n'avait alors même pas commencé ?

Comment tout ceci allait-il se terminer ? L'enquête, cette traque macabre et surtout, surtout, ce qui venait de se produire, dans son appartement, cette mise à nu de son inconscient… La Chimère, entre des mains étrangères. La Chimère, forcée de se réveiller…

Le coup venait assurément de l'un des étudiants. Un locataire voisin, mis au courant du contenu de son armoire par Anthony. Ces salauds se couvriraient les uns les autres. Difficile de retrouver le coupable. Et puis, à quoi bon ? Le mal était fait…

Dans un soudain accès de rage, elle se mit à hurler, à tambouriner contre son volant. La Ford fit alors un léger écart qui s'amplifia par un effet d'aquaplaning. Une violente montée d'adrénaline lui fit reprendre ses esprits. Elle parvint à contrôler son véhicule. Il s'en était fallu de peu pour que…

Quelques minutes et quelques kilomètres plus loin, elle ne put s'empêcher de revenir à ses pensées. La Chimère… Ces étudiants lui avaient sans doute volé son secret pour le photographier et l'offrir aux yeux de tous sur Internet. Oui, à coup sûr ! Et tout se propagerait comme un feu de paille. Chacun saurait et plus jamais on ne la regarderait comme avant. Qu'allait-on imaginer ? Qu'elle était cinglée ? Obsédée ? Sadique ? Voire… une meurtrière ? Qu'elle était semblable à ceux qu'elle traquait ?

Et Clara ? Et Juliette ? Que penseraient-elles de leur mère quand arriverait le moment des pourquoi ?

Ses yeux s'embuèrent.

De retour dans le Nord, il allait falloir prendre les devants. Tout déballer aux étudiants.

Avant qu'ils ne détruisent sa vie.

44.

L'IHESB était un complexe impressionnant. Un entrelacs de bâtiments hypercontemporains posés sur une immense pelouse tondue à l'anglaise, au milieu des pins, à une dizaine de kilomètres à l'est de Brest. Rien autour. Ni entreprises, ni commerces, ni habitations. Une sorte de monastère moderne, tout en ruptures géométriques, une pépinière à cerveaux d'où avaient germé certains des meilleurs scientifiques de ces dernières années. Enfin… D'après la plaquette publicitaire.

Lucie pénétra dans le hall d'entrée. Sur le mur de gauche étaient affichés des encarts annonçant les prochaines conférences : quanta et objets étendus, isomorphisme entre les tours de Lubin-Tate et de Drinfeld, théorie des cordes… Sur celui de droite, une galerie de portraits. Des étudiants, le front haut, le menton relevé. La même attitude hautaine qui l'avait frappée chez Frédéric, lors de leur première rencontre. Lui aussi avait été de ceux-là.

La jeune flic se présenta à l'accueil et apprit de la bouche d'une secrétaire que Turin, fort élégamment, ne l'avait pas attendue et s'entretenait déjà avec le directeur de l'établissement depuis cinq bonnes minutes dans la salle des archives. Selon ses indications, il fallait ressortir, contourner l'amphithéâtre central, puis marcher sur une cinquantaine de mètres pour les rejoindre. Sympathique vu les conditions météo.

À peine quelques instants plus tard, Lucie poussait une lourde porte en verre fumé. Les deux hommes discutaient au fond d'un long couloir, également orné de portraits de scientifiques, mais beaucoup plus âgés. Sous chaque nom, une distinction : médaille d'or du CNRS, Einstein Medal, Wolf Prize, et la très célèbre médaille Fields, l'équivalent du prix Nobel pour les mathématiques.

Alexandre Gonthendic se retourna, plusieurs feuillets à la main. Costume trois-pièces impeccable et moustache grise, c'était un vieil homme à la silhouette fine et distinguée.

— Ma collègue ! envoya Turin d'un ton méprisant.

Le directeur la salua avec courtoisie avant de demander :

— Ainsi, vous enquêtez sur l'un de mes ancien élèves ?

— Exactement.

— À la demande de monsieur Turin, je viens juste de mettre la main sur l'une des photographies de classe de Frédéric Moinet. Elle date de 1995, Frédéric était alors en quatrième année. C'est la plus récente que nous possédions de lui et de ses camarades… Quant à son dossier scolaire… je devrais vous le retrouver assez facilement dans l'Ovale, notre salle d'archives à proprement parler, la mémoire de notre institut. Nous y conservons le parcours de chacun de nos élèves, et ce depuis plus de cinquante ans.

Lucie s'approcha pour regarder le cliché. De toute évidence, le photographe avait voulu lui imprimer un caractère austère et grave car pas un des étudiants ne desserrait les lèvres. Un souvenir à l'image de cet endroit, glacial et impersonnel.

— Vous me disiez que Moinet n'est pas allé au bout de ses études ? demanda Turin en faisant rouler la pierre de son briquet.

— En effet. Je me souviens très bien de Frédéric. C'était un élève différent des autres. Son départ fut un énorme regret pour le corps professoral. Il était doué d'une intelligence remarquable, mais capable du meilleur comme du pire.

— C'est-à-dire ?

Alexandre Gonthendic se recula légèrement et considéra ses deux interlocuteurs en caressant délicatement sa moustache.

— Nous œuvrons dans des domaines scientifiques où les sautes d'humeur doivent être bannies. Nos diplômés sont fréquemment conduits à travailler sur des sujets extrêmement sensibles : la chimie, le nucléaire, l'électronique... Dans ces conditions, vous comprendrez aisément que nous ne pouvons nous permettre de diplômer des bâtons de nitroglycérine, aussi efficaces soient-ils.

Il désigna les portraits accrochés aux murs.

— Tous les hommes que vous voyez là vouent leur vie entière à la science. Ils donneraient tout pour elle, mais ils œuvrent dans l'ombre. Qui connaît le dernier mathématicien distingué par la médaille Fields ? Qui sait qu'aujourd'hui, les fondements mêmes de la mécanique classique sont sur le point d'être renversés, et que cela remettrait en cause l'ensemble de nos certitudes sur le monde qui nous entoure ? L'univers, les quanta, l'énergie ? Qui se soucie de ces « détails » en dehors de nous ? Frédéric était incapable de supporter ce manque de reconnaissance. Il voulait accéder à la lumière, il voulait briller. C'était une personnalité très expansive et dont… comment dire… la discrétion et l'humilité n'étaient pas les qualités premières.

Lucie commençait à comprendre. Elle demanda :

— Et donc… il s'est mis à rejeter l'enseignement de votre école ?

Le vieil homme acquiesça avec un sourire un peu triste.

— Exactement. L'excellence en mathématiques, en physique et en chimie est une condition nécessaire mais pas suffisante pour obtenir notre diplôme. Nos élèves doivent se plier aux règles fixées par l'institution, suivre l'ensemble des cours et donc s'intéresser également à d'autres matières qui ne sont pas directement scientifiques. Plus… culturelles et politiques, si vous voulez. Ce qui n'a jamais été le cas de Moinet. Il ne voulait pas être « apprivoisé », selon ses propres termes. Mais… j'ai cru comprendre qu'il s'était dirigé dans une autre voie en prenant la direction d'une entreprise avec sa sœur, et qu'il s'en était plutôt bien sorti. Je me trompe ?

— Disons que vos infos datent un peu, fit Turin. Et que la réalité n'est plus tout à fait celle-là.

— Et aujourd'hui, il a des soucis avec la police… Vous refusez toujours de m'expliquer lesquels ?

— Désolé, chacun son job.

Gonthendic n'apprécia que moyennement la repartie. Il demanda d'un ton sec :

— Soit… Que cherchez-vous, précisément ?

Turin répliqua sur-le-champ :

— Nous voulons savoir si Frédéric Moinet était le genre de gars à se pointer dans une grotte à quatre-vingts bornes d'ici, sur l'île Rouzic, pour y inscrire sur les parois une démonstration pourrie du théorème de Fermat.

Le directeur répondit, sans paraître réellement surpris :

— Démontrer la conjecture de Fermat représentait, à l'époque, un vrai défi pour les mathématiciens. Je crois que tous nos étudiants ont dû un jour ou l'autre se prêter à l'exercice. Dans nos locaux ou ailleurs. Alors une grotte… Pourquoi pas ? Il s'agit d'un lieu propice à ce genre de réflexions. Andrew Wiles, le génie qui a prouvé la validité de la conjecture, s'est bien enfermé sept années durant dans un secret absolu, de manière à n'être déconcentré par personne…

— La résolution de ce type de problème est toujours le résultat d'un travail solitaire ? demanda Lucie.

— C'est-à-dire ?

— Vous parliez d'Andrew Wiles et de son enfermement. Mais serait-il pertinent d'imaginer que Frédéric Moinet ait élaboré la démonstration dans cette grotte avec d'autres étudiants ?

— Oui, bien sûr ! Et je dirais même qu'en l'occurrence, le travail en collaboration était une règle générale. Est-ce que vous vous représentez les efforts nécessaires à ce type de recherche ? Je suppose que non ?

— Vous supposez bien.

— Ils sont immenses. Alors l'idée de mettre ses forces en commun vient tout naturellement. Et, si j'ose dire, plus naturellement encore chez nos étudiants. Vous savez, ils sont isolés ici pendant toute la durée de leur cursus et vivent ensemble vingt-quatre heures sur vingt-quatre, au cœur des formules et des théorèmes… Et bien évidemment, il se noue au sein de chaque promotion des relations très fortes… des liens que l'on ne trouve nulle part ailleurs.

— On peut parler d'amitié ?

— Bien entendu. Même si l'esprit de compétition demeure toujours présent.

— Et… vous pensez que vous pourriez vous souvenir des élèves avec qui Frédéric s'était lié ?

Gonthendic hocha la tête et pointa son index en direction du cliché.

— C'est très subtil mais je crois que ce que vous cherchez se cache ici…

Turin vint se coller contre Lucie, qui le repoussa d'un geste brusque. Le directeur fit semblant de n'avoir rien vu et sortit une loupe d'un tiroir qu'il vint placer au-dessus de la photo. Au troisième rang à gauche se tenait un étudiant aux cheveux bruns, au torse bombé et au regard déterminé : Frédéric Moinet. Il y avait quelque chose de Manon en lui. Lucie se sentit parcourue par un frisson lorsque ses yeux plongèrent dans ceux incroyablement froids du jeune homme.

— Regardez attentivement la broche qu'il porte sur le col de sa veste, fit Gonthendic.

Lucie plissa les yeux.

— C'est étrange, constata-t-elle. On dirait une…

Alors, elle se souvint. Sur la chemise Yves Saint Laurent, quand Moinet s'apprêtait à prendre le TGV…

— Une toile d'araignée ?

— Oui, dit le vieil homme. Une toile d'araignée en étain, fabriquée par l'un de ses camarades, dans notre laboratoire de chimie.

— Et ? Qu'est-ce que ça signifie ?

— Nous ne l'avons jamais réellement su… Frédéric refusait de nous le dire, mais j'ai ma petite idée là-dessus… Les araignées sont des animaux qui ne s'apprivoisent pas. On ne peut pas les élever, ni les faire vivre en groupe. Sinon, elles se dévorent ou s'entretuent… Comme elles, Frédéric ne voulait pas qu'on l'apprivoise… Et c'est ce qui a causé son échec…

Brusquement, Lucie serra le poing. Ça lui apparaissait maintenant comme une évidence.

— Oui, oui, bien sûr, répondit-elle, mais… bon sang… j'avais déjà vu cette broche chez Moinet. Comment j'ai pu ne pas percuter ! Une toile d'araignée ! Un objet mathématique parfait. En forme de…

— De spirale ! compléta Turin. Une putain de spirale ! Faites voir cette photo !

— Deux minutes ! répliqua Lucie en se retournant.

Elle se mit à scruter chacun des étudiants sur le cliché. Coiffures irréprochables, regards fiers, tenues sombres.

Soudain, elle fit trois pas vers l'arrière.

Livide, elle plaqua lentement ses paumes ouvertes sur son visage et secoua la tête.

La photo glissa entre ses doigts et se laissa porter par l'air, avant d'atterrir sur le sol.

À droite de Frédéric, un autre col avec une broche… Au premier rang, un autre encore… Et derrière… Et à côté…

45.

Forcés de combattre ensemble malgré le dégoût qu'ils éprouvaient l'un pour l'autre, Lucie Henebelle et Hervé Turin se tenaient assis côte à côte dans la salle des archives, autour d'une grande table en bois. L'Ovale était une pièce impressionnante par son volume et la pureté de sa forme en ellipse. Partout sur les murs s'alignaient des milliers de thèses, de livres et de revues scientifiques. Au plafond, un étonnant vitrail abstrait projetait sur les étagères d'innombrables touches de lumière multicolores. Bleus profonds, verts incisifs, rouges incandescents.

La photo de la promotion de 1995 reposait sur la table, à côté d'une pile de dossiers scolaires poussiéreux. Sur le cliché, six visages masculins, entourés au stylo-bille noir. À gauche, celui de Frédéric Moinet.

— C'est incroyable, dit Turin, avachi sur sa chaise, les deux coudes sur la table. « Incompatibilité avec l'esprit de l'école », « Manque de rigueur », « Indiscipline », c'est la même chose sur chaque bulletin. Et tous virés la même année alors qu'ils faisaient partie des plus balèzes en maths, physique, chimie…

Lucie se prit la tête dans les mains.

— Ils ont dû très mal supporter leur échec, fit-elle. Se retrouver sans aucun diplôme après tant d'années d'études, avec pour seul bagage leur savoir théorique… Les portes les plus prestigieuses qui se referment juste devant leur nez, leurs rêves brisés… Comment se reconvertir quand on a la tête pleine d'ambition et farcie de connaissances absolument inexploitables professionnellement ? Comment redevenir simple cadre, ou banquier, ou prof de maths, quand on s'est imaginé être le roi du monde ?

Turin tenait une liste sous ses yeux. En face de chacun des six noms correspondait une adresse que lui avait transmise la brigade.

— J'en reviens pas, je les ai tous déjà croisés quand j'enquêtais sur l'entourage des victimes du Professeur… Putain… Tout était là, et j'ai rien capté.

Il désigna un type blond, le visage fermé, les cheveux plaqués sur le crâne.

— Lui par exemple, c'est Olivier Quetier… Il habite aujourd'hui Rodez, une des villes de la spirale, où Caroline Turdent, vendeuse dans un magasin de prêt-à-porter, s'est fait buter. Au départ, c'était la meuf de Quetier. Mais un soir où elle le croyait parti en déplacement, il l'a surprise au pieu avec un autre mec. Ils se sont séparés. Sept mois plus tard, on la retrouvait morte, labourée de l'intérieur par des éclats de nautiles…

Il s'arrêta un instant avant d'ajouter :

— Je me rappelle de ma rencontre avec Olivier Quetier. Un type réservé, extrêmement hautain, alors cadre sup dans une boîte de conseil financier. Un suspect idéal, évidemment, sauf qu'il créchait à Madrid la semaine de l'assassinat. Avec un alibi pareil, nous avons immédiatement laissé tomber, sans même prendre la peine de fouiller dans son passé. Pourquoi on l'aurait fait ? On avait d'un côté un crime ritualisé à dominante sadique, ce qui semblait exclure toute vengeance personnelle, et de l'autre un type à mille kilomètres de là au moment du meurtre.

Lucie fixait la photo, immobile, écrasée par les révélations de Turin. Le Parisien désigna un autre visage.

— Grégory Poissard, aujourd'hui prof dans une école privée à Limoges, spécialisé en physique quantique.

— Limoges… Pas très loin de Poitiers où un des meurtres a été commis.

— Exact. Là où Jean-Paul Grunfeld a rendu l'âme…

— C'est complètement fou, murmura Lucie. Je n'arrive toujours pas à réaliser.

— Les deux bossaient dans la même école et selon leurs collègues, ils ne pouvaient pas se blairer. Ils se haïssaient même. On m'a raconté une histoire où il était question de restructuration de l'établissement, et donc de suppression de l'un des deux postes. Bref, Poissard avait le cul sur un siège éjectable.

— Et je parie qu'il avait un alibi en béton à la mort de Grunfeld ?

— Il skiait dans les Alpes, au milieu de dizaines de témoins. Physiquement, il ne pouvait pas être l'auteur du crime.

Lucie soupira.

— Tout comme Frédéric qui séjournait aux États-Unis lors du décès de sa sœur. Sa sœur, qu'il détestait. Sa sœur, qui tenait les rênes de leur société familiale. Sa sœur, qui essayait de le guider, de le dominer…

Turin approuva d'un mouvement de la tête. Les couleurs des vitraux se reflétaient maintenant sur son profil anguleux.

— Nous cherchions à l'époque un homme, célibataire, pervers, sans attaches, paraissant frapper au hasard et reproduisant toujours la même mise en scène sanglante. Un de ces putain de tueurs en série comme on n'en trouve que dans les bouquins.

— En fait, un tueur… presque trop attendu, trop scolaire. Ce qui vous a éloignés de certains individus comme Poissard ou Frédéric Moinet. Vous avez creusé dans la mauvaise direction…

Turin serra les mâchoires. Il se voyait encore interroger ces suspects. Il avait été si proche d'eux, et pourtant si loin de la vérité. Il interrompit la jeune flic :

— Vous auriez été meilleure que nous, peut-être ?

Lucie réfléchit avant de répondre :

— Non, je ne crois pas. Il faut bien l'avouer, le système était infaillible. Le Professeur qui n'était pas une seule personne mais ces six personnes en même temps…

Elle considéra de nouveau la photo, les broches en forme de toile d'araignée, et continua :

— Ils ont cherché à commettre le crime parfait, aussi implacable qu'une démonstration mathématique. Ils ont créé le Professeur de toutes pièces, à partir de documentation, de recherches sur nos techniques, sur le comportement de ce genre de psychopathe. Avec toute leur intelligence, leur rigueur, leur confiance absolue les uns envers les autres, ils ont bâti un être inhumain, un assassin sans pitié, obéissant à un mode opératoire hallucinant qui porte leur signature commune : la spirale… Nous avons tous plongé, alors que l'ensemble de « l'œuvre » du Professeur n'était qu'un gigantesque scénario, un plan destiné à nous tromper, à désorienter les psychologues !

Elle se leva de sa chaise et appuya ses deux mains sur la table.

— Frédéric Moinet a « choisi » sa sœur et l'un de ces salopards l'a tuée à sa place ! Était-ce une question d'argent ? Un jeu pour prouver son emprise sur le monde, sur nous ? Un châtiment infligé à la société ? Ou se l'est-il payée simplement parce qu'il la vomissait ?

Elle se tourna vers Turin.

— Et lui, qui a-t-il assassiné en contrepartie ? Quelle part du contrat a-t-il respectée ?

— Ça j'en sais rien, mais ce qui me paraît clair c'est que chacun d'entre eux préparait le terrain pour qu'un autre agisse. Le commanditaire connaissait les habitudes, les horaires, les lieux de la future victime, qu'il côtoyait chaque jour. Petite amie, sœur, voisin, collègue… Il mettait en place le crime puis disparaissait, pendant qu'un autre, l'un de ses putain de complices, tuait. Et ils se relayaient comme ça, à quelques mois d'écart. C'était carrément… imparable…

Son poing s'abattit sur le cliché.

— Je les imagine parfaitement se réunir sur cette île après tant d'années, comme au temps de leurs études. Verser de nouveau des calamars dans le goulot naturel, suivre les fous de Bassan pour s'orienter dans le dédale… Et discuter pendant des heures de leurs échecs, de leurs reconversions, des individus qu'ils haïssaient, tout en se remémorant leur période de gloire, quand Moinet pissait cette démonstration sous leurs yeux, quand ils se prenaient pour des dieux. C'est peut-être dans cette grotte de merde que l'idée a germé… Se venger, se débarrasser d'une personne gênante, reprendre ce que la société leur devait, de la manière la plus violente qui soit : en arrachant une vie.

Lucie approuva d'un hochement de tête. Il poursuivit :

— Ces jeunes matheux devaient tous être au courant de l'existence de la spirale sur la tombe de Bernoulli. Alors, ils ont eu une idée de dingue : faire coïncider la spirale avec les lieux de leurs crimes. Je ne suis pas mathématicien, mais ça ne doit pas être trop compliqué de faire passer une spirale par trois ou quatre points définis. Rappelez-vous : « *Eadem mutata resurgo* », on peut faire grossir ou rapetisser n'importe quelle spirale…

Turin considéra la carte de France étalée devant lui, la liste des adresses, et les endroits où les cadavres avaient été retrouvés.

— Je suis persuadé que ces putain de fanatiques sont allés jusqu'à Bâle pour graver les croix des futurs meurtres sur la tombe. Regardez sur la carte… Ils partent de l'île Rouzic, leur lieu culte, puis… Caen, Lyon, Rodez, là où trois d'entre eux habitent. On a nos quatre points… Ils tracent la spirale de Bernoulli passant par ces endroits, mais il se trouve que celle-ci ne coupe pas les villes des trois autres complices, alors… Comment faire pour aller au bout de leur délire ? Pour que tout coïncide parfaitement ?

— Forcer les victimes à se déplacer, pour qu'elles viennent « mourir » sur la spirale.

— Exactement ! Trois des six victimes n'ont pas été assassinées là où elles résident, mais dans la ville la plus proche appartenant à la spirale ! Grunfeld a été buté à Poitiers, Taillerand au Mans alors qu'il vivait à Angers, et Julie Fernando à Vincennes, alors qu'elle habitait Beauvais. Facile, pour un frère, un mari ou un

« ami », de forcer la future victime à se rendre à un endroit particulier, alors que soi-même on se tire ailleurs, loin du lieu du crime, pour s'assurer le meilleur des alibis.

Lucie suivait parfaitement le raisonnement de Turin. Elle admirait ses qualités de flic mais ressentait un profond malaise à devoir continuer à travailler avec lui. Sans cesse, elle repensait à cette culotte tachée de sperme, à la manière dont la flamme l'avait dévorée devant le sourire sadique du Parisien. Ce type était aussi malade que ceux qu'il traquait.

— C'est dément d'en arriver jusque-là, lâcha-t-elle. Tout ça pour défier le hasard, aller au bout de convictions complètement stupides. C'est comme cette idée de cacher la spirale dans leurs meurtres avec les coquilles de nautiles… Laisser, en quelque sorte, leur vraie signature. La seule chose non simulée. Leur erreur.

Tout s'éclaircissait progressivement dans sa tête.

— Peu à peu, ils ont dû se prendre à leur propre jeu, leur barbarie. Souvenez-vous de ces scalps que le Professeur emportait : dans le cadre de son rituel. Ils ont choisi de les conserver dans cette grotte, comme des trophées. Indirectement ils sont devenus le monstre qu'ils avaient eux-mêmes créé.

Elle s'éloigna de la table en silence et fit quelques pas avant de reprendre :

— Tout pourrait se tenir. Imaginez un peu. Ces types sont tellement frappés qu'aujourd'hui, tant d'années plus tard, ils décident de reprendre du service. Pourquoi ? Parce qu'ils n'ont jamais été attrapés, parce qu'ils se sentent surpuissants, intouchables. Parce qu'ils adorent jouer et qu'ils vomissent la société qui les a construits puis rejetés. Sauf que

Frédéric Moinet n'est pas d'accord. Pour lui, tout est terminé. Il a une belle situation, une sœur qu'il aime et qu'il veut maintenant protéger. De ce fait, il refuse. Alors, comment lui mettre la pression ? Comment le forcer à participer à ce pari fou ?

— En enlevant sa sœur, pour lui faire peur. Lui montrer qu'ils peuvent l'atteindre, n'importe quand, n'importe où. Ce qui expliquerait pourquoi ils ont relâché Manon si vite. Juste de l'intimidation.

Lucie ne cessait de regarder sa montre. Manon, quelque part…

— Exactement ! Et Frédéric voulait la protéger de ces menaces. Cela expliquerait alors ces mystérieux cours d'autodéfense dans le N-Tech, et aussi le Beretta ! Il la protégeait, tout en l'empêchant de découvrir la vérité. Vérité qui le compromettrait lui-même au plus haut point. D'où l'effacement des données dans l'organiseur et les cahiers. Plus de Bernoulli, plus de Bretagne. En définitive, il dirigeait sa sœur comme un animal de cirque. Il la faisait tourner en rond. Sauf qu'elle a quand même réussi à échapper à son contrôle… Quand elle s'est rendue à deux reprises sur l'île Rouzic par exemple.

Turin glissa ses mains sous son menton :

— Pas mal votre hypothèse. Mais il y a quand même quelques incohérences.

— Lesquelles ?

— La présence du burin chez Frédéric, par exemple…

— Non, non, c'est pas forcément une incohérence ! Frédéric a peut-être hésité. Il a très bien pu accepter de tuer Dubreuil au début, avant de se rétracter. Alors, quelqu'un d'autre a poursuivi l'ouvrage. Cet inconnu a tracé les décimales de π dans la maison hantée de

Hem, puis il a tué à sa place, pour montrer l'exemple, pour le motiver… Mais Frédéric, toujours réfractaire, a menacé de tout déballer, quitte à plonger lui aussi. Si bien qu'ils l'ont tué…

— Ouais, ça se tient… Mais j'avoue avoir du mal à piger comment un cadre sup, un chef de projets, un professeur ou même un directeur, comme Frédéric Moinet, ont pu agir de la sorte. Je veux dire… Vous seriez capable de le faire, vous ? Poser une énigme, empoisonner une victime qui vous supplie de l'épargner, et la… scalper ?

Lucie s'était rapprochée de nouveau de la table. Elle dit :

— On est parfois prêt à tout pour arriver à ses fins. La colère, la rage, la douleur sont des motivations suffisantes. Et vous le savez. Tout est une question de frontière. Une frontière que vous aussi, vous avez franchie. À Bâle…

Elle s'empara du cliché d'un geste sévère.

— Dans son processus de mise à mort, l'un des six a réellement pris goût à la domination, la torture, l'acte de tuer ! Il a croqué dans le fruit défendu, a franchi la limite et n'a pas pu revenir en arrière ! Le salaud qui a assassiné puis, emporté par ses pulsions, a violé Karine Marquette *post mortem*, est le Chasseur ! Et il se trouve parmi ces enfoirés ! On doit le retrouver ! Maintenant !

— Kashmareck, Menez, les différents SRPJ se préparent à intervenir, dit Turin. On dispose des adresses précises, on sait où les cinq travaillent. Tout n'est plus qu'une question d'heures. On va faire d'une pierre deux coups. Le Chasseur et le Professeur.

Lucie se mordit la lèvre inférieure. Il était peut-être déjà trop tard.

— Pourtant, le Chasseur agit aux alentours de Nantes, et aucun n'habite Nantes…

Elle prit dans ses mains la liste des six noms.

— Olivier Quetier, cadre supérieur à Rodez… Grégory Poissard, professeur de physique à Limoges… Laurent Delafarge, chef de projet chez Altos Semiconductor, à Beauvais… Grégoire Michel, directeur d'un pôle recherche sur Lyon… Et finalement Romain Ardère, patron d'une petite entreprise de pyrotechnie, à Angers.

Turin rejoignit de son pouce jauni Angers et Nantes.

— Angers n'est même pas à cent kilomètres de Nantes.

— Et on retrouvait les victimes du Chasseur dans l'océan, sur la côte atlantique, entre Saint-Nazaire et La Rochelle. Ça concorde parfaitement.

— D'autant plus que les artificiers manipulent très souvent des produits chimiques…

Lucie écrasa son index sur le visage de Romain Ardère, puis elle fouilla avec précipitation dans son dossier scolaire.

— On y est ! Ardère avait choisi une spécialisation en chimie organique, il passait la majeure partie de son temps dans le laboratoire expérimental de l'institut ! C'est lui qui fabriquait les broches en étain ! Et…

Elle feuilleta rapidement les pages.

— Vous devinerez jamais !

— Quoi ?

— Il a été surpris en train de faire des expérimentations sur des animaux, dans le labo ! La raison de son renvoi ! Ardère était subjugué par la force destructrice du feu, des substances corrosives…

— Jacques Taillerand, cinquième victime du Professeur, a été le producteur des spectacles d'Ardère avant de décider de ne plus travailler avec lui, de l'abandonner…

— Et donc, Ardère se met à le haïr. Jusqu'à le faire tuer !

— On les tient enfin !

Turin saisit son portable et composa nerveusement le numéro de la brigade parisienne. Lucie enfila son blouson et fonça vers la sortie.

— Vous allez où encore ? grogna Turin.

— À Angers ! Je veux être auprès de Manon quand on la retrouvera !

— Je serais vous, je me ferais pas trop d'illusions. Quand on voit la manière dont le frère a été massacré… Notre homme est en colère. Très en colère…

46.

Manon émergea lentement d'un douloureux sommeil, une odeur âcre dans les narines. Un relent de produit d'hôpital… peut-être de l'éther. Elle sentait des pulsations violentes battre sous son crâne. Le sang y circulait, lourd et épais. Un chiffon infect enfoncé dans sa bouche lui donnait envie de vomir à chaque appel d'air. Sa trachée était aussi rêche qu'un gant de crin. Elle voulut repousser le tissu répugnant avec sa langue mais n'y parvint pas.

Des sangles entravaient ses quatre membres. Elle était nue, plaquée contre une énorme cible sur pied, l'un de ces horribles articles de cirque sur lesquels on lance des poignards. Impossible de bouger, ses mouvements arrachaient tout juste une légère plainte au cuir des liens. Du fin fond de son désespoir, elle se voyait réduite à un grand X immobile.

La pièce tout entière était un véritable capharnaüm dédié au spectacle. Murs recouverts de fausses toiles d'araignées, masques de Halloween et de Pierrot suspendus sur des miroirs déformants, malles débordant de costumes colorés. Autour, entassés sur le sol, des cartons remplis de briquets, d'allumettes, de pétards, de mortiers, de fusées, de feux d'artifice. Et, juste devant Manon, alignés sur des étagères, des tubes à essai, des fioles à moitié vides, des bocaux étiquetés : soude, phénol, acide nitrique, acide chlorhydrique, acide fluorhydrique.

La jeune femme tenta de hurler. À peine le son de sa voix traversa-t-il le bâillon qu'un projecteur puissant vint lui éclabousser les rétines. Elle plissa les paupières, tétanisée. La brûlure oculaire était insupportable. Alors, elle se sentit pivoter sur elle-même. Son cri cessa dans l'instant, tandis que le sang affluait dans son cerveau, qui semblait se comprimer sous la boîte crânienne.

Puis la cible retrouva sa position initiale et la lampe s'éteignit, laissant place à la lumière diffuse d'une ampoule rouge.

Malgré la douleur, Manon parvint à s'accrocher à une dernière pensée : surtout, ne plus hurler, ni remuer. Car le moindre cri, la moindre impulsion déclenchaient un projecteur et un tour de roue.

Ne plus crier, ne plus crier, ne plus crier.

Des bruits de pas, quelque part. Au fond de la pièce.

Manon crut percevoir une forme monstrueuse se promener derrière les rangées de bocaux. Une silhouette qui avançait vers elle.

Soudain, elle vit un visage, des yeux, horriblement déformés par les verres convexes, les verres concaves, les liquides colorés des récipients.

— Nous y voilà, Manon…

Une voix grave, dure.

Le visage apparut alors nettement, en contrechamp. Qui était cet homme ?

En fait de monstre, elle ne découvrit qu'un type à l'air banal, assez jeune, nez droit, bouche fine et cernes de mauvais dormeur. Une physionomie qui ne lui disait absolument rien.

L'homme s'avança encore, posa ses doigts sur la gorge de Manon, et pressa lentement. La mathématicienne sentit sa respiration se bloquer. Ses joues s'empourprèrent, les afflux sanguins attaquèrent ses pommettes avant de venir enflammer ses prunelles. Sa vue se brouilla. En une fraction de seconde, des images se bousculèrent dans son esprit. Elle se revit suffoquer sur le carrelage, dans sa maison de Caen, se rappela l'haleine imprégnée de rhum, la langue venue lui lécher l'oreille, et ces chuchotements : « *Eadem mutata resurgo, eadem mutata resurgo, eadem mutata resurgo.* »

Il se tenait là, face à elle. L'incarnation du Mal. Le Professeur.

— Comme c'est curieux… constata Romain Ardère en relâchant la pression. C'est dans tes yeux que tout se passe, là, maintenant… Tu ne te souviens de rien sauf de ce jour-là, n'est-ce pas ? Tu te rappelles le jour où je t'ai étranglée, où je t'ai volé la mémoire… Et le phénomène s'est reproduit chez toi, il y a deux jours, quand tu as sorti ce flingue de nulle part.

Il lui caressa le visage.

— C'était il y a si longtemps… Plus de trois ans… Tu avais trouvé la spirale, tu étais devenue bien trop dangereuse pour nous. Trop acharnée. Alors, nous nous sommes réunis et nous avons décidé. Il fallait t'éliminer… Simuler un cambriolage, un truc à la mode dans ton quartier… Nous avons échoué, mais ce n'était pas bien grave, puisque tu étais quasiment devenue un légume. Du coup, tu as pu rester en vie, nous avons laissé tomber.

Manon détourna la tête, les mâchoires serrées. Ardère lui attrapa le menton et la força à le regarder, puis il glissa ses doigts sur le bâillon.

— Ne crie pas s'il te plaît, conseilla-t-il en ôtant le morceau d'étoffe. Sinon, je devrai te faire mal... Oh ! Suis-je bête ! C'est vrai que dans une minute, tu auras oublié mes ordres même si tu te concentres au-delà du raisonnable... Alors, dans tous les cas, je crois que je vais te faire mal.

Manon toussa à s'en déchirer les poumons. Elle n'entendait pas, elle n'entendait plus. Ce visage ! Ce visage ! Et sa gorge, qui lui brûlait comme si elle avait avalé une torche !

— Le... Le Professeur... réussit-elle à articuler. Vous êtes... le Professeur...

Il ricana.

— Le Professeur, le Chasseur... Quelle importance ? Appelle-moi comme tu veux.

Manon se cambra et hurla de toutes ses forces. La lumière blanche du projecteur vint aveugler ses grands yeux bleus. Le cuir des sangles pénétra ses poignets.

Rotation. Coulée de lave dans la tête. Retour à la position initiale.

Un homme, dans son champ de vision. Un inconnu.

— Ainsi, tu as réellement perdu toute notion de ce qui vient de se passer, dit-il. Amusant... On dirait qu'à chaque tour de roue, tu renais, identique à toi-même. *Eadem mutata resurgo*, tu te rappelles, Manon ? Serais-tu toi-même une spirale ?

Il effleura la poitrine nue de la jeune femme et suivit du bout des doigts la crête des scarifications.

— Nous qui pensions que tu pouvais représenter à nouveau une menace, que tu avais retrouvé l'ensemble de tes facultés... J'y ai vraiment cru quand je t'ai revue dans le métro. J'ai même eu peur que tu puisses identifier ce cambrioleur d'il y a trois ans, que... tu interrompes ma brillante existence ! Ça aurait été dommage, non ?

Manon chercha à faire abstraction de la situation. Elle focalisa toute son attention sur la conversation. Il fallait savoir. Savoir une minute, mais savoir quand même.

Savoir avant d'oublier.

— Vous... Vous étiez plusieurs !

Deux yeux d'un froid clinique la dévisagèrent. Le Chasseur s'empara d'un bocal de phénol, derrière lui, et le fit rouler entre ses paumes ouvertes.

— Tu sais, je vais vraiment m'amuser avec toi, ça va être...

Il palpa le sexe de Manon, les yeux mi-clos.

— ... particulier. Je t'ai teinté les cheveux, il y a quelques heures, et tu ne t'en souviens même pas.

Il se délecta de la réaction de surprise de la jeune amnésique.

— Eh oui, te voilà rousse à présent, il n'y a que ces putes qui m'excitent... Sûrement à cause de cette couleur d'ambre, si proche de celle d'une flamme... Tu ne te rappelles pas non plus de ton petit séjour dans mon vieux four à pain. Ces jeux amusants, avec les brûleurs, la chaleur... Tu y es pourtant restée toute la nuit, couverte de capteurs me permettant de relever certaines de tes données biologiques ! Ton cœur, ta tension, tes sécrétions ! Tu t'es même uriné dessus, il a fallu te nettoyer ! Vilaine fille !

Manon secoua la tête, en pleurs.

— Non... Vous mentez...

— Oh non, je ne te mens pas ! Tu sais, les autres femmes, à ce stade, me supplient. Elles seraient prêtes à tout pour que je les épargne. Mais toi… Tu es… prisonnière de l'instant. Tu ne te demandes même pas où tu te trouves. Dans quelle ville ? Es-tu encore en France ? Est-ce qu'on te recherche ? Quand vas-tu mourir ? Et comment va ton frère ? Ce charmant Frédéric ?

— Frédéric ? Comment vous…

— Tiens… Voilà qui va être encore très intéressant…

Ardère sortit une photo de la poche de son jean et la planta sous le nez de Manon.

— Il faisait partie de « Nous » ! Ton frère ! Ton propre frère représentait un sixième du Professeur ! Il a tué la première victime ! François Duval ! C'est lui qui a lancé la machine ! Et qui a ordonné l'exécution de ta sœur !

Manon détourna le regard et poussa un cri déchirant, à la limite de l'évanouissement. Sur le cliché, Frédéric pendouillait au bout d'une corde, le poitrail rempli de calamars.

Flash dans les rétines. Tour de roue. Montée de sang. Elle se sentit partir, puis revenir. Un homme, dans son champ de vision, qui recouvrait ses mains de plusieurs paires de gants en latex.

— Ce sont les cinq autres qui ont libéré tout ça… cette étincelle enfouie en moi. En agissant, en voyant que je pouvais ôter la vie, ça a… Je ne sais pas comment te l'expliquer. C'est pire qu'une maladie, Manon, ce besoin de… voir la chair se rétracter sous l'effet d'une flamme, de renifler l'odeur de peau cramée ! Tu ne peux pas imaginer… As-tu déjà brûlé des insectes, puis des animaux plus gros ? T'est-il arrivé de prendre ton pied devant un appartement qui part en fumée ? J'ai suivi des études dans cet unique but : approcher le feu, l'apprivoiser grâce à la chimie, la thermodynamique, la mécanique des fluides. Comprendre comment il fonctionnait. Le maîtriser. C'est là-bas, à l'institut, que j'ai rencontré les autres. On se réunissait dans une grotte, pour défier le monde, pour… discuter d'autre chose… De choses interdites.

Il releva son pull, dévoilant un torse piqueté de cratères noirâtres.

— Après l'exécution de mon contrat, ils n'ont jamais su que j'étais devenu le « Chasseur ». Pour eux, je reste ce pauvre patron d'une entreprise de pyrotechnie, qui encapsule les mathématiques, la chimie et les lois de la gravité dans de stupides fusées. Mais tu sais, ils ne valent guère mieux. Nous nous prenions pour les meilleurs, mais nous n'étions rien. Juste de pauvres étudiants, virés sans scrupules, comme de vulgaires merdes !

— Vous…

— Ces brûlures, sur mon torse, je me les suis faites tout seul, voilà très longtemps. Je crois que… j'aurais fini par me détruire si… si le Chasseur ne s'était pas réveillé. Si je n'avais pas pu reporter cette violence sur les autres… J'en étais arrivé à l'envie de manger du feu ! Bouffer toute cette poudre, et m'embraser la gorge ! Tu imagines ?

— Vous… Vous êtes malade… Je vais vous…

— Me tuer, peut-être ? Tu en as toujours rêvé, n'est-ce pas ?

Il dévissa d'un geste lent le couvercle du bocal. Manon s'était mise à gémir. Elle se mordait la langue pour ne plus hurler.

— Il y a tout de même une bizarrerie, Manon, quelque chose de vraiment troublant qui m'inquiète un peu. Nous pensions que ton frère avait voulu nous jouer un sale tour en tuant la vieille peau, dans ta région. Qu'il avait voulu… nous enfoncer… Peut-être soupçonnait-il que l'un d'entre nous avait cherché à te tuer, voilà trois ans. Peut-être ne supportait-il plus ce secret… Peut-être avait-il décidé de… de faire éclater la vérité, quitte à y rester, lui aussi…

Il plia méticuleusement une compresse en quatre et y versa du phénol. Une odeur de légume pourri envahit la pièce.

— Je… Je n'y comprends rien… dit Manon entre deux sanglots. Pitié… Ne me faites pas de mal…

— Mais le plus étrange, continua Ardère sans l'écouter, c'est que même au moment où je lui entaillais la poitrine, quand ma lame écartait sa chair, il continuait à nier. Il a nié jusque dans son dernier souffle.

Il reposa le bocal et s'avança, la compresse au creux de la main. Manon tournait la tête à droite, à gauche, et secouait convulsivement son corps, tirant sur les liens de toutes ses forces.

— Je crois que je me suis trompé, en définitive, confia-t-il en parcourant du bout de l'index les mystérieuses cicatrices. Ce n'est pas Frédéric qui t'a enlevée, qui a réveillé le Professeur. Mais l'un des quatre autres, même s'ils ont juré le contraire. Qui aurait intérêt à ramener un monstre du passé ? À remettre cela sur le tapis, au risque de tous nous compromettre ? Un traître se dissimule dans le groupe. Quand je me serai occupé de toi, je réglerai quelques comptes.

— Mon frère… Qu'avez-vous fait à mon frère…

Ardère verrouilla le système de rotation de la cible et débrancha le projecteur.

— Je suis impatient de voir comment tu vas réagir à ce type de douleur. Vas-tu oublier la raison pour laquelle tu gémis ?

Il lui engouffra le chiffon dans la bouche.

— Ça va être… jouissif. Et interminable !

Il approcha la compresse du visage de Manon, avant de soudain s'interrompre.

Un énorme fracas au-dessus d'eux.

Des bruits, des pas. Au rez-de-chaussée. Des cris. « Police ! »

Sans réfléchir, Ardère se rua sur la porte et la cadenassa.

En revenant précipitamment vers Manon, il renversa le bocal de phénol. Le produit se répandit sur son pied.

— Sale petite pute ! cria-t-il, les globes oculaires exorbités.

Il attrapa sa cheville en hurlant puis ses doigts se rétractèrent sur la chair de ses joues, qui se mirent à saigner.

Dans un geste de rage folle, il s'empara d'une bonbonne de soude et la propulsa sur le haut de la cible. Le verre se fracassa, libérant une substance liquide qui se mit à couler dans le dos de Manon. La jeune femme s'arqua à s'en rompre les vertèbres.

Des pas résonnèrent dans les escaliers. Une détonation violente explosa la poignée de la porte.

Le Chasseur se retourna et fonça vers une étagère qu'il fit basculer devant l'entrée. Dans un vacarme impressionnant, les récipients éclatèrent sur le sol. Une épaisse fumée blanche emplit l'espace. Un flic s'effondra, les jambes touchées par des jets acides.

Quand le brouillard se dissipa, laissant derrière lui des yeux larmoyants et un concert de toux, une dizaine de pistolets vinrent braquer l'individu assis dans un coin.

Il avait saisi une fusée autopropulsée et se l'était fourrée dans la bouche.

Le « calisson d'étoiles ».

La pierre de son briquet crépita une dernière fois.

47.

Jamais la pluie qui s'abattait sur les champs alentour ne laverait les drames sordides perpétrés des années plus tôt. Lucie regroupa ses mains au-dessus de son volant dans un grand souffle libérateur.

Tout était terminé.

Assise à côté d'elle, Manon considérait depuis leur départ la feuille de papier posée sur ses genoux. Sa tête lui faisait affreusement mal, ses yeux lui brûlaient. Elle essuya les perles qui roulaient sur ses joues et dit en gémissant :

— Non, pas Frédéric… Pas mon frère… Dites-moi que ce n'est qu'un mauvais rêve…

Lucie lui lança un regard où se mêlaient la lassitude et la compassion, la peine et le dégoût. Elle reprit une nouvelle fois :

— J'aimerais bien, Manon. J'aimerais tellement. Mais… il a fait partie du Professeur, de ceux qui ont commis le pire. Il va falloir vivre avec. Je suis sincèrement désolée…

Manon observa ses mains, ses longues mains tremblantes, qu'elle ne contrôlait plus, ses mains qui voulaient arracher, frapper, détruire.

— Non… Non… Non… répétait-elle.

Après une longue hésitation, elle baissa les paupières, inspira amplement et chiffonna le résumé des événements de ces dernières heures, cette escalade de démence absolue.

— Qu'est-ce que tu fabriques ? s'étonna Lucie, qui avait mis un temps considérable pour tout rédiger.

Manon ouvrit la fenêtre et, dans un geste de désespoir, lâcha la boule de papier dans le vent.

— Mais Manon ! Pourquoi ? Pourquoi ?

— Pas Frédéric… Pas lui…

Elle agrippa ses cheveux et se mit à hurler :

— Comment voulez-vous que j'apprenne une chose pareille ? Que mon propre frère a… a fait assassiner ma sœur ? Que lui-même a tué ? Qu'on lui a ouvert la poitrine ? C'est… C'est au-delà de mes forces ! Personne ! Aucun être humain ne peut vivre ce que je vis ! J'aimais mon frère ! Et il m'aimait !

Lucie garda le silence.

— Mais dites quelque chose ! s'écria Manon, hors d'elle. Dites quelque chose !

La jeune flic sentit les larmes inonder ses yeux.

— Que veux-tu que je te dise ? Que tu as raison ? Que tu as tort ? Je… Bon sang Manon, je ne suis pas Dieu !

Aux larmes s'ajoutait à présent le ton de la révolte.

— Ce n'est pas moi qui vais bâtir ton existence ! Qui vais te guider dans tes décisions ! D'un côté, tu as le choix d'ignorer ! Il suffit que tu notes quelques mots, qui peuvent tout changer. Apprendre que le Professeur était un assassin de la pire espèce, un déséquilibré, mort en se suicidant ! Que cette histoire s'est bien terminée, comme dans un bon film ! Qu'importe ! Tu aurais la conscience tellement tranquille !

Elle reprit son souffle avant de continuer :

— Mais de l'autre, tu as enfin la possibilité de connaître la vérité, de comprendre pourquoi ta sœur et tous ces pauvres innocents ont été assassinés. C'était ton but, non ? Voilà plus de trois ans que tu t'éreintes dans cette traque ! MemoryNode, tes cicatrices, tes recherches, tes nuits blanches ! J'ai failli y rester pour toi ! Me noyer, laisser derrière moi deux orphelines ! Tu imagines ?

— Je…

— Et aujourd'hui, tu peux connaître la vraie vérité, pas *ta* vérité, et tu la refuses ? C'est toi-même qui disais que les souvenirs font ce que nous sommes, nous donnent une raison de vivre ! Qui seras-tu Manon, si tu te fabriques un faux passé ?

Manon tenta de refouler ses sanglots. Tout se bousculait en elle, à une vitesse prodigieuse.

— Je… Je vis peut-être déjà avec un… un passé qui n'est pas le mien, bafouilla-t-elle, que je me suis fabriqué pour… que tout aille bien… J'évolue peut-être… dans une bulle… Tout ceci, ce qui gravite autour de moi n'a peut-être jamais existé. Je ne sais pas… Je ne sais plus…

Cette fois, Lucie ne rompit plus le silence. Le lent anesthésique de l'oubli allait de nouveau envelopper la jeune mathématicienne, la détacherait de la réelle valeur des choses. Elle n'en garderait aucun traumatisme, pas la moindre trace mnésique. Juste une sensation de vide, une impression somme toute tranquillisante. Qu'allait-elle devenir ? À qui se raccrocherait-elle, sans le soutien de son frère ? Continuerait-elle à traquer le Professeur, à tourner en rond, à vivre une histoire sans fin ?

Lucie éprouva la brutale envie de tout casser dans ce monde tellement déséquilibré.

Dans le faisceau des phares se dessina le contour d'un panneau routier.

« Caen, 129 km. »

— J'aimerais que vous m'accordiez une faveur, demanda Manon. Je voudrais faire un saut à Caen. J'ai besoin de voir ma mère…

Elle regarda Lucie.

— J'ai mal au crâne… Pourquoi j'ai pleuré ? Qu'est-ce que cela signifie ? Et vous ? Vos yeux en larmes ? Pourquoi ?

La flic soupira et s'essuya les yeux.

— C'est une longue histoire… Je te la raconterai plus tard…

Manon se mit à fouiller dans ses poches, la boîte à gants, les rangements latéraux.

— Mon N-Tech ! Où est-il ?

— Cassé… Il est cassé…

— Cassé ? Mais…

— Fais-moi confiance, dit Lucie avec tendresse. Tu sais que tu peux me faire confiance, tu sais ça ?

— Je… Oui, je sais… Alors, pour ma mère ? Elle nous préparera quelque chose, avant qu'on reprenne tranquillement la route ! Et puis, vous avez l'air franchement fatiguée. Je conduirai sur la fin du trajet.

— C'est que… Je suis… Je suis vraiment pressée de rentrer… Mes jumelles m'attendent…

— Ah, vos jumelles ! Oui, je sais. Vos petites filles…

Lucie avait envie d'exploser, de crier que Marie Moinet croupissait sous terre, que sa maison avait été vendue. Que Manon aurait dû apprendre la mort de sa mère, malgré la souffrance, les efforts nécessaires pour le faire. Qu'on ne peut pas garder que le meilleur. Car c'est le pire qui régule une vie, qui forge l'existence et rend les êtres forts.

— Je comprends… fit Manon. Ce n'est pas grave… Je reviendrai avec Frédéric. Ça doit faire longtemps qu'on n'est pas allés lui rendre visite.

Et elle continua à poser des questions, et Lucie à répondre sans entrain. Manon ne se rappelait même plus de l'arrivée de Turin sur l'enquête, de leur route commune vers Bâle, moins encore qu'il avait profité d'elle. Tout était perdu, évanoui quelque part. Un jour, d'autres Turin débarqueraient dans sa vie… Et tout recommencerait… La spirale…

Sans trop savoir pourquoi, Lucie songea au jeune Michaël, frappé du syndrome de Korsakoff, dont la seule place restait, en définitive, l'hôpital psychiatrique. Là où il vivrait en sécurité, avait confié Vandenbusche. Manon, malgré son intelligence et toute sa volonté, finirait-elle un jour dans ce genre d'établissement, parmi les schizophrènes et les suicidaires ?

Abattue, démontée, Lucie décrocha néanmoins son téléphone qui vibrait sur le tableau de bord.

C'était Kashmareck.

Les quatre autres avaient été arrêtés.

C'en était fini du Professeur, pour toujours.

Et Manon constatait, en s'observant dans le rétroviseur central :

— C'est bizarre, cette coloration rousse… J'ai vraiment de drôles de goûts, parfois…

48.

À Dunkerque, Clara et Juliette se ruèrent dans les bras de leur mère. Lucie, épuisée après une nuit blanche au volant, les serra contre elle, émue. Il s'en était fallu de si peu pour qu'elle se noie dans la grotte.

En début d'après-midi, sur le trajet du retour, les filles ne cessèrent de parler, de raconter les petites choses de leur vie. Lucie les écouta, leur répondit, mais alors que Lille se rapprochait, elle ne put s'empêcher de replonger progressivement dans ses pensées. Obsédée par la Chimère, elle redoutait de retrouver son appartement.

À peine s'était-elle garée devant chez elle qu'elle aperçut des étudiants en train de fumer sous le porche de l'entrée. Elle prit ses jumelles, une dans chaque bras, et avança dans le hall, la tête baissée. Rentrer, se cloîtrer, le plus vite possible. Ne pas avoir à affronter leurs regards. Pas maintenant. Tout tournait tellement en elle. Elle ne se rendit même pas compte de la présence d'Anthony dans le groupe.

Sans un mot, Lucie récupéra la nouvelle clé auprès de la concierge et s'enferma à double tour.

La vue du verre brisé, dans sa chambre, lui porta un coup supplémentaire au moral. Elle se précipita vers sa petite armoire, comme si, au fond d'elle-même, elle espérait un miracle.

Mais le meuble était bel et bien vide.

La jeune femme s'écroula sur son lit, tandis que Clara et Juliette retrouvaient leur chambre, leurs jouets, leur univers ludique. Si heureuses dans leur cocon.

Soudain, on frappa à la porte. Juste un coup. Lucie tourna lentement la tête, puis se leva, un mouchoir à la main. Elle ouvrit pour ne découvrir que le vide du couloir, s'avança, rejoignit les étudiants dans le hall, parmi lesquels elle reconnut Anthony, et demanda :

— Vous n'avez vu personne sortir ? Là, maintenant ?

Elle obtint le silence pour seule réponse. Après un échange de regards, l'un des garçons osa enfin :

— Non, personne n'est sorti…

Lucie serra ses deux poings.

— Vous allez me harceler comme ça longtemps ?

— Vous harceler ? Mais qui vous harcèle ici ? Ça ne va pas, madame ?

Elle partit à reculons, sans comprendre. Alors, ce coup sur la porte ? Juste un jouet qui tombe ? Une farce de ses filles ? Probable.

Dans sa cuisine, elle se versa un grand verre de jus d'orange qu'elle ne réussit même pas à avaler. Trop nauséeuse. Tout à l'heure, elle irait chercher Manon à l'hôpital et la raccompagnerait chez elle, impasse du Vacher. Tout promettait d'être vraiment compliqué. La mort de Frédéric… son implication dans les meurtres du Professeur… Les arrestations en série… Cette folie…

Mais Lucie faisait confiance à Vandenbusche. Il saurait prendre les bonnes décisions quant à l'avenir de sa patiente… La liberté, ou alors…

Ce soir également, Lucie obtiendrait les dernières conclusions de l'enquête. Savoir qui, parmi les quatre interpellés, avait enlevé Manon et tué Dubreuil. À moins qu'il ne s'agisse d'Ardère ou en définitive de Frédéric. Dans ce cas, le « pourquoi » resterait sans doute en suspens pour toujours.

Lucie inspira. Aux autres de trouver les réponses à présent. Son rôle s'arrêtait là.

D'un mouvement lent, elle fit tourner le jus d'orange sur lui-même, puis regarda longuement dans le vide. Tout à coup, elle posa avec fermeté le verre sur la table, se leva, se rassit, se leva de nouveau.

Une fois dans le hall, elle appela :

— Anthony ?

L'étudiant releva la tête.

— Oui ?

— Viens, s'il te plaît.

— Pourquoi ?

— Viens, dépêche-toi !

Il chercha un soutien dans les yeux de ses amis, qui détournèrent le regard. Alors il s'approcha, la démarche hésitante.

— Madame, écoutez… On a vu les policiers, chez vous. On sait que votre porte a été forcée, mais ce n'est pas moi qui…

— Peu importe si c'est toi ou un autre. Je veux juste te parler.

Le jeune homme suivit Lucie dans l'appartement. La vue des gamines dans leur chambre le rassura. Rester seul avec cette folle… Pas question…

Direction la cuisine. La flic ferma la porte donnant sur le salon.

— Vous pouvez pas laisser ouvert ?

— Assieds-toi…

Anthony obéit, les mains moites. Lucie s'installa sur une chaise en face de lui.

— Je sais que l'un de vous a volé le contenu de mon armoire. Que vous êtes tous au courant.

Anthony répéta, en baissant les yeux :

— Ce n'est pas moi qui…

— Peut-être, peut-être pas, qu'est-ce que ça change ?

La voix tremblante de Lucie fit place à un interminable silence. Anthony ne savait plus où se mettre. La jeune femme finit par reprendre :

— Je… Je ne veux pas que vous racontiez des bêtises. Alors, je vais te dire la vérité, que tu rapporteras aux autres. Je peux compter sur toi ?

Anthony acquiesça. D'un geste rapide du bras, il essuya la sueur sur son front.

Le silence, de nouveau. Lucie peinait à commencer son récit. Rouvrir la cicatrice, des années plus tard… Laisser affleurer son passé, sans fermer les barrières, sans rien refouler…

— Dans cette armoire se trouvaient deux échographies. Tu les as bien vues… Je me trompe ?

— Euh… J'ai vu celle de vos jumelles, mais…

— Ce n'étaient pas mes filles. Ces échographies me viennent de ma mère…

Anthony eut un léger recul de surprise.

— Votre mère ? Vous voulez dire que…

— L'une des deux jumelles, c'est moi… J'avais trois mois et je mesurais moins de dix centimètres… Et sur la seconde échographie, j'ai cinq mois… Mes membres avaient grossi. Tu as dû voir les petites mains, les doigts… la masse sombre du crâne, les os de la colonne vertébrale.

— Oui, oui, mais… c'est pas moi, je vous jure… Et puis j'y comprends plus rien. On croyait que c'était un troisième enfant sur l'autre échographie… Un enfant qui…

— Que j'aurais découpé en morceaux par exemple, et conservé dans un bocal, c'est ça ?

— Non, c'est pas ça… Mais il n'y a qu'un bébé sur cette échographie ! Où se trouve votre…

Anthony ne termina pas sa phrase, soudain frappé par l'évidence.

Lucie le regarda droit dans les yeux.

— Eh oui Anthony, entre le troisième et le cinquième mois ma jumelle avait disparu. Je l'avais purement et simplement… absorbée. J'ai dévoré ma sœur…

Elle se prit la tête dans les mains, incapable de continuer de parler. Elle revit la chambre d'hôpital, se rappela ces bandages, autour de son crâne, les visages des médecins, les sons, les couleurs, les odeurs écœurantes… Puissance de la mémoire… Manon avait tellement de chance, parfois, de pouvoir choisir.

Péniblement, elle chuchota enfin :

— Dans le petit récipient, il y a… une mèche de cheveux, deux ongles et… et trois dents, qui baignent dans un liquide verdâtre. Je les ai mélangés à du formol… On avait retrouvé tout ça sous mon crâne, à l'intérieur d'une excroissance, ce que les médecins appellent un kyste dermoïde intra-cérébral.

Anthony se sentait de plus en plus mal à l'aise. D'un geste hésitant, il plongea la main dans la poche de son jean.

— Euh… J'ai du mal à vous suivre… Vous voulez un Kleenex ?

— Non. Écoute-moi Anthony… Quand… Quand j'ai découvert la vérité, j'ai fait toutes les recherches possibles et imaginables… La majeure partie des kystes dermoïdes se forment très tôt, au stade embryonnaire… Ce qu'il se passe, c'est que… l'ectoderme, un feuillet externe de l'embryon dont, plus tard, dérivent divers éléments comme la peau, les cheveux, les dents, se trouve enfermé à l'intérieur d'autres tissus… Mais cet enfermement n'empêche pas l'ectoderme d'évoluer… Et cela entraîne l'accumulation de substances impossibles à évacuer. Elles constituent ce fameux kyste dermoïde… Généralement, il se développe dans l'utérus… Mais en ce qui me concerne, il… il a grandi sous la boîte crânienne… Les douleurs sont apparues à l'âge de la puberté. J'avais seize ans au moment de mon opération.

— C'est horrible ce que vous racontez… Des ongles, des dents, là, dans la tête ?

Lucie détourna le regard.

— Le pire, c'est que mon cas ne correspond pas vraiment à la définition traditionnelle du kyste dermoïde… La matière organique que l'on a sortie de mon crâne n'était pas la mienne… La vérité, c'est qu'une partie de ma jumelle avait continué à grandir, à se développer en moi, alors que je l'avais avalée…

— Ce n'est pas possible !

— Si, c'est possible… J'ai fait des tests ADN de ce kyste, il y a des années. Les dents, les ongles, les cheveux…

Elle inspira.

— Cet ADN n'était pas le mien… Je suis ce que la science appelle une Chimère, Anthony. Une Chimère… Je suis responsable de la mort de ma propre sœur.

L'étudiant ne savait plus comment réagir. Cette histoire était une abomination. Il dit cependant :

— Vous savez, quand j'ai vu votre bocal, j'ai cru que… Je sais pas… Que vous aviez fait des trucs bizarres, genre magie noire, ou vaudou. Que vous aviez tué l'un de vos propres enfants, et gardé les restes… Un peu comme le drame de ces bébés congelés. Mais là… vous n'étiez même pas née, c'est pas de votre faute ! C'était juste un accident !

Lucie esquissa un petit sourire triste. Elle se leva et dit :

— En tout cas, toi et les autres, vous devez me rendre ce qui m'appartient… Il est temps que je coupe le cordon. Que je me sépare de ma jumelle. Pour toujours…

Anthony se leva à son tour et recula de sa démarche maladroite vers la porte de la cuisine, sans quitter la jeune femme des yeux. Il resta là quelques secondes, avant de s'enfuir, les épaules baissées.

Dix minutes plus tard, Lucie ramassait une boîte fermée devant sa porte d'entrée.

Les squatteurs, dans le hall, avaient tous disparu.

Elle s'isola dans la salle de bains et posa le carton sur le bord du lavabo. Avec une douleur infinie, elle sortit alors les échographies et le bocal, ces traces venues hanter ses nuits depuis l'adolescence et qui l'avaient transformée en un être solitaire et incompris.

Elle avait tant à donner, à partager. Tellement d'amour. Et elle n'avait jamais pu. À cause de ça.

Les yeux en larmes, la jeune flic tourna le robinet, hésita une dernière fois, et fit basculer le contenu du récipient qui glissa contre l'émail avant de disparaître définitivement.

La Chimère venait de mourir.

L'avenir s'ouvrait, enfin…

Épilogue

Manon avait retrouvé son appartement sans aucune émotion particulière. Tout s'était résumé à une simple série de gestes minutieux dictés par la mémoire procédurale. Enfoncer la clé dans la serrure, la tourner, entrer, et la poser à son emplacement, dans une coupelle, à proximité du téléphone. Finalement, rien pour elle ne semblait vraiment différencier ce jour d'un autre, sauf peut-être la perte de son N-Tech. Selon la jolie flic aux boucles blondes qui l'accompagnait, il était cassé.

La jeune amnésique relisait à présent les consignes notées sur une des feuilles de papier qu'elle ne lâchait pas des mains depuis son retour chez elle.

« Faire confiance au lieutenant de police Lucie Henebelle, ouvrir la *panic room*, saisir la combinaison du coffre, récupérer les mots de passe, allumer l'ordinateur, se connecter au serveur de MemoryNode et charger la sauvegarde sur le nouveau N-Tech. »

— Vous voyez, dit-elle fièrement à Lucie en se dirigeant vers la lourde porte de métal. Impossible de me voler la mémoire. J'ai été extrêmement prudente.

Elle pianota sur le digicode et se retourna. Face au regard étonné de Lucie, elle expliqua :

— J'avais appris quelques numéros par cœur avant mon accident. Alors dès que je vois qu'il faut taper un code, je les essaie. Vous savez, je ne laisse personne pénétrer ici.

— Après ce que nous venons de vivre toutes les deux, je vais me permettre d'entrer quand même.

Sans comprendre à quoi Lucie faisait référence, Manon la laissa néanmoins passer devant elle. Les deux femmes s'engagèrent dans la caverne hermétique couverte de papiers, d'articles, de clichés…

Rapidement, Lucie se perdit dans les formules mathématiques, les déductions alambiquées, les faits historiques, les indications personnelles… Autant d'idées qui, l'espace de quelques minutes, avaient habité Manon avant de venir tapisser ces murs.

Avec calme, dégoût aussi, la flic se dirigea vers les photos des victimes et se mit à les décrocher une à une.

Manon se précipita sur elle et la repoussa violemment.

— Que faites-vous ? Ne touchez pas à ça !

Dans un long soupir de résignation, Lucie répondit :

— Regarde tes notes… Tout est terminé… Le Professeur n'existe plus…

Manon se plongea nerveusement dans ses feuilles et redécouvrit les phrases qu'elle avait elle-même inscrites de sa petite écriture fine.

« … Romain Ardère, directeur d'une société de pyrotechnie, a été abattu par une équipe de police que j'accompagnais. Il est mort sous mes yeux… »

Suivaient des pages et des pages d'un récit hallucinant qui racontait dans le détail comment Manon avait d'abord découvert la tombe de Bernoulli, puis la grotte de l'île Rouzic et les scalps carbonisés des victimes. Comment elle avait alors prévenu Lucie Henebelle qui, grâce à des cheveux et des poils retrouvés sur place, avait pu faire analyser l'ADN de l'assassin et remonter sans problème jusqu'à lui, Ardère étant évidemment fiché dans le FNAEG[1].

Une version digne d'un épisode des *Experts*.

Manon avait passé sa matinée à rédiger ces fausses explications à partir des données obtenues par le professeur Vandenbusche auprès de la police. Quand Lucie était venue chercher la jeune amnésique à l'hôpital, le neurologue lui avait expliqué qu'il approuvait sa patiente. Selon lui, elle avait « choisi sa vérité », et si elle pouvait, grâce à cela, vivre heureuse malgré la part sombre de son histoire, c'était le plus important.

Manon releva la tête et expira longuement.

— Il faut absolument que je mémorise cela ! Je vais tout enregistrer, tout apprendre par cœur ! C'est terminé Lucie ! Grâce à vous ! Je me sens tellement… Je ne sais pas, c'est inexplicable. J'ai le sentiment d'une grande paix intérieure. Ma sœur a enfin obtenu vengeance…

Elle attrapa la main de Lucie et la serra très fort. Un signe de gratitude que la flic accepta à contrecœur.

Manon avait refusé d'affronter la réalité et décidé de vivre dans une bulle, dans un monde à des années-lumière de la crasse terrestre. Alors, toujours sur le papier, Frédéric était parti précipitamment travailler en Australie, dans une entreprise internationale qui fabriquait des puces RFID, il garderait un pied-à-terre à Lille, et leur mère avait décidé de le rejoindre pour y

1. Fichier national automatisé des empreintes génétiques.

couler une retraite tranquille. Tous deux allaient s'installer dans la baie de Port Phillip. Un conte de fées. On aurait presque dit la fin d'un roman.

Et tellement d'autres mensonges… Mais se mentir à soi-même sans en avoir conscience, était-ce toujours un mensonge ?

Combien de temps tiendrait-elle ainsi ? Qui enverrait des réponses à ses courriers vers l'Australie ? Qui continuerait à remplir les trous pour que tout se passe bien ? Pour qu'elle ne finisse pas dans un hôpital psychiatrique, comme Michaël ? Qui ? Vandenbusche ? Au fond, pouvait-on lui donner tort ? De quel droit s'autoriser à juger ? Manon conservait le souvenir de la chaleur de sa mère, de son frère. Elle ne vivait plus qu'au travers de ces seules perles de bonheur. C'étaient les derniers éléments qui la raccrochaient réellement à la vie. Alors, pourquoi les détruire par l'annonce d'un décès ? Pourquoi les rendre douloureux ?

Après tout, personne ne pouvait se mettre à sa place.

Peu à peu, elle allait retrouver ses habitudes, à nouveau tourner dans son bocal de poisson rouge. Donner à manger à Myrthe, ranger ses vêtements dans des casiers, poser son peigne à droite de sa brosse à dents, aller à Swynghedauw faire des siestes, en suivant les grosses flèches grises dans les couloirs de l'hôpital. Et, peut-être, s'inventer un autre objectif, pour combler le vide de cette traque qui n'existait plus. Chercher une autre motivation. Se donner l'impression d'être utile…

Manon se dirigea vers son coffre-fort, qu'elle ouvrit sans problème.

— Je possédais déjà ce coffre longtemps avant mon amnésie. J'y stockais des documents confidentiels. Cette combinaison-là, elle est toujours restée en moi, comme mon passé. À l'intérieur, on trouve une dizaine de mots de passe qui me servent à verrouiller mon N-Tech et à accéder au site de MemoryNode.

Manon s'installa devant son ordinateur, déjà relié par un câble USB au nouveau N-Tech que Vandenbusche lui avait donné le matin à l'hôpital. Elle ouvrit un navigateur Internet et se connecta à un serveur distant.

— L'une des premières choses qu'on apprend à Swynghedauw ! Accéder au serveur de MemoryNode ! Il contient la dernière sauvegarde du N-Tech.

— Je sais. Ton neurologue m'a expliqué. Tu vas pouvoir récupérer ta mémoire dans ton nouvel engin. Et… y ajouter les derniers événements, le *happy end*… Ta mère et ton frère en Australie, le Professeur abattu…

Sur l'écran, une longue liste de dossiers apparut, avec différentes dates.

— Plusieurs sauvegardes ? s'intéressa Lucie en s'approchant.

Manon fronça les sourcils.

— Étonnant, en effet. Je pensais qu'il n'y en avait qu'une seule. Que chaque sauvegarde écrasait la précédente. Il faut dire que je n'utilisais jamais l'application dans ce sens, celui de la récupération de données. Enfin, je crois. J'en sais rien, en fait.

— Des dizaines de sauvegardes… Depuis janvier 2006… Donc quasiment depuis le début de MemoryNode…

Manon téléchargea la dernière sauvegarde d'avril 2007 sur son PC. Elle saisit ensuite un autre code de sa liste servant à ouvrir le dossier et à décrypter son contenu. En quelques secondes, les données s'affichèrent : photos, notes, sons.

— Je n'ai quasiment rien perdu ! se félicita-t-elle en synchronisant son N-Tech. La sauvegarde date du 24 ! Une chance, non ? Avec mes observations écrites, il y a moyen de tout réparer ! Clore définitivement l'affaire Professeur. Ah ! Lucie… Je me sens si bien…

Lucie resta interloquée. Si des données avaient été effacées du N-Tech, l'avaient-elles été des sauvegardes précédentes ? Personne ne pouvait être au courant pour ce système, hormis Vandenbusche… En fouillant suffisamment loin dans le passé, ne pouvait-on pas retrouver l'origine des cours d'autodéfense, des cours de tir ? L'histoire de ce Beretta ?

Pour la période de juin 2006, un seul dossier, daté du 25. La flic pointa son doigt sur l'écran.

— Dis, Manon, tu peux télécharger ce dossier ? J'aimerais bien voir en particulier tes notes du 4 juin.

— Pourquoi ? La monotonie de mon existence vous intéresse ?

— Le 4 juin 2006, tu gravais un message sur un rocher de l'île Rouzic… « 4/6/2006. Ai tourné des heures et des heures. Rien. Il n'y a absolument rien. MM » Je veux comprendre ce qu'il s'est passé…

— L'île Rouzic ? Qu'est-ce que vous… Qu'est-ce que tu racontes ?

— Fais-moi confiance… S'il te plaît…

Manon s'exécuta… pour constater qu'elle se trouvait effectivement en Bretagne la journée du 4.

Elle plissa les paupières et dit :

— Tu vois l'icône, là ? Il y a un enregistrement audio de dix-huit minutes.

— Ouvre-le, demanda Lucie.

Elles se mirent toutes les deux à écouter. Manon racontait avoir dormi dans la maison de Trébeurden, seule, avant qu'Erwan Malgorn ne la dépose sur l'île…

« … Six heures que je tourne sur Rouzic… La spirale de Bernoulli n'a mené nulle part… L'image de l'île est fidèle à mon souvenir, quand je venais avec Frédéric… Côte déchiquetée, falaises impraticables… Rien à découvrir ici, strictement rien… La nuit tombe… Rentrer à Trébeurden, puis chercher encore demain… Il faut impérativement trouver quelque chose… Primordial… C'est primordial… »

L'air inquiet, Manon se retourna vers Lucie et demanda :

— Qu'est-ce que cela signifie ?

— Je l'ignore.

Le lieutenant de police fit glisser la souris sur les jours suivants : courts enregistrements, notes, rendez-vous, clichés inutiles… Rien d'anormal.

Puis, le dernier jour, le 25 juin 2006, trois semaines après l'aventure sur l'île Rouzic, de nouveau un enregistrement plus long : « J'ai beau fouiller et fouiller. Reprendre toutes mes déductions. Plus rien n'avance. Cul-de-sac. Tout ne peut quand même pas s'interrompre ainsi ! Les spirales, mes cicatrices, Bâle, Bernoulli. Je ne trouve pas la faille, l'erreur du Professeur. Et pourtant, elle se cache là, sous mon nez. J'ai fait fausse route, forcément. Le Professeur m'échappe… Je dois tout reprendre à zéro… La traque doit continuer, à tout prix.

Lucie fronça les sourcils.

— Juillet… Installe-moi une sauvegarde de juillet !

— Je vais essayer… Mais franchement, je ne te suis pas…

Manon cliqua sur une autre icône et lança le décryptage.

— D'accord, commenta la flic, d'accord… Chaque dossier reprend l'intégralité du N-Tech, depuis le début. En juillet on doit donc retrouver les données de janvier à juillet 2006…

Dans cette nouvelle sauvegarde, elle se déplaça sur le mois de juin. Au 4, précisément…

Plus rien. On ne parlait plus de l'île Rouzic, ni de Trébeurden, ni de spirales. Même chose pour les jours d'après. Rien sur l'état d'anxiété de Manon, ni sur son désespoir.

Tout avait été effacé entre juin et juillet.

Lucie sentit sa gorge se serrer, une horrible intuition venait de l'envahir. Quelque chose d'inimaginable.

Elle demanda à Manon de télécharger depuis le serveur toutes les sauvegardes sur le disque dur. Cela prit plus d'une demi-heure. Assise dans un fauteuil, la jeune amnésique finit par s'endormir d'épuisement.

Alors, Lucie se mit à fouiller dans les fichiers.

Et elle comprit. Le monde lui sembla s'écrouler autour d'elle. Ce qu'elle venait de lire lui paraissait inconcevable.

Son intuition avait malheureusement été la bonne.

Elle leva des yeux tristes vers Manon et lança :

— Mon Dieu… C'est toi… C'est toi qui as tout effacé…

Manon se réveilla soudain. Brusque panique avant de voir sur ses feuilles : « Faire confiance au lieutenant de police Lucie Henebelle… » et le descriptif de la jeune flic.

— Comment ? Effacé quoi ?

— Tu te forçais à repartir de zéro à chaque fois que tu étais bloquée… Tu voulais te donner l'illusion de continuer à avancer, de t'approcher du Professeur…

Pour te sentir vivante, tu ne pouvais pas t'arrêter. Tu n'avais que… que cet objectif… Le retrouver…

Lucie cliqua sur une sauvegarde d'octobre 2006 et déclencha un enregistrement. On y entendait clairement la voix de Manon :

« 18 octobre 2006… Vide… Je me sens vide et inutile. Abattue. Abattue est plutôt le terme. Envie de parler, de hurler, de partager. Mais il n'y a personne. Juste cette île. Ce rocher. Et mon N-Tech. Alors je raconte. Je raconte tout ce qui me pèse sur le cœur, pour que tout ceci reste. Mon Dieu… Je suis déjà venue ici… Le 4 juin, il y a quatre mois ! C'est gravé là, en face de moi. Mon écriture. J'ai les doigts posés sur les lettres en ce moment même et il s'agit bien de mon écriture. Ce n'est pas possible… J'ai déjà foulé ces plages, ces galets, escaladé ces rochers. Une note écrite ce matin sur mon N-Tech dit qu'Erwan Malgorn s'est souvenu de m'avoir déjà amenée ici. C'était bien en juin dernier. Juin 2006, comment est-ce envisageable ? Il n'y a rien dans mon N-Tech ! Rien non plus avant juin qui parle de Bâle, de la tombe de Bernoulli, de la spirale ! Je réfléchis… Quelqu'un a tout effacé… Forcément… Et j'ai peur de ce que j'ai pu faire… Parce que ce quelqu'un, j'ai l'intime conviction que c'est moi… Je me sens capable d'avoir agi ainsi… Alors maintenant que faire ? Rentrer ? Rentrer et tout abandonner ? »

Manon paraissait hypnotisée par le son de sa propre voix. Lucie cliqua sur d'autres onglets.

— Dans les notes précédentes, tu racontes que tu t'es rendue à Bâle avec ton frère. Je te cite : « Frédéric m'a aidée à me scarifier dans le cloître, à côté de la tombe de Bernoulli. Mais ni lui, ni moi ne comprenons le sens du message sur mon ventre. À quoi cela rime-t-il ? » Malgré cette interrogation, tu as fini par comprendre qu'il fallait superposer la spirale à une carte de France. Frédéric n'a rien pu faire pour t'en empêcher. Alors, tu as décidé de te rendre seule en Bretagne. Tu as écrit : « Je ne veux pas impliquer Frédéric dans cette histoire plus qu'il ne l'est déjà. J'irai là-bas en cachette. »

D'un geste paniqué, Manon leva son chemisier, y lut le nom du mathématicien suisse et s'écria :

— Arrêtez vos bêtises ! Vous délirez !

— Je n'invente rien Manon, tout est inscrit noir sur blanc dans tes vieilles sauvegardes. Dans les notes suivantes, après ton second échec sur l'île Rouzic, on te sent dépressive. De nouveau, tu t'aperçois que tu n'arrives plus à progresser, que tu tournes en rond, que tu n'y parviendras jamais sans aide. Cela t'obsède, jour et nuit. Et c'est là que… sur Internet, tu tombes sur de vieux articles qui racontent mon enquête sur la « chambre des morts »…

Manon écoutait sans bouger, écrasée par le poids de ces révélations. Lucie poursuivit :

— Tu apprends que j'habite Lille, que je suis lieutenant de police à la brigade criminelle, que la psychologie des tueurs en série me fascine… Du pain bénit pour toi. Je suis celle qu'il te faut pour t'assister, t'aider à traquer le Professeur. Une femme… Une femme parce que tu ne fais plus confiance aux hommes, tu te sens trop vulnérable… De nouveau, tu supprimes tout concernant Bernoulli, Rouzic, et tu prends une autre voie. Une voie bien plus sombre. Tu vas commencer par me suivre, me photographier à mon insu. Et c'est là que tu vas mettre en place ton idée diabolique !

— Non, non. Ce n'est pas possible…

— Tu le sais, n'est-ce pas ? Tu sais au fond de toi que tu étais prête à tout pour arriver à tes fins. Tu ne t'en rappelles pas, mais tu le sais ! Puisque tu l'as fait !

— Fait quoi, bon sang ?

Lucie regarda Manon droit dans les yeux. Tout paraissait soudain si cohérent. Si logique, en définitive. Elle continua :

— Si tu n'arrives pas à aller au Professeur, alors il suffit que le Professeur vienne à toi… Il suffit de réveiller la police, de relancer l'affaire grâce à un bon pigeon ! Moi, en l'occurrence !

— Vous… Vous dites n'importe quoi ! Comment osez-vous ?

— Regarde ce que j'ai retrouvé ! Un mémo qui décrit avec une précision chirurgicale l'ébauche de ton scénario ! Et des descriptions comme celles-là, il y en a des tonnes et des tonnes, qui s'affinent au fur et à mesure qu'on s'approche de l'acte ultime : le meurtre de Dubreuil et cette simulation d'enlèvement ! Tu veux voir comment tout a germé dans ta propre tête ? Comment tu t'y es prise pour contourner ton amnésie, et même pour l'utiliser comme une force ?

Affolée, tremblante, Manon fit un pas en arrière.

— Allons-y ! s'exclama Lucie. Je sais que tu vas oublier, mais je veux que tu saches ! C'est si facile d'oublier ! De ne garder que le meilleur ! D'avoir la conscience tranquille !

Elle se mit à lire :

— « … Première étape : trouver une arme. Dénicher le bon contact, grâce à Internet. Une fois en possession du revolver, le cacher au-dessus de l'armoire de la chambre, et déclencher une alerte dans le N-Tech à la date du 25 avril 2007. Car c'est là que tout s'accélérera, au lendemain de l'acte… Comme j'aurai oublié la raison de la présence de ce revolver, je devrai impérativement le garder sur moi en permanence. Cette arme me permettra de me défendre s'il remonte jusqu'à moi. Et je pourrai le surprendre, le regarder dans les yeux, et lui fourrer le canon dans la bouche.

Deuxième étape : s'inscrire à des cours de tir et d'autodéfense. Même raison : pouvoir me défendre.

Troisième étape : le problème du nautile. La piste pourrait être remontée si je m'en procurais un dans un magasin de pêche. Hors de question, également, de partir à l'étranger. Reste la solution du cap Blanc-Nez. On y décroche des ammonites très facilement. L'identification de la spirale par le légiste ne devrait pas poser de problème. La police fera alors le rapprochement entre nautile et ammonite et le fait qu'il s'agisse du Professeur ne laissera plus aucun doute.

Quatrième étape : apprendre tout ce qui existe aujourd'hui en matière de police scientifique. Chaque jour. Afin d'éviter les erreurs.

Cinquième étape : la strychnine. Se la procurer assez tôt. De nuit. Les vieux hangars des fermes en regorgent encore.

Sixième étape : l'organisation de la « chose ». Inventer une énigme mathématique suffisamment corsée pour que personne, sauf moi, ne comprenne. Je deviendrai ainsi un élément essentiel, incontournable, de l'enquête. On aura besoin de moi. Dieu merci la vieille sadique est encore vivante. Alors ce sera elle. Sans hésitation. Elle mérite de mourir. Elle le mérite, elle le mérite vraiment. Je dois me persuader de cela Toujours. Je penserai aux enfants martyrisés quand il faudra affronter son regard.

… Reste à savoir de quelle façon j'entrerai dans l'enquête sans que cela paraisse suspect… Atteindre cette Lucie Henebelle. Et m'arranger pour qu'elle ne puisse plus me lâcher. Me rendre indispensable. »

Lucie était ébranlée. Elle releva lentement le front.

— Plus on avance dans les notes, fit-elle, plus on voit à quel point tu peaufines ton plan. Le moindre détail est organisé, analysé, disséqué… Question préméditation, on doit battre des records… Le pire c'est que tu as réussi à faire tout ça sans rien apprendre, sans rien mémoriser. Simplement avec des alarmes et des rappels que tu lisais à chaque fois.

— Non, non. Je n'ai pas fait une chose pareille. Vous… Tu dis n'importe quoi !

Manon se mit à tourner dans la pièce comme un lion en cage, faisant crisser ses ongles contre les murs.

— C'est ça ! cria Lucie. Cherche à fuir, à oublier comme tu l'as déjà fait tant de fois ! Mais je ne vais pas m'arrêter ! J'irai au bout ! Tu te rappelles, la maison hantée de Hem ? Ces décimales ? Eh bien, c'est toi qui les as peintes ! Écoute bien ce que tu as écrit : « Je peindrai de la main gauche afin qu'on ne puisse pas identifier mon écriture. » Mais plusieurs fois tu as oublié, alors tu as noté quelques décimales de la main droite… Ces chiffres se trouvent dans ta machine, il y en a des pages et des pages ! Combien de temps y as-tu passé ?

Lucie se leva brusquement et continua :

— Tu suis purement et simplement les instructions laissées dans ton organiseur, comme s'il s'agissait d'une notice, sans savoir où ceci va te conduire. Tu te fais confiance, voilà tout… Tu te rends à tes cours de tir, d'autodéfense. Tu achètes régulièrement des allumettes par petites quantités. Tu vas au cap Blanc-Nez pour y décrocher l'ammonite avec un burin ramassé dans l'un des appartements de Frédéric. Tu progresses avec MemoryNode, qui te rend plus forte, plus autonome, et tu parviens même à devenir l'égérie de N-Tech. Ce qui sera pour toi un atout supplémentaire. Tout s'enchaîne à la perfection. Bien évidemment, tu agis dans le secret. Ni ton frère, ni Vandenbusche ne connaissent tes plans. Ton système de mots de passe est très efficace, et personne, sauf toi, n'a accès à tes informations. Tu vas plusieurs fois à Roeux, endroit que tu connaissais dans ton enfance, tu pars aussi repérer la cabane de chasseurs à Raismes cinq, dix fois, pour t'assurer que personne ne la squatte. La veille de ton pseudo-enlèvement, tu peins cette fameuse énigme : « Ramène la clé. Retourne fâcher les Autres. Et trouve dans les allumettes ce que nous sommes. Avant 4 h 00 », tu déposes de la corde sur place, ainsi que les milliers d'allumettes.

— Arrêtez ! Arrêtez de raconter n'importe quoi !

— Je ne dis pas n'importe quoi ! Tu veux lire ? Tu veux lire toi-même ce que tu as noté ? Approche ! Affronte la vérité !

Manon se plaqua contre le mur, les larmes aux yeux.

— Non ! Non !

— Dans la dernière sauvegarde que tu as effectuée avant le crime, tu détailles clairement chaque heure, chaque minute de ton projet infernal. Le matin, tu t'es rendue au lac Bleu, tu t'es garée « à côté des six arbres disposés en cercle », tu es passée par les fourrés, tu as enfilé des gants, un bonnet, tu as frappé à la porte, sachant que Dubreuil ouvrirait sans difficulté à une jeune femme d'apparence inoffensive. Puis tu as agi comme le Professeur… Une imitation parfaite. Dans ton N-Tech, il n'y a rien qui décrive tes gestes. Avais-tu des instructions sous le nez quand tu tuais la vieille ? Ou alors, y es-tu allée à l'intuition ? Qu'as-tu ressenti durant la mise à mort ? De la colère, tant cette sadique te dégoûtait ? Combien de fois m'as-tu confié qu'elle méritait son sort ?

— Taisez-vous ! Je n'en peux plus. Je ne comprends rien à ce que vous dites !

— Tu ne comprends pas, ou tu fais semblant ? Toutes ces consignes, c'est moi qui les invente ? « Nettoyer le sol à la Javel. » « Vérifier dehors avant de sortir. » « Fermer la porte. » « Rejoindre la voiture. » « Rentrer à l'appartement. » Un véritable mode d'emploi !

Lucie était rouge de colère. Elle contrôla sa respiration et poursuivit :

— Et donc, te voici de retour chez toi. Dubreuil est morte, et nous sommes en fin de matinée, aux alentours de midi… Ton frère ne m'avait pas menti. Il t'avait bien vue à 9 h 10, juste avant que tu t'apprêtes à commettre ton crime.

— Mon frère ? Pourquoi vous parlez de Frédéric ?

— Arrive maintenant le passage délicat. Le moment où tu décides de tout effacer. Midi, donc. Tu viens de tuer Dubreuil et de rentrer chez toi. Dans ton N-Tech, il est noté que tu dois inscrire sur une feuille toutes les actions futures à effectuer. Le papier, en quelque sorte, deviendra le miroir de ton N-Tech, le temps que tu passes à la dernière phase de ta machination. Une fois que tu as recopié tout ce qui t'intéressait, tu supprimes méticuleusement les données compromettantes de l'organiseur, toutes les traces de la préparation de ton crime. Cours d'autodéfense, Beretta, ammonite, spirale de Bernoulli, les infos me concernant… Bref, tu vas encore décider de repartir de zéro, mais avec un atout de taille : les forces de police à tes côtés, cette campagne de pub, et tout le reste… Tu ne commets qu'une seule erreur : alors que tu penses écraser ta précédente sauvegarde et donc effacer également toute trace sur le serveur de MemoryNode, tu ne fais en réalité qu'en ajouter une de plus à toutes celles qui t'accablent.

Chacune des étapes du plan machiavélique de Manon apparaissait maintenant aux yeux de la flic dans toute sa clarté.

— Ensuite, tu abandonnes le N-Tech près de ton ordinateur, et, à partir de ce moment-là, tu suis uniquement les instructions de ta feuille. Sur cette feuille, il est indiqué que tu dois rester habillée avec ton survêtement et tes baskets, sortir sans te faire remarquer, chose facile dans ton impasse, prendre le bus jusqu'à Valenciennes, puis aller à pied jusqu'à Raismes, en passant par des sentiers pédestres, afin de t'épuiser… pour que tout paraisse plus vrai. Le docteur des urgences avait remarqué tes pieds gonflés, tes ampoules… Je n'ai pas pensé à creuser ce détail, mais j'aurais dû ! Car la cabane était très proche de l'endroit où une voiture t'a recueillie ! Et ce n'est pas ton errance dans Lille qui pouvait t'amocher les pieds de la sorte !

Des coups sur le mur. Manon qui frappait du poing.

— Tu peux chercher à perdre la mémoire, fit Lucie, mais ça ne changera rien à la réalité.

Elle poursuivit, imperturbable :

— Avant d'arriver dans l'abri des chasseurs, tu t'entailles la main avec un caillou tranchant. Tu inscris : « Pr de retour », puis tu te débarrasses du caillou. Une fois dans la cabane, usée, à bout de souffle, la paume en sang, tu te frottes les poignets et les chevilles avec la corde, tu ressors et tu rejoins la route. On connaît la suite. Le type qui te recueille, puis te ramène sur Lille. Ta marche dans les rues de la ville, avant que tu te débarrasses de ta feuille et que tu t'échoues dans la résidence étudiante, juste à côté de chez moi… Je cite : « Tu arracheras, puis jetteras la feuille au moment d'atteindre la résidence. *Fais-toi confiance…* » C'était ça, Manon, cette impression que tu avais de me connaître, sans savoir pourquoi !

Lucie éteignit l'écran de l'ordinateur et souffla longuement.

— Et pourtant, malgré tout ce que tu as fait, malgré… ton crime, je crois que tu as été honnête avec moi… Tu t'es laissé prendre par ta propre mise en scène… Tu as vraiment cru à ton enlèvement par le Professeur… Tu as réellement tourné en rond… Tu t'es scarifiée, tu t'es fait agresser et kidnapper par Ardère… Tu as failli mourir.

La flic ne parvenait plus à juger du bien et du mal. Tout s'embrouillait en elle.

— Et tu as réussi… Par ton acharnement. Par ta volonté de tout reprendre à chaque fois depuis le début… Tu as continué à traquer le Professeur, à combattre tes propres fantômes… Là où nous avons échoué, tu as réussi… Tu as trouvé le Professeur… Et le Chasseur… Tu as rendu justice à toutes ces familles… Manon… Que vas-tu devenir ? À peine comprendras-tu ce qui est arrivé que tu auras déjà oublié… Comment te juger, Manon ? Comment t'imaginer à ton procès, ignorant la raison de ta présence sur le banc des accusés ? Comment t'imaginer derrière les barreaux d'une prison, dans cet environnement hostile, te demandant sans cesse ce que tu fais là ?

À présent, Lucie laissait parler son cœur, oubliant pour un temps son insigne de flic.

— Tu savais que le visage de Dubreuil s'effacerait de ta mémoire quelques minutes à peine après le meurtre. Tu as choisi un monstre, tu n'as pas tué une innocente… Dubreuil a torturé… Elle a torturé ses trois enfants qui auraient pu être mes filles. Mérite-t-elle que tu paies pour elle ? Je… Je ne crois pas… Tu as besoin d'une nouvelle vie… Laisser le passé derrière toi. Couper le cordon, comme je viens de le faire avec la Chimère… Et je pense que je serai là pour t'aider…

Le N-Tech se mit à sonner trois fois d'affilée, deux longues et une courte. Manon leva l'index.

— Ah ! Myrthe ! L'heure de son repas ! Vous m'attendez ici ?

Et alors que Manon s'éloignait, Lucie alluma de nouveau l'écran.

Lentement, elle sélectionna les dossiers un à un sur le serveur externe.

Et enfonça la touche « Suppr ».

— Personne ne saura jamais, Manon. Ce secret t'appartient… Ce secret nous appartient…

NOTE AU LECTEUR

Deux des victimes du Professeur ont été confrontées au problème d'Einstein. Il s'agit d'un exercice de logique qui ne demande aucune connaissance mathématique particulière, juste une certaine forme d'acharnement.

En voici l'énoncé :

« Il y a cinq maisons de couleurs différentes, toutes sur une rangée.

Dans chaque maison vit une personne de nationalité différente.

Chacune de ces cinq personnes boit une boisson, fume une marque de cigarettes et élève un animal.

Personne n'a le même animal, ni ne fume les mêmes cigarettes, ni ne boit la même boisson.

L'Anglais vit dans la maison rouge.

Le Suédois a un chien.

Le Danois boit du thé.

La maison verte est à gauche de la maison blanche.

Le propriétaire de la maison verte boit du café.

Celui qui fume des Pall Mall a un oiseau.

Celui de la maison jaune fume des Dunhill.

Celui de la maison du centre boit du lait.

Le Norvégien vit dans la première maison.

Celui qui fume des Blends vit à côté du propriétaire du chat.

Celui qui a un cheval vit à côté de celui qui fume des Dunhill.

Celui qui fume des Blue Masters boit de la bière.

L'Allemand fume des Princes.

Le Norvégien vit à côté de la maison bleue.

Celui qui fume des Blends a un voisin qui boit de l'eau.

Qui possède le poisson ? »

Vous pourrez également vous amuser à vérifier que jamais dans ce roman le *soleil* n'éclaire le ciel, livré aux ténèbres tout au long de ces pages. Et parmi la centaine de milliers de mots qui en constituent la trame, jamais vous ne verrez apparaître *plaisir, joie* ou *espoir*.

Parce qu'ils ne se prêtaient pas à une telle histoire. Ou peut-être parce que je me suis laissé prendre aux jeux douloureux du Professeur, allant jusqu'à en inventer un moi-même…

Impression réalisée par

CPI
Brodard & Taupin

54031 – La Flèche (Sarthe), le 11-08-2009
Dépôt légal : octobre 2008
Suite du premier tirage : août 2009

POCKET – 12, avenue d'Italie - 75627 Paris cedex 13

Imprimé en France